Anne Meurer

Zerrissener Himmel

Anne Meurer

Zerrissener Himmel

Impressum

 1. Auflage 2018
© Verlag Mainz
Alle Rechte vorbehalten
Printed in Germany

Gestaltung, Druck und Vertrieb:
Druck & Verlagshaus Mainz GmbH
Süsterfeldstraße 83
D - 52072 Aachen
www.verlag-mainz.de

Bildnachweise

Umschlag: »*Hélder Câmara in 1981*«, Dutch National Archives, The Hague, Fotocollectie Algemeen Nederlands Persbureau (ANEFO), 1945-1989, Nummer toegang 2.24.01.05 Bestanddeelnummer 931-7341, WikiCommons CC BY-SA 3.0 nl (oben) – »*Second Vatican Council*«, Lothar Wolleh - Eigenes Werk, CC BY-SA 3.0, https://commons.wikimedia.org/w/index.php?curid=19747444 (Mitte links) – »*Landless-workers*«, https://losmuertevideanos.wordpress.com/2012/12/15/ (Mitte rechts) – https://commons.wikimedia.org/wiki/File:West_and_East_Germans_at_the_Brandenburg_Gate_in_1989.jpg, Unknown photographer, Reproduction by Lear 21 at English Wikipedia (unten links) – https://commons.wikimedia.org/wiki/File:Jerusalem_Dome_of_the_rock_BW_14.JPG, »Jerusalem, Felsendom, im Hintergrund die Grabeskirche«, Berthold Werner (unten rechts)
Umschlag (Rückseite): Privatarchiv der Autorin

ISBN-10: 3-8107-0289-7
ISBN-13: 978-3-8107-0289-0

I. Teil

1938 bis 1967

Rom 1967

Zuerst ist es nur der Blick über die Mauer. Ein Auto heult in der Stille. Ein Vogel schreckt hoch und fliegt in die Ferne. Unbeirrt zieht ein Trecker Furchen unter der Himmelsglocke, als die Schläge vom Klosterturm zum Gebet rufen. Drinnen ist alles wie immer.

Den Geschmack einer verbotenen Frucht auf der Zunge, schleiche ich wenige Tage später ins Freie und streune durch die Felder. Niemand spricht darüber. Jede packt es mal. Unwirkliche Tage und Nächte fließen durch den ernteschweren Herbst hinüber in die Nebelschwaden des Novembers. Der Niederrhein zieht in den Winter.

Ich fahre aus dem Schlaf. An der Wand spielen die Schatten einer Palme. Es dauert, bis die Erinnerung erwacht. Als die ersten Gelübde anstanden, bat ich um Aufschub. Die Oberin schlug das Gästehaus des Ordens in Rom vor. Dort könne ich die Berufung bedenken.

Im Pantheon war's. Die Leere des Rundtempels mit dem Kranz der Kuppel zog mich in den Bann. Ich konnte nicht lassen vom Blau im offenen Rund, der einzigen Lichtquelle, die den Raum in die Höhe zu heben schien. Frei von der Erdanziehung, ließ ich mich mit der Schwingung davontragen. Wo der Himmel Regen, Sonne und Sterne einließ, konnte da auch die Stimme Gottes eindringen?

Der Wärter holte mich in die Gegenwart zurück. Das Pantheon noch im Blick, stieß ich mit dem Bernini-Elefanten vor der Kirche Santa Maria sopra Minerva zusammen. Er verstand: Ja, hier geschehen solche Dinge. Auf der Heimfahrt besuchte ich einen Jesuiten. Er legte mir ans Herz, nichts zu übereilen und die Ausbildung abzuschließen. Als es soweit war, hielten mich alle für verrückt.

Noch immer wiegt sich die römische Palme in der Sonne, während ich auf der Bettkante, dem Winterlicht des Niederrheins entkommen, über meine Lage nachdenke.

Auf dem Weg in den Park erinnert die Pfortenschwester an den Papstsegen auf dem Petersplatz.

Ich gehe früh los. Auf der Tiberbrücke vor der Engelsburg halten Engel seit Jahrhunderten die Folterwerkzeuge der Kreuzigung Jesu in den Händen. Über dem Marmordenkmal der heiligen Katharina von Siena, der Schutzpatronin Italiens, träumen die Pinien von Sprösslingen, die bald grünen werden. Vor mir liegt die Via della Conciliazione, die auf den Petersdom zuläuft.

Hinter geschlossenen Lidern wird die Prachtstraße der Einheitsfassaden, die Mussolini in den 1930er Jahren bauen ließ, zum alten Viertel, das der englische Schriftsteller Morton in seinen Wanderungen durch Rom beschreibt: Niemand werde je wieder das Erlebnis aus der Zeit vor dem Umbau haben, als das köstliche Gewirr der Straßen den Blick auf die Peterskirche verstellte. Bis sie dastand – mit der Plötzlichkeit einer wunderbaren Erscheinung. So begreife ich, dass den Millionen vor dem Panorama mit der zum Himmel strebenden Peterskuppel der Atem stockte.

Meine Schritte lassen sich vom geschwungenen Becken zur Mitte des Platzes tragen. Hier, wo Archäologen das Petrusgrab vermuten, schlägt das Herz der katholischen Christenheit. Bilder fließen zusammen mit den Gemütsbewegungen der Humanisten, die das Poetische empfanden, das keinen noch so rauen Geist unberührt lasse, egal woher er komme und wohin er gehe. So hat es Erasmus von Rotterdam überliefert. Alles ist mit Symbolik aufgeladen. Wer sich klein fühlt, hat das erhabene Gefühl, dazuzugehören.

Vom Fenster im obersten Stock des Papstpalastes hinter der Kolonnadenreihe wird Paul VI. Punkt Mittag beten und den Segen spenden. Mir bleibt noch Zeit für den Laden, der Briefmarken mit Vatikanstempel verkauft. Gero würde sich über einen Ersttagsstempel freuen. Die Angestellte summiert die Summe, die zu zahlen ist, als ich zusammenzucke. Was wird Gero denken? Vor den Augen der verblüfften Frau renne ich hinaus, als sei der Teufel hinter mir her. An der Via della Conciliazione sinke ich zu Boden. Was für eine dumme Idee!

Schwester Herlind strahlt mit ihrem konstanten Lächeln, als werde es morgens aufgedruckt: »Haben Sie den Papst gesehen?«

»Leider spät geworden«, winke ich zurück.

Im Spiegel der Garderobe richte ich die Kleidung und gehe in den Speisesaal. Wie unter Zeitlupe kehrt das Spiegelbild zurück. Es zeigt eine Vogelscheuche in fleckigem Schwarz, Faltenrock, Bluse mit Ärmelbündchen. Wieso bin ich mir so gleichgültig geworden?

Ich lasse mich durch das alte Rom treiben. In wenigen Wochen werden die winterkalten Steine die Wärme der Sonne zurückstrahlen und einen ganzen Sommer damit füllen. Das Leben der Jahrhunderte träumt von Untergang und Neuanfang zwischen Ruinen und Palästen. Am Forum Romanum, dem Zentrum des antiken Rom, warten wenige Besucher. Wen der Regen abhielt, dem entgeht der Glanz, der sich im Grün des Akanthus und im Weiß der Steine spiegelt. Ich fühle die Kühle des Marmors, der den Nachtregen aufbewahrt.

Was war das? Eine aufgescheuchte Katze? Vor Schreck stolpere ich und lande zwischen Himmel und Erde. Als die Sinne sich gesammelt haben, setze ich mich auf den Stein des Anstoßes. Eine Möwe lenkt den Blick auf die Säulen des Rundtempels der Vesta. Die Beine folgen den Augen, die hinter der Tempelruine das Atrium der Vestalinnen sichten, wo einst Frauen in Rosengärten wandelten. Jetzt zieht ein Hauch von Frühling an den Winterrosen vorüber.

In den Zisternen des Atriums wurde das Regenwasser aufgefangen als Symbol für die Keuschheit der Jungfrauen, die das heilige Feuer im Vestatempel bewachten. Welche Rätsel gaben die Wächterinnen mit ihren Orakeln auf? Ein Orakel würde mir helfen, denke ich und verliere mich in Zweifeln. Wieso bin ich so unschlüssig? Ich habe lange um die Klosterfrage gerungen. Jeder versteht, dass ein Baum bricht, wenn ihn ein Blitz gespalten hat. Doch nichts dergleichen ist mir geschehen. Etwas Leises muss sich angeschlichen haben. Was hat es auf sich mit der Berufung? Prüfen, beten, geistlichen Rat suchen, das alles habe ich getan.

Die Auslagen an der Via del Corso spiegeln meine groteske Erscheinung neben pastellfarbenen Miniröcken, Blusen und Schals vor der blumigen Dekoration des Frühlings. Zögerlich betrete ich einen Laden. Die Zuwendung der Verkäuferinnen ist mir gewiss. Sie kombinieren und steigern sich in Entzücken: »Bellissima!« Je mehr sie zeigen, desto ratloser greife ich das und jenes, bis ich,»scusi, grazie« murmelnd, auf der Straße eine Ecke zum Verschwinden suche.

An der Piazza Colonna kann ich endlich lachen. Rinascente steht da; das sieht nach einem Einkaufszentrum aus, wo ich vor zuviel Aufmerksamkeit sicher sein kann. Der zweite Anlauf gelingt. Ich verstaue das alte Zeug und erkenne mich im Spiegel nicht wieder. »Perfetto«, sage ich draußen, wo die Marc-Aurel-Säule dem glockenblumenblauen Frühlingshimmel zustrebt.

Wochen vergehen. Eines Vormittags übermittelt Schwester Herlind, die ewig Lächelnde, eine Nachricht von Gero. Er sei auf der Durchreise und lade mich nach Frascati ein. Wie vom Donner gerührt, versagt mir die Stimme. So etwas hatte ich vermeiden wollen, als ich vor dem Brief mit dem Poststempel des Vatikans flüchtete. Gero ist der Freund, den ich mit dem Klostereintritt am meisten enttäuscht habe. Nun kommt er, schon morgen, mit der noch immer offenen Frage.

Ich bin verabredet mit einer Rheinländerin, die Christine heißt und mit Humor an die Dinge herangeht. Wir sitzen beim Essen am gemeinsamen Tisch und gehen gelegentlich aus.

»Du wirst mich alte Frau doch nicht als Alibi vortäuschen«, schimpft sie. »So was schlägt man nicht aus.«

»Ja, aber…«

»… aber, aber, was soll das? Dein Kloster läuft nicht weg.«

Geros Freunde sind Italiener. Tonio war Gastarbeiter in Köln. Das Heimweh trieb ihn nach Italien zurück. Gero erzählt während der Autofahrt, dass er als Anwalt eine Abfindung erstritt, die den Grundstock bildete für den

Ausbau einer Taverna, die nun eröffnet wird. Tonio hat viele Pläne, die er in einem Kauderwelsch aus Italienisch und Deutsch hervorsprudelt. Gero und ich nehmen die hintere Bank, die unsere Rücken in eine stocksteife Vertikale zwingt. Meine anfängliche Beklemmung fällt ab, weil Gero nicht zu Wort kommt und keine Anstalten macht, die befürchtete Frage zu stellen.

Während des Essens – es muss die vierte Runde Wein sein – sagt Gero in einem Ernst, der unvermittelt kommt: »Das alles«, seine Arme weisen in die Ferne, »das alles wirst du hinter deinen Mauern nie mehr haben. Du musst verrückt sein, die herrliche Welt aufzugeben. Ich könnte nie genug davon bekommen. Und du …« Seine Worte gehen in der Geräuschkulisse unter.

Als der Gastgeber am Abend vor dem Gästehaus vorfährt, steigt Gero aus und zieht mich an sich, als wolle er einer Zurückweisung vorbeugen. Ich zittere, und er wagt nicht, fester zuzudrücken: »Ach«, beginnt er, aber was ihm auf der Zunge liegt, bleibt ungesagt. Das Auto fährt in die kühle Nacht des ersten Märztages davon.

Meine Träume kämpfen mit Verfolgern und mit Geros Frage nach dem Heiraten, die ich nicht beantworte. Der Glanz in seinen feuchten Augen bedrängt mich. Christine bemerkt meine fiebrige Stirn als erste. Sie alarmiert die Schwestern, die eine Grippe diagnostizieren und mich nicht aus den Augen lassen. An warmen Tagen, auf der Terrasse in eine Decke gewickelt, begleitet von Christine, hilft die Sonne bei der Genesung.

Als die Farbe nach zwei Wochen ins Gesicht zurückkehrt, sagt Christine: »Pünktlich zum Frühling auferstanden!«

Die Feiern der Karwoche und der Ostertage stehen bevor. Meine Zweifel beruhigen sich. Ich will die Rückkehr ins Kloster wagen. Es ist eine allein mit Gott ausgemachte Entscheidung. Sie Menschen anzuvertrauen, scheint mir riskant zu sein. Christine kommt nicht in Frage, die hält nichts von den Klosterplänen.

Die Vorboten des Frühlings setzen überall Farbtupfer. Es treibt mich wieder durch die Gassen zum Pantheon, in der Hoffnung, noch einmal die alte Gewissheit zu spüren. Im Tempel wage ich kaum, den Blick nach oben zu richten. »Sei nicht albern«, sage ich laut, »Erleuchtungen wiederholen sich nicht.« Wie im Zwang wende ich mich zum Bernini-Elefanten. Er ist von Schulkindern umringt. »Du willst auch nicht mit mir reden«, rufe ich ins Kinderknäuel hinein. Im Weitergehen klingt eine Antwort in meinem Ohr: Das Leben ist Gelingen und Versagen, nur auf die Sprunghaftigkeit ist Verlass. Der Rest verschwimmt im Selbstgespräch auf dem Weg über die Spanische Treppe zum Hügel des Pincio.

Als ich das Gästehaus betrete, wartet Christine mit der Nachricht, die Mutter sei krank und bitte mich, nach Hause zu kommen. Eine Schwester hat bereits die Fahrkarte für den Zug besorgt.

Der Sonntag bleibt für den Aventin, den stillsten der römischen Hügel. Der frühe Frühling verströmt Blütendüfte; sie müssen von verwunschenen Mauern kommen, hinter denen sich Klöster und Villen verstecken. Das reiche Viertel soll in der Antike als Armenhaus verschrien gewesen sein.

Choräle ertönen aus einer Kirche und verbinden sich mit der Erinnerung an Rosen und rieselnde Brunnen. Ich sitze auf der Mauer über der Stadt und zeichne die Hügel nach, die sich in der klaren Luft ausbreiten, den Gianicolo, den Monte Mario. Die Augen ziehen Kreise vom Gewirr der Gassen in Trastevere zur Tiberinsel, vorbei am machtstrotzenden Denkmal für Vittorio Emanuele II. und zum Pantheon, wo der Elefant im Häusermeer verschwindet. Und immer stößt der Blick an die alles beherrschende Peterskuppel.

Rom hat den Päpsten viele Schätze des Altertums zu verdanken. Die Stadt ist bevölkert mit trompeteblasenden Engeln, mit Heiligen, die ihre Gesichter himmelwärts wenden und die Arme ausbreiten über das umherlaufende Erdenvolk. Zwei Vögel ziehen Spiralen und verlieren sich im Blau des Horizonts. In der unsichtbaren Ferne, wo die Wasser in den Horizont steigen, beginne ich mit ihnen zu fliegen und werfe die Fragen ins Meer: Alles ist gut.

In den Frieden der geschlossenen Augen fallen die Mittagsglocken ein. Eine dumpfe beginnt und vereint sich mit heiteren Tönen zu einer Harmonie zwischen Himmel und Erde. Die Zeit steht still. Bis die Glocken eine nach der anderen verstummen, und die Stadt wieder die alte ist. Ein Knall aus den Gassen von Trastevere zerreißt den Frieden: Nein, nichts ist gut.

Kriegskind

Die Taufe der kleinen Rosa an einem sonnigen Apriltag 1942 war das letzte kummerlose Fest gewesen. Oma Regina kam oft darauf zurück, und jedes Mal betonte sie das Wort »kummerlos«. Auch diese Taufe lief so ab wie alle im katholischen Dorf mit seinen zweitausend Seelen. Der Säugling, drei Tage alt, wachte auf, als der Pfarrer das Taufwasser auf das Köpfchen träufelte. Danach schlummerte Rosa in demselben Kinderwagen, der schon den Schwestern Clara und Sofia gedient hatte. Mutter Lisbeth saß in Decken gehüllt auf dem Sofa im Wohnzimmer. Sie aßen das feiertägliche Süßbrot mit guter Butter. Stets erwähnte Oma Regina ihren Sohn Hans, den zehn Jahre jüngeren Bruder der Mutter, der Pate bei Rosas Taufe war. Zur allseitigen Freude hatte er zwei Urlaubstage erhalten, bevor er in den Fliegerhorst der Wehrmacht zurückkehren musste.

»Mit Onkel Hans habt ihr Blumen gepflückt. Und kamt mit einem Kränzchen aus Gänseblümchen für Rosa anspaziert«, schloss Oma Regina, wenn sie ihren Enkeltöchtern die Geschichte erzählte.

Das Dreimädelhaus, wie die Leute sagten, stand am nördlichen Rand der Eifel in Römerbach, wo es eine spätgotische Kirche gab, eine katholische Volksschule, einen Kirmesmarkt mit Karussell, Schießbude und Zuckerwatte, ein paar dicke Bauern und einen Fußballplatz im freien Feld, wo man Scherben aus Römerzeiten vermutete. Zwei Gaststätten dienten dem sonntäglichen Frühschoppen, im Eckladen pressten die Kinder Stielaugen an Gläser mit Lakritzschnecken. Die rumpelige Kleinbahn, getrieben von einem Respekt gebietenden Bügel an der elektrischen Oberleitung, führte auf einem Netz mit handbetriebenen Weichen bis in die Kaiserstadt Aachen. Oma Regina rechnete zwei Stunden für die Reise nach Römerbach und berichtete danach über Wartezeiten beim Umsteigen, den Ausfall von Weichen oder eine entgleiste Bahn. Sie legte größten Wert darauf, ihre Geschichten ausführlich zu erzählen.

»Unterbrecht mich nicht«, damit brachte sie stets jede Zwischenbemerkung zum Verstummen. *In Friedenszeiten*, das war ihr Maßstab, in Friedenszeiten war alles besser gewesen. Jetzt war Krieg.

Clara kam 1938, dem Jahr der Judenprogrome, zur Welt. Mit jeweils zwei Jahren Abstand folgten die Schwestern Sofia und Rosa. Onkel Hans stand als Foto, das einen Unteroffizier der Luftwaffe zeigte, in einem Rahmen aus Altsilber, der wöchentlich poliert wurde. Die Eltern Lisbeth und Theo waren reiferen Alters, sie wohnten seit der Heirat im Elternhaus des Vaters am Dorfrand von Römerbach in einem Bruchsteinhaus, das wie die uralten Eichen des Waldes aus der Erde gewachsen und für die Ewigkeit gebaut schien. Der Vater erschloss die Geheimnisse des Waldes, eine Kulisse für die Märchen der Kinderzeit. Die Mutter wachte über allem. Wie sie es schaffte, neben Haus und Hof die tägliche Frühmesse zu besuchen, blieb ihr Geheimnis. Sie setzte die Ordnung, die Gebete morgens, mittags, abends und vor dem Schlafen. Von den Wänden schauten Kreuze mit dem leidenden Heiland dem Treiben zu. Weihwasserbecken an den Türen mahnten zum Bekreuzigen.

Die Schwestern, zu denen sich Dorfkinder gesellten, tummelten sich in einer hügeligen Landschaft, bewacht von der gläsernen Himmelsdecke. Der Buchenweg mit dem Bruchsteinhaus zog an Hecken und Zäunen vorbei. Ein harmloser Graben grenzte die Straßenbahngleise ab, die zu betreten strengstens verboten war. Umso verlockender war's, auf den Schwellen zu springen, eine Lust, die rasch verging, wenn die Füße im Schotter landeten.

Niemand machte sich Gedanken über die Beschäftigung der Kinder. Sobald sie laufen lernten, wackelten sie in der Natur der hunderttausend Herrlichkeiten auf Erkundungsreisen umher. In geflickten Kleidern kletterten sie durch Stacheldraht, schlugen Purzelbäume in farbenprächtigen Wiesen und bluteten aus geschundenen Knien. Würmer krochen nach dem Regen aus der Erde und schlängelten sich in zwei Richtungen, wenn man sie teilte. An der Brücke, wo der Bach das Weite suchte, kehrten die Kinder um. So war es ihnen eingeschärft, und sie hielten sich daran. Zum Dorf hin erübrigte sich eine Anweisung. Den übermannshohen Brombeerhecken mit den beißenden Brennnesseln konnte jederzeit ein Unhold entspringen.

In diesem Paradies liefen die Kinder hinter Altem und Neuem her, entdeckten die Welt der Geheimnisse und lernten fürs Leben. Das Wasser im kristallklaren Bach zauberte Spiegelbilder und ließ die Schatten ins Trudeln geraten. Im Rieseln und Rauschen erzählte es von der Quelle und vom großen Meer. Mit den Wolken, schneeweiß gepudert oder wie durch den Staub gezogen, segelten die Blicke in die Ferne. Und Clara wusste: Das alles hatte Gott gemacht.

Woher sie das wusste? Es lag in der Luft, die sie atmete, so wie es die Sonne gab, den Schnee, die Tiere und das Dorf. Das zeitlose Land der Kindheit formte ein Lebensgefühl aus Weinen und Lachen, aus versunkenen Ereignissen und keimender Erinnerung.

Anfangs schien sich nichts zu ändern, als Clara häufiger zu Oma Regina und Großvater Johann nach Langweiler gebracht wurde. Beide rüstige Sechziger, sahen sie, dass die Mutter mit Haushalt, Kühen, Hühnern und Garten zuviel um die Ohren hatte. So bekam Clara zwei Zuhause, die sich nahtlos ineinander fügten. Zwei Dörfer, zwei Familien, deren Leben sich nach Jahreszeiten und kirchlichen Festen ausrichtete, deren Vorfahren Handwerker, Gastwirte, Lehrer und allesamt katholisch waren. Wahrheiten verstanden sich von selbst. Das Himmlische war allgegenwärtig. Freude und Flüche speisten sich aus dem Jesus-Maria-Josef und dem Herrgott-noch-mal. Heilige boten Auswahl für alle Anliegen.

Gleichwohl öffnete der Ortswechsel einen neuen Kosmos. Clara genoss die Vorteile eines Einzelkindes und tauchte in eine Erwachsenenwelt ein, die Wissensdurst und Fantasie beflügelten. Das fing bei Oma Regina und ihren seltsamen Worten an. *Unduldsam* war so ein Wort. Den Großvater könne sie alles fragen. Nur wenn er die Pfeife stopfe, wolle er seine Ruhe haben, sonst werde er unduldsam.

Der Akt des Pfeifestopfens hatte etwas von einer feierlichen Zeremonie. Großvater legte einen Strang Tabak in eine Schneidemaschine, die wie die kleine Schwester der Brotmaschine aussah. Damit schnitt er eine Tagesration Feinschnitt, ordnete das Häufchen auf einem Brett und maß es mit den Augen. Das Maß der Tagesration war wichtig, weil das Aroma nach dem Schneiden zu schnell verflog und die Pfeife danach nicht mehr schmeckte. Den Schnitt bettete er in eine angekratzte Blechdose, bis auf dem Brett nur noch mikroskopische Reste zurückblieben. Wenn Großvater auf dem hochbeinigen Sofa saß und die Utensilien für die Prozedur auf dem Küchentisch ausbreitete, brach die ernste Zeit des Schweigens an. Das Kind liebte den Mann, den eine weihevolle Seelenruhe umgab.

Oma Regina, groß gewachsen und mit schwarzem Haardutt am Hinterkopf, war eine mitteilsame Frau, die gern Menschen um sich hatte. Die Leute tratschten am Hoftor, und Oma sammelte Nachrichten, die sie ohne Umschweife weitergab. Sie bewertete die Tageszeitung danach, ob das, was im Dorf passierte, am nächsten Tag drinstand oder nicht. Clara ergötzte sich am Palaver und fand heraus, dass sie bei den Großeltern Fragen stellen konnte, anders als in Römerbach, wo Kinder nichts zu fragen hatten.

Bei manchen Dingen flüsterten die Erwachsenen hinter vorgehaltener Hand, und jedes noch so ausgeklügelte Lauschen half nichts. Wieso gab es die Bäckerei Salomon nicht mehr, wo Clara jedes Mal, wenn sie Brot holte, Bonbons geschenkt bekam? Gestorben war niemand. Tote wurden rauf und runter debattiert und in der Zeitung angezeigt. Oma Regina sagte: Frag' den Großvater. Doch der schaute sie an, als habe sie die Frage gestohlen.

Im Dämmerlicht des Abends kam die Zeit zur Ruhe. Beim Fließen des Rosenkranzes atmete sie bedächtiger. Die *Vaterunser* und *Ave Maria* kehrten wieder und wanderten an der Perlenschnur entlang, die über Omas Schürze kroch: Den du, o Jungfrau, zu Bethlehem geboren hast. Der für uns gekreuzigt worden ist. Der von den Toten auferstanden ist. Fünf Geheimnisse zogen allabendlich in die Seele ein, jedes zehnmal dem Ave Maria einverleibt.

Sommers und winters saßen die Großeltern vor dem Herd, in dem Flammen züngelten, wenn man die Ringe der Kochstellen abzog. Zum Abend hin, wenn das Feuer verglühte, summte nur noch der Wasserkessel. Großvater öffnete die Emaille-Tür, und die Glut schimmerte in den Gesichtern, während die Blütenranken des Herdaufsatzes in der Dunkelheit verschwammen. Licht gab es erst, wenn die Hand vor den Augen nicht mehr zu sehen war. Aus diesen Abendstunden nahm Clara ein starkes Gefühl von Wärme und Sinnenfreude mit.

Die Eltern schienen nicht zufrieden zu sein. Clara schnappte Sätze auf wie: Das Kind kriegt zu viel mit. Keine gute Zeit für Kinder. Meinten sie Worte wie Front, Soldaten, Feind oder den Westwall, der in Ordnung gebracht wurde? Ein vom Gedächtnis bewahrtes Bild zeigte das Kind an der Hand von Oma Regina vor der Höckerlinie des Westwalls, überzeugt, dass kein Fahrzeug es schaffte, auf die andere Seite zu kommen. Die Drachenzähne, hoch wie das Kind groß, sahen gefährlich aus. Hühner brachen sich den Hals, und Kühe konnten nicht auf die andere Seite wechseln. Clara hätte gern gefragt, ob sie damit beschützt waren, so wie mit den Abendgebeten, in denen

Gott, der Mond und die Engel wachten. Aber Oma Reginas starrer Blick zu den Höckern hielt sie ab.

Der Führer, wie man sagte, hatte den Westwall zwischen 1938 und 1940 an der Grenze zu Holland, Belgien und Frankreich bauen lassen. Die Nazipropaganda verkaufte ihn als Schutzwall. Die zu vier oder fünf Reihen im Erdreich verankerten Höcker waren als Panzersperren gedacht. Dahinter versteckten sich Bunker und Depots für Soldaten, Munition und Waffen. Tausende Arbeiter hatten die Anlage durch die Landschaft gezogen, zum Verdruss der Bauern, die um ihre Erträge gebracht worden waren und mit entzweigerissenen Betrieben und Fahrwegen zurückblieben. Eltern und Großeltern wohnten zwischen zwei Abschnitten, einer roten Zone westlich von Aachen und einer östlichen grünen Zone, die durch die Dörfer verlief. Nach 1940 verwahrloste die Anlage, und die Bauern nutzten die Bunker für Maschinen und Vorräte. Erst 1944, nach der Landung der Alliierten in der Normandie, wurde die Verteidigungsbereitschaft des Westwalls, wie es in einer Weisung Adolf Hitlers hieß, wiederhergestellt. Unzählige Zwangsarbeiter und zum Reichsarbeitsdienst Verpflichtete versuchten unter Bedrohung durch die Jagdbomber der Alliierten, die Linien notdürftig herzurichten.

In den Dörfern redete man viel über die Betonklötze. Die einen waren dafür, weil die Arbeitslosen von der Straße kamen. Andere wetterten, weil ihre Existenz vernichtet wurde. Zu den wenigen, die den Bau des Westwalls und den Überfall auf Polen von 1939 für ein Unglück hielten und das auch sagten, gehörte der Großvater. Seine Erinnerung als Soldat im ersten Weltkrieg schmerzte in den Knochen. Clara zuckte zusammen, wenn er am Radioknopf drehte und die donnernde Propaganda in die Küche schallte. Der sonst so besonnene Mann würgte das Radio ab und schrie auf: Nein, nicht wieder, alles wird furchtbar enden!

Von Onkel Hans sprachen die Großeltern nur, wenn der Kaplan kam. Dann erwähnten sie, dass Hans als Kind Messe gespielt hatte. Der Kinderaltar mit Kerzenhaltern, Kelch und Wasserkännchen, wie Spielzeug aus einem Puppenhaus, stand in der Dachstube. Seit Oma Regina die geheimnisumwitterte Kammer auf Drängeln hin geöffnet hatte, fühlte Clara sich als Mitwisserin. Onkel Hans hatte als Junge schon gewusst, dass er Priester werden wollte.

Für den Besuch des Kaplans zog Oma Regina die Latzschürze aus. Sie legte das Sonntagskleid an, wadenlang mit großen Blüten. Die für diesen Zweck gehütete Sammeltasse mit Goldrand und ziselierten Ranken wartete auf dem blütenweißen Tischtuch. Clara lauerte jedes Mal auf den Moment, wenn die eckigen Bauernhände mit dem zart geschwungenen Griff der Tasse zu kämpfen anfingen. Hin und her gerissen zwischen Tasse und Kaplan pendelten die Augen an der schwarzen Soutane hoch zum weißen Stehkragen, der am tanzenden Adamsapfel abrutschte. Die singende Stimme wollte zur Statur nicht passen, auch nicht das feierliche Wort, an dem Clara eines Tages hängen blieb.

»Gott ist ein Mysterium«, sagte er.

Der Samstagabend fiel aus der Routine. Oma Regina ging zur Totenwache für eine Verstorbene. Großvater blieb bei seiner Pfeife.

»Großvater«, begann Clara, und als dessen Stirn keine Falten zog: »Ist Gott ein Müstirjum?«

Der Großvater schien, ehe er antwortete, die Worte still für sich in Sätze zu fassen. Jedes Wort, das er dann sagte, war wichtig. Zuerst wollte er wissen, wer das gesagt habe.

»Der Kaplan«, sagte Clara.

Das beruhigte ihn. Er stopfte eine zweite Pfeife. »Ja, Gott ist ein großes Geheimnis. Wir wissen nicht viel von ihm. Ich werde dir erzählen, wie er die Welt erschaffen hat.«

Clara hörte dem ernsten Mann mit leuchtenden Augen zu.

»Im Uranfang war die Welt dunkel. Kahl und trostlos. Gottes Geist schwebte darin und erschuf als erstes das Licht. Er teilte Licht und Dunkelheit und nannte sie Tag und Nacht. Dann musste Gott die Wasserfluten bändigen. Er trennte das Wasser, das unten war, von dem, das oben war, und setzte ein Gewölbe dazwischen. Das war der Himmel, den wir über uns sehen, mit den Wolken, die das Wasser festhalten. Unter dem Himmel verteilte er das Wasser so, dass die trockenen Orte, Berge und Inseln aus der Erde hervorkamen. Meere und Länder gefielen ihm gut. Er ließ Pflanzen wachsen, Blumen in allen Farben leuchten, Bäume und Wälder grünen.«

Großvater zog an der Pfeife und Clara sah den Lichtschimmer auf seinem Gesicht. Er dachte nach.

»Ja, es fehlten die Sonne, die den Tag bescheint, und der Mond, der die Nacht bewacht. Und weil der Mond nicht so hell ist, setzte Gott die Sterne um ihn herum. Viele Sterne, so viele, dass niemand sie zählen konnte. Er freute sich daran und betrachtete sie still.«

Eine lange Pause folgte. Hatte er die Pfeife vergessen? Das Kind wartete.

»Am kommenden Tag füllte Gott die Meere mit allerlei Tieren, den kleinen und den riesigen, mit allem, was im Wasser schwimmt. Er ließ die Vögel fliegen, die Schmetterlinge, die Libellen und die Fliegen. Da war viel los auf der Erde.«

»Auch Schafe und Kühe?«

»Ja«, fuhr der Großvater fort, »genau die schuf Gott am nächsten Tag. Mit den Tieren des Waldes, den Rehen und Hirschen, dem Fuchs, dem Wolf. Nicht zu vergessen die Käfer und Würmer, die Kaninchen, Schlangen und Eidechsen. Und die Affen.«

»Affen?«, wiederholte Clara.

»Die leben in fremden Ländern. Eines Tages wirst du sie dort sehen.« Großvaters gewichtige Miene beugte sich zu ihr hin. Sie war begeistert, ob wegen der Affen oder der fremden Länder, war ihr nicht klar.

»Und weil Gott dabei war, die Erde zu bevölkern, schuf er zu guter Letzt die Menschen, die auf zwei Beinen gehen und nicht auf der Erde kriechen müssen. Sie sind klug und haben Hände, mit denen sie streicheln und schöne Dinge formen können. Und Gott sagte den Menschen: Hier habt ihr meine Schöpfung. Das alles ist für euch, für eure Kinder und Enkelkinder, damit ihr glücklich seid. Sorgt gut für alles.«

Clara lauschte still gespannt.

»Als Gott fertig war, ruhte er aus. Deshalb feiern wir den Sonntag, damit wir die Eile vergessen und uns an allem erfreuen.«

Beide schwiegen. Die Küche lag im Halbdunkel, und nur die knisternde Herdglut warf ihren rötlichen Schein. Clara sah ihren Großvater von der Seite an. Sie stellte sich vor, wie Gott die Wiesen, den Bach, die Frösche und Schwalben erschaffen hatte, die Wunderwelt, in der sie ihre Tage verbrachte.

In die Stille hinein fragte sie: »Ist Gott noch immer da?«

»Ja, ich glaube, dass Gott die Welt zusammenhält und uns schützt«, sagte der Großvater.

»Wie sieht Gott aus? Weißt du, wie er aussieht?«

»Nein, Kind, niemand hat ihn gesehen, niemand weiß, wie er aussieht. Er ist kein Mensch wie wir.«

Clara wusste jetzt, dass man Gott nicht sehen kann. Doch es stand für sie fest, wenn Gott ein Mensch wäre, dann wäre er einer wie der Großvater.

Die aufgeschnappten Worte klangen jetzt anders: Ostfront, Russland. Bevor die Großeltern Licht einschalteten, verdunkelten sie die Fenster wegen der Bomben und Christbäume. Das klang nach Weihnachten, aber es waren Flugzeuge der Engländer, die Leuchtkugeln in den Himmel setzten. Oma trug schwarz und lachte nicht mehr. Der Kaplan kam häufiger, aber die Tasse mit dem Goldrand blieb in der Vitrine. Ging es um Onkel Hans?

Hans, der dritte Sohn nach zwei Fehlgeburten der Großmutter, hatte seine Gymnasialzeit in einem Internat der Salesianer verbracht, vor dem Abitur die ersten Gelübde im Orden abgelegt und 1938, in Claras Geburtsjahr, das Studium der Theologie begonnen, um Priester zu werden. Aber es kam anders. Mit einundzwanzig Jahren wurde er zum Reichsarbeitsdienst und zur Luftwaffe einberufen. Es kursierten Gerüchte, Theologen würden in gefährliche Einsätze gesteckt, was niemand belegen konnte, sich aber zu bestätigen schien, als Hans nach Russland, in den Krieg um Stalingrad kommandiert wurde. Täglich erreichten Todesmeldungen das Dorf.

Oma Regina sprach mit dem Kaplan über den Tag, als der Ortsgruppenführer die bestürzende Nachricht überbracht hatte, dass ihr Sohn, Bordfunker bei einem Sturzkampfgeschwader, 1943 von einem Aufklärungsflug in den Kessel von Stalingrad nicht zurückgekehrt war. Das Flugzeug war bei schlechter Sicht gestartet und von der russischen Flak beschossen worden. Clara, die im Nebenzimmer wartete, bekam nur die Ausrufe mit.

»Er lebt, er muss leben«, wiederholte die Großmutter immerfort. »In Gefangenschaft muss er sein, wir suchen ihn!«

Als der Kaplan gegangen war, sah das Kind, wie Oma Regina ein Taschentuch aus der Schürze zog und die Tränen abwischte. Clara wusste noch nicht, dass es Leiden gab, die kein Trost erreichte. Onkel Hans blieb für sie der Mann in der Uniform auf dem Foto, das im Rahmen des Herz-Jesu-Bildes über dem Sofa weiterlebte, geschmückt mit einem hängenden Immergrün. Die schwarz gekleidete Großmutter verwandelte sich in ihren Schatten. Ihr Schatz war ein schmales Lederheft, das mit dem eisernen Kreuz überbracht worden war. Es enthielt Aufzeichnungen ihres Sohnes aus dem Fliegerhorst und der Zeit in Russland und brach mit der Eintragung an Weihnachten 1942 ab: *Leben und Tod. Alles liegt in Gottes Hand.*

Oma Regina schien mit dem Sessel am Fenster zu verwachsen, wo sie sich an die Handschrift des Sohnes klammerte oder gedankenverloren in die Richtung schaute, aus der er kommen musste. Eines trüben Tages wollte Clara die Großmutter trösten und legte ihre Hand auf die Armlehne. Oma Regina klappte das Heft erschrocken zu. »Oje, die Schafe, komm schnell, sie brauchen Futter.«

Die Einschulung 1944 stand an, und Clara kehrte nach Römerbach zurück. Doch die Freude auf die Schule währte nicht lange. Die Tiefflieger der Alliierten passierten in kurzer Folge die deutsche Grenze. Der Fliegeralarm brachte das Leben durcheinander und trieb Schulkinder wie Erwachsene in die Keller und Bunker. Die Lehrer wurden an die Front beordert, und nach wenigen Wochen kam der Unterricht zum Erliegen, weil die deutsche Wehrmacht in die Schule einrückte. Wenn Worte wie Stalingrad, Feindsender, Alliierte fielen, flüsterten die Erwachsenen und schauten nach, ob Türen und Fenster geschlossen waren. Der Großvater hätte ihr erklärt, wer die Bösen waren, vor denen sie sich so fürchteten, dachte Clara.

Es hatte im August und September 1944 schwere Kämpfe an der Westfront gegeben. Römerbach geriet zwischen die Fronten und es war allerhöchste Zeit, die Einwohner zu evakuieren. Die Hoffnung vieler Bewohner der Region, dass Aachen von den Amerikanern überrollt und so gerettet werden würde, erfüllte sich nicht. Der Führer hatte den Befehl erteilt, die Stadt bis auf den letzten Blutstropfen zu verteidigen und keinen Stein auf dem anderen zu lassen. Man munkelte, Hitler hasse das bockige Rheinland als halbes Franzosenland und habe es deshalb zum Beschuss freigegeben.

In der Nacht zum zehnten September 1944 fuhr ein Lastwagen der Wehrmacht im Buchenweg vor. Er lud so viele Familien wie möglich auf und verfrachtete sie ins Münsterland. Jeder durfte nur das Notwendigste mitnehmen. Die Kinder trugen mehrere Kleider übereinander und bekamen einen Rucksack auf den Rücken gepackt.

Clara mühte sich mit den Kleiderschichten ab. Die Mutter hatte ihr eingeschärft, ein tapferes Mädchen zu sein; als Älteste könne sie für sich selbst sorgen. Dem Vater war die Front wie durch ein Wunder erspart geblieben, weil Freunde ihn als Arbeiter in einem kriegswichtigen Betrieb geführt hatten. Als er sich dann doch melden sollte, hatte eine Bombe die Dienststelle der Wehrmacht getroffen, und die Bediensteten mussten im Chaos seine Spur verloren haben.

Mutter hielt sich an dem Satz fest, der ihr Kraft gab: »Der Herrgott meint es gut mit uns. Hauptsache, wir sind zusammen.«

Die Flucht von einem zerstörten Ort zum nächsten dauerte Wochen. Dass Krieg kein Spiel war, begriff auch Clara mit ihren sechs Jahren. Dröhnende Sirenen, donnernde Bomben, polternde Trümmer, heulende Feuer und klirrende Fensterscheiben brannten sich ihr ins Gedächtnis ein. Keller, wo Kinder zwischen Erwachsenen nach Luft rangen, dazu das Gemurmel der Rosenkränze, himmelstürmende Stoßgebete. Der alte Mann und seine Schreie: Wo ist Gott? Warum ist er böse? Das ist die Strafe! Sie banden ihm den Mund zu und erklärten ihn für verrückt. Was war Claras Erleben? Was fügten Erinnerung und Hörensagen hinzu? Ist es wichtig, wie die Angst in die Seele fiel?

»Hauptsache, wir sind zusammen«, sagte die Mutter und zählte nach, ob es stimmte.

An einem bombenschweren Tag hämmerten Gewehre an die Tür der Kellerbehausung. Clara fasste Mutters Rock und platzte mitten ins Poltern hinein: »Ist Gott jetzt böse?« Zwei Arme hoben sie auf einen Lastwagen, der qualmend davonfuhr in die Nacht.

Katholische Kirche

Ein klappriges Fuhrwerk hinter einem dürren Ackergaul, vollgestopft mit Menschen und Habseligkeiten, schepperte durch die Schlaglöcher. Wo die Gleise im Nichts endeten, hatten mit Kohle beladene Güterwagen die Leute ausgespuckt. Der Karren rumpelte in die Kurve, die Friedhof und Dorfkirche freigeben würde.

»Die Kirche, wo ist sie?«, schrie eine Stimme in die hohlwangigen Gesichter hinein und schreckte auch die auf, die vor sich hin gedämmert hatten.

Da war sie, versunken in einem Hügel spätgotischen Schutts, von den zerborstenen Grabsteinen nicht mehr zu unterscheiden. Einige schlugen Kreuzzeichen. Am Stumpf des Turms vorbei starrten sie in das Trümmergrau der Dorfstraße. Der tiefblaue Augusthimmel blickte wie zum Trotz in die Häusergerippe, als wollte er zeigen, dass ihm die Wut der Zerstörung nichts anhaben konnte. Einer nach dem anderen kroch vom Fuhrwerk, nach Richtung suchend. Claras Familie blieb zurück. Der Gaul quälte sich an der Ecke vorbei, wo einst die Schule stand, und verfehlte im Dickicht der Brombeerhecken um ein Haar den Buchenweg.

Mutter Lisbeth schlotterte und bekreuzigte sich in einem fort: »Dem Herrgott sei Dank, wir sind zusammen.«

»Das Loch in der Mauer«, entfuhr es Clara.

Der Vater, erleichtert, dass das Haus den Krieg anscheinend besser als andere überlebt hatte, wischte die Angst weg: »Das Haus steht. Jetzt wird alles gut.«

War wirklich alles gut? Mütter erschöpften die Kräfte im Überlebenskampf. Kinder suchten ihren Platz in der zerstörten Umwelt. Erwachsene mutmaßten, dass Kinder die Dinge so nähmen, wie sie waren, und schnell vergäßen. In Claras Seele brannten Fragen, für die niemand Zeit hatte, so dass sie sich zerstreuten.

Und wie waren die Dinge? Überall drohten Schilder mit Totenköpfen vor Minengefahr. Geknickte Masten lagen auf den verbogenen Schienen der Straßenbahn. Panzer hatten sich in die Kraterlandschaft gebohrt. Eltern mahnten vor Blindgängern. Drei Jungen starben, als sie an Panzern zündelten, andere verloren Arme und Beine beim Spielen mit Minen. Überall hallten Sprengungen von Räumkommandos. Kriegskindheiten waren nicht glücklich. Glück hatte, wer sie stabil überstand.

Was früher Männerarbeit war, übernahmen Frauen und Töchter. Väter und Söhne waren aus dem Krieg nicht zurückgekehrt oder in Gefangenschaft geraten. Vereinzelt kehrten sie heim, krank, erloschen, mit amputierten Beinen, Granatsplitter in den Gliedern, Väter, vor denen Kinder sich fürchteten: Mama, was will der Mann?

Mutter Lisbeth wollte die komplette Familie auf einem Foto verewigt sehen. Sie nähte Kleider aus Samtvorhängen, tauschte selbstgestoßene Butter gegen Zierleisten, die dem spröden Stoff Glanz aufsetzen sollten, trennte sich für den Fotografen schweren Herzens von einem Sack Briketts. Die Kinder, tieftraurige Mienen mit Schleifen aus Betttuchstoff, saßen zwischen verhärmten Elterngesichtern und wirkten wie zu klein geratene Erwachsene, die nicht mehr wussten, was Lachen war. Sie waren von einem Tag zum anderen erwachsen geworden. Auch die Großeltern aus Langweiler sahen fremd aus, als hätten sie ihr dunkles Haar gegen schlohweiße Strähnen eingetauscht. Omas verschossener großblumiger Rock schlotterte um die Beine; den dicken Hintern darunter gab es nicht mehr.

Dem alten Mischwald am Ende des Buchenwegs war es nicht besser ergangen. Kopflos ragten verkohlte Baumstümpfe in den Himmel wie Trauergäste, die dem Tod nicht entronnen waren. Wo Spielplätze waren, ächzten die von Baumkrepierern zerrupften Äste und Stämme, als wollten sie sich ein letztes Mal aufbäumen. Die Singvögel hatten ihre Lieder verlernt, und der Wind brachte die

Baumkronen nicht mehr zum Flüstern, so wie früher im Winter, wenn das Blätterraunen verstummte. Der Krieg hatte dem Wald die Geheimnisse ausgetrieben. Nur den Raben war egal, wo sie kreischten.

Clara, inzwischen acht Jahre alt, gehörte zu denen, die in die Sonntagsmesse und zum Pfarrer in die Christenlehre gingen. Die katholische Kirche streute Farben aus dem Füllhorn ihrer Tradition in den Nachkriegsalltag und pflanzte Hoffnung. Sie vertrieb die falschen Werte der Nazizeit, die ins Schweigen fielen, als seien sie für immer entsorgt. Auch die Kirche stand armselig da. Glocken waren für Waffen eingeschmolzen worden, Priester an der Front gefallen. Der ergraute Pfarrer, ein praktisch denkender Gemütsmensch, suchte Gutwillige, die einen ehemaligen Tanzsaal in eine Notkirche verwandelten. Klingelbeutel für Kirchenbau, Glocken und Altäre wuchsen sich zu Dauerprogrammen aus. Und der alte Gott trat mit seinen Festen wieder ins Rampenlicht.

Pünktlich zum ersten Advent stellte die Mutter den aus Fichte gesteckten Kranz auf den Wohnzimmertisch und entzündete die erste der vier Kerzen. Vor Weihnachten besorgte der Vater den Tannenbaum im geschundenen Wald. Vor den Augen der Mutter fand der ausgewählte keine Gnade und musste an kahlen Stellen mit Zweigen geflickt werden. Er konnte nur mit Vorsicht geschmückt werden. Zum Fest glitzerte er im Lametta, die Kerzen spiegelten Sterne in die vom Krieg verschonten Silberkugeln, eine zuckerweiße Kugel, die einmal eine Spitze gehabt hatte, setzte die Krone auf.

Im grünen Moos erzählten die mit Wasserfarben aufgefrischten Gipsfiguren der Krippe die heilige Geschichte. Das nackte Jesuskind strampelte im Heu, die Mutter Maria betete auf den Knien vor der Krippe. Dem Bedürfnis, ein Hemd für das Kindchen zu häkeln, gab Clara bald nach, so dass es nicht mehr fror. Der heilige Josef, auf einen Stock gestützt, müsse immer hinten stehen, erklärte die Mutter, nachdem die Schwester Rosa ihn näher zur Krippe gerückt hatte. Er sei nur der Nährvater des Jesuskindes, war die knappe Erklärung. Ochs und Esel wärmten das göttliche Kind mit ihrem unsichtbaren Atem. Den lädierten Schafen gesellten sich Kiefernzapfen bei, so dass eine schwarzweiße Herde um die heilige Familie graste.

Tiefe Eindrücke begleiteten die Maiandachten. Ein Altar zu Ehren der Gottesmutter in Blütenpracht, ein Leuchter mit Kerzen, die goldene Monstranz, der Weihrauch und die geschmetterten Marienlieder verwandelten die Notkirche in eine Kathedrale der gehobenen Gemütsstimmung. Clara fieberte dem Schlusslied entgegen: In dieser Nacht sei du mir Schirm und Wacht. Das Wiegenlied beschwor Gott, Maria, Josef und alle Schutzengel, die Menschen vor Unheil zu bewahren. Auf einer Wolke tröstlicher Geborgenheit erwartete sie die Nacht, in der nichts und niemand ihr etwas antun konnte.

Die Fronleichnamsprozession brachte das Dorf auf die Beine. Tage vor dem Ereignis holte man Heilige und Kreuze von Kommoden, stärkte und bügelte Tischtücher, kramte Zierdeckchen hervor. Mit Kerzen und Blumen posierten Stillleben auf den Stufen der Haustreppen. Wer welche besaß, band gelbweiße Kirchenfahnen am Fenster fest. Hakenkreuze ließen sich für nichts mehr verwenden, abgesehen davon, dass niemand welche gehabt haben wollte. Größte Bewunderung ernteten die Blütenteppiche, die nur der Priester betreten durfte, während die langen Reihen der Gläubigen peinlich darauf achteten, keinen Fuß darauf zu setzen, als sei das eine Sünde, die direkt in die Hölle führte. Hostienscheiben waren zu sehen, begleitet von Kelch, Sonne, Mond und Engeln, auch aus gefärbtem Sägemehl, das die Kinder besonders schön fanden.

In einer goldenen Monstranz betrat Jesus als Hostie die Straßen, getragen vom Pfarrer unter dem Baldachin mit Goldfäden und Bommeln. Kommunionkinder gingen in Formation, nach Mädchen in Weiß und Jungen in Schwarz sortiert. Engelchen mit Schmetterlingsschleifen im Haar streuten Rosenblätter. Schellen von rotweiß ausstaffierten Messdienern kündigten das Allerheiligste an. Die Leute knieten am Straßenrand nieder und schlugen Kreuzzeichen; die mit den gichtigen Knochen verrenkten sich. Der Schützenverein marschierte in Federhüten auf, vorweg der Träger mit dem Banner des heiligen Antonius von Padua. Der Wundertäter hatte überlebt und brachte wieder verlorene Gegenstände zurück. Eine Blaskapelle gab Lieder vor, und alle stimmten aus voller Kehle ein.

An vier Altären im Freien staute sich die Menge, um die Monstranz gebührend zu empfangen. Der letzte Altar diente dem lateinischen Hochamt mit einer Schar von Ministranten, die den Altar mit Weihrauch vernebelten. Der Priester spritzte Weihwasser und die Menge nahm den Segen mit Verneigen oder Wegducken entgegen. Prozession und Messe klangen aus mit dem *Tedeum* und dem Lied *Großer Gott, wir loben dich* in allen Strophen. Dank und Jubel schallten durch das Dorf und echoten im Wald, wo die Vögel ihren Gesang beisteuerten. Der Schlussakkord aus alten und jungen, treffsicheren oder schrägen Kehlen brauste zu Gott, dem das tönende Farbspektakel galt: Wie du warst vor aller Zeit, so bleibst du in Ewigkeit.

Die Menschen gingen mit leuchtenden Gesichtern und dankerfülltem Herzen getröstet heim, schrieb ein Chronist über die Fronleichnamsfeste in den rheinischen Dörfern der Nachkriegszeit. Feiern konnten die Katholiken, und sie verstanden eine Menge von Gesang, Gewändern und Magie, von Gefühlen und Stimmungen.

Der Religionsunterricht versprach große Dinge. Von Gott kam die Offenbarung, und diese lehrte die Kirche, die sich in den Wahrheiten auskannte. Es gab eine wahre Kirche, die Jesus dem Petrus anvertraut hatte; sie war einig, heilig, katholisch und apostolisch. Der Papst, die Bischöfe und die Priester verkündeten die Lehre. Alle im Dorf glaubten, was die Respektspersonen sagten, und dann war es wohl so. Wer zur richtigen Kirche gehörte, konnte sich glücklich schätzen, und Clara versprach wie alle zu Ostern, von dieser Kirche nicht zu weichen. Mittlerweile wusste sie, dass nicht alle Menschen katholisch waren. Während der Evakuierung in Thüringen hatten evangelische Kinder mit ihr die Schulbank gedrückt. Der Netteste war der Nachbarsjunge Karli, in den sie verliebt war.

Manche Geschichten aus der Bibel, die Fräulein Klein vorlas, klangen vertraut, andere erzählten von der Strafe Gottes. Die Menschen vergaßen Gott, weil die Herzen böse waren. Gott, der das Treiben beobachtete, grämte sich und wollte die Menschen vernichten. Nur an einem hatte er nichts auszusetzen: Er hieß Noah und hatte eine Familie. Bau' dir ein wasserfestes Haus, denn ich werde eine große Flut kommen lassen, sagte Gott. Geh in diese Arche und nimm von jeder Tierart ein Paar mit, dazu genug Vorräte.

Große Wasserfluten bedeckten die Erde und vertilgten alles, was kreuchte und fleuchte. Nach Wochen war Gottes Zorn verflogen, es tat ihm leid, dass er seine schöne Erde verflucht hatte, und er versprach Noah, es nie wieder zu tun. Zum Zeichen seiner Treue stellte er den Regenbogen in die Wolken, einen größeren und schöneren als den, den Clara am Himmel entdeckte.

Sie hörten von Abraham, dem Stammvater aller Völker, und von Mose und der vierzig Jahre dauernden Wanderung des Volkes durch die Wüste in das Land Israel. Die Hebräer mussten in Ägypten als Sklaven auf den Feldern ihrer Herren arbeiten und litten große Not. Eines Tages traute Mose seinen Augen nicht. Ein Dornbusch brannte lichterloh, verbrannte aber nicht. Das will ich mir ansehen, dachte Mose, und ging auf das Feuer zu. In diesem Moment hörte er eine Stimme: Zieh deine Schuhe aus, der Ort ist heiliges Land. Die Stimme war der Gott Abrahams, und sie fuhr fort: Ich sehe, wie die Hebräer gequält werden; du sollst sie herausführen aus Ägypten. Mose bekam es mit der Angst zu tun. Wie sollte er vor dem mächtigsten Herrscher der Welt, dem ägyptischen Pharao, auftreten und eine so gewaltige Aufgabe ausführen? Doch die Stimme versprach, ihm beizustehen.

Aber das war wieder eine andere Geschichte. Clara ging in den Erzählungen auf, fürchtete sich mit Mose und warf den Brombeerhecken am Buchenweg scheue Blicke zu, als seien sie mit dem Dornbusch verwandt. Die Bibel handelte von den großen Taten Gottes und den widerspenstigen Menschen.

Jesus war der Sohn Gottes und hatte nichts mehr zu tun mit dem Krippenkind, dem sie ein Hemd gehäkelt hatte. Die wunderbare Brotvermehrung beeindruckte sie besonders, denn sie kannte Leute, die im Krieg nicht genug zu essen gehabt hatten. Tausende von Menschen folgten Jesus, das ganze Land sprach über ihn, und alle wollten den Wundertäter sehen. Die Jünger stießen den Meister an und flüsterten ihm zu: »Rabbi, die Menge ist hungrig, und sie haben einen weiten Weg vor sich.«

Jesus blieb ganz ruhig: »Was habt ihr denn?«

»Fünf Brote und zwei Fische.«

»Dann nehmt sie und verteilt sie an die Menschen.«

Das Unglaubliche geschah, alle wurden satt, und als sie die Reste einsammelten, füllten sie zwölf Körbe.

In der Welt des Katechismus ging es um Gebote und Verbote. Was Clara hörte, enttäuschte sie. Aber nicht alles. Gott blieb der Erhabene, der die Welt erschuf. Doch die Sprüche, die auswendig gelernt werden sollten, verwirrten den Kopf mit dem großen Bild von Gott:

Frage: Warum sagen wir: Gott ist allwissend? Antwort: Wir sagen: Gott ist allwissend, weil er alles weiß; das Vergangene, Gegenwärtige und Zukünftige, sogar unsere geheimsten Gedanken.

Wieso war der Pfarrer so sicher? Kannte er die Wahrheiten besser als der Großvater, der glaubte, dass niemand Genaues über Gott wusste? Damit die Kinder sich den Allwissenden einprägten, zeichnete der Pfarrer ein Dreieck an die Tafel und darin ein gestrenges Auge mit Strahlen für Vater, Sohn und Heiligen Geist. Sah dieser dreieckige Gott zu, wenn sie sich im Plumpsklo mit Durchfall herumschlug, weil sie unreife Äpfel stibitzt und gegessen hatte?

Im Unsichtbaren wohnten Engel, die Freunde Gottes und der Menschen. Jeder hatte einen Schutzengel, der wachte, dass nichts Schlimmes passierte. Claras Engel ging immerfort einsatzbereit neben ihr her. Er war feinfühlig, da er sich nicht in alles einmischte. Unter seiner Schutzglocke begann das kalte Dreieck zu verblassen.

Der Unterricht lehrte alles über das Erdenleben und das ewige Leben nach dem Tod, wo sich die Verstorbenen trafen. Wer in der Gnade Gottes starb, der kam in den Himmel. In den Kirchenliedern jubilierten die Engel ohne Unterlass und saßen um den Thron Gottes. Clara fand das langweilig, sagte es aber nicht. In der Hölle, dem Schreckensort der Finsternis, wo Heulen und Zähneknirschen lauerten, hatte der Teufel das Sagen. Davon war oft die Rede, aber dorthin wollte sie erst recht nicht. Zwischen Himmel und Hölle lag das Fegfeuer, wo die Verstorbenen, die weniger schwere Sünden begangen hatten, für eine gewisse Zeit büßen mussten. Es war so etwas wie eine Auffangstation für den Zug zum Himmel. Am Allerseelentag, einem immer trüben zweiten November, sammelte man Ablässe für diese armen Seelen.

Wichtige Ereignisse klopften an ihr Zehnjahresleben an, alldieweil die Erwachsenen die Währungsreform mit der neuen Deutschen Mark im Kopf hatten. Clara zählte zu den wenigen Dorfkindern, die auf die höhere Schule in der Stadt wechseln sollten, gleich zwei Gründe, vor Stolz zu platzen. Gymnasium, das klang elitär, war es auch. Nach der Dorfmeinung heirateten Mädchen und sollten lieber Kochen, Nähen und Kinderwickeln lernen. Stadt, das hieß weite Welt, wenn auch vorerst eine kleinere. Städter zählten zu einer besonderen Gattung: Piekfein gekleidet, mit neuesten Hüten und Schuhen, verweilten sie in Cafés. Ein

Onkel hatte dort eins. Seine Frau sprach gepflegtes Hochdeutsch und setzte den vornehmen Akzent auf die letzte Silbe, wenn sie einen Kaffee servierte.

In das gleiche Jahr 1948 fiel die Erstkommunion. Der Pfarrer sprach über die heilige Hostie, in der sich Christus aufs innigste mit der Seele vereinigte. Die Mutter sorgte sich um das weiße Kleid und das Kränzchen im Haar. Oma Regina strickte Strümpfe und Handschuhe mit Täschchen für das Spitzentaschentuch. Onkel und Tanten spielten durch, wie sie sich auf die im Dorf verstreute Verwandtschaft verteilen sollten, da mehrere Cousinen zur Erstkommunion gingen. Das Fest versprach eine Gelegenheit, sich durch gute Mahlzeiten hindurch zu essen. Mutter räumte eine Stellage im Keller, um die gerühmten Buttercremetorten unterzubringen. Das rosa Schweinchen Rita ließ sein Leben.

Am Tag der Erstkommunion verbrachte Clara die halbe Messe leichenblass vor der Tür, weil ihr schlecht war. Im Innenraum der Notkirche herrschte drangvolle Enge, die kaum Luft zum Atmen ließ, so dass ihr das kirchliche Gebot, vor der Kommunion nüchtern zu bleiben, zum Verhängnis wurde und den schönsten Tag des Lebens, wie der Volksmund sagte, verhagelte.

Vor das Ereignis hatte die Kirche die erste Beichte gesetzt. Es erwies sich als schwierig, Todsünden von lässlichen Sünden zu unterscheiden. Mit den schweren entschied sich der Mensch gegen Gott; bei Kindern seien sie nicht häufig, trotzdem sei es heilsam, sie vor der Beichte zu bedenken. Der Pfarrer zeigte an Beispielen, wie Kinder sündigten. Zur Orientierung übergab er einen Beichtspiegel. Wer sich daran halte, könne nichts falsch machen.

Im Großen und Ganzen war der Beichtspiegel klar. Nur beim sechsten Gebot tauchten Unklarheiten auf: Unschamhaftes tun, hieß es da, allein, mit anderen, darüber nachdenken, reden und singen. Unschamhaft singen? Sangen sie nicht vom nackten Jesulein in der Krippe? Der Pfarrer erklärte ungefähr, worum es ging, aber

Clara wurde nicht schlau daraus. Entweder fehlten ihm die richtigen Worte, oder es war ihm peinlich, darüber zu sprechen. Er verwies die Kinder an den Beichtvater, der er selbst war, den sollten sie im Beichtstuhl fragen, wenn sie etwas nicht wüssten.

Dem Mann im Beichtstuhl die delikate Sache mit der Badewanne am Samstag erzählen? Das ging nicht. Dem Bad der Kinder in der Zinkwanne konnte sie nicht entrinnen, aber sie wollte fortan darauf achten, beim Baden allein zu sein. Wie das gehen sollte, zumal im Winter, wenn die Wohnküche der einzige warme Raum war, wusste sie nicht. Aber sie wollte alles vermeiden, damit sie mit dem sechsten Gebot nicht in den Beichtstuhl gehen musste. Leider erinnerte der Beichtspiegel jedes Mal an die heikle Angelegenheit.

Als der Tag der ersten Beichte näher rückte, bedachte Clara zu Hause jeden Schritt, ging den Sündenspiegel durch und notierte, was ihr einfiel. Dass sich die Sünden vor späteren Beichten wiederholten, gefiel ihr nicht. Sie begann zu variieren, erfand etwas dazu, lieber mehr als zu wenig, zumal auch sündige Gedanken zählten. Die Beichten standen regelmäßig an, und jedes Mal verkrampfte sich ihr Herz. Kompliziert war die Sache mit dem Naschen, Stehlen und Lügen. Gern mischte sie sich Haferflocken mit Kakao und Zucker aus Mutters Vorräten, nicht zu viel, damit Mutter nichts merkte. Im Sommer, wenn die Kirschen im Garten leuchteten, schlich sie hin und holte sich so viele Früchte herunter, wie der Bauch fasste. Fiel der Diebstahl auf, tat sie so, als wisse sie von nichts.

Der Einfall war die Rettung. Sie legte Naschen und Stehlen vor die Beichte und nahm sich vor, nach der Beichte eine Woche lang die Finger davon zu lassen. Ob damit die Reue abgesichert war, blieb ungewiss. Aber sie sah sich bestätigt, weil die Seele anschließend wie Watte schwebte, bis sie anfing, wieder Staub anzusetzen.

Höhere Schule und Kleinstadt erfüllten ihre Träume. Im Milieu der Mädchenschule, von Ordensschwestern geleitet, fand der Fisch sein Wasser. Bei den Schwestern zählten Herkunft aus gut katholischem Haus und solider Fleiß. Die Aufsätze brachten umso bessere Noten, desto frommer der Anstrich war. Die Schwestern hielten alles Üble von den Herzen der Schülerinnen fern, vielleicht auch, weil sie sich, der Welt entrückt, in weltlichen Versündigungen nicht auskannten. Freundschaft, Liebe und Sexualität blieben platonisch weit von der Wirklichkeit entfernt. Umso blumiger wucherte die Fantasiewelt der Mädchen, wo sich imaginäre Erlebnisse gegenseitig überboten.

Regelmäßig musste eine Schülerin zur Erdkundestunde eine Landkarte holen. Clara war scharf auf den Dienst, weil sie im Raum mit den vielen Landkarten ein Weltgefühl überkam. Sie befuhr die Ozeane und Ströme und machte Rast mit den Kamelen in den Oasen der Sahara, wie Karl May es in dem Buch tat, das ihr eine Freundin geliehen hatte. Sie erlebte die Jahre, einem noch unbeschriebenen Ziel entgegen, in zuversichtlichem Glücksgefühl.

Bis zu dem Tag, als Oma Hanna im Sterben lag. Ihr gehörte das Haus in Römerbach, wo sie mit Tante Olga auf der oberen Etage wohnte. Ihre verhutzelte Gestalt, ein zähes Gerippe aus Haut und Knochen mit blitzenden, wasserblauen Augen, wieselte treppab, treppauf, zuletzt heimlich, weil sie einen Sturz hinter sich hatte und die resolute Tante ihr die Treppe ohne Begleitung verbot. Oma Hanna erklärte im Stillen das Treppengeländer zu ihrer Begleitung und nutzte Tante Olgas Abwesenheit aus.

Selten kam die Rede auf ihren Mann, der sie vor langer Zeit mit zehn Kindern als Witwe zurückgelassen hatte. Er war Hauptlehrer der Dorfschule, also neben Pfarrer und Bürgermeister eine Autorität des Dorfes gewesen, hatte sich als Organist, Ratsmitglied, Leiter der Sparkasse und Mitgründer des Fußballvereins betätigt. Seine Leidenschaft habe der Bienenzucht gegolten, erzählte man. Zu Hause sei er in zerbeulter Hose mit hängendem Hosenboden herumgelaufen. Der Hosenboden störte Claras museales Großvaterbild. Gottlob besaß es ein gutmütiges Gesicht und sanfte Augen. Das glaubte sie aus dem Totenzettel zu lesen, den sie auf Oma Hannas Kommode entdeckte. Der nach schwerer Krankheit Verstorbene sei ein wohlachtbarer Ehemann und Vater mit menschenfreundlicher Gesinnung gewesen und habe sich mit Herzensfreude der ihm anvertrauten Jugend gewidmet.

Die löbliche Poesie des Totenzettels schob sich über die verbeulte Hose, so dass Clara sich, wie die übrige Sippe, eine bedeutende Herkunft zuschrieb. Dieser verpflichtet, suchte sie in einer plattdeutschen Gegend nicht nur Hochdeutsch zu pflegen, sondern sich auch der Bildung zu befleißigen. Hinzu kam, dass Claras Vater dem Verstorbenen zwar nicht als Lehrer – das hatte der erste Weltkrieg verhindert – aber als Leiter der Sparkasse und Platzhalter im Fußballverein nachgefolgt war. Die Sparkasse okkupierte den besten Raum im Haus am Buchenweg und zählte zum Familienbestand.

So standen die Dinge, als Oma Hanna sich bei einem Abstieg auf der Treppe schwer verletzte. Sie lag im Bett wie ein aus dem Nest gefallener Vogel, stöhnend vor Schmerzen, und weigerte sich, ins Krankenhaus zu gehen. Dort gehe man nur hin zum Sterben. Der Arzt, der das Dorf betreute, hinterließ Anweisungen und Medizin und schaute täglich am Krankenbett vorbei.

Als Clara wenig später aus der Schule kam, war Oma Hanna tot. Nach längerem Quengeln durfte sie ins Sterbezimmer. Großmutter lag auf dem Bett, als schliefe sie. Ihr winziger Körper zeichnete sich kaum unter dem Laken ab. Nur das bleiche, knöcherne Gesicht, das auch jetzt noch schön war, schaute heraus. Ihre Tage hatten erlebt, was zwei Jahrhunderte an Schlimmem zu bieten hatten. Sanft entschlafen, wie die Kirche sagte, war sie im Alter von neunzig Jahren, versehen mit den Sterbesakramenten, zu den verstorbenen Angehörigen hinüber gegangen. Ihre Engel hatten die Seele abgeholt und den Körper zurückgelassen. Etwas Natürliches umgab dieses Todeserlebnis, und Clara fühlte keine Trauer.

Über dem Familientreffen am Tage der Beerdigung im Mai 1952 lag etwas Befremdliches, das sie an Vorfälle erinnerte, die sie früher nur seltsam fand: Die Verwandten, die sich die Treppe hoch schlichen, wenn Tante Olga nicht da war. Die nervöse Mutter, die den Zeigefinger auf den Mund legte und die Türen schloss, wenn der auswärtige Revisor zur Sparkasse kam.

Wenige Tage danach kam Clara früher aus der Schule. Im Hausflur stockte sie. Mutters Stimme hallte zischend durch die angelehnte Tür: Versager, zu nichts zu gebrauchen. Das klang ernster als die üblichen Gardinenpredigten. Nichts wie weg hier, dachte sie. Aber da flog die Tür auf, und der Vater stolperte über die Fußmatte, als habe er einen Tritt bekommen. Clara, versteinert am Boden klebend, starrte den Mann an, der ebenso entsetzt vor ihr stand. Was immer er zu sagen vorhatte, es blieb ihm im Hals stecken.

Unglück

»Da ist sie ja. Wir sind komplett.« Der Mann, groß wie die Eichentür, die er öffnete, musste der Onkel sein. »Hereinspaziert.«

Die galante Handbewegung eines Herrn im stahlblauen Pullover über einer Hose mit Bügelfalten wies in eine fensterlose Diele. Clara ließ den Reisebeutel sinken, tastete sich durch das Dämmerlicht und stand unvermittelt in einer hellen Wohnküche, wo die Familie um einen Tisch saß. Sonnenstrahlen tanzten mit goldgerändertem Porzellan und umwarben eine prächtige Torte.

»Hoppla«, entfuhr es Clara, und alle lachten, als sie gegen einen Herd stieß, der sich vor ihr aufbaute. Schwarzwälder Kirschtorte? Die Köstlichkeit aus dem Café vom Schulweg, wo sie sich die Augen ausguckte. Für sie?

»Da ist sie, Mutter, kannst' den Kaffee einschütten.«

War dieser gut aussehende Kavalier der Onkel, der sie in die Lehre schicken wollte? Claras Gefühle schlugen Purzelbäume. Ein paar Wochen allein in Römerbach bei Tante Olga, am Vormittag Zeugnisse, Abschied, Tränen, alles vorbei, und nun eine Torte aus dem Café? War die Lehre ein Scherz? Konnte sie doch zur Schule gehen? Dass die Torte ein Geschenk zum fünfzehnten Geburtstag sein sollte, kam ihr nicht in den Sinn. Katholische Familien feierten keine Geburtstage, das war evangelisch. Aber der Onkel hatte sich über das Verpönte hinweggesetzt.

Am Abend war der Küchenzauber vorbei. Mutter zeigte die übliche Geschäftigkeit. Alles sei geregelt, die Lehre beginne sofort, eine Probefahrt mit Vorstellung in der Maschinenfabrik sei für morgen anberaumt. Vor dem Schlafengehen hielt die Mutter Clara zurück und schärfte ihr ein, dass an Schule nicht zu denken sei. Die Lehrstelle sei ein Geschenk des Himmels. Und die Besten hätten gute Chancen, Chefsekretärin zu werden.

»Weißt du, wie viele auf der Suche nach einer Lehrstelle sind? Du hast das große Los gezogen; das verdanken wir Onkel. Du hast allen Grund, dankbar zu sein. Vergiss das nie!«

Clara schwieg. Die Worte schmerzten, und sie hörte nicht mehr zu, als die Mutter vom Vater sprach, der noch immer keine Stelle hatte und keine Stütze bekam, wie man das Arbeitslosengeld nannte. Erst als die Mutter einen Strich unter das Gespräch zog, drangen ihr die Worte ans Ohr. »Merk' dir das! Und jetzt ist alles klar.«

Wie sollte sie für die durchkreuzten Zukunftsträume dankbar sein? In der Nacht geisterten Oma Hanna, der gluckernde Dorfbach und die ratternden Maschinen der Fabrik durch ihren Schlaf.

Sie hatte Oma Hanna, eine Tochter aus gutem Hause, bewundert. Nur eines hatte die Großmutter bekümmert, dass unter der Enkelschar kein Junge war, der den Familiennamen weitergeben konnte. Das Gerede empörte Clara. Was konnte sie dafür, dass sie ein Mädchen war? Sie wäre gern ein Junge geworden. Und obendrein die ständigen Sätze: Clara geht ins Kloster, Clara wird Lehrerin. Jetzt allerdings kam ihr alles besser vor als die Zukunft einer Sekretärin.

Bis zuletzt hatte Oma Hanna geschworen, Vater Theo bekäme Haus und Anwesen, ihr Mann habe das so gewollt, weil andere Söhne studieren konnten. Und dann das, kein Testament, Streit unter den Geschwistern, die alle behaupteten, Oma Hanna habe ihnen das Haus versprochen. Die Hoffnung auf Geldvermögen platzte. Vater gestand, dass Omas Sparkonto stets abgeräumt wurde. Das also hatten die Brüder gewollt, wenn sie ins Haus geschlichen waren. Die Mutter hatte dem Versprechen nie getraut und ihren Mann angetrieben, sich das Testament zeigen zu lassen. Wieso traust du Mutter nicht, hatte Vater abgewiegelt. Nach zermürbenden Wochen war mit dem Verkauf des Anwesens das Ende gefolgt.

Vater ist Schuld, ging es durch Claras Nachtstunden. Die Erbschaft hätte sich vielleicht hinbiegen lassen. Aber da war die andere, weit schlimmere Sache mit der Sparkasse.

Die Misere musste mit dem Totogewinn nach der Währungsreform angefangen haben. Sie hatten Möbel gekauft und einen Ausflug zum Drachenfels gemacht. Der Vater wollte mehr und tippte, wie er sagte, nach einem todsicheren System, spielte von Woche zu Woche um größere Summen und griff in die Kasse mit der Absicht, das Loch aus dem Gewinn aufzufüllen. Das In-sich-Geschäft flog bei einer Revision auf und führte zu weiteren Ungereimtheiten. Es ging um mehrere tausend Mark und faule Kredite an Bauern, zu denen sich Vater hatte überreden lassen. Die Großeltern aus Langweiler übernahmen einen Teil der Schulden. Für den Rest war die Erbschaft draufgegangen. Das Tuscheln im Dorf wollte nicht enden.

Clara erlebte den Vater von Kindesbeinen an als selbstverständlich anwesend. Einer der nicht schimpfte, Märchen erzählte, den Nikolaus spielte, ein Hörnchen Eis kaufte und den Kindern ihre Freiheiten ließ. Er war kein Heldenvater, sondern ein lieber, der immer einen Schritt hinter der Mutter zurückblieb, oft zu spät kam und der Mutter das Sagen überließ. Doch dieser Vater verlor plötzlich auf Anweisung von oben seine Arbeitsstelle. Die Familie war ruiniert und der Vater ein Versager. Er war arbeitslos, ein Wort, das Clara nur aus der Ferne kannte. Die ganze Sippschaft des Vaters, auf die sie so stolz war, hatte nur Schimpf und Schande gebracht. Und sie war jetzt Kind armer Leute, das in die Fabrik gehen musste und sich gegen die ganze Welt auflehnte.

Onkel Luk, französisch ausgesprochen, weil das schöner klang als Lukas, begleitete Clara am ersten Juli 1953 in die Innenstadt, vorbei an Schutthaufen und Gerüsten, die den Wiederaufbau markierten. Er zeigte den Elisenbrunnen, der restauriert wurde, und entzifferte an einer bröckelnden Fassade, hinter der niemand mehr wohnte, die Aufschrift *Vaterland*.

»Ein schickes Tanzcafé, das Vaterland.«

Sagte der verschmitzte Unterton, dass er dorthin zum Tanzen gegangen war? Der Onkel trug einen feinen Anzug mit Krawatte und wählte den Weg am Aachener Dom vorbei. Der gotische Chor hatte im Krieg schwer gelitten, fensterlos waren die kostbaren Fresken den Wettern ausgesetzt gewesen. Erst seit kurzem bestaunten die Aachener die neu gegossenen Buntglasfenster mit den Namen der Sponsoren. Das doppelt so alte Oktogon Karls des Großen, das Herz des Doms, hatte den Krieg heil überstanden, für die Aachener ein Himmelswunder.

Der Mann, der Claras Chef wurde, war Onkels bester Freund, gut genährt mit rosigem Gesicht und gelichtetem Haar, das sich gegen eine Frisur sperrte. Die beiden einigten sich über ihren Kopf hinweg und regelten, was zu regeln war. Es laufe von Tag zu Tag besser, hieß es, als die beiden zufrieden vor das Fabriktor traten. Maschinen würden gebraucht, alte Kontakte seien überlebenswichtig. Das Wirtschaftswunder der Nachkriegszeit hatte noch keinen Namen.

»Na, siehst du, alles keine Hexerei«, sagte der Onkel, als sie wieder in der Straßenbahn saßen.

Was hatte den Onkel bewogen, die fünfköpfige Familie in sein Haus aufzunehmen? Nach und nach bekam die Geschichte ein Gesicht. Onkel Luk war der Bruder von Großvater Johann. Die Gaststätte, die er betrieben hatte, war verpachtet und sicherte ihm einen sorgenfreien Lebensabend. Gesund und rüstig, gefiel ihm der Gedanke, doch noch zu einer Familie zu kommen. Auf die Frage, warum er nicht geheiratet hätte, sagte er nur: Keine Zeit.

Die Mutter wiederum hatte verzweifelt nach einem Ausweg gesucht. Unerträglich schien der Gedanke, in Römerbach zu bleiben, wo man, wenn man sie sah, auf die andere Straßenseite wechselte. Eine Scheidung verwarf sie. Damit hätte sie im katholischen Umfeld eine weitere Schande hinzugefügt. Den Töchtern klang das Angebot, nach Aachen zu ziehen, wie Musik in den Ohren, weil der sagenhafte Onkel nach Abenteuer schmeckte.

Als die Nachricht des Onkels eintraf, reiste die Mutter in die Stadt, aufgeputzt im selbstgenähten Blumenkleid, mit gelocktem Haar und, um die Frisur zu schonen, ohne Filzhut. Clara konnte die Aufregung kaum bändigen. Da war der Junge aus dem Dorf, der aufs Kaiser-Karls-Gymnasium ging, wo er Griechisch und Latein lernte, was nur in Aachen möglich war. Leider war diese Schule nicht für Mädchen gedacht. Für die gab's Sankt Ursula.

Als die Mutter zurückkehrte, nach langer Zeit zum ersten Mal freudig dreinblickend, sagte sie: »Gott sei Dank, es geht los.«

Der Onkel hatte jemanden an der Hand, der den Umzug übernahm; die Schule für Sofia und Rosa sei gleich um die Ecke. Haus, Hof, Garten, alles da.

»Und Onkel hat eine Lehrstelle für dich«, wandte sie sich an Clara, »eine sehr gute, wo du gutes Geld verdienst.«

»Eine Lehrstelle? Nein, ich will zur Schule gehen!« Clara stieß das Gehörte von sich. »Nein, das könnt ihr nicht machen!«

Soviel Fassungslosigkeit hatte die Mutter nicht erwartet. Aachen verlor jeden Reiz. Vom Dorf ausgespuckt, die Vaterfamilie eine Seifenblase, die Zukunft verbaut, der Himmel eingebrochen, das Leben zertrümmert. Ein Mädchenherz zerriss.

Jeden Morgen fuhr Clara nach Aachen. Sie lernte den Betrieb kennen, in dem nur Männer arbeiteten und gewöhnte sich an die täglichen Gänge zur Sparkasse. Dabei entkam sie dem fensterlosen Büro mit dem aus dem Leim fallenden Schreibtisch, in dem Mäuse gewohnt haben mussten. Vom ersten Monatsgehalt erhielt sie zwei Mark Taschengeld, kaufte ein Hörnchen mit Zitroneneis und bummelte einen glücklichen Moment lang mitten im Treiben.

Sie rechnete Wochenlöhne aus, schrieb Rechnungen mit zwei Fingern auf einer klemmenden Schreibmaschine, prüfte Aufträge und Zahlungen und legte alles dem Chef vor, der meistens meckerte, aber zufrieden schien, was daran zu erkennen war, dass er ihr mehr und mehr Arbeit zuschob. Eines Tages legte er ein großes Journal auf den Tisch: »Mal was von doppelter Buchführung gehört? Schaffst du schon«, sprach's und ging hinaus.

Das Betriebsklima widerstrebte ihr zutiefst. Sie war den schlüpfrigen Reden ausgeliefert, die sie wöchentlich beim Verteilen der Lohntüten in der Werkshalle zu hören bekam. Die am Boden hockenden Arbeiter betatschten die Beine, hoben den Rock, zählten die Pfennige umständlich nach, bis Claras Ohren puterrot anliefen und alle johlten. Nur das anrückende Gebrüll des Chefs, dem die Aktion zu lange dauerte, machte den Kerlen Beine. Der technische Zeichner konnte die Hände nicht bei sich behalten, und der Angestellte im Chefbüro kam ihr noch klebriger vor. War das normal? Es gab niemanden, mit dem sie zu sprechen wagte. Der Chef brauste ständig auf, handelte nach Befehl und Gehorsam, und alle duckten sich. Musste man funktionieren, um widerständig zu werden?

Zu den Lachgrübchen ihres Gesichts gesellte sich eine Steilfalte in der Stirn, hinter der Clara ihre Gefühle verbarg. Ein unstillbares Verlangen nach der Schule fraß sich fest. Zaghafte Versuche, mit der Mutter zu sprechen, stießen auf Sprüche, die überall zur Hand waren: Lehrjahre sind keine Herrenjahre. Stell dich nicht so an. Den Vater brauchte sie nicht zu fragen, der war jetzt Lagerarbeiter und zählte nichts. Und dem Onkel musste sie dankbar sein.

Die Mutter war der Schlüssel. Sie musste weich geklopft werden, aber wie? Quengeln verfing bei ihr nicht. Clara weinte ihre Verzweiflung nachts ins Kissen, bis die Eltern, die im Nebenzimmer schliefen, das Schluchzen mitbekamen.

»Was ist mit dir los? Bist du krank?«, fragte die Mutter.

Als Clara nach Worten suchte, folgten die landläufigen Lebensweisheiten so nachdrücklich, dass die Tochter mutmaßte, ihre Mutter wolle die Ratlosigkeit darin ersticken. Der Verdacht brachte sie auf die Idee, das nächtliche Seufzen für ihr Ziel einzuspannen.

Die Zeit schien sich der eiternden Wunde anzunehmen. Das Thema Schule versank zwar im Schweigen. Aber eine unverhofft schnelle Lösung zeigte, dass etwas gewirkt haben musste. Die Mutter zog Onkel Luk ins Vertrauen. Dieser, wahrscheinlich nicht mehr ahnungslos, nahm sich der Sache an. An einem Sonntag zog er Clara ins Wohnzimmer und ließ die Unglückliche erzählen. Zum ersten Mal hörte ihr jemand wirklich zu. Nicht wie einer, der Dank erwartete und enttäuscht war, sondern wie jemand, der verstand.

»Wenn es dir nicht gefällt, dann …«

In diesem Moment trat die Mutter ins Zimmer: »Seid ihr soweit? Der Kaffee wird kalt.«

»… lass' gut sein«, setzte der Onkel seinen Satz fort, jetzt an die Mutter gerichtet.

Mutters Sinneswandel war Onkel Luks Werk. Er ging nicht ohne harsche Bedingungen ab: Die Schule durfte nichts kosten, das verlorene Jahr nicht wiederholt werden. Clara suchte die Direktorin ihrer alten Schule auf, eine pragmatische Klosterfrau, die Rat wusste. Es gab einen Spendentopf für ärmere Schülerinnen, in den gutsituierte Eltern einzahlten. Daraus wurden Schuldgeld und Lehrmittel bereitgestellt. Fahrgeld könne sie nicht zahlen, sagte die Direktorin, aber stattdessen Nachhilfestunden vermitteln. In den Sommerferien könne sie die Bücher durcharbeiten, um das verlorene Jahr aufzuholen. Claras Lebensfreude kehrte in derselben Stunde zurück.

Die Kette der Ereignisse grub sich als unglückliches Jahr der Verluste ein. Es drückte dem zähen Kampf um die eigene Zukunft den Stempel auf. Clara begriff, dass sie ein Ziel, wenn sie es unbeirrt verfolgte, aus eigener Kraft erreichen konnte. Sie freute sich auf Abitur und Studium. Dass sie selbstgenähte Kleider trug statt schicker Hosen und Anoraks, ließ sie sich um des höheren Zieles willen nicht anmerken. In der Familie gewann sie ungewohnten Freiraum. Fraglos akzeptierten alle, dass sie für die Schule zu arbeiten hatte. Nur die Sonntage galten der Familie und der Kirche.

»Weißt du, wie viel Uhr es ist?« Es war nicht die erste Aufforderung der Mutter, die mit dem Schirm in der Linken, der Türklinke in der Rechten, dem Hut auf dem Kopf, ungeduldig mahnte.
»Ich komme nach.«
»Meinst du, ich merke nicht, dass du zu spät kommst? Was ist mit dir los? Du bist wie Vater, der drückt sich auch, wo er kann.«
Seit geraumer Zeit fingen die Sonntage so an, immer mit der Ermahnung und Claras zischelnder Nörgelei, die in der Luft knisterten, wenn die Mutter zur Morgenmesse losging. Das gleiche Spiel wiederholte sich zur Nachmittagsandacht, die zum Sonntag gehörte wie der selbst gebackene Kuchen danach. Clara hätte sich gern gedrückt, trottete aber jedes Mal zehn Minuten später hinterher.

An einem Ostertag rutschte ihr beim Verlassen der Kirche ein Satz heraus, der ihr, als der Missmut verrauchte, schon entfallen war. Jemand hatte etwas herausgehört wie: Die glauben ja selbst nicht an die Auferstehung. Auf ungeklärte Weise erfuhr die Mutter davon und wusste, was zu tun war. Clara fiel aus allen Wolken, als sie mit ihr vor dem jungen Kaplan erscheinen sollte. Das Gespräch nahm einen bizarren Verlauf. Die Mutter sorgte sich um die Frömmigkeit. Der Kaplan dachte an Glaubenszweifel und brachte an, was er für solche Fälle gelernt hatte: eine Erläuterung der kirchlichen Lehre, die wie eine Lektion aus dem Katechismus klang. Clara streute Widerborstiges ein. Bis der Kaplan versicherte, man könne die Auferstehung nicht erklären, sondern müsse daran glauben. Ein dringender Anruf erlöste alle drei. Mutter und Tochter gingen mürrisch davon und verloren kein Wort mehr über das Ereignis.

Das Verhör trieb Clara ins Freie. Sie hatte sich bei dem Satz nichts gedacht, wollte aber verstehen, was passiert war. Von Jahr zu Jahr erlebte sie die Beschwörungen von Kreuz und Leid während der Fastenzeit und die von Schmerz geschwängerten Rituale der Karwoche. Wie Jesus mussten die Menschen ihr Kreuz tragen. Das bisschen Erdenjammer war nichts gegen die Glückseligkeit, die im anderen Leben wartete. Die Szenarien verbreiteten einen Trübsinn, der Angst machte und die Jüngeren vertrieb, bis es auch den letzten ihrer Altersgruppe zuviel wurde. Dass sich Claras Überdruss am Ostertag entladen hatte, war eher Zufall gewesen.

»Wenn schon ein unbedachter Satz soviel Palaver auslöst, was wird dann erst bei ernsten Zweifeln los sein?« Als sie sich redend vor einer Eiche stehen sah, merkte sie, wie gut das Gespräch mit sich selbst tat. »Ich will nicht aufhören, den Dingen auf den Grund zu gehen. Nur die Zweifel, hörst du, die behalte ich künftig für mich«, versprach sie der alten Eiche.

Sie nahm an Gottesdiensten teil, um Streit aus dem Wege zu gehen. Nach außen die Gefügige, änderte sich ihre Haltung zu Autoritäten. Was die sagten, klopfte sie nun argwöhnisch ab.

Nach dem Einsatz für den Anschluss an das laufende Schuljahr entdeckte Clara wieder die Frühlingspracht der mächtigen Kastanien vor dem windschiefen Haus, das sie den gutsituierten Mitschülerinnen gerne zeigte. Eine Geschäftsfrau spendete anonym einen monatlichen Betrag, doppelt so hoch wie ihr Lehrlingsgehalt. Es gab kein Gerede von Dankbarkeit und Clara fühlte sich frei und froh. Ahnte diese Frau, die sie ihre Königin nannte, was es bedeutete, die eigenen Träume erfüllen zu können?

Viel später, als die Spenderin schon auf dem Friedhof wohnte, lernte Clara eine Nichte kennen, die ihr ein Foto schenkte. Darauf strahlte eine bildschöne Frau Wärme und Vertrauen aus. Die Spenderin hatte zwischen den beiden Weltkriegen das Gymnasium verlassen müssen, und niemand war ihr zu Hilfe gekommen. Deshalb hatte sie also verstanden und geholfen.

Die Familie nahm das Abitur wie eine Selbstverständlichkeit auf. Nur Onkel Luk wusste den Erfolg zu würdigen. Wie beim ersten Empfang vor vier Jahren baute er sich vor Clara auf, einen flachen Koffer auf den Händen: »Im Studium wirst du die Schreibmaschine brauchen, tragbar für die Reise.«

Mutter, die das Geschenk zum ersten Mal sah, inspizierte das hellbraune Etwas in Onkels Hand und hielt an sich. »Studium? Du willst studieren? Auswärts?« Die Antwort auf die Ausrufe folgte auf dem Fuße: »Ausgeschlossen. Wie soll das gehen?«

Das wusste die Tochter auch nicht. Sie dachte an die von der Nachhilfe zurückgelegten dreihundert Mark und hatte nur eins im Sinn: Raus und weg. Aus der Enge in ein Leben, das Echo gab.

Kloster

Im Dämmergrau des Morgens tanzten sie noch immer. Jemand hatte das Licht gelöscht. Die Straßenbeleuchtung verblasste an den Wänden. Bernd öffnete die Augen und sah die Nacht durch das Fenster davonschleichen. Er blieb stehen, so dass Clara die Stirn von seiner Schulter hob. Wortlos traten sie vor die Tür des zum Studentenheim umgebauten Hochbunkers und wunderten sich über den Verkehr eines gewöhnlichen Morgens.

»Treffen wir uns zum Essen in der Mensa?«, fragte Bernd.

Clara, die gelernt hatte, dass Mädchen sich nicht jedem an den Hals werfen, suchte eine Antwort. »Meinst du?«

»In welche gehst du denn?«, fragte Bernd.

Sie ging in die Kellermensa, wo es eine Schüssel voll Eintopf gab. Im Erdgeschoss servierten sie Tagesgerichte. Ihre Freundin, mit Monatsgeld ausgestattet, bevorzugte die bessere Variante.

»Mal in die eine, mal in die andere«, wich Clara aus.

»Dann schau ich mich einfach um«, entschied Bernd.

Clara konnte ihr Glück nicht fassen, als sie, auf dem Bett ausgestreckt, die Nacht vorüberziehen ließ. Sie hatte nicht hingehen wollen. Außer dem selbstgenähten Kleid vom Abschiedsball der Tanzstunde hatte sie nichts Brauchbares, und in dem Streifenkleid mit Kräuselrock, kniebedeckt und halsgeschlossen, fühlte sie sich wie ein Mauerblümchen im Frankfurt der Miniröcke und offenherzigen Blusen. Als die Musik am Abend durch Wände und Körper rieselte, überwand sie die Skrupel und verkroch sich in eine Fensternische.

Doch der hoch gewachsene, schwarzhaarige Student mit der Gelehrtenbrille musste sie bemerkt haben. Sie wusste nicht, ob er im Heim wohnte oder dort nur ein- und ausging. Umschwärmt von Studentinnen, tanzte er besser als andere, so dass Claras Blicke sich an seine Schritte hefteten, als gleite sie selbst über den Steinboden.

Und dann stand er in vollendeter Haltung, den Kopf neigend, vor der Nische. Clara folgte den Zeichen wie an einer Leine gezogen. Er führte leicht, sie schwebte und vergaß ihr bleiernes Kleid.

Ich habe mich verliebt, wiederholte Clara wohl hundert Mal am Vormittag vor sich hin. So warm ums Herz hatte sie nie empfunden. Sie schwänzte die Vorlesung und lungerte schon vor der Essenszeit am Mensagebäude herum. Würde er kommen?

Nach wochenlangen Debatten hatte die Mutter sie nach Frankfurt gehen lassen. »Warum nicht Volksschullehrerin? Warum nicht Aachen, warum unbedingt Erlangen oder Freiburg?«

Weil sie weit weg wollte! Aber das konnte Clara nicht sagen, ohne alles zu verspielen.

Die Gespräche hatten sich im Kreis gedreht, bis Jura in Frankfurt herauskam, weil die Lösung nach Aufwand und geografischer Entfernung die Mitte zwischen zwei Standpunkten war.

»Das Studium musst du dir selbst verdienen.«

So waren Mutter und Tochter verblieben. Onkel Luk hatte beifällig genickt, und Vater war in sein übliches Schweigen gefallen.

Clara studierte mittlerweile Jura im dritten Semester, hörte Vorlesungen mit verlockenden Titeln, ließ sich für die Juristische Fachschaft des Studentenparlaments aufstellen und ergatterte den großspurigen Titel einer Vizepräsidentin. Niemand befahl und verbot, niemand wies zurecht. Sie lebte vom schmalen Stipendium, das sich Honnefer Modell nannte. Die Stadt bot auch ohne Budget, was das Herz begehrte: das Opernhaus ohne Vorstellung, den Römer an eintrittsfreien Tagen, die Mainanlagen zum Flanieren, die Bootsfahrten mit den Augen. Niemand fragte danach, ob sie sonntags in die Messe ging. Wie hatte Pater

Stephan, ein Jesuit, während des Einkehrtages vor dem Abitur in feierlichem Pathos gesagt?

»Sie gehören jetzt zur katholischen Elite und Ihre Aufgabe wird sein, die geistige Front zu bilden, die der Kirche in Politik, Wissenschaft und Gesellschaft Einfluss verschafft.«

Was hängenblieb, war Elite und geistige Front, was für sie hieß, nach allen Richtungen auszuschwärmen. Beim Philosophen Adorno verstand sie so wenig, dass nur der Nimbus überlebte. Erstaunliches hörte sie über Nietzsche und das Christentum, die Geschichte der Juden im Mittelalter, über Gefühls- und Willensvorgänge, und mancher geistige Höhenflug zog über sie hinweg wie die Flugzeuge über Frankfurt. Carlo Schmidt erklärte die aktuelle Politik für Hausfrauen, wie man spottete, weil er die Vorlesung für die Bevölkerung öffnete. Über der Rechtsphilosophie, die nach der Ideologie der Nazizeit neue Wurzeln im Naturrecht suchte, vergaß sie das Straf- und Zivilrecht, das auf dem Studienplan stand.

In Frankfurt lagen schon Jahre vor der 1968er Bewegung Proteste gegen Enge und Bevormundung in der Luft. Clara marschierte mit zum Frankfurter Römer, schwenkte auf Transparenten ihr Missfallen gegen den Atomtod und die Wiederbewaffnung der Bundeswehr. Beim deutschen Studententag 1960 an der Berliner Freien Universität drängte sie mit vielen heraus aus dem Elfenbeinturm, fegte den Muff aus den Talaren und verliebte sich in die Sektorenstadt als Symbol der Freiheit. Willy Brandt als Regierender Bürgermeister begeisterte im Lichthof des Henry-Ford-Baus.

Der Kalte Krieg wurde 1959 nach dem Sieg der Revolution Fidel Castros in Kuba eisiger. Die Welt schrammte an einer Katastrophe vorbei, und die beiden tonangebenden Großmächte wetteiferten um die Vorherrschaft auf der Erde und im Weltraum. John F. Kennedy wurde Präsident der USA. In seine kurze Amtszeit fielen der Bau der Berliner Mauer 1961 und der Beginn der bemannten Raumfahrt. Im Kreml herrschte Chruschtschow, der mit dem russischen Kosmonauten Gagarin den ersten Menschen in den Weltraum fliegen ließ. Der Himmel wurde durchsichtig, die Menschheit ließ die Erdenschwere hinter sich, bereitete sich auf eine Mondlandung vor und glaubte, die uralte Frage nach Gott abhaken zu können.

Bernd und Clara blieben unzertrennliche Freunde. Er erschloss ihr ein glitzerndes Paris. Unter dem Triumphbogen verlobten sie sich, ob im Ernst oder im Gefühl einer gehobenen Stimmung, war belanglos; wovon sie lebten ebenso. Wichtig war, die Welt mit ihren Menschen, Sprachen und Kulturen kennenzulernen. Religion fand keinen Platz. Bernd, vom Taufschein evangelisch, setzte andere Prioritäten, und sie bewunderte sein ungebundenes Denken und Vokabular, das mit ihrem wenig gemein hatte.

Die Freiheit über alles verkörperte Claras Faschingskostüm einer Primaballerina. Mit der Hand genäht, war das furiose Teil aus Stoffresten entstanden. Rot leuchtendes Oberteil, halsfern, ärmellos, mit kurzem Tellerrock, darunter eine schwarze Strumpfhose als besonderer Pfiff. Bernd war ein weiß-schwarzer Kosak mit rotem Chapeau. Claras aufgeplustertes Selbstvertrauen erlebte die Faschingsnächte in einem nicht endenden Rausch.

Das Faschingskostüm geriet zusammen mit einer Jeanshose ins Gepäck, das Clara bei einem Besuch zu Hause dabeihatte. Die Mutter öffnete den Koffer, um die schmutzige Wäsche zu waschen, und baute sich mit den Teilen zwischen den Fingern vor Clara auf, ihren Unmut mühsam zähmend.

»Ziehst du d a a s an?« Und als keine Antwort kam, heftiger: »Teufelszeug, so etwas trägt ein anständiges Mädchen nicht!«

Clara hätte sich für den Leichtsinn ohrfeigen können, wusste sie doch, was sie der Mutter zumuten konnte und was nicht. Sie spielte zu Hause die brave fromme Tochter. Ein Faschingsscherz, das Kostüm gehöre jemand anderem und … Sie hasste sich wegen des heuchlerischen Spiels umso mehr, weil sie es mit und mit verfeinern und eine Lüge zur nächsten fügen musste, um das Geflecht von Ausflüchten aufrechtzuerhalten. Die Besuche wurden zur Last, und Clara ließ die zeitlichen Abstände solange wachsen, bis ihr Pflichtgefühl sie zur Ordnung rief.

Das ging gut, bis Onkel Luk einen Ferienjob beim Finanzamt in Aachen für sie ergatterte. Besser bezahlt als die Aushilfsjobs in Frankfurt, ergriff sie die Gelegenheit und blieb zwei Semesterferien lang. Vom Verdienst kaufte sie, was sie unter standesgemäßer Kleidung verstand, weil sie sich bei Bernds Eltern, die eine Villa am Rhein bewohnten, nicht blamieren wollte.

In dieser Zeit wurde Clara sich der freundlichen Seite ihres Zuhauses bewusst. Sie streifte mit Onkel Luk durch Feld und Wald und begegnete einem Denken, dem belehrend Moralisches fremd war. Als Gastwirt mit rheinischer Frohnatur kannte er die Schwächen der Menschen und nahm sie mit Humor, ließ jedem Tierchen sein Pläsierchen, wie er sagte. Seine Menschenfreundlichkeit übertrug sich auf den Umgang in der Familie.

Mutter lebte auf und fuhr mit ihm nach Frankfurt, wo sie zum ersten Mal in einem Hotel schlief und sich für alles Neue begeisterte. Steckte in der schlanken Frau mit dem gelockten Haar um das ebenmäßige Gesicht und den grünblau sprühenden Augen mehr als Clara wusste? War die weltläufig agierende Frau im Café Kranzler, beim Kauf eines Hutes auf der Zeil, im Opernhaus mit einem Kelch Schaumwein in der Hand wirklich ihre Mutter? Oder hatte Onkel Luk bei dieser Frau etwas bewirkt, was niemand sonst schaffte?

Zu Claras Leidwesen ließ die Mutter nicht an den kirchlichen Prinzipien rütteln. Onkel Luk war klug genug, sich in kirchliche Fragen nicht einzumischen.

Im Laufe des Jahres 1960 schlug die Falle zu. Die sorglosen Frankfurter Jahre hatten ihren Preis. Für juristische

Klausuren erntete Clara schlechteste Noten. Das Stipendium drohte verloren zu gehen, und der Ausweg stand fest: Sie musste verführerischer Ablenkung aus dem Weg gehen und die Uni wechseln. Bernd reagierte unerwartet vernünftig. Für ihn kam ein Wechsel nicht in Frage, da er kurz vor dem Examen stand und eine Hochschulkarriere bei einem Frankfurter Professor anstrebte.

Clara ging nach Bonn. Den Ausschlag gab der Ruf als Arbeitsuniversität. Außerdem lehrte dort ein Rechtsphilosoph und Strafrechtler, für dessen Theorien einige Frankfurter Kollegen nur Spott übrig hatten, ein Grund mehr, herauszufinden, was es mit dem Querdenker auf sich hatte. Vom ersten Bonner Tag an ging sie konzentriert an die Arbeit. Es blieben drei Semester, um das Studium in der Mindestzeit abzuschließen. Mit diesem Versprechen hatte sie sich die häusliche Erlaubnis für das Studium erkauft, und sie gedachte es zu halten. Fortan verbrachte sie die Tage in Vorlesungen, Seminaren, Bibliotheken und in der Stube des Wohnheims, das nur Studentinnen beherbergte und keinen Herrenbesuch duldete. Bernd meldete sich zum Staatsexamen an. Sie telefonierten zweimal wöchentlich und besuchten sich seltener. Als hätten sie sich genügend ausgetobt, drehte sich alles um den Abschluss des Studiums.

In der Bonner Zeit bahnte sich eine Verwandlung an. Clara spürte, dass sie an der Zeit vorbei lebte. Sie begann, wenn die Paragrafen dröhnten, in der Altstadt herumzulaufen. Als ihre Zimmernachbarin einen Vortrag im Newmanhaus erwähnte, ging sie mit. Jemand referierte über ein Buch von Hans Küng, dem Tübinger Professor für katholische Theologie, das die Aufgaben des bevorstehenden Zweiten Vatikanischen Konzils beschrieb. Küng sollte als Berater des Wiener Kardinals am Konzil teilnehmen. Clara erlebte verwundert, dass die Kirche nicht mehr die war, die ihr Kopf speicherte. Das Konzil weckte Geister des Aufbruchs, noch ehe es begann.

Ende 1958 war Angelo Giuseppe Roncalli, Patriarch von Venedig und Bauernsohn aus einem Dorf bei Bergamo zum Nachfolger von Pius XII. gewählt worden. Er nannte sich Johannes XXIII., war fast achtzig Jahre alt und galt als Übergangspapst. Auf einen jüngeren, so hieß es, hätten die Kardinäle sich nicht einigen können. Keine drei Monate später verkündete der angeblich so harmlose Gemütspapst zum Erstaunen der Christenheit und zum Entsetzen der römischen Kurie, er werde ein Konzil einberufen.

»Aggiornamento«, rief er den Bischöfen in aller Welt zu: »Öffnet die Fenster, lasst frische Luft in die Gemäuer, geht unter die Leute, bewegt die Glieder und Regeln, bringt Leben in den Glauben, lasst ihn pulsieren in den verknöcherten Herzen.« So jedenfalls fasste die im Newmanhaus versammelte Studentengemeinde die Botschaft in Worte. Der Papst, so vernahm Clara, sei krank, habe vielleicht nur wenige Jahre zu leben und wolle die Zeit nutzen. Das Erste Vatikanische Konzil von 1869/70 brauchte sechs Jahre Vorbereitung. Johannes XXIII. schlug für das Zweite drei Jahre vor.

Allerlei Episoden beschrieben den dickleibigen Giovanni. Die römische Kurie habe versucht, dem Papst beizubiegen, es sei unmöglich, schon 1963 mit dem Konzil anzufangen. Daraufhin habe der gekontert: Gut, dann eröffnen wir eben 1962. Außerdem wurde gemunkelt, er büchse aus dem Vatikan aus und strolche durch Roms Straßen. Zutreffend oder nicht, für die katholische Kirche war er etwas Unerhörtes.

Nach dem Vortrag sagte ein Student unter großem Beifall: »Der Mann ist Programm, lasst uns die Festung stürmen!«

Über die weltweiten Vorbereitungen erfuhr das Kirchenvolk wenig. Und Clara, die mit dem bevorstehenden Examen Wichtigeres zu tun hatte, noch weniger. Aber ihre wiedererwachte Neugier nahm auf, was sich veränderte. Studenten luden zu Gottesdiensten ein. Sie standen um einen Tisch, sprachen Gebete und Lesungen in Deutsch, als seien sie aufgerufen, das Neue, das es noch nicht gab, auszuprobieren. Die Reform einer hinter der Zeit hinkenden Kirche bahnte sich an, und die jungen Leute hatten, wie der Papst, keine Zeit zu verlieren.

Clara besuchte die Messen regelmäßiger und wagte sich in eine lutherische Abendmahlsfeier, die Katholiken offiziell verboten war. Mit einem Lied von Paul Gerhardt fiel ein Gott der Weite in die Seele: Der Wolken, Luft und Winden gibt Wege, Lauf und Bahn, der wird auch Wege finden, da dein Fuß gehen kann. Sie ahnte, dass es zwischen der Tradition und dem, was im Herzen Antwort fand, einen Unterschied gab. Tieferes bahnte sich an. Im Gebet und im Verweilen vor Gott erlebte sie eine Quelle des Vertrauens.

Sie riskierte ihr Staatsexamen zum frühesten Zeitpunkt und bestand mit mindestens soviel Glück wie Verstand. Der erste Weg führte zum Telefonhäuschen. Bernd freute sich und fragte nach der Note. Als sie das Prädikat nannte, verstummte das Ende der Leitung.

»Bernd, bist du noch da? Ist was?«

»Ach nichts«, sagte er, »ich dachte nur...«

»Ja?«

»Na ja, du hast die bessere Note...«

Nachdem sie aufgelegt hatte, fiel ihr der unterkühlte Ton auf. Bernd hatte die Note für eine Hochschulkarriere verpasst und sprach nicht gern darüber. Aber das lag eine Weile zurück. Hatte er nun ein Problem damit, dass sie die bessere Note einfuhr? Sie gestand ihm die Vorzüge des Elternhauses neidlos zu und bewunderte seine Selbstsicherheit, die das Gefühl, der Unterlegene zu sein, nicht kannte. Hatten die Examensnoten die Ordnung auf den Kopf gestellt? Am liebsten wäre Clara auf der Stelle nach Frankfurt gefahren. Aber ihre Schwester Rosa erwartete sie in Rom.

Auf der Bahnfahrt nach Rom zerbrach sie sich den Kopf, was los sein könnte. Nicht das erste Mal hatte er frostig geklungen. Eine Freundin aus Frankfurt hatte ihr gesteckt,

Bernd sei öfter mit einer hochhackigen Kunststudentin gesehen worden. Clara maß dem keine Bedeutung bei, weil die Freundin als schwatzhaft galt. Warum sollten Studentinnen sich nicht für Bernd interessieren?

Die jüngste Schwester Rosa hatte das Angebot eines Gästehauses in Rom angenommen. Man suchte vom Ortspfarrer gut beleumundete Frauen, die das Stammpersonal für das Konzilsjahr verstärken sollten. Rom musste zehntausend zusätzliche Betten für Bischöfe und Kirchenleute herrichten mit spezifisch katholischen Ansprüchen wie Kapellen zum Messelesen, Einzelzimmern für Gebet und Arbeit, Schränken für geistliche Geräte und Gewänder.

Zusammen besuchten Rosa und Clara den Vatikan und stiegen auf die Peterskuppel. Unter ihnen auf dem Platz kündigte emsiges Treiben die Vorbereitungen für das Konzil an. Spielautos fuhren vor und zogen Bahnen. Aufgedrehte Figuren liefen umher.

»Im Kirchenschiff werden Tribünen für die Konzilsväter aufgestellt«, klärte Rosa auf. »Ein Mammutunternehmen, sagen sie. Im Seitenschiff ist eine Bar vorgesehen, und für die Presse wird ein eigenes Zentrum errichtet.«

Selbst in der Kurie glaubte niemand mehr daran, das Konzil noch verhindern zu können. Es hieß zwar, die Hardliner seien nicht übereifrig am Werk. Doch der Papst hatte sich durchgesetzt, und die katholische Welt vibrierte. Mitte Oktober 1962 sollte das Konzil beginnen. Erwartet wurden über zweitausend Bischöfe aus aller Welt mit ihren Beratern und Begleitpersonal, viele Journalisten und Pressefotografen. Eine prächtige Kulisse würde sich vor der Weltöffentlichkeit entfalten, zumal die triumphale Farbenvielfalt für das zeitgleich eingeführte Farbfernsehen wie gerufen kam.

Eine Papstaudienz fand am kommenden Tag in Sankt Peter statt. Rosa und Clara fanden sich auf Stehplätzen im überfüllten Seitenschiff wieder. Der Einzug des Papstes auf der Sedis gestatoria löste Jubel aus. Man kolportierte, dass Johannes den Tragsessel, der seit hunderten von Jahren Symbol der Herrschaft war, nicht mochte, weil er für den Wohlbeleibten zu unbequem und die Beine zu kurz waren. In der Kurie musste man ihn jedoch überzeugt haben, dass er der Menge schuldig war, getragen und gesehen zu werden.

Clara sah dem Hochsitz, den eine Jubelwelle heranschwappte, entgegen, als es vor ihr passierte. Sie meinte einen schelmischen Seitenblick zu erkennen, mit dem Papa Giovanni zu den hoch gereckten Köpfen und Armen schaute, als habe er alte Bekannte ausgemacht. Im Gewoge der Giovanni-Rufe ging das Zeichen unter, das er den befrackten Sitzträgern gegeben haben musste. Die stellten den Tragstuhl ab und blickten auf den spitzbübisch dreinblickenden Mann, der seinen Bauch beklopfte, vom Gestell stieg und, ehe sie sich versahen, händeschüttelnd in der Menge verschwand.

Aufgeregt versuchte einer der Befrackten, wohl der die gewichtige Verantwortung Tragende, den Entschwundenen ausfindig zu machen. Der aber war nur zu lokalisieren im wallenden Auf und Ab, das die Körper wie einen Lindwurm formten. Mittendrin, es war zu greifen, berührte und herzte Johannes wie einer, für den das päpstliche Segnen die menschlichen Gesten mit erfasste. Danach kletterte er auf den Stuhl zurück, so gut er es mit seiner Leibesfülle vermochte, und der die Verantwortung Tragende atmete auf.

»Dieser Mann weiß, was er will, auch wenn man es dem Dicken nicht ansieht«, gab Clara ihre neu gewonnene Einsicht weiter. »Der lässt Verwunderliches hoffen.«

»Optimistin!«, rief Rosa. »Wir leben von Gerüchten und Anekdoten. Die einen meinen, Giovanni weiß genau, was er will, ist aber schlau und verrät es nicht. Die anderen sagen, er hat das Konzil einfach losgetreten und überlässt es dem Heiligen Geist.«

»Und du?«, fragte Clara, als die Schwestern eine Tiberbrücke betraten und sich ein letztes Mal zu Sankt Peter umwandten.

»Was weiß ich? Ich traue ihm zu, dass er die Bauernschläue aus seinem lombardischen Nest eingeschmuggelt hat. Außerdem war er Diplomat in der Türkei Atatürks und in Paris. Aber die Kurienkardinäle legen ihre Machtfülle nicht freiwillig ab. Sie kennen selbst zu viele Schliche. Und so beäugen sie sich gegenseitig.«

Die Frauen suchten das übelriechende Flussbett nach einer Strömung ab. Der Tiber drohte an Gestrüpp und Gerümpel zu ersticken.

»Die Kurie soll sich mal nicht täuschen. Der auslandserfahrene Johannes wird den Stall ausmisten. Als gewiefter Diplomat und Kirchenhistoriker kennt er sich in der Kirchengeschichte vermutlich besser aus als manch einer, der ihm Intelligenz und Wissen absprechen will. Der weiß, was er will.«

»Der Tiber?«, lachte Rosa. »Wieso bist du so übereifrig?«

»Nein, der Papst, hörst du nicht zu? Aber die Stadt sollte auch den Tiber mal ausmisten, damit sie einen besseren Eindruck macht.«

Am letzten römischen Tag zog Clara auf eigene Faust los. Sie sah der Wachablösung vor dem Sitz des italienischen Parlaments eine Weile zu und verhedderte sich im Gewimmel der Altstadt, angelockt von Gassen mit überspannten Wäscheleinen, von verstaubten Läden und Nischen mit Wachsblumen vor wunderlichen Heiligen. Unvermittelt stand das mächtige Rund des antiken Pantheons vor ihr. Am Brunnen vor der Säulenhalle gab Clara sich dem Frieden des schattenlosen Mittags hin; der Lärm der Stadt musste sich in den Gassen verirrt haben. Das Portal sah verschlossen aus, aber ein Zeitungsverkäufer wusste Rat. Der Wärter lehne die Tür nur an, wenn er auf einen Kaffee um die Ecke gehe.

Als Clara das Innere betrat, umfing sie ein Ehrfurcht gebietendes Rund, das einen Lichtkegel in die Arme nahm. Sie war allein mit der Weite und Höhe des Raumes, den sie mit geschlossenen Augen und bedächtigen Schritten einwirken ließ. Räume wollen mit dem Herzen vermessen werden, sagte sie gewöhnlich, wenn jemand am Ausgang ungeduldig auf sie wartete. Behutsam öffnete sie die Augen und wandte sich dem Licht zu. Es fiel durch die runde Öffnung der Kuppel und umrahmte einen Marmorkreis am Boden. Gebannt wanderten die Blicke an der Lichtflut zur Höhe, als ein Strahl sie blendete. Sie trat einen Schritt zur Seite und folgte noch einmal der feinen Sonnenlinie, die in die Höhe stieg, aus der Kuppel ins Freie trat und sich im unendlichen Blau des Himmels verlor.

Was war das? Ein Einfall, eine Stimme aus inneren Winkeln? Etwas Göttliches? Was fantasierte sie da? Nichts als Einbildung, trügerische Stimmung, flüchtige Sehnsucht! Wach auf, lauf weg, rief ein Impuls. Doch die Glieder rührten sich nicht, und aus den nackten Mauern kroch Angst. Die Hände suchten Halt, wo keiner war. Sie musste den Spuk zum Verstummen bringen, aber je mehr sie es versuchte, desto tiefer nistete sich das Unfassliche ein.

Verschreckt und ohne zu wissen, wie sie dorthin gekommen war, stand sie auf dem Platz der Minerva vor einem Elefanten, der ihren Weg versperrte. Sie stutzte und hörte sich fragen, was das steinerne Lebewesen von dem Ganzen halte. Das Marmortier von Bernini stand breitbeinig mit der Erde verwurzelt auf seinem Sockel. Es würde ihr die Geister des Pantheons austreiben. »Halluzination?«, schleuderte sie dem Tier entgegen. »Bin ich verrückt geworden?«

Der Elefant schwang seinen Rüssel in die Höhe und sagte nichts. Augenscheinlich wollte er sich in die Ereignisse zwischen Himmel und Erde nicht einmischen. Solche Dinge sollten die Menschen besser mit sich und ihren Göttern ausmachen. Oder sagte er doch etwas? Dass es zu allen Zeiten überirdisch zugegangen sei?

Wie kam sie jetzt auf Pater Stephan? Wohl deshalb, weil der überirdische Betrachtungen übte. Den konnte sie tatsächlich aufsuchen. Er war ihr nicht nur vom Einkehrtag vor dem Abitur, sondern auch von Besuchen in der Jesuitenhochschule in Frankfurt bekannt.

Während der langen Rückfahrt nahm das Erlebnis im Pantheon Züge eines Abenteuers an, das sich mit den Erlebnissen um das Konzil vermengte. Clara war sich nicht sicher, was sie mit dem Studium bezweckte, und unter den Zweifeln schlug eine Frage Wurzeln: Sollte sie ins Kloster gehen? Kloster, das war kein unbekannter Ort, eine Tante war Ordensfrau. Das Irrwitzige war, dass sie, unter Einsatz aller Kräfte der Enge entkommen, nun an eine Lebensform dachte, die enger war als alles, was sie kannte.

Pater Stephan hörte zu und zog die Stirn kraus. Innere Impulse könnten ein Zeichen sein, meinte er, warnte aber vor Euphorie. Er mahnte den Abschluss der Ausbildung an und riet zur Erprobung.

»Das Kloster der Karmelitinnen in Würzburg. Dort können Sie jederzeit hin.«

Der Kontakt kam schnell zustande. Die Verwunderung über den Rat, einen Orden mit strenger Klausur aufzusuchen, legte sich schnell. Sie fühlte sich wohl in einem Gästezimmer, das an Kargheit nicht zu unterbieten war. Auch die Priorin legte ihr nahe, Referendarzeit und Promotion abzuschließen und erst danach zu entscheiden. Clara sah einen Berg von Anstrengungen vor sich, dem sie nicht ausweichen konnte.

Das Wiedersehen mit Bernd verlief in schönster Harmonie, so dass sie nicht den Mut aufbrachte, ihm zu sagen, was passiert war. Er lachte, als sie sich zu der Kunststudentin vorarbeitete: eine Cousine, die öfter vorbeikomme. Bernd hatte sogar eine Assistentenstelle in Frankfurt bekommen und mit den Examensnoten kein Problem mehr.

Kurze Zeit später erfuhr sie, dass er eine Geburtstagsparty feiern wollte. Sie beschloss, ihn zu überraschen. Mit einer Flasche Champagner in der Reisetasche stand sie mittags vor ihm. Als sie ihn küssen wollte, entzog er sich und blickte zum Fenster.

»Meine Verlobte«, lenkte er ab.

War sie selbst gemeint oder die Frau am Fenster, die nun auf sie zukam? Als die vermeintliche Cousine die Hand reichte, sah Clara den Ring, sah den gleichen an Bernds Hand und begriff. Diese Verlobte musste den auf Adelskreise erpichten Eltern also genehm sein. Clara wartete die Party nicht ab. Zu Hause knackte sie den Sekt und prostete ihrer Dummheit solange zu, bis sie betrunken ins Bett fiel.

Eine Woche später eröffnete sie der Familie, sie wolle ins Kloster gehen.

Riss

Vier Jahre später wartete Clara bei den Karmelitinnen in Himmelspforten und fragte sich, ob die Priorin das Ja-Wort geben würde. Im beengten Sprechzimmer trat sie von einem Bein auf das andere.

Die Priorin erschien lautlos auf der Schwelle. Clara erschrak vor dem schwarzen Ordenshabit, das den Türrahmen einnahm. Sie hatte sich die Gestalt vom Einzug der Nonnen in die Kirche kleiner und leichtfüßiger eingeprägt. Wache Augen blieben an der Kandidatin hängen. Das Ritual der Begrüßung war rasch ausgetauscht.

»Sie wollen also eintreten und warten auf meine Antwort«, begann die Priorin, die sechzig Jahre alt sein mochte. Sie schien keine Antwort zu erwarten. In den Worten, mehr noch im Gesichtsausdruck schälte sich eine Botschaft heraus, die Clara von Minute zu Minute stärker beunruhigte. Die Priorin legte auseinander, sie habe viel nachgedacht, Pater Stephan konsultiert, mit dem Konvent gebetet und um die richtige Entscheidung gerungen. Nach alledem sei sie überzeugt. Es folgte eine beredte Pause, als wäge sie die Gründe noch einmal ab. Dann schaute sie die Kandidatin an: »Sie gehören nicht ins Kloster. Ihr Platz ist in der Welt.«

Was folgte, rauschte vorbei. Ideale einer Christin … Ausbildung … Frauen notwendig … Der Sinn war nur zu erfassen, weil er sich mit Pater Stephans Worten im Ohr verband. Die Priorin legte eine Pause ein, um Raum zu geben für eine Reaktion. Aber es kam keine. Clara, taub für Zwischentöne, vernahm nur noch grausame Worte. Die Priorin musste gespürt haben, dass die Kandidatin am Ende ihrer Kräfte war. Leise stand sie auf und schloss die Tür hinter sich.

Mit den Abschlussprüfungen hatte Clara die Bedingungen für den Eintritt ins Kloster erfüllt. Seit zwei Wochen lebte sie im Gästezimmer des Klosters, davon überzeugt, dass die Lebensform eines Ordens mit strenger Klausur die richtige war. Sie stellte sich das Fest der Jungfrau Maria vom Berge Karmel für den Tag des Eintritts vor. Wäre Clara selbstkritischer gewesen, hätte dieser Wunsch sie stutzig machen können. Ihre Marienverehrung ging über nostalgische Erinnerungen aus der Kinderzeit nicht hinaus, und das Vorbild der Mutter, einer glühenden Verehrerin der Gottesmutter, gehörte zur bleiernen Schwerkraft ihrer Erziehung.

Sie saß noch immer im Sprechzimmer, als die dumpfen Schläge einer Wanduhr die volle Stunde anzeigten. Ihr Blick ging zur Tür, als erwarte sie die Priorin, die bei einem früheren Schlag eingetreten war. Aber die Tür blieb verschlossen. Die Abfuhr dröhnte in den Ohren, Misstöne durchfuhren den Raum und rissen das Gefühl der Geborgenheit mit sich fort. Heimatlos, wiederholte der Kopf, der jetzt auf den Tisch fiel und die Tränen laufen ließ.

Als die Wanduhr die nächste Stunde schlug, wusste Clara, dass sie sich mit der Absage nicht abfinden konnte. Sie hatte ihr Streben auf dieses eine Ziel gesetzt. Alternativen waren längst aus dem Blickfeld geraten. Obgleich sie erschöpft war, schlief sie erst ein, als die Morgenröte mit dem fahlen Licht des Tages rang.

Die Priorin schickte sie zu Pater Stephan. Während der Bahnfahrt versuchte das Gedächtnis, die Worte des Gesprächs wiederzufinden. So saß sie dem Jesuiten gegenüber und ließ ihrer Enttäuschung freien Lauf. Er hörte schweigend zu.

Als der Redefluss versandete, lag ein Schmunzeln um seine Augen: »Es ist nie gut, alles auf eine Karte zu setzen und andere Möglichkeiten außer acht zu lassen. Was ist denn so schlimm an der Welt da draußen?«

Statt zu antworten, fiel Clara erneut in einen manischen Mitteilungsdrang. Zwei Auflagen habe sie erfüllt, die Ausbildung und die Treue zum Klosterwunsch, beide habe sie befolgt, die Wartezeit, die Konflikte ertragen und sich vergewissert, dass der Klosterwunsch den Verlockungen der Welt standhielt. Sich nichts gegönnt und nun gehofft ... Sie fiel in einen Husten. Stille trat ein.

»Worauf gehofft?« Pater Stephan sprach so leise, dass sie genau hinhören musste. »Auf den Lohn? Sagen Sie nur, was Sie dachten.«

Sie schwieg. Was sie dachte, hatte mit dem Lebensrezept zu tun, das bisher erfolgreich gewesen war. Zähne zusammenbeißen, etwas leisten wie beim verpassten Schuljahr, wie nach der verbummelten Zeit in Frankfurt. Warum sollte das falsch sein? Sie merkte nicht, dass Pater Stephan der Alles-oder-Nichts-Strategie, die sich gegen Ratschläge taub stellte, ein paar Dämpfer verpassen wollte. In seiner sanft allgemeingültigen Weise sprach er über Perspektiven der Frauen in der Gesellschaft, breitete christliche Werte aus, die es hochzuhalten gelte in einer aus den Fugen geratenen Welt.

Wochen später fand Clara sich in einem Kloster am Niederrhein wieder. In diesem Kloster lebte eine ältere Schwester des Vaters. Der Orden hatte sich der Erziehung der Jugend verschrieben und unterhielt Schulen. Tante Augusta hatte aufmerksam zugehört, als die Nichte sie besuchte und ihr Herz ausschüttete.

»Komm doch zu uns.« Das Zwinkern in den wasserblauen Augen erinnerte Clara an den Vater, der auf diese Weise lachte, wenn er die Dinge auf die leichte Schulter nahm.

Aber Tante Augusta musste den Satz ernst gemeint haben: »Hast du nie daran gedacht? Bei uns gibt es vielerlei Tätigkeiten, mehr als in einem Orden mit geschlossener Klausur. Wir arbeiten weltweit, im römischen Generalat laufen die Fäden zusammen.«

Danach war alles schnell gegangen. Der Zugvogel mit dem verlorenen Orientierungssinn war ins erstbeste Nest geschlüpft und überzeugt, endlich am richtigen Platz zu sein.

Erleichtert zog die Postulantin, so genannt nach der ersten Stufe der Probezeit, an den Niederrhein, wo sie Kloster und Welt zu verbinden hoffte. Zusammen mit einem Dutzend Frauen und der Novizenmeisterin, einer heiteren Ausbilderin, lebte sie nach festen Zeiten. Sie half vormittags im Speisesaal, nachmittags diskutierten sie. Daneben blieb Zeit fürs Studieren in der Bibliothek.

Es war die Zeit der enthusiastischen Hoffnung auf eine Erneuerung der Kirche. Die Druckerschwärze auf den Dokumenten des Konzils war gerade erst angetrocknet. Vier Jahre bis zum feierlichen Abschluss im Dezember 1965 hatten das Gesicht der katholischen Kirche verändert. Der Kardinal von Mailand war als Papst auf Johannes XXIII. gefolgt. Paul VI. galt als Kenner der päpstlichen Kurie. Konflikte, die im Hintergrund des Konzilsgeschehens gespielt haben sollen, schienen vergessen. Es fühlte sich gut an, katholisch zu sein. Die Jungen im Noviziat am Niederrhein, vom Aufbruch mitgerissen, krempelten die Ärmel hoch. Sie wollten den Wust der Ordensregeln sichten, Fragwürdiges über Bord werfen, Neues erproben, Ordensgeschichte schreiben. Dass Ältere zu Rücksicht auf die Tradition mahnten, nahmen sie nicht wahr.

Anfangs unbemerkt, begann Clara an ihrer Entscheidung zu zweifeln. Worüber diskutierten sie? Über mittelalterliche Kopfhauben, die Autofahren zum Unfallrisiko machten, über Länge und Farbe des Ordenskleides. Inhaltliche Punkte ließen sich ebenso zäh an. Konnte das Bekenntnis von Fehltritten vor der Gemeinschaft ersetzt werden? Ließ der Gehorsam Raum für eigene Entscheidungen? Der Ballast an alten Zöpfen, den der Orden angesammelt hatte, gehörte nach Meinung der Jungen nicht endlos debattiert, sondern einfach nur abgeschafft.

Da die Einkleidung, die feierliche Übergabe des ersten Ordenskleides näher rückte, trat neben die Frage der Berufung zum Ordensleben die handfestere, wie Claras Wirken als Ordensfrau aussehen könnte. Konnte sie in einer Gemeinschaft leben und zugleich ein Lebensmodell realisieren, das ihrem Freiheitsdrang entgegenkam? Es ging nicht mehr um theoretische Szenarien, sondern um das Zusammenleben nach Regeln einer Tradition, deren Sinn sich oft nicht erschloss, die aber gleichwohl befolgt sein wollten.

Die hohe Mauer zur Straße hin nahm sie lange nicht wahr. Sie ging täglich die gleichen Wege, vom Schlafsaal zur Kapelle, ins Noviziat, in den Park und wieder zurück. Die Wege im Freien gehörten einem vergangenen Leben an. Der Vogel saß im Käfig und erlebte sich eines Tages als eingesperrt. Es war der Tag, an dem Clara auf das Fensterbrett stieg und mit aufgerissenen Augen über die Mauer hinweg in die Dorfstraße blickte. Beim ersten Mal verscheuchte sie das kindische Benehmen. Doch als sie dabei war, die Szene zu wiederholen, packte sie das Elend und eine magnetische Macht zog sie ins Freie. Sie dachte nicht daran, sich jemandem anzuvertrauen. Das mochte an dem Klima liegen, das bei aller Diskussionsfreude eigene Schwächen nicht ansprach, abweichende Wünsche als korrigierbar wertete und Fehltritte in die Beichte verwies.

Clara schlich sich durch ein Gatter hinaus und landete auf einem Feld. Die Wolkendecke riss auf und ließ den goldenen Oktober durch. Aufs Geratewohl stapfte sie über Felder, durch sumpfige Wiesen, am Bach entlang und an Bauernhöfen vorbei. Der Turm der Klosterkapelle war nicht mehr zu sehen, und der Himmel überwölbte die Ebene. Anfangs prägte sie sich die Kirchtürme ein, die aufstiegen und wieder versanken, einzige Orientierung in einer Landschaft, flach wie ein Brett, mit kargen Mustern aus Hecken und Baumgruppen. Als auch die Unterschiede zwischen den Kirchtürmen verschwammen, markierte der Stand der Sonne die Richtung, bis die Landschaft sich im Kreis drehte.

Sie überließ sich dem närrischen Spiel, genoss die Düfte der Erde, spürte das Hochgefühl der Freiheit und begann leise, dann immer lauter zu singen, bis der Hunger anklopfte. Da bot eine Wiese voller rotwangiger Äpfel einen Rastplatz an. Sie konnte nach Herzenslust schmatzen, ohne Tischmanieren und unbegleitet von geistlichen Erbauungstexten. Den Magen voll Apfelmus streckte die Ausreißerin alle Viere von sich und segelte ins Ziellose. Sie lauschte dem Zirpen und Krabbeln im Gras, sah zu, wie die Wolken Tiere zeichneten und der Wind die Bilder ausradierte, bevor sie Namen hatten. Der zerklüftete Himmel hütete seine Geheimnisse, die Natur stellte keine Fragen, und Clara musste eingeschlafen sein.

Erst das Blöken einer Rinderherde weckte sie auf. Die Sonne sank in den Horizont, aus der Erde quollen Kälte und Feuchtigkeit. Clara reckte die Glieder und sah sich erstaunt um. Es dämmerte bereits, der Tag pendelte sich aus und fand ins Lot. Sie wollte zurück. Die Seele hatte genug Freiheit geschnuppert. Ein paar Menschen halfen ihr, den Weg zu finden. Das große Tor zum Klosterhof stand offen. Alle taten so, als sei nichts geschehen. Einigen Gesichtern war Erleichterung anzusehen. So ein Ausrutscher kam vor.

Im Innern brodelten die Zweifel weiter. Das Grübeln zermürbte sie, führte zu Magenkrämpfen und Schwermut, die in eine Depression zu kippen drohte. Sie zog die Reißleine und vertraute sich der Novizenmeisterin an. Diese Ordensfrau mit großer Erfahrung empfahl, die stillen Wochen bis Weihnachten zu nutzen. Claras Seele ließ sich durch die Zeit der Besinnung, wie sie nur in Klöstern möglich ist, besänftigen und zu einem vorläufigen Schluss kommen. Sie bat um den Aufschub der Einkleidung.

Zwei Monate später saß sie mit Christine auf der Terrasse des römischen Gästehauses, fing die Sonnenstrahlen ein und witterte den Duft des Frühlings. Nach dem Aufschub der Entscheidung hatte die Novizenmeisterin das Haus für eine Bedenkzeit vorgeschlagen.

»Es ist viel passiert, und ich bin kein bisschen schlauer«, sagte Clara und ließ offen, was sie damit meinte.

Christine wusste nicht, ob das Scherz oder Ernst sein sollte, und schwieg lieber. Die ältere Buchhändlerin aus dem Rheinland war ebenfalls für einige Zeit Gast bei den Schwestern. Die beiden saßen oft nur da, jede in ihre Gedanken versunken, lasen und sprachen kaum über das, was sie persönlich bewegte. Dass es bei der Jüngeren um Kloster, Heiraten und Bedenkzeit ging, hatte sich die Buchhändlerin zusammengereimt. Christine war katholisch, nahm die Kirche, wie sie war, und erwartete nichts von ihr. Es kam ihr grotesk vor, dass Clara jetzt ins Kloster wollte, da Frauen und Männer den Klöstern davonliefen. Das hatte eine Freundin berichtet, die als Übersetzerin im Vatikan arbeitete und aus der Gerüchteküche plauderte. Heide, eine Schweizerin, wusste, dass man in der Kurie über die einschwappende Austritts- und Laisierungswelle entsetzt war.

»Manche lasten die Austrittswelle dem Konzil an, aber sie ist nur die Reaktion auf den Reformstau. Wie war es denn vorher? Hart und unbarmherzig! Die meisten Priester, die sich gegen den Zölibat entschieden, standen vor der Vernichtung ihrer Existenz. Jetzt, da der Papst den Druck aus der Flasche gelassen hat, sucht die Kurie nach Schuldigen«, hatte Heide sich ereifert.

»Und du, Clara«, hatte Christine eingeworfen, »Du willst die Orden vor dem Untergang retten? Du bist auf dem Holzweg. Lass dir das von einer alten Frau gesagt sein.«

Clara hatte das nicht lustig gefunden und das Thema fortan gemieden. Auf der Terrasse sprachen sie über Bücher, die sie im Haus fanden, Überbleibsel aus den Konzilsjahren, katholische Autoren wie Romano Guardini, Luise Rinser, Georges Bernanos, Gertrud von le Fort. Christine liebte Heinrich Böll, von dem sie einiges im Gepäck hatte.

»Lies doch mal den Böll. Eingefleischter Katholik, dieser streitlustige Kölner. Wie der die Kirche aufs Korn nimmt, grandios!«

Clara kannte Bölls Werke nicht.

»Böll und die rheinischen Pfarrer. Das ist was Besonderes. Wir zwei haben auch zuviel Katholisches mitbekommen, wie Böll es ausdrückt. Nur mit rheinischem Humor ist die Kirche zu ertragen.«

Clara blickte auf ihr Buch der Schriftstellerin Gertrud von le Fort, deren *Schweißtuch der Veronika* sie gerade las. Sie hatte Freude an der Liebesgeschichte, die sich zwischen dem heidnischen Pantheon und der katholischen Kirche Santa Maria sopra Minerva abspielte, wo der Bernini-Elefant stand. »Kann es sein, dass das hier auch zuviel Katholisches ist?«

»Was sagst du da?«, rief Christine. »Na endlich. Endlich bist du auf dem Teppich. Such' dir gescheitere Bücher. Du liest zu viel, was nicht gut tut. Und nun reden wir mal Tacheles! Was ist mit dem netten Anwalt, der dich heiraten will? So ist es doch!«

Damit traf sie ins Schwarze. Clara war von einem Ausflug nach Frascati zu Freunden des Anwalts mit einer fiebrigen Grippe zurückgekommen. Dieser Gero hatte ihr vor dem Klostereintritt einen Heiratsantrag gemacht und nie eine Antwort erhalten. Für Christine lag eine handfeste Krise näher als eine Grippe.

»Ach lass. Er hat nicht mehr gefragt. Das hat sich erledigt.«

»Nichts hat sich erledigt, Clara. Du kannst Entscheidungen nicht ewig vor dir herschieben.«

Tatsächlich quälte Clara das Gewissen, weil sie keinen Schritt weiter gekommen war. Rom brachte sie nicht mehr zum Glühen. Ihre Liebe zur Stadt fühlte sich kälter an und stieß sich an dem früher so bestaunten Musealen und Triumphalen. Auf allerlei Seitenwegen suchte sie nach den wechselnden Launen der Stadt. Rom, das war Heiteres und Ernstes, Laufenlassen und Anfassen, Profanes und Frömmelei, Altes und Neues durcheinander und von allem reichlich. Hatte Christine Recht? Verlor sie sich im Unentschiedenen und wollte nicht wahrhaben, dass sie in einer Krise steckte?

In düsterem Selbstgespräch verloren, bog Clara in die Via Condotti ein und stand unverhofft vor dem Antico Caffè Greco, wo sie sich an eine glückliche Begegnung erinnerte. Das Café war in einem anderen Jahrhundert ein Geheimtipp, eines der Künstlercafés der Altstadt, in dem schon Goethe seinen Cappuccino genommen hatte. Kurzentschlossen trat sie ein und suchte die Räume ab nach dem Platz, an dem sie beim ersten Rombesuch mit dem jungen Kleriker gesessen hatte. Sie sah den Deutschen vor sich, selig vor Glück über das Stipendium an der päpstlichen Universität Gregoriana, der Kaderschmiede für die oberste Hierarchie der Kirche. Aber wo war die Nische? Gab es die gestreckten Gänge schon? Konnte die Erinnerung an ein glückliches Beisammensein ein offenes Rechteck mit zwei Tischen in eine intime Nische verwandeln?

Verwirrt suchte sie einen Tisch, der dem gespeicherten Bild nahe kam. Sie wählte eine heiße Schokolade. Je wärmer ihr ums Herz wurde, desto mehr mischten sich Damals und Gegenwärtiges. Die Erinnerung barg ein Erleben, das ihr gehörte, als die Welt mit ihren Möglichkeiten noch vor ihr lag. Gab es diese Welt noch immer?

Seit zweihundert Jahren empfingen die Räume Literaten und Philosophen, die von Rom und der Antike angezogen wurden und die Sonne Italiens genossen. Bilder erzählten von den Besuchern, die jederzeit auf den karminroten Samtpolstern der Bänke und Stühle hätten Platz nehmen können. Clara entdeckte an der goldfarbenen Brokat-Tapete ein schwarz-weißes Portrait des älteren Goethe, das über der Ansicht des Forum Romanum hing. Die Augen glitten über den Marmor des Bodens, das Kardinalsrot der Polster, das Holzbraun der Tische; im Weiß der Decke verlor sich die Unruhe.

Wie schön war der Augenblick! Hatte sie nie bedacht, dass ein Augenblick schön sein konnte? Marie Luise Kaschnitz' Verse verstand sie nun: Nimm auf dich die schmerzliche Schönheit und die Last der Vergangenheit. Nimm auf dich das Leben.

Aber welches Leben? Die Frage begleitete sie ins Freie. Auf der Spanischen Treppe wanderten die Schatten. An den Haltestellen herrschte das Geschiebe der Menschenknäuel, die in die Busse drängten, beim Herandonnern schon hoffnungslos überfüllt. Die Menge quetschte sich hinein, während Clara die Treppen hochstieg, um den Pincio zum Sonnenuntergang zu erreichen.

Sie hatte Glück. Die Stadt lag im goldenen Licht, die Peterskuppel mitten drin und ringsum eine Landschaft von Palästen, Kirchen, Pinienhainen und Hügeln. Sankt Peter mit dem Vatikan mochte sich für den Nabel der Welt halten, aber auch jeder andere Punkt auf der Erdkugel war Mittelpunkt. Die Sonne verglühte und machte dem kreisenden Lichtgefunkel der Stadt Platz. Clara fröstelte, ein junges Paar lehnte an der Brüstung, die Peterskuppel fiel ins Dunkel. Glockentöne schwebten über schläfrigen Baumkronen. Die Stadt kam in eine gemessene Gangart, und der Lärm schluckte das Rauschen der Brunnen nicht mehr. Der Bus bot wieder Plätze an und passte sich auf der Fahrt in die Höhe der bedächtigeren Lebensart an.

Danach ging alles schnell. Als Clara ins Gästehaus zurückkehrte, berichtete Christine von einem Anruf des Vaters. Die Mutter sei krank. Die bemühten Schwestern hatten ihr die Entscheidung abgenommen und die Fahrkarte für den übernächsten Tag gekauft. Der Sonntag blieb für den römischen Abschied.

Auf der Zugfahrt zog Rom noch einmal vorbei: Der Tag in Frascati mit Gero und die nicht gestellte Frage nach der Heirat, vor der sie sich noch immer fürchtete. Der letzte Sonntag auf dem Aventin mit den Vögeln, die über der Stadt und der Landschaft segelten und im Blau davonzogen. Wie sie zwischen Himmel und Erde mit ihnen flog und alle Fragen ins Meer warf. Und die Mittagsglocken sie von Licht, Farben und Tönen träumen ließen, bis ein Knall aus dem Häuserknäuel von Trastevere die Harmonie zerfetzt hatte.

»Nein, nichts ist gut, gar nichts«, sagte Clara in das leere Zugabteil hinein.

Die Familie bewohnte ein neues Haus, das sich in ein Pflegeheim verwandelt hatte. Onkel Luk war nach einem schweren Unfall und mehreren Operationen anfangs noch am Stock gegangen und inzwischen bettlägerig. Oma Regina hatte nach dem Tod von Großvater Johann den eigenen Haushalt aufgegeben und, solange sie rüstig war, Kartoffeln geschält und bei Onkel Luks Pflege geholfen. Nun saß sie am Krankenbett, und beider Pflege lag in Mutters Händen. Sofia hatte mit ihren Zwillingen alle Hände voll zu tun. Rosa wollte Lehrerin werden und studierte in Köln. Hin und wieder schaute eine Ordensschwester nach den Alten und legte neue Verbände an. Aber die Schwester war die letzte, die den Pflegedienst versah, und auch sie konnte den Onkel nicht mehr allein aufrichten.

Der Mutter fiel ein Stein vom Herzen, als Clara in der Tür stand. Mit blassem Gesicht gab sie ein Gott sei Dank von sich. Wie ihr Vater am Telefon bemerkt hatte, musste Mutters Krankheit etwas Seelisches sein. Munter lief sie hin und her und deckte den Tisch.

»Du musst Hunger haben nach der langen Reise, setz' dich.«

Im Garten hatten die Stiefmütterchen den Winter überlebt. Die ersten Narzissen blühten und die Tulpen wagten sich zu zeigen. Clara versuchte herauszufinden, was hinter der Krankheit steckte.

»Ostern ist ihr auf den Magen geschlagen«, meinte der Vater wenig besorgt. »Die Pflege. Und Sofias Familie mit den Zwillingen, die überall herumkrabbeln. Alle will sie Ostern um sich haben, das macht sie fertig. Du kennst sie ja.«

Beiläufig fragte die Mutter, was mit dem Kloster sei. Ob sie zurückgehe oder zu Hause bleibe. Gero habe nach ihr gefragt. Was er denn in Rom gesagt habe. Sie seien ein so schönes Paar.

Was ging hier vor? Die Heirat hätte der Mutter offenbar gefallen. Sie versprach eine gesicherte Existenz und Claras Verbleib in der Nähe. Doch diese wollte weder heiraten noch in der Nähe bleiben. Die Vorstellungen der Mutter bedeuteten Konflikte. Denen konnte sie durch die Rückkehr ins Kloster erst einmal ausweichen.

Im Noviziat flatterten die Mitbewerberinnen in weißen Hauben umher. Die Oberinnen hatten sich Gedanken gemacht, was mit Clara geschehen sollte, und an ein Zweitstudium gedacht. Eine Antwort von Professor Karl Rahner auf einen Brief Claras hatte alle bestärkt. Ein Theologiestudium sei nach der Öffnung des Konzils für eine Frau durchaus lohnend. Er glaube, dass die Kirche den Frauen weitaus mehr Chancen ermöglichen werde als bisher.

Von ebenso hoffnungsvoller Aussicht musste Pater Stephan ausgegangen sein, als er ihr eine Aufgabe im Vatikan zudachte. Er hatte ihr ein Empfehlungsschreiben an den spanischen Sekretär des Generals der Jesuiten mitgegeben und das Gespräch im Generalat unweit des Vatikans angekündigt. Die Jesuiten hätten einen engen Draht in die Kurie, auf deren Einschätzung könne sie sich verlassen.

Christine hatte ihre Freundin Heide herbeitelefoniert. Ins Generalat könne sie nicht unvorbereitet gehen. Heide war frustriert. Sie habe Philosophie und Sprachen studiert, aber in der Kurie schere sich niemand um ihre Qualifikationen, sie könne vom Lohn als Übersetzerin kaum leben. Wenn es den billigen Einkauf und steuerliche Privilegien nicht gäbe, hätte sie dem Vatikan längst den Rücken gekehrt, aber es sei nichts Besseres zu finden. Und das Betriebsklima! Clara war versucht, bei Heide eine Unzufriedenheit mit ihrem Leben zu unterstellen. Aber ein schales Gefühl blieb.

»Lass die Finger davon«, befand Christine. »Frauen im Vatikan? Vergiss es! Heirate endlich. Dein Anwalt wartet nicht ewig.«

Der Kontaktmann im Generalat der Jesuiten machte ihr wenig Hoffnung. Das Gespräch, das auf Französisch über die Runden kam, verlief herzerfrischend illusionslos.

»Nein«, fasste der Sekretär zusammen, »ich will Ihnen nichts vormachen. Der Vatikan hat seine Antipathie gegen Frauen nicht aufgegeben. Daran ändert auch das Konzil nichts. Die Einstellung gegenüber Frauen hat mit Selbstgerechtigkeit und Angst zu tun.«

Das hatte nach einer Phobie gegenüber Frauen ausgesehen und ließ von einem Theologiestudium nichts Gutes erhoffen.

Im niederrheinischen Kloster gingen die Debatten um Reformen und Reförmchen weiter. Erneut standen die ersten Gelübde an. Clara überwand ihre Unschlüssigkeit und gestand sich ein, dass sie für ein Ordensleben nicht geeignet war. Die Oberin nahm den Entschluss hin, als hätte sie ihn längst kommen sehen.

Gero wurde fürs erste ihr Retter. Er führte eine Anwaltskanzlei in Bonn und vermittelte eine Pension. Die Bonner Ministerien stellten Juristen ein. Sie ging ins dreißigste Lebensjahr und hoffte, mit ihrer Bewerbung unter den Glücklichen zu sein, die ausgewählt wurden.

Nur eine Entscheidung drängte noch. Gero hatte die Frage nach der Heirat, die in Rom ausgeblieben war, direkt nach ihrer Ankunft gestellt. Sie sah sich nicht in der Küche stehen, Kinder erziehen und dem Mann den Rücken freihalten. Im Grunde des Herzens war ihr klar, wonach sie suchte: Nach einem Beruf, der ihrem Leben Sinn gab, und dem sie sich verschreiben konnte. Auf der Woge einer neu erwachten Entschlusskraft brachte Clara es endlich über sich, Gero die geschuldete Antwort zu geben. Der Abend mit ihm endete wie jene Abschiede, an denen man lange herumkaut, weil sie in die Seele treffen und Traurigkeit hinterlassen.

Und dann starrte der Zugvogel mit der neu entdeckten Orientierung vom Fenster ihrer Pension auf die Stunden, die Wolken und die Winde. Irgendwann ritt sie die Unvernunft, und sie mietete vom letzten Geld ein Auto, fuhr irgendwohin, die Freiheit kostend, Steigungen hoch, Gefälle runter, um Kurven herum, bis die letzte zu eng war und das Auto im Schlamm zertrampelter Spuren landete.

»Sind Sie verletzt?« Ein junger Mann klopfte an die Scheibe. »Kann ich helfen?« Und noch einmal, jetzt erregter: »Hallo, hallo!«

Sie öffnete geistesabwesend die Tür, kletterte umständlich heraus und schaute in ein besorgtes Gesicht. »Was ist los?«

Die Frage schien den Mann – erleichtert, sie auf den Beinen zu sehen – zu amüsieren: »Zu schnell in die Kurve gefahren, nehme ich an. Und Glück gehabt, dass das Gatter offen war. Andere rasen in den Stacheldraht hinein. Soll ich Sie irgendwohin bringen?«

»Nein, nein, nur ein bisschen benommen. Helfen Sie mir aus dem Schlammassel raus.«

II. Teil

1968 bis 1975

Lissabon 1975

Vor dem Flughafen in Lissabon wartet ein Kombi des Hotels auf die Passagiere, die erst in der Nacht nach Brasilien weiterfliegen. Die mitreisende Joana späht nach allen Seiten, als lauerten Gefahren.

»Was ist los?«, frage ich.

»Traumatizada«, sagt Joana, als sei es normal, in Lissabon von einem Trauma befallen zu werden.

Bei der rigorosen Kontrolle, die sie in Frankfurt und hier durchgestanden hat, muss das Trauma erwacht sein. Ich finde, da man mich zweimal durchgewinkt hat, das zweierlei Maß empörend.

»Und was machen wir jetzt?«, frage ich, als wir das Zimmer bezogen haben. »Kannst du eine Rundfahrt organisieren?«

Die Rezeption kennt die Wünsche der zwischengelandeten Gäste und ist voll des Lobes über einen Studenten. Vertrauenswürdig sei er, meide gefährliche Orte.

José dos Santos, stellt sich kurz darauf der Taxifahrer vor, erfreut über die Brasilianisch sprechende Joana. Ich bin mit meinem *Bom dia* und *Obrigada* kläglich abgehängt. Er ist sportlich, kaum größer als Joana. Sie hakt energisch nach, ehe sie nickt. Ich erkenne die gehemmte Frau aus der Bonner Zeit nicht wieder, bis mir der Gedanke kommt, es könnte die Muttersprache sein, die Menschen erst zu vollem Temperament erblühen lässt. Er werde mit der Torre de Belém und dem Denkmal der Entdeckungen anfangen, weil dort die gemeinsame Geschichte begonnen habe, übersetzt Joana und fügt an, gemeint sei die Geschichte Portugals und Brasiliens.

Joana und ich kennen uns aus Bonn. Die zehn Jahre jüngere Brasilianerin hat im Haushalt eines Schneidermeisters gelebt, Nähen und Sticken gelernt und eine behinderte Tochter betreut. Jetzt will sie in ihr Buschdorf zurückkehren, das sie in höchsten Tönen besingt.

Vor zwei Jahren wurde sie mutterseelenallein auf die Flugreise nach Deutschland geschickt. Der Zwischenstopp in Lissabon musste ein Schock gewesen sein. Man hatte ihr eingeschärft, dort nicht auf die Straße zu gehen. Von Unruhen war die Rede. Jedenfalls schloss sie sich im Hotelzimmer ein, starrte abwechselnd auf den Zettel mit der Uhrzeit des Taxis für den Weiterflug und auf den neuen Wecker, den sie, als es soweit war, mitzunehmen vergaß. Das Heimweh, das sie nie verließ, habe in der Hölle von Lissabon begonnen.

Eines Sonntags, während ich mir in der Laube der Schneiderfamilie den Blechstreuselkuchen munden ließ, schilderte Joana ihr Inferno de Lisboa und sprach über die Angst vor dem Heimflug. Die Runde schwärmte von einem Aufenthalt in Joanas Dorf. Und ehe ich mich versah, schmiedeten sie ein Komplott für meinen Urlaub.

»Du wirst sie fühlen, die Saudade, diese unbeschreibliche Sehnsucht. Sie lässt den, der ins Herz Brasiliens geschaut hat, nie mehr los«, versprach Joana.

Ich bewohne die Dachwohnung im Haus des Schneiders und bekomme von dem in der Nachbarschaft gerühmten Blechkuchen stets etwas ab. Das ferne Land zu erkunden, wäre mir von selbst nicht in den Sinn gekommen. Nun griff ich zu und renommierte bei jeder Gelegenheit mit dem exotischen Urlaubsziel. Wer kannte damals schon Brasilien. Ich verband damit auch nur Urwaldströme, ein paar Städtenamen, die Erzählung über das Tropendorf und Joana.

José dos Santos, der Taxifahrer, fährt wie vereinbart zum Wahrzeichen Lissabons, der Torre de Belém, und zum Denkmal der Entdeckungen von 1960, einem Erbe des Diktators Salazar zum 500. Todestag von Heinrich dem Seefahrer. Wir erfahren, dass José in Lissabon Geschichte studiert, aber am Tag der Nelkenrevolution – diesen 25. April 1974 vergesse er nie – Student an der ältesten Universität in Coimbra war. Wie er dabei Skizzen in die Luft zeichnet, muss Coimbra etwas Besonderes sein. Und dann läuft der Tag der Revolution vor seinem Auge ab.

»Genau um Null Uhr und dreißig Minuten las der Sprecher des katholischen Rundfunks Rádio Renascença die erste Strophe des verbotenen Liedes vor: Grândola vila morena, terra da fraternidade, o povo é quem mais ordena. Man hatte gemunkelt, dass in der Nacht etwas passieren würde. Das war es! Der Held der verbotenen Opposition, José Afonso, sang alle Strophen des Kampfliedes, obgleich nicht einmal sein Name im Radio genannt werden durfte.«

José summt die Melodie vor sich hin und nimmt nicht wahr, dass Joana seinem Rückspiegel verzweifelte Zeichen zuwirft. Er sieht glücklich aus und sehr abwesend.

»Für die Einheiten der aufständischen Offiziere war es das vereinbarte Zeichen zum bewaffneten Aufstand gegen die faschistische Diktatur Salazars, die über dessen Tod hinaus noch Jahre wütete. Jetzt war der Bann gebrochen. Zuerst verschanzten sich die Unterdrücker in einer Kaserne, und dann traten sie unter Druck ab. Ohne einen Tropfen Blut. Keinen Tag später war Europas älteste Diktatur gestürzt. Achtundvierzig Jahre Verfolgung und Verbannung, Zensur und Folter gingen zu Ende. Ein Wunder!«

Während José die Gäste und das Steuer vergisst, versucht Joana, ihm ins Wort zu fallen, was erst nach mehreren Anstößen gelingt. Satz für Satz, nun mit der Hand am Lenker, überlässt er Joana die Übersetzung: Grândola, Heimat der Brüderlichkeit. Das Volk herrscht in dir. Das Volk habe vor Freude rote Nelken in die Gewehrläufe der Aufständischen gesteckt, daher der Name der Revolution. Niemand könne sich dem Duft der Nelken im Frühling entziehen.

Vor der Torre de Belém kommt José noch einmal auf die Revolution zurück. Die Lage habe sich nach einem Jahr leider nicht beruhigt: »Viele haben Angst, auf die Straße zu gehen. Sie haben keine Arbeit. Die Armut läuft um und das stolze Lissabon verkommt. Jetzt erst sehen wir, was die Diktatur angerichtet hat.«

Ich beobachte das allgegenwärtige Militär und frage nach.

»Ja, sie versuchen, nicht allzu auffällig aufzutreten. Die Kommunisten kriechen aus den Verstecken und wiegeln die Leute auf. Natürlich haben sie Recht, wenn sie auf das Erbe der Diktatur schimpfen, aber doch nicht mit Anarchie und Blut. Wir wollen heitere Zeiten, keine neue Angst«, sagt er mit Tränen in den Augen. »Als Historiker weiß ich, dass eine Revolution die Dinge nicht von einem Tag auf den anderen ändert, aber wir fühlen die Bedrohung am eigenen Leib und kommen nicht zur Ruhe.« Dann lacht er: »Selbst Taschendiebe und kleine Gauner können so nicht überleben.«

Joana möchte Josés bittere Lektion nicht fortsetzen und weist zu den Figuren auf dem Denkmal. Zu mir sagt sie, das Gemeinsame der beiden Länder habe sich verflüchtigt. »Brasilien ist seit 1822 unabhängig, lange bevor Portugal alle Kolonien verlor.«

Warum Portugal in Afrika bis zuletzt Kriege führte, kann José sich nicht erklären. Der Irrsinn sei den Militärs schon lange klar gewesen. Nun habe er wenigstens die Diktatur weggefegt.

Heinrich der Seefahrer bezwingt am Bug des Denkmals noch immer die Meere und die Kolonien. Er schaut auf den Atlantik, von wo die Schiffe in die Kolonien dahinzogen. Nun bestaunen wir mit ihm die kühne, seit kurzem umbenannte Hängebrücke des 25. April über der Mündung des Tejo und streifen die andere Seite, wo die Christusstatue den gewaltigen Christus jenseits des Atlantiks in Rio de Janeiro grüßt. Joana verliert sich in der Ferne und verdrückt ein paar Tränen.

Die Sonne brennt, als wir den Bahnhof Rossio erreichen und um den Platz wandern. Die Menschen hetzen über die Rolltreppen zu den Zügen, sie fürchten noch immer Anschläge. An der Promenade der Rua Augusta vergnügen sich Kinder auf dem Schachbrett der Fliesen. Ein Feuerschlucker führt seine Künste vor, ein sehniger Mann singt die wehmütigen Lieder des Fado zur Gitarre. Menschen bleiben stehen und lächeln.

»Seht ihr«, sagt José, »sie haben wieder Hoffnung. Das Leben lässt sich nicht vertreiben.«

In einem Stehcafé berichtet José über das Erdbeben von Lissabon, das ganz Europa erschütterte. Er versetzt uns in den Allerheiligentag des Jahres 1755, als das goldene Lissabon unterging. Die Menschen hielten die tagelangen Fluten und Brände für ein Strafgericht Gottes und für die Apokalypse. »Ungezählte Leben forderten die nach dem Erdbeben wütenden Höllenfeuer, die Menschenhand nicht löschen konnte. Viele haderten mit Gott und konnten nicht mehr glauben. Diese Heimsuchung hat sich in das traumatisierte Gedächtnis der Lissabonner eingegraben.«

Im Weitergehen schließt er die Expertise ab: »Die Zeit ging auch über diesen Weltuntergang hinweg. Aber wir wissen, dass selbst die uralte Geschichte, die ohne uns abläuft, tief in uns allen steckt.«

Auf der Fahrt zurück ins Hotel fragt José: »Wisst ihr, dass wir die einzige Kolonialmacht sind, die ihr Zentrum in eine Kolonie verlegte?« Und als er das Nein in unseren Gesichtern sieht: »Tatsache, Rio de Janeiro war die Hauptstadt des Vereinigten Königreichs von Portugal, Brasilien und Algarve, und zwar nach dem Einmarsch Napoleons in Portugal. Nicht lange freilich, denn unser Kronprinz hatte es eilig, die Kolonie für unabhängig zu erklären und sich selbst Kaiser Pedro I. von Brasilien zu nennen. Kein Wunder, dass dein Land uns über den Kopf gewachsen ist«, lacht er in Joanas verblüfftes Gesicht hinein.

Das muss der brasilianische Abraço sein, denke ich, als die beiden sich vor der Rezeption umarmen. Wir stellen den Wecker unter die Nachttischlampe und legen uns auf die Betten. Joana meint, sie wisse nun besser, was sie den Portugiesen verdanke. Die Lösung des Rätsels versinkt, und im Halblicht sehe ich, dass die schlafende Joana da Silva kein Albtraum mehr quält.

Als wir aufbrechen, kreisen Mond und Sterne über dem nächtlichen Lissabon. Im Widerschein der Stadt fliegt Joanas Heimweh dem Flugzeug voraus. Auch mich trägt es zum südlichen Sternenhimmel. Über der Bonner Welt schließt sich der Ozean.

Beruf

Ein günstiger Umstand führte sie in das Dominikanerkloster Walberberg bei Bonn und zu einem Tisch, auf dem sich Taschenbücher stapelten. Clara traf zu früh ein und wartete auf ihren Einsatz. Um die Anspannung zu überbrücken, griff sie ein Exemplar, angelockt vom Namen Johannes XXIII. und dessen Sozialenzyklika *Mater et Magistra*. Das Buch lag wie zum Mitnehmen da, fragen konnte sie nicht, weil kein Mensch in der Nähe war.

Als eine Standuhr elf schlug, trat sie in den angewiesenen Sitzungssaal. Die illustre Herrenrunde, zu der sie als Vertreterin des Ministeriums entsandt worden war, hatte sich in der Tagesordnung festgebissen und beachtete sie nicht, wohl in dem Glauben, die Frau wolle tun, was die unsichtbaren Wesen in der Männerwelt immer taten: nachschauen, ob sie, die Männer, gut versorgt waren mit Kaffee, Tee, Wasser, Schnittchen und Zigarren.

An der Tür verharrend, hörte Clara den Vorsitzer im Mönchsgewand mit Blick auf die Uhr fragen: »Sie? Man hat uns einen hochrangigen Vertreter angekündigt!«

»Der bin ich«, sagte sie, die solche Art Begrüßung kannte.

»Na, dann setzen Sie sich mal.«

Clara hatte alle Spielarten vom gönnerhaften, belustigten Blick bis zum kaltschnäuzigen Übergehen erlebt. Den subtilen Formen der Geringschätzung war schwer beizukommen, etwa wenn ein Veranstalter ihren Vortrag mit blumigen Worten als charmant zu würdigen wusste, zum Inhalt aber nichts zu sagen hatte. Oder wenn sie wie Luft behandelt wurde, der Kollege jedoch, der kurz darauf dasselbe sagte, Applaus erhielt, als sei die Idee des Jahres geboren worden. Es war ermüdend, sich ständig zur Wehr zu setzen. Sie leckte die Wunden, wenn sie mit sich allein war, und fügte sie zur Sammlung der Lebenserfahrungen.

Männer begriffen noch nicht, dass Frauen im Weltgeschehen mitmischen wollten.

Bei dieser Tagung der Sozialpolitiker des Bundestages sollte Clara ein Gesetzesvorhaben erläutern. Die Mission verdankte sie dem Abteilungsleiter, der für klerikale Kränzchen nur Naserümpfen übrig hatte. Vorerst drehte sich die Debatte um Fragen, die Papst Johannes in seinem Rundschreiben behandelte. Deshalb das Buch auf dem Tisch, dachte Clara und staunte, wie ernst die Politiker aller Couleur darüber stritten. Die Kirche wiederum schien ihr Gewicht zu nutzen, wie die Beiträge zweier Mönche bewiesen.

Seit sechs Jahren war Clara im Bundesarbeitsministerium in Bonn. Die Szene in Walberberg lag einige Jahre zurück. Clara dachte gern an die Anfänge, als hosentragende Frauen im Bundestag verpönt gewesen waren und sie ihre Anliegen treuherzig verkauft hatte. Dass sie sich bei Männern durchzusetzen lernte, stärkte ihr Selbstvertrauen. Speerspitze für Frauen zu sein, kam ihr nicht in den Sinn; als Einzige wurde sie mehr beachtet. Es gab noch die Kavaliere alter Schule, die Frauen den Vortritt ließen und in den Mantel halfen.

Die Ära Adenauer war 1967 mit dessen Tod endgültig zu Grabe getragen worden. Bewegungen der 1968er-Generation krempelten die Republik um. Das Zauberwort Emanzipation rüttelte weltweit auf. Mochten die Älteren sich über entfesselte Freizügigkeit entrüsten, die Jüngeren lebten sie aus. Gammler und Hippies stürzten eine etablierte Bürgerschicht mit dem Ruf nach Freiheit von aller Bevormundung in tiefe Ratlosigkeit. Wandel war das Wort für alles.

Den politischen Vorhaben kam der starke Rückenwind zugute, der sich mit der Symbolfigur des Bundeskanzlers Willy Brandt und seiner Regierung verband. Schockiert über dessen Rücktritt im Mai 1974, hoffte Clara, dass der sozialliberale Aufbruch vom Nachfolger Helmut Schmidt fortgesetzt würde. Nachdem der Aufschwung der Wirtschaftswunderwelt mit der ersten Erdölkrise von 1973 ins Stocken geraten war, ging das Gespenst der Arbeitslosigkeit um.

In den Vereinigten Staaten von Amerika lebte die Erinnerung an den Baptistenpastor Martin Luther King, der die gewaltlose Bewegung der Farbigen angeführt hatte. I have a dream, hatte er 1963 vor dem Lincoln Memorial in Washington gerufen. Nach seiner Ermordung loderten die Rassenkonflikte weiter, und der Traum von der Freiheit und Gleichheit für alle Menschen lief als Hoffnung um den Erdball. Der zwei Jahrzehnte andauernde Vietnamkrieg ließ wenige kalt. Das Massaker der US-Armee an den Frauen und Kindern des Dorfes Mỹ Lai, 1967 vertuscht und später ans Licht gekommen, hatte die Motive der amerikanischen Politik demaskiert.

Den Wettlauf zum Mond gewannen die Amerikaner mit dem Astronauten Neil Armstrong, der 1969 die US-Flagge auf dem Erdtrabanten hisste. Die feindlichen Großmächte USA und Sowjetunion griffen nach den Sternen, nach Satelliten und Atomwaffen. Die Bilder verhungerter Kinder aus dem Bürgerkrieg in Nigeria um Biafra brannten sich ein. Gewalt eskalierte in Prag beim Einmarsch der sowjetischen Truppen, in München beim Attentat gegen das Israelische Team während der Olympischen Spiele, im nordirischen Dauerkrieg zwischen Protestanten und Katholiken, in Entführungen und Morden der Rote-Armee-Fraktion der westdeutschen Bundesrepublik. Die Menschen fürchteten nicht mehr beherrschbare Gefahren, und der Himmel schien sich wegzudrücken. Clara hoffte auf Bewegungen, die für Gerechtigkeit und Gewaltlosigkeit eintraten.

Die Sozialdemokraten söhnten sich mit den Kirchen aus. Und unter Kirchenleuten sprach sich herum, dass eine Festlegung auf christlich firmierende Parteien nicht von Dauer sein konnte. Der Jesuit Oswald von Nell-Breuning, Nestor der katholischen Soziallehre, im fünfundachtzigsten Lebensjahr noch sehr vital, hatte die Päpste des zwanzigsten Jahrhunderts, die christlichen Parteien der Nachkriegszeit, die Gewerkschaften und die Sozialdemokratische Partei bei deren Godesberger Programm von 1959 beraten. Einen größeren Einfluss hatte vermutlich kein anderer Kirchenmann erreicht.

In der katholischen Soziallehre fand Clara die Messlatte für ihre Arbeit an einer besseren Welt. Die Sozialpolitik fußte, für sie aufregend neu, auf einer Basis von Christen und Sozialdemokraten. Reformen konnten sich auf parlamentarische Mehrheiten und Akzeptanz im Volk stützen. Die soziale Marktwirtschaft als Leitlinie des westdeutschen Staates war heilige Überzeugung.

Clara gewann mit dem Vertrauen ihrer Vorgesetzten einen ansehnlichen Aktionsraum. Sie arbeitete in Arbeitskreisen und Ausschüssen des Bundestages mit, hielt Vorträge, schrieb Artikel und brachte die politischen Vorhaben unter die Leute. Eine Sozialenquête-Kommission hatte in den 1960er Jahren ein Gesamtbild des sozialen Systems der Bundesrepublik erstellt und die Lebensumstände der Bevölkerung in vielen Daten erfasst. Die galt es zu studieren und zu analysieren. Dazu kamen die großen Linien der Sozial-, Wirtschafts- und Finanzpolitik, auch wenn das, was Clara zuwege brachte, im großen Ganzen nur Mosaiksteine waren.

Das alles war in ihrer Position unüblich und nur möglich, weil der direkte Chef sich in seinem Büro verschanzte. Die Gründe lagen in einer unrühmlichen Vergangenheit während der Nazizeit, über die niemand sprach. Seinen Referenten räumte er unfreiwillig jede Freiheit ein, und die vom Ideal des Gemeinwohls beseelte Regierungsdirektorin schwelgte in bisweilen pathetischen Worten.

Erst Papst Leo XIII. hatte 1891 in seiner Sozialenzyklika *Rerum Novarum* mit der Meinung, das Soziale sei ausschließlich Sache der Kirche, aufgeräumt und sich für staatliche Sozialfürsorge ausgesprochen. Das Gemeinwohl zu fördern, erwachse aus der Aufgabe des Staates, die allgemeine Wohlfahrt zu sichern. Die Päpste garnierten ihre Rundschreiben mit Mahnungen, stets darauf bedacht, nicht zuviel Staat zu erlauben und die eigene Macht zu erhalten.

Als Clara damals, aus Walberberg zurück an den Schreibtisch, den Text der Sozialenzyklika Johannes XXIII. gelesen hatte, war ihr klar, warum die Botschaft über christliche Kreise hinaus Respekt gewann. Dieser Giovanni schrieb verständlich und dozierte nicht wie die Vorgänger, die auf Stelzen daherkamen und umständliche Texte mit Verweisen auf uralte Traditionen verstopften. Johannes wollte die Laien am Werk sehen, ermunterte sie als Fachleute und umwarb sie. Für Katholiken neu, sah er die sozialen Aufgaben als erd- und zeitnah im Wandel der Dinge. Es gab eine lernende Kirche, die nach Antworten suchte und Lösungen korrigierte, wenn Zeitläufe andere Wendungen nahmen als gedacht. Das war der Ort, wo sich die katholische Christin zu Hause fühlte.

Clara lebte mittlerweile, als hätte es das Kloster nie gegeben. Der Lebenslauf war geglättet, die Klosterzeit ersetzt durch Studienreisen in Italien und Spanien, für sie keine unbekannten Länder, so dass die halbe fast einer ganzen Wahrheit gleichkam. Es kam ihr unheimlich vor, wie der gemogelte Lebenslauf das Denken beeinflusste. Die Legende nahm etwas Folgerichtiges an und ging ins Wirkliche über. Angeblich bereiste Orte wurden so vertraut, dass sie später mit dem Gefühl hinfuhr, schon dort gewesen zu sein.

Die Enge von Familie und Kloster lagen hinter ihr, und Clara war dabei, aus den Frauenrollen ihrer Herkunft auszusteigen. Die Schulfreundin brach das Studium ab und ging in der Rolle der Hausfrau und Mutter auf. Es gab berufstätige Ehefrauen, die sich dem Mann anpassten und den Beruf der Kinder wegen aufgaben. Sie hatte keine Frau vor Augen, die eine volle Berufstätigkeit neben der Familie durchhielt. Bei Männern traf sie auf das Denken der Zeit, wonach Frauen zurückzustecken hatten. Sie sah den Verzicht auf eine Familie zugunsten des Berufs als unvermeidlich an.

Clara lernte, mit Männern auf Augenhöhe umzugehen. Sie trennte Arbeit und Privates und lehnte Techtelmechtel ab, um Verwicklungen zu vermeiden. Auch parteipolitisch wollte sie frei sein, obgleich eine Mitgliedschaft Vorteile gebracht hätte. Aber sie spürte den langen Schatten der Nazipartei, der ihr Vater beigetreten war. Wegen des Berufs rechtfertigte die Familie den Schritt. Er sei ein kleines Licht gewesen, habe nach dem Krieg den Persilschein der Entnazifizierung erhalten. Doch Clara blieb misstrauisch; in politischen Parteien musste man sich hochdienen, Disziplin wahren, in Reih' und Glied stehen. Sie setzte auf Leistung und deren Anerkennung. Und tatsächlich schien alles zum Besten zu laufen.

Als es darum ging, ihren Chef zu beerben, merkte sie nicht, dass es Kollegen gab, die ihr den Aufstieg missgönnten. Die Besetzung der Stelle wurde wiederholt verschoben, und sie nahm es fraglos hin. Erst nach Monaten, als sie längst inoffizielle Chefin war und die Entscheidung erneut vertagt wurde, begriff sie, dass Intrigen im Spiel waren. Sie rannte aus dem Büro und lief wütend kreuz und quer durch die Bonner Altstadt.

Clara bestellte gerade ein zweites Viertel Weißwein, als ein schlaksiger, nicht mehr ganz junger Mann an den Tisch trat.

»Ich heiße Jan, genannt Grande, und Sie?«

Clara war nicht nach Scherzen zumute. Was wollte der Angeber im maßgeschneiderten Anzug, dessen Gesicht mit vorstehender Nase weiß Gott keine Schönheit war.

»Sie sehen traurig aus«, sagte er.

»Sieht man …?« Clara ärgerte sich, noch ehe der Satz zu Ende war, dass sie auf den Ton hereinfiel, und machte sich an ihrer Tasche zu schaffen, als wolle sie zahlen.

Seine Antwort ließ sie innehalten: »Ihre Augen vielleicht, der Wein, allein zu dieser Stunde.«

Ungewollt, als rede sie mit sich selbst, kamen die Worte: »Kennen Sie das Gefühl, sich verrannt zu haben?«

Die Frage blieb in der Luft hängen, da die Kellnerin den Wein brachte. Der Mann, den diese mit Jan anredete, orderte vom selben.

Das Gespräch zog sich zwischen Scherz und Ernst hin, unterbrochen von Bemerkungen über die Leute, die den Spätnachmittag bevölkerten. Die Glocken der Münsterkirche begannen zu läuten. Vereinzelt, dann zahlreicher, strebten Menschen zu einer Messe für Berufstätige, die seit neuestem im Münster angeboten wurde.

Als habe der seltsame Tischgenosse Verbindung zu den Kirchgängern aufgenommen, begann er zu erzählen. Er sei auch katholisch, verstehe aber Vieles nicht mehr. Eine einzige Variante ertrage er noch, die des Kölners Heinrich Böll. »Der trifft mit seinen Attacken ins Herz und prangert das ganze verbiesterte Getue der Doppelmoral an. Seine Art von Glauben übersieht die menschlichen Schwächen und hält Gott für ebenso nachsichtig.«

Clara war beim Stichwort Böll mit ihren Gedanken zu Christine nach Rom abgedriftet, die Ähnliches gesagt hatte. Als Böll 1972 den Nobelpreis für Literatur erhalten hatte, war sie der rheinischen Spur des Katholizismus nachgegangen. Die Variante verkraftete Heilige und Schurken, hatte einen alles fressenden Magen und würzte das tägliche Glaubensleben mit einem Schuss praktischer Lebensklugheit. Die Wurzeln reichten bis in die Zeit, als die Erzbischöfe von Köln zugleich Kurfürsten und damit weltliche Herrscher waren. Katholiken waren der kirchlichen Obrigkeit ergeben, solange diese sich auf geistlichem Terrain bewegte. Im Weltlichen ließen sie sich von der Kirche nichts sagen. Das eigenwillige Sortieren der Herrschaft in geistlich und weltlich behielten die Rheinländer bei, als die Preußen protestantische Regeln etablieren wollten. In der Religion, so befand man, hätten die Preußen nichts zu vermelden.

Es musste sich im Wesen der Rheinländer ein eigensinniger Zug eingestanzt haben, der es ihnen ermöglichte, mit sich und der Kirche pragmatisch zurechtzukommen. Die Institution mochte die Vorschriften setzen, aber der Alltagsglaube bog sie zurecht, damit das Leben seinen vernünftigen Gang gehen konnte. Ohne eine Prise Schlitzohrigkeit ging es dabei nicht ab. Man kroch unter der Sünde durch, während der allwissende Gott milde lächelnd zusah.

»Das Konzil kassieren sie wieder ein«, spann der Tischnachbar den Faden weiter. »Gehinderter Fortschritt oder geförderter Rückschritt kommt aufs selbe raus. Stimmt doch, oder?«

Er schaute Clara an, als habe sie widersprochen. Dabei wunderte die sich nur, wie er von Böll aufs Konzil kam. Sie selbst hatte sich dem Beruf verschrieben, die christliche Soziallehre studiert und den Glaubensalltag mit der rheinischen Variante abgedeckt.

Die Schatten flohen, Dämmerung fiel in die Gassen, die letzten Läden schlossen, Ruhe legte sich über die Altstadt. Aus der Münsterkirche drang ein Marienlied zur Orgel. Um sie herum gingen Laternen und Schaufensterbeleuchtungen an.

Zu Hause angekommen, war der seltsame Zeitgenosse schon vergessen. Der Tag im Büro wollte bedacht sein. Was hatte ein Kollege gesagt, als er sie mit Akten nach Hause gehen sah? Fein, dass du für mich schuftest und ich mich um mein Fortkommen kümmern kann. Sie machte sich endlich klar, wie skrupellos manche ihre persönlichen Ziele verfolgten. Ihr katholischer Moralkodex hatte Tugenden wie Geduld, Fleiß und Eifer gelehrt. Sich aktiv, gar mit unlauteren Mitteln, um die Karriere zu kümmern, kam nicht vor. Deshalb hatte sie, als sie die Rivalitäten wahrnahm, nichts entgegenzusetzen.

Blockade

Sie jammerten. Über mieses Essen und steigende Preise. Was die Schöpfkellen auf die Teller kippten, schaufelten sie mürrisch in sich hinein. Clara schloss sich der Mittagsrunde in der Kantine an, weil sie Neues im Altbekannten aufzugabeln hoffte. Was Gemüter und Fernsehen im Jahr 1974 bewegte, bestimmte die politischen Standpunkte. Das Embargo der Erdölländer war aufgehoben, aber ein Kollege spekulierte, die Golfstaaten könnten die Wirtschaft jederzeit mit ihrer Erdölpolitik abwürgen. Nur Wirtschaftswachstum sichere den Aufschwung.

»Genau. Mehr kaufen, mehr Geld in den Kreislauf. Das BSP steigern ist staatsbürgerliche Pflicht«, unterstrich der Volkswirt.

Was das Bruttosozialprodukt war, und wohin es steigen musste, schienen alle zu wissen. Das paradoxe Wort vom Nullwachstum streute Illusionen ins wohlstandverwöhnte Land. Wer Mühe mit der Logik des Wachstums hatte, wollte kein Spielverderber sein.

Der für die Hits der schwedischen Popgruppe ABBA schwärmende Kollege stichelte: »Waterloo, die Nummer eins beim Song Test, passt zur Weltuntergangsstimmung. Hört euch das an. In Waterloo hat Napoleon aufgegeben, und mich hat's auch getroffen.«

»Ich sag's ja, die Ölkrise kommt wieder«, betonte der Pessimist.

»Ach ja, und deshalb machen die Schweden den ersten IKEA-Laden in München auf. Weil sie an den Untergang glauben. Überrennen uns mit Billigmöbeln, die auch du bald kaufen wirst.«

Unweigerlich kam danach der zweite deutsche Sieg bei der Fußballweltmeisterschaft in München, für Clara das Stichwort, zum Schreibtisch zurückzukehren. Sie sonnte sich im Erfolg des gegen Widerstand beschlossenen

Behindertengesetzes, und der Minister hatte die übliche Runde Pils mit Schnaps ausgegeben. Claras Artikel erschienen in der Liste der Publikationen des Ministeriums.

»Dass du unter die Theologen gegangen bist«, bemerkte ein Kollege, und der Ton ließ vermuten, dass er nichts davon hielt.

Er spielte auf Claras Artikel über Rundschreiben der Päpste zu sozialen Fragen an. Den Anstoß hatten ein paar Einladungen in akademische Zirkel gegeben. Sie hatte sich in Texte vertieft, die als Ganzes die katholische Soziallehre zu sein versprachen und ihr als Modell dienten, das sie fortan durch Beispiele aus der Arbeit des Ministeriums ergänzte. Die päpstlichen Vorgaben ließen sie träumen vom großen Rad der Weltveränderung mit den Christen als Vordenkern des Gemeinwohls im säkularen Staat.

Das entnahm sie den Rundschreiben ihres Lieblingspapstes Johannes. Der Enzyklika *Mater et magistra* war *Pacem in terris* gefolgt. Der Nachfolger Paul VI. hatte den Ansatz mit *Populorum progressio* weitergesponnen. Die Kirche öffnete sich der Welt und wurde den Ruf des Ewiggestrigen für eine Weile los. Sie fand Worte gegen das Wettrüsten und plädierte für einen Frieden, der auf Liebe, Gerechtigkeit und Freiheit aufbauen sollte. Die Entwicklungsländer kamen in den Blick. Papst Paul VI. prägte das Motto von der Entwicklung als neuem Namen für Frieden.

Das Konzil hatte sich für das Gottesvolk gelohnt. Im Dokument über die Kirche in der Welt von heute, *Gaudium et spes*, fand Clara, was sie brauchte: »Freude und Hoffnung, Trauer und Angst der Menschen von heute, besonders der Armen und Bedrängten aller Art, sind auch Freude und Hoffnung, Trauer und Angst der Jünger Christi.« Aus der Feder einer Kirche, die der Erstarrung verdächtigt wurde, war die Botschaft neu. Die Gemäuer bekamen Risse, das Kirchenvolk ließ sich den Eigensinn nicht mehr nehmen. Für Clara war die Soziallehre das päpstlich abgesegnete Terrain, auf dem sie sich als katholische Fachfrau tummeln konnte.

Viele Ideen lagen im Denken und Fühlen der Zeit, vor allem die Menschenrechte, die seit 1948 in der Erklärung der Vereinten Nationen verankert und von vielen Staaten ratifiziert worden waren. Der Vatikan hatte lange im Abseits gestanden. Das Teufelszeug des Individualismus schwirrte in den Köpfen der Kurienkardinäle herum. Als die Menschenrechte dann doch die vatikanischen Mauern passierten, bekamen auch sie die sprichwörtliche Langsamkeit zu spüren.

Bald stand das Exposé für die Vorträge zur christlichen Soziallehre. Die Idee des Gemeinwohls als friedliches Zusammenleben aller Menschen wies den Weg für das praktische Handeln. Gott war die Quelle der Gerechtigkeit und Liebe, aus dem alles geschaffene Leben den Sinn bezog. Er setzte die Menschen als sein Ebenbild in eine gut eingerichtete Welt und stattete sie mit Freiheit, Würde und Rechten aus. Christen waren berufen, den in Not Geratenen, dem Beispiel Jesu folgend, besondere Sorge zuzuwenden. Bei der Beziehung des Staates zur Wirtschaft folgte Clara ihrem Bauchgefühl; sie traute dem Staat mehr zu als der frei agierenden Wirtschaft, die nach ihrem Eindruck keine ethischen Grundsätze erkennen ließ.

An einem Sommerabend versammelte sich ein katholischer Club auf der Terrasse einer Villa mit Blick über Bad Godesberg. Die meisten Mitglieder waren Beamte, die sonntags zur Kirche gingen. Aktuelle Fragen aus der Sicht der katholischen Soziallehre standen an, und Clara fiel die Einführung zu. Bei Wein, Käse und Pumpernickel entfaltete sie das Konzept, gab Zitate der Päpste zum Besten, streute Beispiele ein und gipfelte in der These von der Eigenverantwortung der Laien auf dem Feld des Sozialen. Im Nachfüllen der Gläser, bei raschelnden Salzstangen, verebbte höflicher Applaus.

Die Diskussionsrunde begann mit dem virulenten Thema der Abtreibung. Die Strafbarkeit der Abtreibung trieb Frauen in die Hände von Kurpfuschern oder ins Ausland. Der Bundestag hatte die Fristenlösung beschlossen, die innerhalb der ersten drei Monate der Schwangerschaft einen Abbruch ohne Angabe von Gründen zuließ. Diese Lösung war vom Bundesverfassungsgericht gekippt worden, so dass die Debatte von neuem anlief. Die Kirchen kämpften für den Schutz des ungeborenen Lebens. Clara glaubte, es müsse ein Kompromiss gefunden werden, mit dem auch die Frauen leben konnten.

Einige aus der Runde wollten wissen, wie die deutschen Bischöfe darüber dächten. Die Antwort übernahm der Geistliche, der dem Club angehörte. Er schloss seine Erläuterung mit dem Hinweis, die Kirche erwarte von den Laien, dass sie die bischöfliche Meinung ohne Wenn und Aber verteidigten. Bei dieser ernsten Gewissensentscheidung hätten alle der Kirche zu folgen. Der Beifall stimmte der geistlichen Meinung zu.

Nicht schon wieder, durchfuhr es Clara. Die Männer, deren Frauen stumm dabei saßen, ereiferten sich, der Einfluss der Kirche auf die Politik sei im Schwinden, und alle katholischen Akademiker müssten die Fahne der Kirche hochhalten. Es sei an der Zeit, die sozialliberale Regierung abzulösen. Durch die Unsrigen, sagten sie.

Clara fühlte sich geohrfeigt. Welchen Wert hatte ihre Botschaft in diesem Kreis? Sie schluckte die Wut, was sie noch ohnmächtiger machte. Wie im falschen Film lief an ihr vorbei, was die Männer zu Empfängnisverhütung, Kondomen, Bevölkerungspolitik zu sagen hatten. In ihrem Innern kreiste die Frage, wie sie im Beruf zu Lösungen kommen sollte, wenn sie nicht ihrer eigenen Überzeugung folgen durfte, sondern auf den Gleisen der Bischöfe fahren musste. Sie hörte erst wieder hin, als der Gastgeber aufstand, die hilfreichen Beiträge lobte und den Dank an alle richtete.

Es dauerte eine Weile, bis ihr klar wurde, was sie irritiert hatte. In den Ohren dröhnte noch immer, was der Geistliche gemeint hatte: Wir sind als katholische Akademiker aufgefordert, die Interessen der Kirche umzusetzen, wo immer wir Einfluss haben. Sie verstand Politik im säkularen Staat als Debatte über unterschiedliche Sichtweisen, wobei die der Kirche eine von mehreren sein konnte. Am Ende stand der politische Kompromiss. Dass sie sich vom Aufruf der Bischöfe hatte erschrecken lassen, zeigte, wie stark ihr Denken von der klerikalen Macht abhängig war und wie schnell die eigene Überzeugung ins Trudeln geraten konnte.

Nein, vor den Karren der Bischöfe wollte sie nicht gespannt werden. Sie vertraute auf die Eigenständigkeit der Laien, die das Konzil und die Konzilspäpste zugestanden hatten. »Was soll das? Vom Klerus gelenkte Laien! Das alte Fahrwasser. Ich kämpfe lieber frischfröhlich ohne bischöflichen Segen. Eine gerechte Welt will ich, egal wer regiert. Katholische Gerechtigkeit, buddhistisch oder was? Ich halte mich lieber an die Vollblutpolitiker, die, ob Christen oder nicht, für sozialen Ausgleich streiten. Alle sollen sagen, was sie wollen, und dann einen Kompromiss suchen.« Sie redete sich in Rage, und die Worte verhallten in der Wohnung.

Noch gab sie sich nicht geschlagen. Christsein und Beruf hatten viel miteinander zu tun, auch wenn das für viele zwei Welten waren. Es musste die Brücke vom einen zum anderen geben. Bei der wiederholten Lektüre stolperte sie über die vielen Fundstellen in den Enzykliken und merkte, dass die Päpste in Windungen, Schleifen und Untiefen von Zitaten ihrer Vorgänger durch die alten Zeiten zogen. Da las sie, dass Leo schon 1891 und ein Pius dann wieder 1931 Gleiches gesagt und wieder ein Pius in mancherlei Ansprachen dieses und jenes bestätigt hatte.

Zuletzt stieß sie wieder auf das, was sie früher verstanden hatte und was sie nach wie vor überzeugte: Die Soziallehre sollte dem Wandel der Dinge und den gesellschaftlichen Streitfragen der Zeit folgen. An diesem Punkt lag der Bruch. Offenbar waren Kräfte am Werk, die das nicht im Sinn hatten. Auf uralten Lehren aufzusetzen war wichtiger als risikofreudig in die Gegenwart zu springen und die Zukunft zu gestalten.

Nach und nach wurde ihr bewusst, dass es nicht nur in der Soziallehre Versuche gab, die Laien stärker an die Leine zu nehmen. Pater Stephan hatte Verständnis für den Vatikan und die Bischöfe. Die Leute hätten allerlei Dinge im Kopf, die das Konzil angeblich abgeschafft habe. Das müsse zurechtgerückt werden. Instruktionen über Sonntagspflicht, Fasten und Beichte wurden in Messen verlesen. Die anfänglich so aufregende Liturgie in der Muttersprache verlor den Glanz des Neuen und erstarrte in einem Schema.

    Clara hatte lange die Lieder in der Messe mitgesungen. Nun begann sie, die Worte unter die Lupe zu nehmen. Was steckte hinter dem ständig bemühten Herrn und König der Heerscharen, dem wolkenthronenden Christus? Diejenigen, die stumm blieben, wurden zahlreicher, und sie fragte sich, ob die Sangesfreudigen nur noch gedankenlos über die Texte hinweggingen. Sie fühlte Ärger in sich hochkochen, der weder der Messe noch ihr gut tat. Irgendetwas stimmte nicht mit dem Aufbruch des Konzils. Gab es zu viele im Klerus und im Volk, die das Alte wollten und einen Neuanfang bremsten? War es bequemer, sich gängeln zu lassen?

    Auch Claras Mutter trug zum Verdruss bei. Sie erinnerte ständig an die katholischen Pflichten. Ihre anfängliche Freude über das Konzil war einer Ängstlichkeit gewichen. Änderungen behagten ihr nur, wenn der Pfarrer sie für gültig erklärte. Das Nüchternheitsgebot vor der Messe war so eine Regel, die sie genau kennen wollte. »Hier, lies das«, hielt sie Clara die Kirchenzeitung hin. »Du kannst nicht Kaffee trinken, wenn du gleich zur Messe gehst.«

Claras Arsenal an Ausreden ihrer Mutter gegenüber wurde immer größer. Wenn sie nicht zur Messe gehen wollte, erzählte sie, dass sie schon gegangen war oder noch gehe. Sie nutzte Mutters Gutgläubigkeit aus. Doch die Vorhaltungen im Verbund mit den Lügen liefen ihr im Gewissen nach. Zwei Identitäten, die sie in sich sorgsam auseinanderhalten musste, drückten auf der Seele. Oft wusste sie nicht, ob sie die Kirche oder die Mutter hassen sollte. Oder ob es trotz allem etwas zu hoffen gab. Vielleicht lag Pater Stephan richtig, und die Phase der Konsolidierung war eine vorübergehende. Die vielen Jahrhunderte steckte man nicht einfach in die Archive.

Wenn Bekannte erwogen, aus der Kirche auszutreten, was kein Tabu mehr war, mahnte Clara, Ärger sei als Motiv für einen Austritt zu dürftig. Sie selbst legte zwischen sich und dem Ärger auf die Kirche einen räumlichen Abstand, indem sie nur noch selten zur Messe ging. Die Zeit würde das Gefühlsknäuel ihrer Wankelmütigkeit entwirren. Ratlosigkeit schob, was mit Kirche und Glauben zu tun hatte, in einen Abstellraum wie eine Sache, die man eines Tages brauchen könnte.

Abkehr

»Wir drehen uns im Kreis. Ende. Aus.«

»Nein, Evelyn«, sagte Miriam, klein und schreckhaft. Clara horchte auf. Was Evelyn sagte, passte nicht zu der Mutmacherin der Runde. »Du? Willst aufgeben?«

»Gar nichts will ich. Aber sagt doch selbst. Wen schert's, was wir tun?«

Wo war die freche, aufmuckende Miene geblieben, bei der ein Pferdeschwanz in Habachtstellung ging? Wenn eine Sache ausweglos schien, befeuerte Evelyn, die geborene Moderatorin, die Stimmung mit einer zündenden Idee. Jetzt schrammte sie am Rande einer Grabrede vorbei, und die anderen suchten nach Worten.

»Hallo!« Karola, groß, hager, lautes Organ, trat in den Raum. Sie griff einen Hocker und stockte. »Was ist los? Kein Hallo?«

»Evelyn will alles hinschmeißen«, stammelte Miriam.

»Nicht doch.« Jetzt erschrak auch Karola, die unerschütterliche Theologie- und Kunststudentin.

Evelyn Frischmut, jünger als Clara, war mit ihren fünfundzwanzig Jahren wiederum älter als die meisten. »Wir waren ein kunterbunter Haufen, immer mehr kamen dazu«, sagte sie. »Wo sind sie geblieben? Ich spreche Studentinnen an. Kein Interesse, auch nicht in der Theologie. Eine meinte, der ungleiche Kampf aufmüpfiger Frauen mit Rom lohne sich nicht. Die Kirche lege alles darauf an, uns zum Schweigen zu bringen. So ist die Lage.«

Karola übernahm die Rolle der Aufmunternden: »Aber da sind doch die anderen. Eine Freundin ist versessen auf die feministische Theologie. Sie sieht sich als Professorin, und sie wird es schaffen. Uta Ranke-Heinemann ist nach wenigen Jahren bekannt wie ein bunter Hund; sie greift unerhörte Fragen auf.«

»Da seht ihr es«, atmete Miriam auf, die sich gern entschuldigte, dass sie als Philosophiestudentin im Theologischen nicht bewandert war. Sie war während der Konzilszeit in die Grundschule gegangen und hörte gerne Geschichten aus der Zeit der alten Kirche, als seien sie Gruselmärchen mit finsteren Monstern des Mittelalters.

»Und was heißt das für unser Häuflein?«, fragte Clara.

»Was meint ihr?« Evelyn sah in die geschrumpfte Runde.

Sie hatten sich vor drei Jahren bei einem öffentlichen Frauenforum zusammengefunden. Die Chancen der Frauen in der katholischen Kirche waren erörtert worden, und eine der Kleingruppen, zu der Clara gehörte, wollte im Schwung des Anfangs weitermachen.

Aussagen des Konzils zu den Frauen waren spärlich, obgleich Papst Johannes XXIII. die Frauenfrage als Zeichen der Zeit ins Zentrum gerückt hatte. Der belgische Kardinal Suenens, die Gunst der Stunde nutzend, hatte in der Konzilsaula Anstoß an der völligen Abwesenheit von Frauen genommen. Danach waren dreiundzwanzig handverlesene Auditorinnen aus mehreren Ländern zugelassen worden. Diese Frauen, die im Plenum weder reden noch abstimmen durften, suchten Verbündete unter den Kardinälen, in Kommissionen und Flurgesprächen und konnten einige Texte zurechtrücken. Kardinal Suenens, einer der Moderatoren mit Zugang zum Papst, sprang in die Bresche. Wenn er sich nicht irre, so las er dem Klerus in der Konzilsaula die Leviten, wenn er nicht irre, so bestünde die Hälfte der Menschheit aus Frauen. Und es stünde der Kirche gut an, den Komplex männlicher Überheblichkeit endlich abzulegen.

Die Frauen, die sich in der Bonner Runde zusammenfanden, hatten nur eine ungefähre Vorstellung von dem, was weltweit in Gang kam. Post- und Telefonwege waren schleppend, Reisen teuer, die Straßen des Internets noch nicht ausgebaut. Aber der Aufbruch zog durch die Lüfte, als hätten Wandervögel Nachrichten aufgeschnappt und über Ländern und Meeren abgeworfen. Überall erblühte der Geist des Konzils, fiel in die Herzen und beflügelte Aktionen. Wie ein Vulkan, der unerwartet ausbricht, machten sich katholische Frauen auf den Weg, traten aus dem Schweigen heraus, legten Gewänder an, für die es keine Vorbilder gab, stiegen in Altarräume und fragten nicht, was sie durften oder nicht durften.

Evelyn hatte im Laufe der Zeit viele Studentinnen für die Gruppe gewonnen: »Wir Frauen mittendrin.« Mit diesem Motto stiegen sie in das erste Treffen ein. »Wir werden die Nischen verlassen und uns mitten in der männlichen Überheblichkeit tummeln.«

Sie schickten sich an, die Flügel auszuspannen, und sammelten Ideen für Debatten und Aktionen: den patriarchalischen Bildern zuleibe rücken, die Bibel nach Frauen durchforsten, Gottesdienste erproben, die schweigende Mehrheit wachrütteln, frecher und selbstbewusster werden, Messdienerinnen und Priesterinnen einfordern.

»Wir müssen Formen finden, die uns Frauen ins Herz Gottes zurückbringen und den inneren Klang des Glaubens hören lassen«, sagte eine Stimme aus der hinteren Ecke in das Redeknäuel hinein.

Die Köpfe drehten sich um und erfassten eine schmächtige Studentin mit wuscheligem Haar, der die Stimme, die in Rätseln sprach, kaum zuzutrauen war.

Als hätten die verwunderten Augen sie zum Weiterreden aufgefordert, fuhr die Studentin fort: »Glauben lebt im Innern und leuchtet auf, wo viele zusammen feiern. Er muss klingen und singen, hören und verstehen. Daran wollte ich erinnern.«

Evelyn schrieb die in den Ring geworfenen Stichworte auf, bis der letzte Vorschlag, die weißhaarigen römischen Herren in den Ruhestand zu schicken, im Gelächter unterging. Es fand sich ein Kreis, der die Themen für wöchentliche Treffen sichten wollte.

Einer der denkwürdigen Abende rückte Gott in den Mittelpunkt. Zögernd bekannten einige, wie wenig sie mit den gängigen Vorstellungen über den Gott der Kirche anfangen konnten.

»Wir haben gelernt, wie man Gott anspricht, und wir plappern das Bild eines männlichen Gottes nach. Will dieser Gott mit Frauen nichts zu tun haben? Ist Gott Mann geworden oder Mensch?« Karola stellte die Frage, die ratlose Gesichter zurückspiegelten. »Wohin wir auch blicken, Männerbegriffe: Vater, Sohn, Heiliger Geist, Allherrscher, König, Richter, im Doppelpack als Herrgott. Nach der Schöpfungsgeschichte hat Gott Frau und Mann nach seinem Ebenbild geschaffen. Das ist unser Grundgesetz. Ist die schöpferische Kraft ein Er und Vater, dann auch eine Sie und Mutter. Besser ein Ganzes, nicht ans Geschlecht gebunden und für alle Menschen da.«

Sie suchten einen Weg, Gott aus der verengten Sicht zu befreien, und landeten in der beschränkten Sprachwelt. Ließ sich eine alle einbeziehende Sprache für das Göttliche finden?

»Wie sich Gott in Rom unter lauter alten Männern glücklich fühlen kann, ist mir ein Rätsel. Das stammt nicht von mir, sondern von meiner emanzipierten Oma«, sagte eine der Jüngeren. »Ich würde mich als Gott unter normalen Menschen viel wohler fühlen.«

»Stammt das auch von deiner Oma?«, prustete jemand in die befreiende Heiterkeit hinein.

Eine Weile plätscherte das Gespräch dahin, bis sie wieder zur Ausgangsthese zurückfanden. Sie trugen Gebete und Lieder zusammen; alle klebten am männerzentrierten Gottesbild. Frauen als Ebenbild Gottes hingen, bestenfalls mitgemeint, in der Luft.

»Die katholische Liturgie ist so reich an Spiritualität und Tiefe. Es muss möglich sein, erstarrte Rituale mit Verstand, Herz und Sinnen aufzubrechen«, meinte Agnes, eine der wenigen Berufstätigen, eine schweigsame Lehrerin, die sich gerne in der Stille von Klöstern aufhielt. »Wir müssen die Menschen der Zeit und die Jungen gewinnen, sonst wird die deutsche Kirche ein Altersheim. Sie ist auf dem besten Weg dahin.«

Evelyn schlug vor, sich auf den Gott der Schöpfung in den ersten Büchern des Alten Testaments zu konzentrieren, um das Gottesbild über die Kirchendoktrin hinweg in eine größere Weite zu lenken. »Wer war es, der die Götter und Göttinnen der Vorzeit verdrängen und allein verehrt werden wollte? Der dem Volk Israel die Vielgötterei austrieb und einen Bund schloss? Mit den hebräischen Zeichen Jod He Waw He hielt das Volk fest, was es vom EwigEinen erfasste. JHWH war die Stimme aus dem Unsichtbaren, in der Wolke, in Rauch und Feuer eingehüllt. Israel sollte sich kein Bild machen.«

Die Frauen trugen ihr Wissen zusammen. Ich bin da. Ich werde für euch da sein, sagte eine Stimme, als Mose auf den Dornbusch traf, der brannte und nicht verbrannte.

»Das Erlebnis muss unheimlich gewesen sein«, überlegte Miriam. »Wie können wir mit einem Gott in vier Buchstaben sprechen? Ich glaube nicht, dass ich ohne Bild und Namen auskommen kann.«

»Ich bin da, werde mit euch gehen, mit euch allen, zu allen Zeiten«, bekräftigte Evelyn und folgte ihrem Gedankenfaden, als fürchtete sie, er könne reißen. »Ja, Gott bringt uns in Verlegenheit. Er, sie, die Ich bin, kann alles sein. Mir ist auch nicht klar, wie da ein Sprechen mit Gott herauskommen soll.«

»Wir müssen uns freimachen von unseren Vorstellungen.« Jetzt sprach aus Miriam die Philosophiestudentin. Sie war es gewohnt, alles auf den Kopf zu stellen.

»Leider brauchen wir etwas zum Anfassen«, setzte die Lehrerin entgegen, die den Gottesdienst vorbereiten wollte.

Ungewohnte Worte tauchten auf, Mutter, Göttin, Geheimnis, Schöpferkraft. In der Bibel war von der Gebärenden, der Hausherrin, der Hebamme und oft von der Weisheit die Rede, Schlüsselworte, die das göttliche Wirken an den Menschen einfingen.

»Probieren wir es. Am besten halten wir uns an die Bibel. Die Weisheit. Ich erinnere mich, dass sie als menschenfreundlicher Geist bezeichnet wird. Rûah, ein weibliches Wort, heißt Atem, Geist, umschreibt ein Wehen, eine Bewegung. Unsere Auswahl für Mutter Göttin ist groß, wir müssen nur danach graben.« So brachte Evelyn die Vorschläge auf einen einvernehmlichen Nenner.

Sie waren nicht die ersten, die dem Vater Unser die Mutter beigesellten. Anfangs fremd, fühlte es sich bald vertraut an. Clara sah, wie unbeschwert die Studentinnen ihren Ideen folgten. So eifrig war sie gewesen, bevor Skepsis die Gefühle bremste. Sie wollte das Richtige tun, und richtig war das Erlaubte. Umso mehr wünschte sie, dass die junge Generation es schaffte, dem alten Männergott und der Kirche ein neues Gesicht zu geben. Die Sehnsüchte waren nicht aus der Luft gegriffen. Längst hatte die Frauenbewegung ihre Fragen nicht nur in die Welt, sondern auch in kirchliche Bereiche hineingetragen. Die Frauen wollten in der von Männern dominierten Welt aus aufgezwungenen Rollen ausbrechen.

Als die Töchter Gottes und der Kirche eigene Ausdrucksformen suchten, tauchten auch bei den Jüngeren Hürden auf. Alle kamen aus einem Umfeld, das sein Denken aus dem Althergebrachten bezog. Sie fielen ins angelernt Formelhafte, ohne es zu wollen, und brauchten viel Geduld, um eigene Überzeugungen zu formulieren, würdige Symbole einzusetzen und einen Hauch des Unsichtbaren einzufangen. Gelegentlich kam Karolas älterer Bruder, ein Priester, und warnte vor zu viel weiblicher Bastelwut und Betulichkeit.

»Die Gebet- und Gesangbücher blockieren uns. Wir haben die biblischen Frauengestalten«, schlug Evelyn vor. »Wir haben Jesus und die Frauen, die Psalmen, die starken Bilder im Hohelied der Liebe, können in verschiedenen Übersetzungen suchen.«

So kam es, dass die Runde erstaunliche Frauen der hebräischen Bibel kennenlernte: Deborah, Prophetin und Richterin aus der frühen Zeit Israels, hoch anerkannt im Volke. Ruth, die Moabiterin, Urgroßmutter des Königs David. Judith, die schöne junge Witwe, klug, gottesfürchtig und tatkräftig, die den Feldherrn Holofernes enthauptete. Esther, die Jüdin, die als Königin in der persischen Geschichte eine herausragende Rolle spielte und die Juden aus der Sklaverei befreite. Diese Frauen waren nicht zimperlich. Sie taten, was die Zeit von Richtern, Herrschern und Königen erwartete.

Einen Kontrast setzte das Hohelied der Liebe in die öde kirchliche Routine, die sie kannten. Sinnenfreude lyrischer Bilder, Klangfarben orientalischer Dichtung, Symbole für göttliche und menschliche Liebe: Ja, stark wie der Tod ist die Liebe, hart wie die Unterwelt die Leidenschaft. Ihre Brände sind Feuerbrände und Flammen Gottes. Selbst gewaltige Wasser vermögen die Liebe nicht zu löschen. Ströme schwemmen sie nicht fort.

Eines Tages ließ sich das Thema des Priestertums der Frau, das Evelyn wiederholt umschifft hatte, nicht mehr aufhalten. Es war aktuell, weil andere christliche Kirchen die Berufung von Frauen debattierten. Die lutherische Kirche hatte Frauen zugelassen, in den anglikanischen und altkatholischen Kirchen gab es wachsende Mehrheiten für Priesterinnen. Das Thema erschien auch der Runde katholischer Frauen nicht mehr außerhalb des Denkbaren, obwohl Gerüchte umliefen, der Vatikan wolle die Diskussion ein für allemal beenden.

»Ihr glaubt nicht, was in der Debatte um die Zulassung von Mädchen als Messdienerinnen alles vorgebracht wird. Kleine Priesterinnen als Prinzessinnen am Altar, sagt unser Pfarrer. Kleine Mädchen als Gefahr für die mächtige Kirche? Dass ich nicht lache«, kommentierte eine Studentin, die selbst gern in der Messe gedient hätte.

Die Entwicklung sah allerdings insgesamt nicht gut aus. Die Studentinnen brachten vermehrt Zeichen des Rückschritts zu den Treffen mit. Clara merkte, dass einige aus der jungen Generation resignierten, sich anzupassen begannen oder einfach wegblieben.

»Wenn wir aufgeben, passiert gar nichts.« Das wiederholten Evelyn und Karola regelmäßig. Aber auch deren Wünsche bekamen etwas rührend Bescheidenes.

»Sind die Kardinäle nicht längst auf dem Rückweg ins Mittelalter? Werden sie je in unserem Jahrhundert ankommen?« Bemerkungen dieser Art mehrten sich.

»Seht euch die Sonntagsgottesdienste an. Die Leute, die ich sonst traf, bleiben weg. Kein Funke springt über, alles läuft in eingefahrenen Gleisen.« Evelyn sprach aus, was viele dachten. »Was Gott an diesen Messen nach Schablone gut finden soll, ist mir schleierhaft. Gegen ein bisschen Abwechslung kann er doch nichts haben. Der Aufbruch ist nötig. Wenn alle …« Sie brach abrupt ab, als habe der Verdruss ihr das Wort abgeschnitten.

»Es braucht eben alles seine Zeit«, versuchte Clara die Wogen zu glätten und traf damit genau das Falsche.

»Unterordnen, bis die Zeit reif ist? Warten, bis sie uns den Chorraum freigeben? Nicht mit mir«, platzte es aus Evelyn heraus.

Auch Clara sah, dass die Suche der Gruppe ins Leere ging. Von den Ideen führte keine Brücke zu den Ohren der Herrschaften. Es verwunderte sie allerdings nicht, dass in den Jahren, die auf die 1968er folgten, eine ins Wanken geratene Welt die Gemüter in die Angst trieb. Flugzeuge wurden entführt, um politische Gefangene frei zu pressen. Menschen bangten um ihre Sicherheit, und viele fragten sich, wohin die Welt trieb.

Die auf das Konzil folgenden Jahre gerieten auch innerkirchlich aus dem Takt. Für Traditionalisten war das Konzil ein Verhängnis, und die Zuflucht lag in der stabilen Kirche alter Zeiten. In Frankreich drohte mit dem erzkonservativen Erzbischof Lefebvre und dessen Anhängern eine Kirchenspaltung. Solche Meldungen mussten in der römischen Zentrale Schrecken verbreiten.

Beim letzten Treffen, das mit Evelyns Grabrede begann, siegte schließlich die Resignation: »Wir haben niemanden, an den wir uns wenden könnten. Unsere kleine Basiskirche interessiert die Herren nicht. Weniger als Luft sind wir! Nur die Angepassten werden bleiben. Das hoffnungsvolle Konzil? Ausgesperrt wie wir! Der Vatikan hat die Fenster wieder vermauert und die Brücken hochgezogen.«

Das Häuflein der Fünf sah keinen Sinn mehr. Sie standen ratlos vor der Tür. Der Abend fiel ins Dunkel, kroch aus dem Asphalt und die Sonne erstarb im Schmutzwasser der Pfützen.

»Sind wir die verlorenen Schafe, die niemand vermisst?«, fragte Agnes in das Grau, das begrub, was im Innern geleuchtet hatte.

Miriam holte sie aus der drückenden Stimmung: »Wann wird's wieder Sommer?«

Aus Evelyns Mundwinkeln kroch ein Lachen: »Ja, wann wird's mal wieder richtig Sommer? Der Rudi Carrell mit seinem Song weiß es auch nicht.«

»Es war eine gute Zeit«, sagte Clara, als sie allen die Hand gab.

»Ja, ja, und die Freiheit, auf die wir setzten«, Evelyn verzog das Gesicht, »die ganz große ist zur ganz kleinen geschrumpft.«

»Evelyn, lass dich nicht unterkriegen. Sie werden es nicht schaffen, die Türen ganz zuzuschlagen.« Ob Clara glaubte, was sie sagte, wusste sie nicht.

Als Clara wenige Wochen später die Wohnung betrat, schlug die Glocke der Dorfkirche ohrenbetäubend laut und hallte durch die Mauern als drohende Mahnung. Es war Schwerstarbeit, die Prägungen durch die Hierarchie der Kirche loszuwerden und mit dem eigenen Gewissen auf die Suche zu gehen. Fragte der Baum, wohin er wachsen soll? Bin ich unmündiger als ein Baum, dass ich mich ständig rückversichern muss? Dass mich diese Glocken ängstigen?

Es war besser, sich der Arbeit zu verschreiben in einer Gesellschaft, die auseinander driftete. Die Rezession hing seit Ende 1973 über dem Land. Kurzarbeit nahm zu, im Ruhrgebiet starben die Zechen, Firmen gingen zuhauf pleite, Arbeitslosigkeit wurde zur Plage. Die regierenden Parteien unter Bundeskanzler Helmut Schmidt blockierten sich gegenseitig. Nichts lief mehr.

»Wir arbeiten nur noch für den Papierkorb«, sagte ein Kollege.

Auch Claras Vorhaben kamen nicht vom Fleck. Sie ordnete Akten und schickte, was ihr wichtig vorkam, in die Archive der Zeitgeschichte. Sie häufte Wissen an für Zeiten, die noch kommen würden. Die Sozialpolitik hatte auf Wachstum gesetzt, aber die Finanzplanungen gingen nicht mehr auf. Es drohten Kürzungen. Wie würde eine vom Wohlstand verwöhnte Bevölkerung reagieren?

Der Gedanke, sich nach einer anderen Aufgabe umzusehen, zog fantasielos durch die Tage, als endlich Bewegung in den Aufstieg kam. Sie konnte sich über den Chefposten nicht freuen. Was nutzte der, wenn nichts Gescheites damit anzufangen war?

Der Samstag begann mit Dauerregen und tief hängenden Wolken. Das Telefon schrillte, ein Hund bellte. Clara riss die Augen auf, als vernähme sie die Geräusche auf diese Weise besser als mit den Ohren. Das Telefon schwieg. Sie nahm sich zusammen. Es war später Vormittag, als sie wie betäubt aus dem Bett kroch. Wieder schreckte das Telefon auf.

Am anderen Ende war Joana: »Soll ich mich später melden?«

»Später?«, gab Clara von sich. »Ist was los?«

»Nein Clara, kannst du morgen zum Blechstreusel kommen? Wir wollen dich etwas fragen.«

»Ach so, der Kuchen. Morgen, ja.«

Reise

Das Flugzeug nach Brasilien hatte im nachtschlafenden Lissabon abgehoben und schwebte über dem Atlantik. Die Fluggäste wickelten sich für die Nacht ein, Reisende der Industrie, Ordensleute auf dem Rückflug vom Heimaturlaub, betuchte Europäer, die vor den Touristenströmen drüben gewesen sein wollten.

Joana und Clara ließen den Tag vorüberziehen. Die Nachwehen der Nelkenrevolution lagen über Portugals Hauptstadt. Dem Sturz der Diktatur war die Angst vor Gewalt gefolgt. Joana vergaß das Zuhören, als habe sie nur Ohren für brasilianische Laute. Als sie einschlief, strich ein Leuchten über ihr Gesicht. Was für ein Land mochte das sein, wo Menschen im Schlaf so glücklich aussahen?

Je sehnlicher Clara den Schlaf herbeiwünschte, desto zäher pochten die letzten Wochen auf ihrem Recht. Sie hatte die Idee der Reise für das Planspiel eines langen Sonntags in der Familie des Schneiders gehalten. Als sie den Irrtum bemerkte, zappelte sie im Netz. Die Sprache, die Arbeit, alle Bedenken prallten an der Wand eines Komplotts ab.

»Wir machen das. Mein Schwager ist Franziskaner, kennt Brasilien aus seiner Missionarszeit und hat Adressen von Ordenshäusern, wo man sich um euch kümmern wird.« Die Schneidersfrau wollte den Fisch nicht mehr entwischen lassen.

Joana, die sonst so schmallippige Schattenhafte, erzählte voller Wärme über ihr entlegenes Dorf, bis nicht nur Joanas, sondern auch ihr eigenes Gesicht glühte. Zu guter Letzt glaubte Clara an die einmalige Chance, neben einem exotischen Land, aus dem kaum Nachrichten über den Atlantik kamen, auch den Alltag der dort lebenden Menschen kennenzulernen. Da die Politik stagnierte, war die Zeit für einen längeren Urlaub sogar günstig.

Joanas fröhliches Lachen weckte sie: »Wach auf, Recife ist da, wir landen. Du musst den Zettel ausfüllen, sonst kommst du nicht rein.«

Da war es also, das unbekannte Land, in das mehr als alle Länder Europas hineinpassten. Clara wurde warm ums Herz. Die Strahlenfluten der Sonne vertrieben die Nacht, als das Flugzeug auf Landeerlaubnis wartete. Plötzlich wies eine leichenblasse Joana zitternd auf das Fensterauge. Dort unten empfing sie nicht das Traumland, sondern eine im Schlammwasser versunkene Ebene, und die Augen hatten Mühe, in der weitläufigen Zerstörung die Stadt am Atlantik zu finden.

Bei der Fahrt durch Recife sahen sie Bewohner mit durchnässten Matratzen auf dem Kopf umherirren. Andere schoben ihre armselige Habe auf müllreifen Karren. Kinder weinten aus verstörten Blicken. Ein alter Mann vor einem von drei Stöcken gestützten Plastikfetzen wartete mit ein paar Maniokwurzeln auf Käufer. Trümmer, Abfall und Tierkadaver säumten die Straßen. Joana dolmetschte und sprach von Toten und Obdachlosen. Die Flüsse Capibaribe und Beberibe lagen ununterscheidbar in der Gespensterflut. Das Meer nahm die Flusswasser nicht an, es türmte im Rückstau des Atlantiks weitere Fluten auf und überrollte Hütten aus Pappe und Wellblech. Verstopfte Abflüsse trieben das Wasser in höher gelegene Straßen.

Der Fahrer, Vater der Familie, bei der sie ein paar Tage bleiben konnten, erwähnte einen Bischof, der sich öffentlich für die Obdachlosen einsetzte, Unterstützung bei den Behörden anmahnte und das Versickern von Geld und Hilfsgütern denunzierte: Dom Helder Camara. Nur der Dom, übersetzte Joana, stehe auf der Seite der Armen. Die Regierungsstellen sähen weg, wo es die Armen in den Favelas treffe. Diese Flut von 1975 sei nicht die erste, aber sie werde als eine der schlimmsten im Gedächtnis bleiben.

Das höher gelegene Haus der Gastfamilie war trocken geblieben. An der Straßenecke entfernten die Bewohner Schlamm und Müll aus Ablaufrinnen, besorgte

Blicke gingen zum Himmel, der den Fluten freien Lauf ließ. Joana und Clara sprangen über Wasserlachen bis zur Hausschwelle, wo drei Kinder die Fremdlinge musterten. Als Joana die vertraute Sprache in die Blicke hineinsprach, sprudelte eine so herzerfrischende Freude hervor, dass beide sich auf der Stelle aufgenommen fühlten. Clara lernte beim Essen die Worte Reis, braune Bohnen, gebratenes Huhn, grünen Salat und Tomaten kennen. Sie setzte eine lobende Miene auf, und alle nickten zufrieden. Das gäbe es nur heute, verrieten die Kinder, das Huhn sei eigens für den Besuch geschlachtet worden.

Die älteste, Adriana, stahl sich vom Tisch weg zu den Nachbarskindern, die an der Haustür lauerten. Der Pulk drängte in den Vorraum, um einen Blick auf die Frau mit der komischen Sprache zu erhaschen. Weiße, braune, verschmutzte und frisch gebadete Kinder imitierten deutsche Rachenlaute, die kräftige Hustenanfälle einbrachten. Sprecht ihr bei euch kein Portugiesisch? Auch die Kinder nicht? Wie könnt ihr euch dann verstehen? Komisches Land. Habt ihr Kokosbäume? Nein. Mangos? Nein. Tukane? Nein. Tief enttäuschte Gesichter ließen die Fremde allein und stürmten hinaus, um zu berichten, was das ferne Land alles nicht hatte.

Joana, die ihr Brasilien suchte, zog es zum Gemüsemarkt. Die Leute hatten den Schlamm notdürftig weggeräumt und die Stände wieder aufgebaut. Auf dem Weg begegneten ihnen Menschen aller Hautfarben, von schwarz über milchkaffeebraun bis weiß, alle so farbenfroh gekleidet, dass Clara die Trauer, die über der Stadt hing, vergaß. Man ließ sich nicht unterkriegen und packte an. Da lagen Wassermelonen aufgeschichtet, Säcke mit Reis und Bohnen, die man literweise abwog. Leute umlagerten Tische mit Maniok, süßen Kartoffeln und Chuchu, ein Gemüse, das wie geriffelte Birnen aussah.

Und da war die andere Seite der Straße, Menschen, die sich die Augen ausguckten. Clara wollte wissen, was Kinder und Erwachsene auf der Müllhalde suchten. Reste, was übrig bleibt, war Joanas knappe Antwort. Clara konnte nicht glauben, was sie sah und wollte erkunden, was in die abgewetzten Plastikbeutel wanderte. Aber Joana zog sie weg. Wollte sie das Elend nicht zeigen?

»Im Handumdrehen siehst du nichts mehr von der Müllhalde, sie nehmen alles«, übersetzte Joana, als sie wieder zu Hause waren. Offenbar hatte der Anblick auch sie verstört, und die Gastgeber klärten auf. Kannte Joana diese Seite ihres Landes nicht?

Clara verstand den Schock, den Joana empfunden haben musste, als die beiden nach einer Tag- und Nachtfahrt mit dem Bus durch die Weiten des Nordostens im Interior, dem Inneren des Landes, ankamen. Der Überlandbus war durch einen fruchtbaren Küstenstreifen gefahren, dann über endlose, holprige Landstraßen in die dünn besiedelten Gebiete gekrochen und zuletzt über Schlaglöcher hinweg geflogen. Die Halbtrockenzone, von Dornenbüschen überwachsen, hieß Sertão, wo die Viehhirten, die Vaqueiros, von Kopf bis Fuß in Lederkleidung, ihrem Vieh auf der Suche nach Wasser und Nahrung folgten. Jetzt fiel Regen. Menschen, Tiere und Pflanzen lebten vom Grün und von der reichen Natur.

Auf einem vom Wind verwöhnten Plateau wohnte Joanas Familie in der Kleinstadt Itajara mit einem weithin sichtbaren Kirchturm.

»Da ist er!«, rief Padre Zito, der die beiden am Überlandbus abgeholt hatte. »Der Mittelpunkt der Welt. Das ist er.«

Am Horizont liefen ebenerdige Gebäude an einer Schnur entlang um einen weißen Kirchturm herum, wie Farbtupfer mitten ins Grün gefallen. Wenig später bogen sie in die langgestreckte Avenida ein, nahmen eine Querstraße und hielten vor einem sonnengelb gestrichenen Haus an. Clara betrat in einem Rausch von Glück Joanas Traum, herzlich begrüßt von Mutter und Geschwistern, als sei auch sie eine von langer Reise heimgekehrte Tochter.

»A casa é sua, fühl dich zu Hause«, übersetzte Joana die Gesten.

Wenig später badeten Sonne und Himmel in purem Gold, flossen ins Rote und verwandelten glühendes Erz in geschliffene Brillanten. Müde geworden, liebkoste der Sonnenball die Luft ein letztes Mal und ließ ihr schwelendes Feuer im zartlila Schleier zurück. Ein schwarzes Dunkel, das mehr war als das Fehlen von Licht, schwang sich zum Herrscher der Nacht auf. Immer um sechs Uhr, war Joanas knappe Erklärung, als Clara verzaubert auf die Uhr schaute. Der Äquator, natürlich.

Es wurde spät. Clara schaute von ihrem Bett aus lange in die lautlose Nacht. Der Schlaf sollte die Glückseligkeit nicht rauben. Farben, Klänge, Düfte und Bilder zogen vorbei, die das Herz für immer festhalten wollte. War sie ins Zauberland des Traums geglitten? Die Welt konnte vom neuen Tag noch nichts wissen. Wieso wussten die Vögel davon? Sahen sie durch das Dunkel hindurch? Oder weckten die Hähne aus purer Lust und Lebensfreude? Solopartien verschmolzen zu vielstimmigem Chor. Ein Schaf blökte Beifall, Hunde fielen ein, antworteten einander. Der stolzeste aller Hähne stimmte das Trompetensolo des großen Finales an.

Den Jubel der Schöpfung in den Ohren, erwachte Clara in Sonnenstrahlen, die ans Bett traten und die Augenlider küssten. »Guten Morgen«, sagte sie. Der Gruß klang wie ein Dank aus tiefster Seele.

Sie erntete im Garten, kaufte süße Kartoffeln und Wassermelonen auf dem Wochenmarkt, wo zu Dutzenden Esel parkten. Verkäufer saßen auf der Erde mit einem Korb Orangen, einem Strang Tabak, von dem sie Stücke schnitten. Sie zerbrach sich die Zunge an den Namen der Sträucher und Bäume, die in Blumentöpfen auf deutschen Fensterbänken von Zuhause träumten, beroch Jasmin und Hibiskus, die in Rot, Gelb, Weiß und Rosa über Mauern blühten. Beim Essen lachten sie miteinander wie alte Vertraute. Claras befremdliche Fragen brachten Ablenkung und befeuerten die Neugier, sehr zu Joanas Leidwesen, da ihr deutscher Wortschatz ebenso wie Claras Wörterbuch im brasilianischen Alltag an Grenzen stieß.

Padre Zito, ein Deutscher, lud die beiden Frauen in aller Frühe in den Jeep, wenn er in abgelegene Dörfer fuhr und dort Messe, Taufen, Hochzeiten feierte, Beichten hörte und Krankenkommunion austeilte. Manche Orte schaffte er nur einmal im Jahr. Der Besuch des Padre brachte Jung und Alt auf die Beine und war für die Dörfer Weihnachten und Ostern zugleich, ein päpstlicher Auftritt im Buschformat, dachte Clara, für die das Ereignis ebenso aufregend war wie für die festlich gekleideten Bewohner, die aus allen Richtungen zu Fuß, mit Eseln und Pferden zum Kirchplatz anrückten.

Die Kinder flatterten wie Schmetterlinge umher. Manche klebten an den Frauen, als wollten sie sich deren Freundschaft fürs Leben sichern. Ein Mädchen zeigte ihre Puppe, ein in Stofffetzen gewickeltes Stück Holz. Der kleine José stellte sich mit einem Auto vor, aus einer Blechdose geschnitzt, noch ohne Räder. Seine Schwester wich nicht von Joanas Seite, ihre Gitarre, wie das Auto entstanden, fest vor die Brust gedrückt. Clara formte ein paar Worte, die ein Kompliment sein sollten. Woher die Stumme komme, fragte das Mädchen, aus dem Beäugen erwacht. Alemanha? Ob es da Kokosbäume gäbe. Oder Macacos. Für die Kinder verlor ein Land ohne Palmen und Affen jeden Reiz. Nur Schweine hatten sie da.

Tief haftete eine nächtliche Heimfahrt. Das Mondlicht hauchte Silberschleier über den Sertão, wo die Menschen den Überlebenskampf des Tages unter dem Sternenhimmel ablegten. Spät ging das Kreuz des Südens auf, an dem sich die Seefahrer vergangener Zeiten in der südlichen Hemisphäre orientiert hatten. Clara verband es mit den Bären des Nordhimmels zum Symbol für eine Schöpfung, die das Überirdische näher und die Menschen zueinander brachte. Das abgeschiedene Leben der Dörfer kannte wenige Höhepunkte. Namenlose Nöte, das Hoffen auf die

Ernte, Geburt, Regen und Dürre, Krankheit und Tod prägten den Alltag. Die Feste waren Sternstunden.

Einer der Besuche mit dem Padre führte zu einem sterbenskranken Mann, der um die letzte Salbung gebeten hatte. Nach einer Fahrt in die steigende Sonne erreichte der Jeep das Haus, wo Verwandte und Nachbarn warteten. Aus dem hohlwangigen Gesicht in einer Hängematte blickten dem Padre fiebrige Augen entgegen. Der Körper verlor sich unter einem schütteren Laken. Zur Zeremonie drängten die Leute dicht an dicht wie in einer Umarmung. Sie knieten auf dem harten Lehmboden, gefasst bis hin zu den Kleinsten, die den Großvater oder Urgroßvater verabschiedeten.

Alterslos, überlegte Clara, als eine Lücke die Sicht freigab. Sie ertrug die blutleere Berührung des Todes nicht, begann zu zittern, schloss die Augen und lehnte sich an die kalkige Mauer. Als sie ins Freie trat, stand sie vor einer Menschentraube. Mit Bündeln und Körben hofften sie auf Mitfahrgelegenheit. Ein lebendiger Hahn mit zusammengebundenen Beinen übte sich in Geduld. Der Padre schien trotz des Durcheinanders zu wissen, wovon sie sprachen. Wie ein Wunder fanden sie mit Sack und Pack auf dem Jeep Platz. Hier und da sprang jemand ab und tauchte im Busch unter.

Es ging an verstreuten Häusern vorbei. Gebaut aus sonnengebrannten Lehmziegeln, gedeckt mit trockenen Palmblättern, die fachgerecht ineinander gefügt, gegen Sonne und Tropenregen schützten. Ob sie genug zu leben hätten, fragte Clara. Padre Zito meinte, bei normaler Regenzeit kämen sie zurande. Das Land werde gerodet, das Buschwerk verbrannt, um einem Feld für Mais und Bohnen Platz zu machen. Im tiefsten Inneren des Landes, wohin nur Maultiere, Esel und Pferde durchkämen, nehme die Armut zu. Die Regenzeit schneide die Leute von der übrigen Welt ab.

»Die Männer brauchen Arbeit. Sie schlagen Schneisen zu den abgeschnittenen Dörfern und bauen Wege, die der Jeep befahren kann. Ich bezahle sie mit Reis.«

Die Frauen in den Lehmhütten kämpften gegen Staub und Insekten. Clara staunte, wie gepflegt das Innere der Häuser aussah, und wie sie es mit einfachsten Mitteln verschönerten. Wie konnte die Wäsche auf Steinen und im trüben Wasser eines Brunnens so strahlend weiß werden? Wie schützten sie die Lebensmittel ohne Kühlschrank vor ruinöser Tropenhitze und nimmersatten Ameisen? Die Männer rangen dem kargen Boden mit Sichel und Hacke das Nötigste zum Leben ab – und mit Feuer, das dem sperrigen Buschwerk zu Leibe rückte. Wie hatte Clara über Brandrodung gewettert. Jetzt musste sie nach einem eigenen Versuch, das Erdreich aufzulockern, eingestehen, wieviel unsägliche Mühe das Feuer den Männern abnahm. Und sie lernte, vorschnellen Urteilen zu misstrauen.

Nach dem ausgiebigen Wiedersehen in Joanas Heimat folgte eine Rundreise. Sie ließen sich führen von der Liste der Ordenshäuser, die der Bonner Franziskaner mitgegeben hatte. Die Adressliste wies aus, wie stark die katholische Kirche vernetzt war. Flüge von Stadt zu Stadt ersparten tagelange Fahrten in Bussen. Joana, nie aus ihrer Kleinstadt herausgekommen, reiste im eigenen Land wie eine Fremde. Bei jeder neuen Station sahen sie ein anderes Brasilien.

Da war der Amazonas, ein Meer inmitten wuchernder Regenwälder. Die beiden Amigas Joana und Clara, wie sie sich überall vorstellten, fuhren mit einem Padre auf dem Rio Negro und wechselten in einen Kahn, den der Bootsmann bravourös durch ein Gewirr von Flussarmen, Bäumen, Lianen, Wurzelwerk und nie vernommenen Geräuschen lenkte, bis sie zu Pfahlhütten gelangten. Die Indios lebten ihre dem Regenwald angepasste Tradition und hatten Kinder wie alle Kinder dieser Welt, neugierig, spielend, lachend, weinend.

Manaus, zollfreie Millionenstadt, lockte Scharen von Handeltreibenden an. Im 19. Jahrhundert während des Kautschukbooms aus dem Boden gestampft, mit einem bombastischen Theater, das eine goldene Kuppel krönte, sah die Hauptstadt des Bundesstaates Amazonas aus, als wäre sie von einem fremden Planeten in den Dschungel gefallen.

In Belem an der Amazonasmündung lernten die beiden den Überfluss der Tropen an Früchten, Knollen, Gewürzen, Nüssen kennen, aber auch die Tropenregen, die, wasserfallgleich, Straßen unversehens in Seen verwandelten. Joana, ihrem Regenschirm fassungslos nachblickend, verharrte in einer Wasserlache. Clara klebte gegen eine Hauswand und wünschte sich die Arche, die Noahs Familie vor den Fluten gerettet hatte. Sie sah menschenleere Straßen und verstand erst jetzt, dass die Einheimischen in Sekundenschnelle alle Taxen besetzt hatten, weil sie sich mit den Unbilden der Tropen besser auskannten. Ebenso rasch versanken die Fluten im Boden. Der Verkehr rollte, die Leute liefen umher, als sei das Ganze ein Spuk gewesen. Über der Nacht stand der Vollmond in weicher Helle und schien der Erde freundlicher zuzuwinken als in Europa.

Joana und Clara wohnten bei Ordensleuten. Das eine Haus gab die Kunde an das nächste weiter. Die geräuschlos funktionierende Infrastruktur der Kirche in einem Land, in dem das Telefonnetz die Weiten nur lückenhaft überbrückte, setzte Clara in helles Erstaunen.

Wie selbstverständlich gingen sie mit den Ordensmitgliedern in die Armenviertel, die dem Hörensagen nach gefährlich sein sollten. Auch Clara verlor die Scheu vor den Favelas. Misstrauisch seien die Leute nur gegenüber Unbekannten und der Polizei, hieß es knapp. Hunger, Elend und Krankheit verschlugen Clara die Sprache. Sie sah Kinder, die halbnackt und barfuß aus der Pfütze tranken, die eine Sau mit Ferkel gerade verschlammt hatte. Ohnmacht überfiel sie, und sie schämte sich ihres hohlen Mitleids.

Wieder flogen sie über der Weite, als tausende Lichter die Nacht zerrissen und die Hauptstadt Brasília im unwirklichen Spektakel funkelte. Da wuchsen futuristische Gebäude aus der roten Erde, Kuppeln, Schalen, Bögen und Paläste. Seit über zehn Jahren saß die Regierung darin. Das Flugzeug schwebte über gelbroten Bändern in einem kreisenden Stadtplan, der dem Modell eines Flugzeugs glich.

Joana atmete durch, weit davon entfernt, die Pracht zu bewundern. »In dieser glitzernden Volksferne werden sie dem Größenwahn verfallen.«

Die Schwester, die in der Halle wartete, sprudelte auf der Fahrt ins Ordenshaus alles heraus, was sie mitzuteilen wusste. Brasília sei nicht für Fußgänger, sondern für Autos und Flugzeuge gebaut, es solle eine Stadt ohne Arme und Obdachlose werden. Die Baracken der Bauarbeiter, vor allem im Nordosten des Landes angeworben, würden entfernt, die Arbeiter nach Hause geschickt, sobald die Arbeiten abgeschlossen seien. Regierungsbeamte und Diplomaten hätten sich lange gewehrt, vom lebenslustigen Rio de Janeiro in das Hochland umzuziehen, aber alle hätten entscheiden müssen, entweder umzuziehen oder den Dienst zu quittieren. Das avantgardistische Brasília, das Joana und Clara am nächsten Tag im Schulbus der Schwestern befuhren, hatte mit dem, was sie anderswo gesehen hatten, nichts gemeinsam.

»Clara, verstehst du diese Stadt?«, fragte Joana am Abend. »Hier würde ich meine Seele verlieren.«

»Ich weiß nicht.«

Beim Abendessen erzählte Joana über ihre Heimat. Das dortige Zeitmaß war ein anderes. Die Schwestern kannten den Nordosten nicht. Übergangslos sagte Joana: »Das muss es sein. Ordem e progresso, Ordnung und Fortschritt steht auf unserer Fahne. Aber ich glaube, der Fortschritt ist kalt. Wir dürfen unser Bestes nicht verlieren. Die Farben von Erde, Meer, Sonne und Sternen in der Flagge beschreiben unser Herz liebenswerter als die kalten Worte.«

Die Schwestern sahen aus, als wüssten sie nicht, wovon die Rede war.

Den letzten Teil der Reise in die Metropolen Rio de Janeiro und São Paulo wollte Clara allein zurücklegen. Sie verabschiedete Joana im Flughafen von Brasília, tränenreich und unter Beteuerungen, wiederzukommen. Als der Flieger zu einem Klecks verschwamm und Clara auf den Flug nach Rio wartete, fühlte sie eine Leere, die mit sich und der Welt nichts anzufangen wusste.

Die zwei Amigas hatten alles gemeinsam aufgesogen, waren eingetaucht in den Alltag ihrer gastlichen Häuser, in die Festtage der Gottesdienste. Sie hatten mit den Leuten gegessen, gelacht und getrauert. Clara, als eine von ihnen, fütterte ihre eigene und die Neugier der anderen. Menschen schienen überall die gleichen Empfindungen und Träume zu haben. Aber fühlten sie auch gleich?

Sie hatte Joanas Sensibilität für die kleinen Dinge beobachtet und sich angewöhnt, aufmerksamer zu sein. Dazu kam, dass sie das Land durch die Brille von Padres, Schwestern und Kirchenleuten wahrnahm. Sie sah betende Menschen. Ohne die allgegenwärtige Gläubigkeit war das Land nicht zu verstehen. Leben und Glauben verschmolzen. Clara folgte den Gesten, sang die Worte im Echo mit den anderen vom herumgereichten Blatt. Beim Vaterunser, dem Pai nosso, wiegte sie sich in der singenden Kette. Der Friedensgruß setzte die Gemeinde in Bewegung zu einer einzigen Umarmung.

Wie verkrampft kam ihr nun das Suchen in der Bonner Frauengruppe vor. Sie hatten alles richtig machen wollen. Hier schien es ein Richtig oder Falsch nicht zu geben. Quatsch, dachte sie, das katholische Schema der Messe gilt überall und ist in jeder Sprache leicht zu erkennen. Und doch, es schien den Gottesdienst nicht zu beherrschen. Die Feier gewann seine Innerlichkeit aus der gastfreundlichen Gemeinde. Alltag und Feier waren gleichzeitig anwesend. Die Leute standen beisammen und die Padres mittendrin.

Rio de Janeiro prägt sich ein mit den Bildern der Buchten und Seen, Hügel und Felskegel, die ihr den Namen der Cidade Maravilhosa, der Wunderherrlichen mit strotzendem Selbstbewusstsein einbrachten. Wälle aus Hochhäusern, vor denen der Verkehr brauste, säumten lange Sandstrände. Die Copacabana war einer davon.

Beim Herumlaufen im Zentrum von Rio stieß sie auf eine der Kirchenfassaden, die zwischen den Häusern leicht zu übersehen waren. Ein vom Fleisch gefallener Mann saß auf den Steinstufen. Sie setzte sich zu ihm in der Hoffnung, mehr über die Kirche zu erfahren. Aber ihr armseliger Wortschatz erbrachte nur, dass die Kirche eine alte Sklavenkirche war, gebrannt hatte und seit kurzem offenstand. Dem Gefühlsschwall seiner Rede entnahm sie, es gäbe viel zu viele Sklaven. Meinte er sich, seine Zeit? Was hätte sie darum gegeben, die Sprache des Mannes zu verstehen. Er hätte der Schlüssel zum Verständnis des Landes sein können. Passanten liefen an den Worten, die um zwei Menschen kreisten, vorüber.

»Sehr traurig«, ließ Clara vernehmen. Ein Kind schaute zu den Lauten hoch und blieb mit offenem Mund stehen. Ihr Nachbar lehnte mit geschlossenen Lidern gegen das Portal. Sie lächelte beiden zu und ging weiter, begleitet von stummen Gedanken.

Letzte Station war São Paulo, Zentrum einer Industrieregion mit aufwärts strebenden Riesen, die eine formfreudige Architektur in den Himmel wachsen ließ. Auch diese Metropole war Brasilien. Hier ließ das Land Clara hilflos zurück. Die während der Reise gebündelten Gefühle widersprachen dem verwirrenden Durcheinander. Wie viele Brasilien gab es, das des Mittelalters und das der Zukunft? Das Land vereinte die Welt in sich. Wie hielt es zusammen?

Ob es eine Altstadt gebe, fragte Clara die Gastgeber. Ja, im Zentrum, nahe der Kathedrale, solle der Platz mit dem Jesuitenkolleg aus der Gründungszeit wiedererstehen. Dort habe die Bekehrung der Indios ihren Anfang genommen. Das Historische sei der Spitzhacke zum Opfer gefallen, und nun habe die Stadt kein Herz mehr. Spitzhacke, das stand für horrende Grundstücksspekulation. Schrieb die Millionenmetropole auf dem Weg zum Finanzzentrum des Subkontinents an der Zukunft, von der Stefan Zweig geschrieben hatte, sie bliebe der ewige Traum Brasiliens?

Es war Claras letzter Tag. Im Kolpinghaus kamen die Migranten aus dem Nordosten zu einem Heimatsonntag zusammen, von Padre Zito eingeladen. Die Nordestinos bauten die Wolkenkratzer, in denen sie nicht wohnten, schufteten in Restaurants, die ihnen nie gehören würden. Sie waren die Sklaven der Metropole, hatten sich kleinen Löhnen bei überlangen Arbeitszeiten zu fügen und sich mit Hütten in Favelas zufrieden zu geben. Clara hörte sie singen von der Sehnsucht nach den Dörfern, den Familien, dem durstenden Vieh und dem Silberglanz des Mondes über dem Sertão.

III. Teil

1977 bis 1982

Recife 1982

Was erwartet mich? Eine Zukunft in Brasilien oder in Deutschland? Was sagt das Meer, das weit draußen den Himmel berührt?

Das Domizil in Recife ist mein Anlegeplatz mit einem dem Atlantik zugekehrten Fenster, der Teeküche und dem Bad mit Duschkopf. Hier liegt die Matte aus Palmenblättern, auf der ich mit den Wellen einschlafe und aufwache. Ein Engel aus Lehm, eine Indiovase, ein Dutzend Musikkassetten von Luis Gonzaga und zwei Blechdosen voller Muscheln zählen zu den in Emotionen gehüllten Schätzen.

So viele Besucher wie hier habe ich nirgendwo gehabt. Sie lieben die Wohnung, wo sie duschen, sich umziehen und auf dem Boden sitzen. Wo wir lachen und endlos reden über die Familien, die Arbeit im Erzbistum, über illegale Aktionen der Militärpolizei und legalen Widerstand, über die von den Militärs versprochenen Wahlen. Die Wände speichern das Echo und geben mir das Gefühl, allein und doch unter Menschen zu sein.

An meiner Art zu leben nimmt niemand Anstoß, auch wenn den meisten schleierhaft bleibt, wie ich allein wohnen kann. Meine Sehnsucht nach Freiheit träumt von einer Insel mit Brücken in die große Welt. Das hier ist eine. Boa Viagem, die Nobelmeile mit Villen und Sternehotels erreiche ich, wenn ich am Meer entlanggehe. Der Strand gehört allen. Für die Armen ist er Erwerbsquelle. Sie schaukeln ihr Gebratenes, Gekochtes, Getränke und Bonbons vor dem Bauch und in Karren durch den schattenlosen Sand, darunter kleine Jungen, die eigentlich in die Schule gehen müssten. Sie kommen aus Favelas, die an den Vierteln der Reichen kleben, weil sie deren Sklaven sind.

Oft stehe ich auf einem Stuhl und schaue durch die Lücke zwischen den Häusern auf den Atlantik. Am Sandstrand tanzen die Schaumkronen in der Sonne. Der wildeste der Ozeane ist in ständiger Verwandlung. Meer und Himmel umarmen sich in einer Unendlichkeit, wo der Anfang der Schöpfung und aller Sinn liegen soll.

An diesem Samstagmittag schaukelt helles Blau unter einem gleißenden Himmel. Am Horizont sucht ein Ozeanriese sein Ziel. Der Verkehr rauscht stadteinwärts. Autos jeden Alters zwängen sich in Lücken, die nur sie sehen.

Wird man mich vermissen? Fünf Jahre Brasilien haben mich verändert. In wenigen Tagen läuft der Vertrag aus. Ich werde ins Ministerium zurückkehren. Damals war mir die garantierte Rückkehr wichtig. Jetzt graust mir davor, so wie vor Schnee und Kälte und vor dem Leben mit seinen gefrorenen Menschen. Hier versteht niemand die Unschlüssigkeit. Sei froh, dass du Arbeit hast, sagen sie.

Kinderstimmen dringen durch das Rauschen der Autos. In Recife ist mir alles vertraut, und alles wird fehlen. Über die Brasilianer und ihre Macken rege ich mich genau so auf wie über die der eigenen Landsleute. Brasilien ist Alltag, Heimat, Kampf und Kraft. Seine Widersprüche sind durch Herz und Nieren gegangen.

Recife wird mir rätselhaft bleiben, eine Geliebte, die sich verweigerte, der ich umso mehr verfiel. Die Stadt hat noch immer die alten Farben, sie leuchtet in der Sonne des Morgens und im verstaubten goldenen Abend. Nichts hat sich verändert. Alles ist an seinem Platz. Wie können die Häuser, Plätze, der Fluss, die Pflanzen mit einem Mal so anders aussehen, so farblos erdrückend, so lärmend und schmutzig? Sogar die Menschen wirken abgenutzt und armselig, ihre Gesichter verhärmt und todestraurig.

Stimmen auf dem Gang holen mich in den Tag zurück. Es sind die Nachbarn, die als erstes den Knopf des Fernsehers drücken und es laut haben wollen, wenn sie heimkommen. Ich fülle den Wasserkocher, brühe einen Kaffee. Der Zettel mit den Besorgungen für den morgigen Besuch fällt ins Auge. Wie viele werden es sein? Ich weiß es nie. Es soll der Abschied vom engsten Kreis sein, nichts Besonderes, nur das letzte Mal. Und wie sonst gehe ich in den Supermarkt um die Ecke und kaufe Kekse, süße und salzige, ein Stück Käse, Bananen und Karamellpaste, die sich schneiden lässt. Grillhähnchen, Getränke und Brot werden morgen besorgt. Das Leben von der Hand in den Mund ist zur Gewohnheit geworden.

Auf der Straße laufen mir die Kinder über den Weg. Sie bleiben wie gewöhnlich an mir hängen, weil sie ein Paket Kekse und Bananen bekommen. Hungrige Kinder sind schwer zu ertragen. Sie helfen mir tragen und erzählen von ihren Träumen.

Mittlerweile ist das Blau des Meeres in ein sanftes Türkis übergegangen. Bald werden tieflila Streifen zwischen den Schaumkronen wippen, bevor sie in die Nacht tauchen. Zurückschlagende Wellen künden die Flut an. Die Strandpolizei fordert per Lautsprecher auf, das Wasser zu verlassen. Stehen die Zeichen auf Sturm?

Das Bild vom kalten Deutschland will hinter den Lichtern der Ozeanschiffe nicht untergehen. Will ich zurück in eine Zukunft, die nichts erwarten lässt als die bekannte Vergangenheit? Der Flug ist gebucht. Die Überseekiste ist bei einer brasilianischen Familie gelandet, die darin Bohnen und Reis vor Ungeziefer schützen will. Der tönerne Engel hat im Koffer Platz, auch das Lehmkreuz, das ein Junge knetete. Damit du beschützt bist, sagte er. Vertraute Menschen lasse ich zurück mit der eigenen Ohnmacht, die so oft zusetzte. Viele Versuche, etwas zu ändern, blieben stecken.

In der Frühe des Sonntags kommen die jungen Frauen aus dem Erzbistum, unserem Arbeitsplatz. Wir fahren aufs Meer hinaus mit der Jangada, einem Flachboot, dessen Segel die Richtung findet. Dann lagern wir in der Sonne. Die Frauen fantasieren von einem Mann mit Arbeitsplatz, von Kindern und einem Beruf. Und sie übertrumpfen sich mit Träumen, eines Tages nach Europa zu reisen, wenn sie zu Reichtum gekommen sind. Egal, ob sie in Erfüllung gehen, sagt eine, die Träume sind das Schönste im Leben. Zur glühendheißen Mittagszeit besorgen wir die Hähnchen, wechseln in die Wohnung, geben Geschichten zum Besten. Und dann fallen die Müden, eine nach der anderen auf dem Boden in einen satten Schlaf.

Mich befällt eine wehmütige Stimmung. An der Promenade will ich mich ablenken, aber es gelingt nicht. Als Regierungsbeamtin habe ich meinen Platz in Deutschland, wo man vom Träumen nichts hält. Eine deutsche Entwicklungshelferin hat sich entbehrlich zu machen. Die bin ich hier, die Entbehrliche. In der Rückschau flattern Vorsätze auf, die in der Vorbereitung auf die Ausreise ausgetrieben wurden: Das Alte zurücklassen, neu anfangen, das realisieren, was man immer schon wollte. Wir merkten schnell, dass das Alte mitging und das neue Land Aufgaben stellte, die den Berg des Ungelösten wachsen ließen. Manche gaben auf, als sie unter der doppelten Last zerbrachen. Jetzt geht die doppelte Last mit mir zurück. Die Dinge sind komplizierter statt einfacher geworden. Ein Sack voller Versprechen geht ebenfalls mit. In meinem Land für eine Kirche der Armen arbeiten, das ist so eine Zusage. Eine weitere versprach, die sechs Patenkinder, die mir in Itajara, Rio und Recife zugeflogen sind, nicht im Stich zu lassen.

Zuerst arbeitete ich in Itajara, anschließend in Recife mit dem wunderbaren Erzbischof Helder Camara. Viele halten ihn für einen Heiligen. Er hat Folter und Mord beim Namen genannt und die ganze Härte der Militärdiktatur zu spüren bekommen. Ich setze meine Hoffnung auf die brasilianische Kirche, wie ich sie hier kennengelernt habe, die sich gegen die Diktatur stellt und es schaffen kann, der Welt und der Kirche ein neues Gesicht zu geben. Dom Helder wird nicht müde, die weltweiten Ungerechtigkeiten anzuprangern.

Ich bin zwischen die Welten geraten und habe beide verinnerlicht. Doch Herz und Hirn fallen in zwei Hälften auseinander, und die Hälften wollen auf keinen Nenner passen. In dunklen Stunden hätte ich die brasilianische Erfahrung am liebsten gelöscht. Aber ich kann nichts rückgängig machen.

Gewiss, die Welt kann so nicht weitermachen, aber was richtet ein Mensch allein aus. Der Norden muss von seinem Reichtum abgeben! Doch die Menschen geben freiwillig nichts ab. Nur Katastrophen, Kriege, Flucht zwingen sie dazu. Den Wohlstand einschränken? Aus Europa kommen gegenläufige Signale. Der Reichtum müsse wachsen, damit genug für die Armen abfällt, eine einschläfernde Theorie. Die Kirchen in Europa sind auch Teil des satten Betriebs.

Zwei Stunden später räkeln sich die Frauen auf dem Fußboden und stehen auf. Sie verabschieden sich unter Tränen.

»Warum gehst du?«, fragt Carmen. »Die Ausländer, die uns ausbeuten, bleiben. Die anderen gehen. Es muss umgekehrt sein.«

Ich schlucke hinunter, was ich nicht beantworten kann.

Lange habe ich unbemerkt meine Arbeit getan. Und nun weinen sie? Ich kenne sie immer noch nicht, diese Brasilianer. Bilder der letzten Jahre ziehen vorbei. Helles und Dunkles, gute und schlechte Erfahrungen mit Menschen, mit der Kultur und ihren Denkweisen.

Carmens Frage stellen am letzten Arbeitstag auch die aus dem Team, von denen ich bisher nichts Lobendes hörte. Und plötzlich habe ich das Gefühl, etwas gründlich missverstanden zu haben. Die Kolleginnen und Kollegen strampeln sich ab für eine bessere Welt, tragen sich gegenseitig in ihren Aktionen und in ihrer Hoffnung. Sie haben mich mitgetragen, mein Tun angenommen und bewiesen, wie stark viele kleine Leute einer übermächtigen Diktatur zusetzen können. Ist das nicht ein größeres Geschenk als eine wortreiche Anerkennung, die sie selbst ebensowenig erfahren?

»Für die Wanderschaft durchs Leben«, bemerkt Neide, jene Kollegin, die lange nichts mit mir anzufangen wusste, und die jetzt eine Hängematte als Geschenk des Teams überreicht. »Die gibt dir überall und nirgends ein Zuhause.«

Am letzten Abend stehe ich lange am Meer, wandere den Strand entlang, trinke vor einer Bar eine letzte Caipirinha. Zwei Kinder winken mir zu, rufen »tudo bem« und »bis bald«. Dann steige ich die drei Treppen hoch und stehe niedergeschlagen vor dem gepackten Koffer. Der letzte Blick gehört dem Atlantik, über dem die abnehmende Mondsichel liegt und mit den Wellen spielt.

Enttäuschung

Ein Krankenhaus aufbauen? Es war der dritte Brief. Eine Woche später kam ein Telegramm. Verflixt, der Mann gab keine Ruhe. Sie musste antworten. Da gibt's nichts zu überlegen, schrieb Clara, und der Protest übertrug sich auf das knisternde Papier. Nein, so nicht. Padre Zito schien mit seiner Weisheit am Ende zu sein und begriff nur eine entschiedene Absage. Im Grunde schade, dachte sie, als sie zum Briefkasten ging. Wo waren die Ideale geblieben?

Die Urlaubsreise von 1975 durch Brasilien lag schon länger als ein Jahr zurück. Fotos und Notizen verblassten. Mit der deutschen Kirche wusste Clara nichts mehr anzufangen, hielt ihre Kritik jedoch zurück. Das war bequem und passte zum konservativen Bonner Milieu. Der Mutter spielte sie die lammfromme Tochter vor und überspielte die Kühle zwischen ihnen. Das war unbequem und nicht zu ändern. Während der Brasilienreise hatte sie eine andere katholische Kirche erlebt, aber Clara hatte sich mit einer Formel begnügt. Je weiter eine Ortskirche von Rom entfernt war, desto mehr Freiheit nahm sie sich. Die deutschen Bischöfe, für die Rom vor der Tür lag, trabten geschlossen hinter dem Stillstand auf der Stelle. Vom gesundheitlich angeschlagenen Papst Paul VI. war nichts zu erwarten.

Eines Sonntags rappelte sie sich vom Bett auf und schlappte zum Fenster. Nebelschwaden überlegten, ob sie steigen oder fallen sollten. Sie fühlte sich zerschlagen und hasste die Trägheit, die oft über sie herfiel. Das liege am Wetter, sagten die Leute. Doch das Wetter wechselte, und die Müdigkeit blieb. Es musste etwas geschehen.

Noch immer lebte die Bonner Dachwohnung von der Stille der Felder, vom flüsternden Bach, von den lärmenden Glocken und der Linde, deren Grün durch das Schrägfenster winkte. Wie eh und je grüßte die Wallfahrtskapelle auf dem Kreuzberg. Sie schmilzt, war dem kleinen Neffen herausgerutscht, als er sie im Nebel verschwinden sah. An diesem Morgen schmolz das Ministerium, während die Kapelle als Schiff über den Wolken dahinzog. Ein Lockruf? Waren die Briefe aus Itajara doch nicht so verrückt wie sie dachte? Sie hatte das Krankenhaus, von dem die Rede war, besichtigt, wobei besichtigen weit übertrieben war. Der Bau auf einem überwachsenen Platz hatte nur in Padre Zitos Handbewegungen existiert. Das Dach sei fertig, meldete der letzte Brief.

»Wo steckst du denn mit den Gedanken?«, stichelte ein Kollege, als sie während der Mittagsrunde im Kartoffelbrei stocherte.

»In Brasilien.«

Fing sie wieder damit an? Einmal musste es doch genug sein! Nur Clara hörte Kristall klirren, als sei ein Glas entzwei gesprungen. Wie hatte Joana gesagt? Wer ins Herz Brasiliens geschaut hat, den lässt die Saudade nicht mehr los. Das Wort glitzerte wieder, es wärmte, besang Sehnsucht, Liebe, Tränen, Freude, Heimweh und sprang über Räume.

Nichts überstürzen, Informationen einholen und dann weitersehen. Mit diesen Gedanken verließ Clara das Büro. Misereor, das Hilfswerk der katholischen Kirche in Aachen, müsste Auskunft geben können. Tatsächlich erfuhr sie dort, dass die brasilianische Kirche mit der Militärdiktatur überkreuz läge und kirchliche Entwicklungshelfer kein Visum bekämen. Sie könne es versuchen, aber es sei aussichtslos. Perfekt, fand Clara. Gegen den Fingerzeig Gottes aus amtlichem Mund konnte auch Padre Zito nichts ausrichten.

Doch es kam anders. Monate später hielt Clara ein Dauervisum in der Hand, und alle wunderten sich. Als hafte dem Stempel im Pass etwas Magisches an, ging sie von einer Fügung aus, die in aller Stille zwei Linien verbunden haben musste. Nach der Vorbereitung beim katholischen Entwicklungsdienst flog eine frischfröhliche

Clara im August 1977, begleitet vom Unverständnis ihrer Kollegen, in die Welt, die man die Dritte nannte, in ein Land, das bald Schwellenland heißen würde und sich selbst als Industrieland verstand. Bis auf die Überseekiste verteilte sie ihre Habe, als wolle sie sich die Rückkehr verbauen. Das Visum nannte sie »Missionária«, was ihr missfiel. Bald stellte sich jedoch heraus, dass der Ausdruck nützte, weil manche Behörde bei Kirchenleuten ein Auge zudrückte.

Im Sprachkurs hoch über den Buchten und Felskegeln von Rio de Janeiro drückte Clara die Schulbank mit etwa dreißig anderen aus aller Welt. Im Krankenhaus des Ordens der Kamillianer in São Paulo lernte sie, wie ein Hospital funktionierte. Sie lief als Schatten von einer Station zur nächsten, schrieb Fachbegriffe auf, die sie abends nachschlug. Als ihr während einer Operation vom Zusehen schlecht wurde, rettete sie sich in eine Ecke und schlich davon. Ihre Projektaufgabe war umrissen: Das kleinere Krankenhaus in Itajara einrichten, brasilianisches Personal schulen und das Projekt nach zwei Jahren in einheimische Hände geben.

Das Praktikum in São Paulo fiel in die Weihnachtszeit. Die mit dem Fest verknüpfte deutsche Gemütslage trieb Clara auf einen Tiefpunkt zu. Das Fest entblößte ihre Einsamkeit unter Millionen von hetzenden Menschen im schrillen Lärm und im mörderischen Verkehr. Täglich stieß sie auf Gestrandete in Parks, unter Brücken, im Müll wühlend, und doch mit dem Recht, Mensch zu sein wie sie, die in der Anonymität auch nur ein Niemand war. Zweifel fielen über sie her wie die Riesenschlangen aus dem Forschungsinstitut im Stadtteil Butantã, das ein Arzt ihr gezeigt hatte. Die Giftzähne und gespaltenen Zungen klebten an den Träumen. Eine Woche lang quälte sie die Versuchung, das Experiment abzubrechen wie einige vor ihr, die den Sprachkurs verlassen hatten. Zum Glück gab es nur einen Feiertag, der zu überstehen sein müsste.

Als sie am Weihnachtstag die Kirche der Franziskaner betrat, prallte gleißende Hitze auf die Dunkelheit im Raum. Sie blieb stehen, bis sich Betende in den Holzbänken abzeichneten. Manche schliefen, anderen glitt der Rosenkranz durch die Finger, einige legten Kerzen an die Krippe, die ein Mönch anzündete. Unter den Besuchern waren die Niemands, die bei den Brücken schliefen. Einer von ihnen warf eine Münze in den Opferstock und verweilte vor der Krippe. Jesus wird es gefallen, dachte Clara, so wie beim Scherflein der armen Witwe in der Bibel. Vor soviel Armut schämte sie sich ihrer Verzagtheit und nahm sich vor, durchzuhalten.

Auf den Stufen des Kirchenportals stolperte sie über die Büchse eines Mannes und glaubte, sie hätte das Blech verbeult. Als sie entschuldigende Worte suchte, sah sie die Beine, die, über und über mit eitrigen Wunden bedeckt, auf Zeitungspapier lagen. Blutunterlaufene Augen richteten sich auf. Clara war drauf und dran, davonzurennen, als ihr der Heilige von Assisi einfiel, dem diese Kirche geweiht war. Franziskus hatte Menschen wie diese umarmt und die Wunden geküsst. Sie fasste sich ein Herz und suchte die auf sie gerichteten Blicke. Vor ihr saß keine Legende, die man vergessen konnte. Da saß die brutale Gegenwart, die etwas wollte.

Noch immer zitterten die Beine, als Clara sich aus sicherer Entfernung umzudrehen wagte, auf die Bürgersteigkante fiel und die Augen schloss, um die anklagenden Gesichter der Niemands nicht mehr zu sehen. Es half nichts. Für den Heiligen aus Assisi waren sie Geschwister. Wie einfach war es, die Sonntagspredigten mit den Appellen an die Brüder und Schwestern zu hören und zu vergessen.

Seit Rio war das Tagebuch ihr ständiger Begleiter. Es nahm auf, was die Einsamkeit mit sich ausbrütete. Selbstanklagen und Verzweiflung verwandelten sich in Trost für den nächsten Schritt.

Itajara, 3. Juni 1978
Seit vier Monaten wohne ich im Pfarrhaus, für den Anfang die beste Lösung. Padre Zito wohnt hier, eine Haushaltshilfe besorgt Haus, Hof und Küche. Besuch bringt Neues aus Deutschland mit. Post erreicht uns verzögert, Telefonieren ist Glückssache. Das Hospital liegt zwanzig Fußminuten entfernt am Ortsrand, von Busch, ein paar Häuschen und roter Erde umgeben. Der Padre wünscht die Runde zu zwölf Uhr am Mittagstisch. Ich bin unpünktlich, weil wir um zwölf in die Pause gehen. Spitze Bemerkungen stecke ich ein.

Alle sollen sich nach dem Padre richten, auch meine Arbeit im Hospital. Ein paar gebrauchte Geräte aus Deutschland soll ich einsetzen, aber sie funktionieren nicht, und es gibt keine Ersatzteile. In Brasilien sei eine neuere Version auf dem Markt, sagt der Arzt.

Nun gut, war mir auch neu. Entwicklungsländer springen auf den fahrenden Zug auf. Bei uns geistern irrige Vorstellungen, allen voran die, dass sie dankbar sein müssten für alles, was wir nicht mehr brauchen. Ich habe Missfallen erregt, weil ich ein EKG-Gerät kaufen ließ. Dass das alte nach der Reise über den Ozean einen Platz im Museum verdiene, hätte ich nicht sagen sollen. Ich vermute, dem Padre und den Großspendern schwebt ein deutsches Krankenhaus vor. Er sagt nicht, was er denkt, und wenn ich frage, weicht er aus.

Itajara war jetzt Claras Zuhause, eine Kleinstadt auf einem Plateau, dem der Wind die Spitze der Hitze wegfächelte. Der konnte den Staub aufwirbeln, unter die Röcke fassen, die Augen angreifen, zwischen den Zähnen knirschen, die Häuser und alles, was sich darin befand, rot überpudern. Seit Menschengedenken ging die Angst vor der Dürre um. In solchen Zeiten hoffte die Verzweiflung auf Wasser und Gottes Einsehen: Warum das Elend, das zum Himmel schreit? Speisten Regen die Bäche und borstigen Felder, dann war der Hunger eine Zeit lang gebannt, und die Menschen schrieben die Rettung Gott zu. Die Bauern lasen in den Zeichen der Natur. Wenn Wolken dunkel über dem Land anhielten und Regen versprachen, war schönes Wetter. Das Gebiet des Nordostens im Klima tropischer Launen, wo Hölle und Paradies Nachbarn waren und ihre Spuren in die Menschen gruben, hieß geografisch Sertão.

Clara berauschte sich an Blüten, die im Buschwerk flammten, ließ sich anstecken von der Glückseligkeit der Menschen über ergiebige Regen, die Mais, Bohnen und Maniok aus dem Boden trieben. Und sie liebte den beschrifteten Himmel mit den vielen Rätseln. Es stimmte, was ein Erzähler geschrieben hatte. Im Sertão war die Landschaft des Himmels unendlich viel abwechslungsreicher als die Erde, und die Menschen waren dem Himmel ungleich näher.

Sie lernte, mit Menschen zu leben, die ihrem Schicksal trotzten und stets eine Lösung fanden. Dabei half der Jeito, zärtlich im Jeitinho umarmt, was soviel hieß wie Ausweg, wenn nichts mehr ging. Dann hatte jemand eine Idee, kannte einen Kniff oder gab den Rat, die Dinge so zu nehmen wie sie waren. Der Jeitinho hatte viel mit dem Improvisationstalent zu tun und war für das Überleben des Hospitals wichtig. Nach der Ölkrise der siebziger Jahre durften die Autos an Wochenenden nicht betankt werden. Das Hospital benötigte Benzin für die Ambulanz. Nun ja, schmunzelte der Fahrer, als Clara ratlos fragte, es sei ja nur verboten, die Autotanks zu füllen. Dann lud er drei Kanister auf den Fahrradanhänger und fuhr davon.

Politischen Versprechen glaubten die Menschen nicht. Hier und da fiel etwas ab, wenn man sich bei der Partei des Bürgermeisters als nützlich erwies. Es bestand Wahlpflicht, und mit dem Wahltitel, wie das Dokument hieß, ließ sich Tauschhandel treiben: ein Hemd, ein Huhn, eine Arbeitsstelle. Als Coronelismo bezeichnete man das System der Wahlstimmen gegen Vergünstigungen aus den Zeiten der alten Republik. Die Bürgermeister stammten aus drei versippten oder verfeindeten Familien der Oberschicht, die um Posten schacherten und ihre Geschenke wie Konfetti verstreuten. Schlitzohren verkauften ihre Stimme mehrmals. Zu Reichtum kam niemand. Der blieb, wo er war, und wo er sich weiter vermehrte.

»Bist du zu Hause ausgebüxt?«, wollte der kleine Dani wissen.

»Wer sagt das?«

»Meine Mama. Die sagt, du hättest was ausgefressen und willst dich hier verstecken.«

So also dachte man über ihr Motiv zu helfen. Die Mahnung vor der Ausreise hatte recht: Nehmt so viele Motive mit wie ein Tausendfüßler Beine hat, damit ihr, wenn welche ausfallen, weiterlaufen könnt. Wer nur helfen will, kippt beim ersten Stolperstein um.

Das Hospital war zur Hälfte fertig mit Ambulatorium, Stationen für Kinder und Erwachsene, ebenerdig und ins Gelände ausgreifend. Wäsche wurde in Bottichen gewaschen, Wasser kam über einen Brunnen aus großer Tiefe, ein Generator sprang bei Stromausfall ein. Räume für Entbindung und Operationen gab es noch nicht. Padre Zito drängte, als erstes die Eröffnung in die Wege zu leiten. Ihm schwebte vor, die ganze Stadt auf die Beine zu bringen, dazu den Gouverneur, Abgeordnete mitsamt Anhang und Presse, den Bischof, kurzum: alle verfügbaren Autoritäten.

Als erstes musste eine Putzkolonne die Räume auf Hochglanz bringen. Der Padre rief die Stellen von der Kanzel aus und Hunderte kamen. Clara führte als Direktorin ein und kam sich deplatziert vor, weil die Leute weder Sprechweise noch Akzent verstanden. Der Padre fand das unwichtig, sie wüssten eh, worum es ginge. Sie traten einzeln vor und zählten Namen, Alter, Straße und Kinderzahl auf. Es ging um Sauberkeit, Bedürftigkeit und Sorge für eine Familie, Kriterien, die auf alle zutrafen. Der Padre gab den Ausschlag. Er kenne seine Schäfchen, lachte er. Und wozu dann der Aufwand?

Die zwölf Ausgewählten sollten später in den Sektoren arbeiten. Dazu kamen einige, die auf Kosten der Pfarrei eine Ausbildung für die Krankenpflege absolviert hatten. Zwei Lehrerinnen standen für die Verwaltung bereit. Ein paar Männer hatten die Wildnis in eine Obstplantage zu verwandeln, einen Hühnerstall zu bauen und als Nachtwächter zu fungieren. Alle bewiesen praktische Talente.

Die wenigsten wussten, wie man gefliesten Wänden und Böden zu Leibe rücken konnte. Für Häuser mit gestampften Lehmböden und kalkweißen Wänden, aus denen die meisten Frauen kamen, waren Wasser und Seife Gift. Die Gänge ertranken in Schaumwolken mit Angestellten, die wie Zauberlehrlinge nach der Meisterin riefen. Da Clara selbst nicht wusste, wie viel Pulver in einen Eimer Wasser gehörte, empfahl sie, die beste Lösung auszuprobieren, ihre erste Lektion, wie sehr sie auf Erfahrungen der anderen angewiesen war.

Es kam der Tag der Einweihung mit geschmückten Gängen für den bischöflichen Segen. Der erste und einzige Arzt in blendendem Weiß sah aus wie ein Chefarzt auf Visite. Kinder mit Kirchenfähnchen standen an der Einfahrt in die Stadt Spalier. Schulkinder, erfreut über einen freien Tag, spielten Allee für den Bischof von der Kirche bis zum Hospital. Die weltlichen Autoritäten ließen Jung und Alt in der Sonne braten, ehe sie jovial herablassend auf den letzten Metern durch die Gasse der vom Warten Ermatteten schritten. Vom Podest im Freien hielten sie klingende Reden voller Versprechen. Der Bischof schritt mit Quaste und Weihwasser zum Segen aus. Die Herren ließen es sich am Buffet gut gehen.

Clara hatte sich herumgequält, da vieles Staffage war. Doch sie hätte sich das Unbehagen sparen können. Niemand rechnete mit einem fertigen Hospital, so wie niemand daran dachte, die Versprechen einzuhalten. Sie spielte mit und ließ auch die deutschen Spender in dem Glauben, alles sei in schönster Ordnung. Alle traten befriedigt die Rückreise an. Die Angestellten, die sich an dem Glanzstück abgearbeitet hatten, feierten, als sie unter sich waren.

Itajara, 15. August 1978
Geschafft! Unter dem Vorwand, die Einweihung aus der Nähe besser vorbereiten zu können, ließ Padre Zito mich in ein Haus des Hospitals ziehen, in die Eremitage, sagte er. Erleichtert über die Eröffnungsfeier drängt er nicht mehr darauf, den Betrieb sofort aufzunehmen. Er sieht ein, dass wir keine Erfahrung haben, und trägt die Kosten für eine Schulung. Wir zahlen die Löhne und binden die Teilnahme daran. Aus dem Mangel geboren, sollen alle zugleich Lehrende und Lernende sein. Der Arzt und die Laborleiterin wollten nur lehren und Antônio, der verschüchterte Jungbote für alles, der weder lesen noch schreiben kann, wollte nur lernen. Niemand weiß alles, alle können hinzulernen, und alle können Wissen weitergeben. So lautete mein Motto, und ich verkündete das gewichtige Wort: Jeder hat Kompetenz. Antônio zweifelte, deshalb versprach ich, ihm bei der Suche nach seiner Competência zu helfen. Neulich stand er vor meiner Tür und murmelte das Wort ein paar Mal vor sich hin. Ich hätte ihn am liebsten umarmt.

Die neu erworbenen Kenntnisse summten und brummten durch das Haus. Im weiten Gelände von Hof und Garten wiesen die Steine, mit Kreide beschrieben, die Fortschritte der drei Analphabeten aus. Simulierende Patienten ließen sich untersuchen, den Blutdruck messen, Brüche schienen, auf Tragen in die Betten befördern und versorgen. Die Krankenpflege erwies sich als besonders prekär; da halfen nur Praktikumsplätze in auswärtigen Hospitälern. Claras Kenntnisse aus dem Aachener Lehrjahr über Buchführung, Löhne, Steuern und Sozialversicherung kamen, transformiert in brasilianische Bestimmungen, zu späten Ehren. Die elektrische Schreibmaschine blieb für den Ernstfall eingepackt. Listen über imaginäre Vorräte, Abgänge und Zugänge wurden angelegt. Zum Abschluss hielt jeder vor den anderen einen Vortrag seiner Wahl; das war Bedingung für ein selbst entworfenes Certificado.

Antônio, der Jungbote, weigerte sich, eine Rede zu halten. »Ich weiß nicht, worüber«, verzweifelte er.
»Vielleicht über das, was du gelernt hast?«
»Weiß nicht.«
»Willst du der einzige sein, der sich drückt?«
»Weiß nicht.«
Zur Überraschung aller erhielt sein Vortrag den größten Applaus. Zerknittert trat Antônio vor, reckte seinen Körper einen Kopf höher in die Luft und begann zu erzählen: Wie die Leute in den Läden staunten, dass er das Geld nachzählte und nach einer ordentlichen Quittung fragte, statt sich mit abgerissenen Zetteln abfertigen zu lassen. Dass er Ware, Quittungen und Wechselgeld vergleiche. Einmal habe er sich beschwert, die Summe stimme nicht. Und sie sei wirklich falsch gewesen. Seitdem lache ihn niemand mehr aus. Seine Competência werde respektiert.

»Ich weiß jetzt, wie man sich fühlt, wenn man nicht herumgeschubst wird. Und das Größte ist der Sozialversicherungsausweis. Den habe ich mit dem Namen und nicht mit dem Fingerabdruck unterschrieben.« Zum Abschluss hielt er das grüne Heft wie ein Siegesbanner in die Luft. »Ich bin jetzt ein richtiger Mensch!«

Dem Padre dauerte die Schulung zu lange. Clara vermutete, dass er unter dem Druck der deutschen Geldgeber stand. Als sie fragte, ob es Unstimmigkeiten gäbe, reagierte er nicht. Sie redeten miteinander wie zwei Wesen, die Konflikten aus dem Wege gingen, obwohl sie aufeinander angewiesen waren und spürten, dass ihre Richtungen auseinanderdrifteten. Sie hatte, nachdem das eröffnete Ambulatorium einen Ansturm von Patienten ausgelöst hatte, mit Betrieb, Einkauf und Suche von Praktikumsplätzen alle Hände voll zu tun, ohne sicher zu sein, ob das, was sie ausprobierten, zum Erfolg führen würde. Erst der Wunsch, sich mit jemandem auszutauschen, machte die Sprachlosigkeit zum Problem.

Eines Tages erfuhr sie, der Padre sei auf der Suche nach einem Orden für das Hospital. Es war nicht der erste Versuch. Dieses Mal bat er Clara, einige Schwesternhäuser im Süden aufzusuchen. Er werde sich in Deutschland umsehen. War sie von Anfang an ein Notstopfen gewesen? Er sagte nichts, und sie fragte nichts. Der Vorschlag hatte eine gute Seite. In São Paulo gab es eine Missionsärztin, Elisabete Fontana, die Krankenhauspersonal schulte und Supervision anbot. Diese Expertin musste sich in den Konflikten von Padres und Entwicklungshelfern auskennen.

»Bom dia, ich bin Elisabete, herzlich willkommen.«

An der Tür empfing sie eine Frau Ende fünfzig, im Hosenanzug, mittelgroß, leicht füllig, Sympathie ausstrahlend. Die deutsche Gastgeberin, mit einem Brasilianer verheiratet, führte Clara zu einer Veranda mit blühendem Hibiskus und erzählte von ihrer Arbeit. Dann hörte sie lange zu, ehe sie wieder sprach.

Schon die ersten Worte verrieten, dass Clara mit ihrer Situation nicht allein stand. »Eine ähnliche Konstellation wiederholt sich vielerorts. Das traditionelle Verständnis von Mission gerät mit neueren Vorstellungen der Entwicklungshilfe aneinander. Ein Missionar alter Schule gestaltet und steuert. Er ist den Einheimischen überlegen und hat das letzte Wort.«

»Mag ja sein, aber ich arbeite nicht in der Seelsorge.«

»Das ändert nichts. Der soziale Bereich im weitesten Sinne zählt zur Mission, und deshalb treffen die Padres auch dort, wo sie selbst keine Ahnung haben, die letzte Entscheidung. Sie helfen mit Essen, Kleidung und Medikamenten gegen Armut und Hunger, schaffen Arbeit, bauen Wege, was eigentlich Sache der Behörden wäre, kurz gesagt: sie kümmern sich um alles. Und sie stehen in hohem Ansehen, vor allem, wenn sie als Ausländer mit sprudelnden Quellen aus ihren Heimatländern rechnen können.«

»Die alte klerikale Kirche?«, fragte Clara.

»Ja und nein. Manche Bischöfe und Priester verhalten sich wie Bürgermeister. Diese tun nichts, der Padre springt ein, der Bürgermeister hat eine Sorge weniger, und der

Teufelskreis beginnt. So kommt das Land nicht voran. Diese Erkenntnis treibt die neuere kirchliche Entwicklungshilfe an. Brasilien ist kein armes Land. Es hat genug Reserven für eine gerechte Politik. Zuschüsse für Infrastruktur sind da, fließen aber in andere Löcher, wenn die Kirche vor Ort die Aufgaben an sich zieht. Gott sei Dank lernen die Missionare dazu und hören auf Fachleute. Aber das alte Muster sitzt tief.«

»Und was kann ich tun, Dona Elisabete?«

»Wenn eine Verständigung nicht möglich ist?«

Als Clara nickte, fuhr sie fort: »Sie werden den Padre nicht bekehren, ich kenne ihn, er ist seit Jahrzehnten mit seiner Arbeit verwachsen. Neue Ideen versteht er als Angriff auf sein Lebenswerk. Mein Rat: Tun Sie, was Sie für richtig halten. Der Padre wird Sie lassen, wenn er sieht, dass der Laden läuft. Wenn nicht, hat er das Problem selbst am Hals.«

Das war die Antwort, die Clara brauchte. Ein Jahr bis zum Auslaufen des Vertrags reichte, um die Angestellten so gut einzuarbeiten, dass Padre Zito das Hospital in deren Hände legen konnte, mit oder ohne Ordensleute. Manchmal war es vernünftiger, nicht alles zu bereden, sondern stehen zu lassen, was nicht zu ändern war.

Sie setzte die Reise in den tiefen Süden fort, wo sie viele Erfahrungen sammelte, aber keine Zusage bekam. Am meisten wunderte sie, wie wenig die Ordensschwestern im wohlhabenden Süden den Nordosten ihres Landes kannten. Haarsträubende Vorurteile geisterten herum, als lebten die Nordestinos auf den Bäumen. Clara kam sich vor wie eine Fremde, die den Einheimischen das Land erklärte. Im Bewusstsein der Nation musste es Aversionen geben. Womöglich hingen sie mit den eigenwilligen Gestalten zusammen, die im Nordosten gegenwärtig waren, als lebten sie noch. Dem aufmüpfigen Padre Cicero, der die Armen schützte und gegen Reiche wetterte, Heilige, zu denen das Volk in Scharen pilgerte, ohne dass sie im Register des Vatikans verzeichnet waren. Padre Paco, ein Spanier, war einer, der wirklich lebte und in der Nähe von Itajara eine Hütte baute, Bohnen pflanzte und sein Essen kochte. Er teilte die Armut mit den Leuten und lernte von ihnen.

Im Süden lebten die Nachfahren von Europäern, die Ende des 19. Jahrhunderts nach Brasilien gelockt worden waren, verarmte Weinbauern aus Venetien, Bauern aus dem Hunsrück, deren Nachkommen ein Deutsch sprachen, das im Dialekt des vergangenen Jahrhunderts wurzelte. Brasilien hatte für seine Grenzkriege Söldner gebraucht, aus denen Siedler wurden, die das Land rodeten, um Wein, Tabak, Gemüse anzubauen, wie sie es von ihren Vorfahren kannten. Sie füllten auch die Klöster mit Nachwuchs in ihrer Tradition. Clara begriff, dass es einfacher war, Missionare für den Nordosten aus Europa als aus dem Süden zu holen.

In Curitiba im Bundesstaat Paraná, ihrer letzten Station, betrat sie an einem frischheiteren Morgen und mit einer Fülle von Gedanken die Kathedrale, um auszuruhen. Sie betete in einer Litanei für die ihr anvertrauten Menschen und versprach, alle Kräfte für sie einzusetzen. Ohne Worte sprach das Herz aus einer Quelle der Tiefe, die ins Licht drängte, wo Gott die Zukunft in seine Sorge nahm. Sie schaute den Tabernakel mit der Hostie an und spürte die Nähe Gottes zu den Menschen. In Itajara war sie am richtigen Platz. Lange saß sie da mit ihrem Gott, und seine Nähe war ein Zeichen, das so einleuchtete, dass sie keine Sekunde zweifelte.

Als sie auf das Stufenpodest vor dem Portal trat, noch versunken in einer lange entbehrten Gewissheit, suchten die Augen nach Orientierung. Blüten schmückten den weitläufigen Vorplatz, den der Verkehr umspülte, verhaltener als in den lärmenden Metropolen. Sie erspähte eine Bank unter dem Schirm einer Araukarie und setzte sich. Ein Straßenhändler suchte in Astlöchern nach Kunstwerken.

»Die Bäume ernähren mich, sie sind meine Freunde«, sagte er mit dankerfülltem Blick auf die quirligen Zweige.

Clara kaufte ihm ein Meisterwerk der Natur ab und sah darin ein verknautschtes Segelboot, das gegen den Sturm kämpfte. Sie gönnte dem Boot ein Verschnaufen auf der Bank und schlug im Tagebuch nach, was die Erinnerung angehäuft hatte.

In Itajara hatte sie sich nicht nur im Pfarrhaus, sondern auch in der Messe rar gemacht. Sie besuchte die Sonntagsmesse nur aus besonderem Grund, zuletzt bei der Taufe des kleinen Pedro, des kakaobraunen Sohns ihrer Haushaltshilfe, dem ersten brasilianischen Patenkind. Der Padre blickte missmutig auf das schlechte Beispiel der Entwicklungshelfer. Seine Bemerkungen galten meistens dem deutschen Mechaniker, der die Handwerkerschule leitete und sich nie in der Kirche blicken ließ. Wenn Elisabete Fontana recht hatte, dann fühlte Padre Zito sich für das Seelenheil der saumseligen Entwicklungshelfer mitverantwortlich.

Anfangs liebte Clara die Messen mit den Liedern, in denen der Alltag widerklang. Als sie den Predigten sprachlich besser folgen konnte, merkte sie, dass der Padre mit einer Bibelgeschichte begann, aber schnell zur Moral kam. Er hörte sich an wie einer, der die Erwachsenen für unmündig hielt. Clara meinte, die Moralpredigten ihrer Jugend zu vernehmen, die das schlechte Gewissen beschworen hatten. Die Leute wiederum ließen nichts auf den Padre kommen und lachten gern, wenn er Späßchen einstreute. Das war nicht die Kirche des Aufbruchs, von der während der Vorbereitungszeit gesprochen worden war.

In Itajara lief das kirchliche Leben nach klaren Regeln. Padre Zito bestand auf den Sakramenten, Taufe, Beichte, Katechese und Sonntagsgottesdienst. Er nutzte die Volksfrömmigkeit, erfreute seine Schäfchen mit der Verehrung der Gottesmutter, farbenfrohen Festen und Prozessionen. Im Blumenschmuck zogen Statuen der Heiligen durch die Straßen. Die Feste gingen einher mit neuen Kleidern,

Hemden und Frisuren, mit Essen und Trinken, mit Buden und Spektakel. Die Heiligen sammelten Bitten für alle Notfälle bei Krankheit, Geburt und Tod, für Regen und Sonne zur rechten Zeit.

Anfangs konnte Clara sich ein Naserümpfen nicht verkneifen. Gemessen an dem, was sie als Messlatte im Kopf hatte, sah sie in den Berührungen der Figuren nichts als Aberglauben. Wenn aber die Gesichter Trost ausstrahlten, schämte sie sich des Dünkels in dem mit fragwürdigem Wissen verstopften Kopf. Gott fühlte sich wohl und nahm ernst, was die Leute ihm anvertrauten.

Sie begann, auf die einfachen Leute zu schauen, und sah, dass dem Glauben etwas Durchlebtes eigen war. Im Sertão schien Gott näher beim Volk zu sein und in liebenden Herzen zu wohnen. Die Menschen ahnten nicht, wie biblisch ihr Land war. Clara hatte das Land des alten Israel vor Augen und begegnete ihm hier auf Schritt und Tritt. Sie sah die Samen zu Büschen aufschießen und das Verdorrte in der Sonne lodern wie Mose. In dem kargen Land mit der Schönheit des Himmels und einer unverwüstlichen Hoffnung war das Heilige zu Hause.

Immer noch auf der Bank in Curitiba, blätterte sie im Tagebuch und suchte nach den Gedanken, die sie abends festgehalten hatte. Oder waren es Gebete, aus der Not der Seele geschrieben? Stummes Schreien zum Himmel, der allein Hilfe in die Einsamkeit schicken konnte? Dankbar sein und durchhalten. Die Freude nicht verlieren. Hilf, Gott, den Himmel, die Blüten, das Lachen zu sehen und aus dem dunklen Loch zu finden. Immerzu kamen die geschriebenen Worte ins Stottern, wenn sie zu Gott sprechen wollte, und sie verkamen zu einem Herumdrucksen. Die Worte des Verstandes trafen den Kern nicht. In den Dörfern des Sertão sprachen sie unbefangen von Gott, als sei er ihr Nachbar; sie sahen seine Zeichen.

Dass auch sie anders schaute, merkte sie während der ersten Messe, die der Padre wenig später im Hospital feierte. Alles Beiwerk, wie sie Rituale und Predigt nannte, trat hinter dem Wissen zurück, das in der Glaubenssehnsucht der Menschen steckte.

Das Hospital entwickelte sich nach ihrer Rückkehr unerwartet rasch. Der Operationstrakt stand. Ein zweiter Arzt kam hinzu. Manuela, eine deutsche Krankenschwester mit brasilianischer Erfahrung, fiel als Glücksfall vom Himmel. Clara selbst arbeitete mit dem Padre an den Verträgen mit der Sozialversicherung, der Stadt und der Landesregierung, ein zähes Unterfangen, da die Behörden vorschoben, die Deutschen hätten genug Geld. Und fast wäre es bis zum Ende der Vertragszeit schief gegangen. Kirchliche Hospitäler wurden mit Verweisen auf die Trennung von Staat und Kirche kurz gehalten. Die Kirche wiederum wollte sich nicht reinreden lassen und hielt die Politiker auf Distanz, was diesen nicht gefiel. Irgendwie bekam das Hospital die Verträge dann doch, wobei es intensiver Kontakte von Ärzten und Abgeordneten bedurfte. Ohne gute Freunde, die wiederum gute Freunde kannten, lief nichts in einem Land, das seit hunderten von Jahren auf Eliten und Beziehungen aufbaute.

Jeder Tag brachte neue Fragen. Probleme, die am Abend gelöst schienen, präsentierten sich am Morgen ganz anders. Alles in allem liefen die Dinge jedoch gut. Das Hospital gewann an Boden. Der Padre, selbst erfolglos bei der Suche nach einem Orden für das Hospital, schien mehr und mehr an den Erfolg des Projekts zu glauben und bat Clara, ihren Vertrag zu verlängern. So sahen es auch die Geldgeber. Einer hatte sogar die deutsche Botschaft in Brasília mobilisiert. Sie flog mit großem Vergnügen in die Hauptstadt und wurde vom Botschafter empfangen. Der saß in seiner Trutzburg und meinte, Clara müsse die Interessen Deutschlands im fernen Sertão wahrnehmen. Ihr inneres Auge sah die bundesdeutsche Flagge über dem Hospital flattern. Dass sie herzhaft lachte, gefiel ihm nicht.

Der Entschluss, das Hospital in brasilianische Hände zu geben, stand fest. Sie traute den Angestellten eine Menge zu, egal wie andere das sehen mochten. Im Hospital mochte niemand vom Abschied Notiz nehmen, als sei, was nicht sein durfte, nicht wahr.

Es war an einem Montagvormittag. Clara kümmerte sich um die Maschinen, die für das Waschhaus gekommen waren und endlich angeschlossen werden konnten. Als sich die erste Trommel zur Freude der Umstehenden zu drehen begann, kam die Assistentin angerannt und rief, aufgeregt mit den Armen rudernd, ans Telefon; ein Ferngespräch, von weither. Das Ministerium?

Es war nicht Deutschland. Der Anruf kam aus dem Erzbistum Recife. Ein Brasilianer erklärte, Dona Elisabete aus São Paulo habe ihren Namen genannt. Ob sie mitarbeiten wolle. Bei Helder Camara? Dem streitbaren Bischof? Hatte sie richtig gehört? Sie ließ sich die Nummer geben, setzte sich hin und japste nach Luft.

Anruf

Clara wollte den Dom so schnell wie möglich sehen. Der Dom war Helder Camara, Erzbischof von Olinda und Recife. 1964, im Jahr des Militärputsches, als in Rom das Zweite Vatikanische Konzil lief, war er aus Rio de Janeiro nach Recife versetzt worden.

»Er ist in der Schweiz«, sagte der Pförtner mit den gutmütigen Luchsaugen. »Gehen Sie nächsten Donnerstag in seine Messe, da wo er wohnt, danach kommen Sie einfach mit.«

»Einfach mit?«

»Ja, hierher.« Der Pförtner lachte: »Sehen Sie selbst.«

Ein Bischof, den man einfach begleiten konnte? Dem Rat folgend, machte sie sich auf zur Kirche das Fronteiras, in deren Sakristei Dom Helder wohnte. Eine halbe Stunde zu früh bog sie in die Straße ein, die auf die Kirchenfassade zulief. Der Bau mit dem schlichten Barockgiebel, einem Holzportal mit zwei Flügeln und Fenstern im Obergeschoss glich einer ehrwürdigen Residenz. Ein Emblem des Kaisers Pedro II. wies sie als vormals kaiserliche Kapelle aus. Aus der Nähe wirkte das göttliche Wohnhaus marode.

Das Innere gab sich bescheiden; die holzgeschnitzten Altäre verbargen ihre einstige Schönheit. Eine andachtstille Gemeinde wartete um den Altartisch, den liebevolle Hände mit Spitzengewebe bis zum Boden eingehüllt hatten. Vor dem offenen Messbuch verzehrte sich eine Kerze. Ein Vogel kreiste dreimal im Kirchenschiff und hockte sich auf die Brüstung eines Fensters.

Der Dom betrat den Raum von der Seite, leise, ein heiteres, der Gemeinde zugewandtes Lächeln im zerfurchten Gesicht. Das Lächeln flog wie ein Engel auf die Anwesenden zu und berührte jedes Gesicht, während Dom Helder hinter den Altartisch trat und noch einmal schweigend grüßte, so wie einer von vielen, die zum Fest geladen waren. Beim

Eingangsgebet umarmte er die Gemeinde, die Stadt und die Welt wieder mit diesem Lächeln, das Clara als ein sanftmütiges und zugleich erhabenes Strahlen erlebte.

Die Worte des Evangeliums kamen scheu, als seien die Lippen der großen Botschaft nicht würdig. Sie überließen sich den Händen, die sie mit unnachahmlicher Geste in den Raum austeilten und dort verweilen ließen, während der Dom dahinter zurücktrat. Dass Worte in die Wirklichkeit treten konnten, stand im Evangelium des Johannes: »Im Anfang war das Wort und es kam in die Welt.« Clara hatte den Satz als Metapher im Sinn. Hier waren Worte tatsächlich anwesend. An der Nahtstelle zwischen Symbol und Wirklichkeit glühte ein Funke des Unsichtbaren auf, da und schon weg. Der Raum lag unverändert und doch auf wundersame Weise vergeistigt.

Bei der Wandlung der Hostie in den Leib Christi dienten die Gesten einzig der kleinen Scheibe. Wie war es möglich, den Worten: »Das ist mein Leib« so viel Sichtbarkeit zu geben? Der Dom stand da, überwältigt, als sehe er, was anderen verborgen blieb.

Nach dem Friedensgruß blieb Clara sitzen. Erst ein Kreischen, das durch die halboffene Tür einschlug, holte sie auf die Straße zurück. Kurze Zeit später trat Dom Helder in die kristallblauen Tropen, jetzt mit einem erdverbundenen Lachen, anders als das der spielenden Kinder, die vom Weltgeschehen nichts wussten. Eine Frau, der das Elend einer ganzen Familie anzusehen war, berührte den Arm des Bischofs. Er öffnete ihr die Tür zum Innenhof, ruhig und respektvoll, und machte sich flinken Schrittes auf den Weg.

Clara trat zögernd auf ihn zu. Zu spät. Einige Jammergestalten – woher tauchten die so plötzlich auf? – scharten sich um ihn und gingen mit. Ein dunkelhäutiges Mädchen in einem viel zu großen, löchrigen Hemd lief mal vor, mal zurück, zupfte von hinten an seiner Soutane. Er nahm die Kleine an die Hand, beugte sich hinunter und sprach mit ihr. Claras Herz versank im Erdboden. Mitgehen? Mit den abgerissenen Typen um den klein gewachsenen Bischof in der abgewetzten Soutane, ein Holzkreuz an einer groben Kette auf der Brust wie ein Wüstenwanderer? Ihre Nase meinte den Geruch übelriechender Kleider und Körper einzuatmen. Oder bildete sie sich nur ein, was einem Vorurteil entsprang, das sich barfüßige Figuren in alten Hosen nur stinkend vorstellen kann? Kam der Gestank nicht eher aus der Mülltonne, die offen hinter einem Kiosk stand? Der Dom gestikulierte, winkte Vorübergehenden zu, als seien sie allesamt Freunde, die sich über die Maßen freuten.

Nein, schrie Claras innere Stimme. Nein, nicht mit denen. Angewidert ließ sie den Abstand zu der absonderlichen Gruppe wachsen. Als diese um die nächste Ecke bog, atmete sie hörbar auf. Doch in das Aufatmen bohrte sich augenblicklich eine tiefe Scham. So stark sie den Ekel empfunden hatte, so blitzschnell erfasste sie das Entsetzen über ihr eigenes Verhalten. Mit den Armen arbeiten, das sollte ihre Leidenschaft sein; und nun war sie nicht einmal drei Straßen mit ihnen gegangen. Sie hatte das göttliche Wort gespürt, das Brot des Lebens gegessen; und kaum eine halbe Stunde später hatte sie die Berührung in Abscheu verkommen lassen.

»Er ist gerade gekommen, haben Sie ihn gesehen?«, winkte der Pförtner, als sie das Verwaltungsgebäude betrat. Sie bedachte ihn mit einer unbestimmten Geste.

Die Gruppe der Sozialaktion um José Carlos hatte drei Tage angesetzt, um den Arbeitsplan für die nächsten Monate zu diskutieren. Clara sollte mithelfen, den nationalen Kongress der kirchlichen Gesundheitsgruppen vorzubereiten. Der erste hatte in São Paulo stattgefunden. Recife wollte dem zweiten mehrere regionale Treffen vorschalten, damit die Praxis vor Ort stärker zu ihrem Recht kommen konnte. José Carlos, Sozialwissenschaftler, steuerte die Inhalte, die organisatorische Seite sollte Claras Part sein. Sie hoffte, Einzelheiten zu erfahren. Mit dem Hinweis, das Priesterseminar sei angemietet, blendete José Carlos jedoch ihre nicht gestellten Fragen aus.

Er begrüßte Clara im Kreis der Equipe bestehend aus zwei Sozialarbeiterinnen, einer Ordensschwester und Erzieherin, einem Psychologen aus Italien und einem Soziologen aus Frankreich. »Nun also noch die deutsche Juristin im Gemischtwarenladen der Kirche der Armen«, lachte er. »Jetzt sind Sie dem Schicksal ausgeliefert. Möge Gott es lenken«, schloss er, jetzt ernst und feierlich.

Sie kam sich dumm vor, da sie weder den Sinn der Worte noch etwas von dem verstand, was die Gruppe besprach. Stichworte wie Medellín und Puebla fielen, Millionenstädte in Kolumbien und Mexiko, wo die lateinamerikanischen Bischöfe 1968 und 1979 wichtige Dokumente für die pastorale Arbeit verabschiedet hatten. Die Inhalte der vorrangigen Option für die Armen schienen allen geläufig zu sein. Es fielen Ausdrücke, die Clara aus dem Buch von Paulo Freire über die Pädagogik der Unterdrückten kannte. Aber sie konnte dem Faden nicht folgen. Sprachen sie von einer ihr entgangenen Realität, oder lag die Begriffsstutzigkeit am aufgedrehten Soziologisch, dessen Wortschatz sie nicht kannte? Unter lauter Experten begnügte sie sich fürs erste mit einer halbwegs gescheiten Miene und mit Notizen, musste aber bald amüsierte Blicke auffangen.

»Das kommt schon«, sagte die Ordensschwester am Ende des ersten Tages und umarmte Clara.

Neugier hatte Clara nach Recife getrieben, angestachelt vom Ruf des kämpferischen Bischofs mit dem weltweiten Echo. Die Chance auszuschlagen, wäre ein unverzeihlicher Fehler gewesen.

In Itajara hatten die Angestellten sie mit einem Fest überrascht.

»Was soll ich nur ohne dich machen« seufzte ihre brasilianische Nachfolgerin.

»Was du bisher gemacht hast. Ich werde euch nicht im Stich lassen.« Das war ein gewagtes Versprechen, und auch wieder nicht.

Clara hatte drei Patenschaften übernommen, der kleine Pedro lief schon, es folgten das siebte Kind eines Angestellten, ein schweigsames Mädchen, und eine unentwegt plappernde Vierzehnjährige, deren Firmpatin sie war. Sie hatte nicht bedacht, dass ganze Familien an den Patenschaften hingen.

Der Abschied im Pfarrhaus blieb kühl verlegen. Monate später kam ein Brief, den sie als Dank annahm: Offenbar haben Sie Ihre Sache gut gemacht; das Hospital läuft gut, schrieb Padre Zito.

Wenige Wochen in Deutschland hatten gereicht, um alles zu regeln. Das kirchliche Hilfswerk Misereor finanzierte den Vertrag, und das Ministerium schien erfreut, Clara nicht unterbringen zu müssen. Diese folgte den Worten Don Carlos' in Schillers Drama: Den Zufall gibt die Vorsehung, zum Zwecke muss ihn der Mensch gestalten. Der Zweck blieb eher vage.

Es war Ende März 1980. Eine Angestellte des Erzbistums hatte Clara einen Raum in ihrem Haus in Olinda am Rand einer Favela überlassen. Ein Quäntchen Misstrauen mischte sich in die Dankbarkeit, als eine Nachbarin etwas von einem Taubenschlag erwähnte.

In der zweiten Woche saß Clara in einem Büro des Giriquití, dem Sitz der erzbischöflichen Verwaltung in der gleichnamigen Straße, und versuchte herauszubekommen, was von ihr erwartet wurde. Die Planung der Sozialaktion stand, die Teammitglieder tauchten sporadisch auf, sprachen sich ab und verschwanden wieder. Alle arbeiteten, aber wo fand die Arbeit statt? Sie agierten wie in einem Film, dessen Bilder vorbeiliefen, ohne dass sich der Inhalt erschloss. Jeder ging davon aus, dass alle ihre Rollen kannten. Wo steckte José Carlos mit dem Drehbuch?

In Recife traf Clara auf eine Situation, die nicht kontrastreicher hätte sein können. Die Bevölkerung litt unter der Diktatur. Wer sich nicht fügte, hatte Nachteile zu befürchten, und das Erzbistum wollte sich ganz und gar nicht fügen. Die Kirche vor Ort war der Willkür der Militärs ausgesetzt. Das also hatte José Carlos gemeint mit dem Satz vom Schicksal, dem sie ausgeliefert waren, wobei seine Worte eher nach angriffslustigem Ernst geklungen hatten.

José Carlos verfügte tatsächlich über das Drehbuch, und Clara bekam ihre Rolle. Sie begleitete die Teammitglieder wechselweise in die Favelas, die sich in alle Stadtteile hineinfraßen. Von den Bewohnern gewählte Männer und Frauen arbeiteten im Schutz des Erzbistums, seiner Padres und Laien, stellten Berichte über die miserablen Zustände zusammen, diskutierten Verbesserungen, gingen zu Behörden und ermunterten zu Aktionen. Die Equipe um José Carlos bewertete die Ergebnisse und machte sie für andere nutzbar. So entstand ein Netz von kirchlichen Basisgemeinden. Sie hießen Comunidades Eclesiais de Base, abgekürzt CEBs.

Recife, Metropole des Nordostens im alten Zuckerrohrgebiet der portugiesischen Kolonie, war dabei, sich mit dem Ausbau von Straßen, Strom- und Wasserleitungen ins Land hinein zu fressen. Industriegebiete sollten entstehen. Gigantische Baustellen lockten viele Menschen aus dem Hinterland an. Wo die Arbeitsuchenden mit Familien wohnen sollten, sagten die monströsen Pläne nicht. Baracken aus Pappe, Wellblech, Holzverschläge auf Pfählen wuchsen an sumpfigen Flussufern und steilen Hängen wie übereinander gestapelte Kartons. Tropenregen und Überflutungen der Flüsse und Kanäle verschärften die Lage. Wo ist mein Land, sang ein Straßenmusikant? Ich finde es nicht, dieses Brasilien. Einen ebenso verzweifelten Text sang ein Bauarbeiter: Der Pförtner jagt mich weg wie einen räudigen Hund. Ich habe ihn doch gebaut, den Turm der Reichen, gegen Hungerlohn, von dem kein Hund leben kann.

Die Grenzen zwischen den Städten Olinda und Recife ließen sich kaum ausmachen, nur dass Olinda unter den Portugiesen auf dem Hügel und Recife unter den Holländern in den sumpfigen Niederungen angelegt worden war, so wie man es in Portugal oder in Holland gewohnt war.

Weitere dreihundert Jahre Kolonisierung hatten ungezählte Klöster, Kapellen und Kirchen in barocker Pracht hervorgebracht und zeugten von den mächtigen Orden der Franziskaner, Dominikaner, Karmeliter, Jesuiten und Benediktiner. Die Favelas, wilde Ansiedlungen, die in armen wie reichen Vierteln aus dem Boden schossen, nahmen Ausmaße an, gegen die sich die beiden Städte mit der Gewalt des Militärs erwehren zu können glaubten. Die Heimatlosen stellten ihre Behausungen im Schweigen der Nacht auf, wenn der Mond stille Fäden webte, weil die allgegenwärtige Militärpolizei das jämmerliche Hab und Gut gnadenlos mit Panzern überrollte, wenn sie Verzweifelte beim Bauen erwischte.

Ein Milliardenkredit der Weltbank sollte Abhilfe schaffen. Die Regierung stampfte ein Programm aus dem Boden mit dem Ziel, Favelas abzutragen und die Bewohner weit außerhalb der Stadt anzusiedeln. Das Erzbistum prangerte die wahren Absichten an und nannte es ein Vertreibungsprogramm, an dem sich Politiker, Eliten und ausländische Konzerne bereicherten. Als Clara mit zwei Kollegen der Sozialaktion die Anfänge der ersten Siedlung vor Augen hatte, stand das Entsetzen in den Gesichtern geschrieben.

»Ein Konzentrationslager!« Sie schrie ihre Wut heraus und erschrak vor dem Wort, das in der fremden Sprache doppelt schmerzte. »Sie lassen das Volk verrecken! Weit und breit keine Arbeit, keine Schulen, nur Boxen, die den Namen ›Haus‹ nicht verdienen. Wo Kinder wohnen sollen, deren Zukunft kein Leben ist, wo Menschen als Futter für korrupte Großverdiener zählen.«

Das Erzbistum lehnte die Pläne der Militärregierung ab und schlug stattdessen ein Urbanisierungsprogramm vor, das die Familien in Reichweite der Arbeitsplätze beließ und die Flächen der Favelas mit einer Infrastruktur versorgte. Unter wunderlichen Namen wie Katzenschwanz, Planet der Affen, Mäuseinsel hausten dort, wo der Stadtplan Freiflächen auswies, tausende Familien, und es wurden täglich mehr. Journalisten hatten den Zuständen die zynischen Namen gegeben. Die Bewohner nannten die Mäuseinsel Vila Santana, Siedlung der heiligen Anna.

Die von der Kirche unterstützten Gesundheitsgruppen bewegten sich innerhalb der garantierten Grundrechte. Brasilien war stolz auf seine fortschrittlichen Gesetze. Sie waren der Anstrich, mit dem die Militärs ihr wahres Gesicht gegenüber dem Ausland tarnten. Doch die wohlklingenden Texte wurden willkürlich angewandt, und die Justiz, Arm des Machtapparats, verzögerte, verschleppte, verweigerte. Die Masse der Armen hatte das Nachsehen, und es war gefährlich, sich auf seine Rechte zu berufen.

In den Gruppen lernten die Leute, dass sie nur forderten, was allen zustand: ein Dach über dem Kopf, Wasser, Strom, Müll- und Abwasserbeseitigung, Krankenversorgung und Schulen. Das Team um José Carlos arbeitete zusammen mit der Kommission für Gerechtigkeit und Frieden, der Comição Justiça e Paz, kurz CJP, die einer Idee des Konzils entsprach. Hier wirkten zwei Anwälte, die ein hohes persönliches Risiko eingingen. Sie vertraten die Bewohner der Favelas vor Behörden und Gerichten und stellten sich vor die Bewohner, die sich der Gewalt der Militärpolizei widersetzten. Einer der Anwälte bat Clara, ihr Fachwissen einzubringen, auch wenn sie mit deutschem Examen vor Gericht nicht auftreten könne.

Dom Helder, der die CJP schätzte und sich über die Verstärkung freute, wies den Weg, den Clara beherzigte: »Hören Sie den Menschen zu. Die eigenen Vorstellungen stehen uns zu oft im Weg.«

»Ich weiß«, sagte sie.

Aber was wusste sie, wo alles so fremd klang? Der Dom sprach mit Gesten, die den Himmel auf die Erde holten: »Sie müssen nichts beweisen. Gott schätzt, was wir tun, das Kleine und das Halbe; er überfordert uns nicht. Wir sind Werkzeug, er ist der Baumeister. Gott braucht Raum, damit er seinen Teil dazutun kann. Unsere Leute sind seine Töchter und Söhne, egal woher sie kommen und woran sie glauben. Sie sind stark und mutig. Und lieben das Leben.« Wenn der Dom lächelte, verströmte er eine große Gewissheit.

Clara lernte, wie der Dreischritt Sehen – Urteilen – Handeln funktionierte. Josef Cardijn aus Belgien, der Begründer der internationalen Arbeiterjugend, hatte die Methode entwickelt, die sich mit der Pädagogik von Paulo Freire in Brasilien verband. Bald schätzte sie das vorurteilsfreie Sehen auf die Wirklichkeit, die derjenige am besten kannte, der mitten im Elend lebte. Darauf aufbauend, bewerteten die Gruppen die Situation in der Lesart der Gesetze und, als einer weiteren Quelle, mit Hilfe der Bibel, bevor sie Schritte planten, die Erfolg versprachen. Gewaltlosigkeit stand über allen Aktionen.

Bei der CJP, in der Sprechstunde der Anwälte, hielt Clara Notizen fest, suchte die bedrohten Familien auf, stellte mit den Bewohnern Inventarlisten auf und hielt die Historie der Siedlung fest, damit verbriefte Rechte nicht verlorengingen. In manchen nie legalisierten Ansiedlungen lebten die Bewohner seit vierzig und mehr Jahren ohne Grundstückstitel, aber das geltende Gewohnheitsrecht billigte ihnen ein Bleiberecht oder Entschädigungen zu. Oft tauchten aus dem Nichts vorgebliche Besitzer mit gefälschten Titeln auf, behördlich gedeckte Spekulanten und Strohmänner.

Nach wie vor kam es zu Verhaftungen. Verschleppte wurden an unbekannten Orten unter Folter ausgepresst. Die Anwälte informierten die Presse trotz Zensur, forschten nach dem Verbleib, übten Druck auf Militär und Politik aus, denunzierten Behörden, die angeblich von nichts wussten. Wirksamer waren Gottesdienste, Prozessionen, Trauerfeiern für Folteropfer und Verschollene, an denen sich die Militärs wegen der weltweit vernetzten Kirche ungern vergriffen. Sakrale Feiern führten vor, auf welcher Seite die Kirche von Recife stand. Doch auch diese Feiern waren riskant. Lieder und biblische Texte konnten zum Verhängnis werden, wenn die gefürchteten Organe der nationalen Sicherheit darin Kritik an der Regierung witterten. Clara begriff zum ersten Mal, wie viel Widerstandskraft die Bibel enthielt und warum sie für die Arbeit so wichtig war.

Im Jahre 1980 wurde die Stadt von einer Überschwemmung heimgesucht. Eine tödliche Allianz von Regen, Flüssen und Rückstau des Meeres ließ Tote und Obdachlose zurück. Die Gefahrenquellen der durch Bebauung verengten Flussläufe, verstopfte Abflüsse und mangelhafte Müllversorgung lagen seit langem auf der Hand. Schnell waren Nachbarn und kirchliche Helfer vor Ort. Klöster und Kirchen nahmen Obdachlose auf. Tote mussten rasch zu Friedhöfen gebracht werden. Seuchengefahr drohte. Von öffentlicher Hilfe war die Rede. Doch die bestand im martialischen Anrücken der Militärpolizei, die auch im Verdacht stand, sich an Plünderungen zu beteiligen.

Clara ließ sich auf einen improvisierten Sammelplatz postieren, wo Nachrichten ankamen und abgingen. Die Hilfsmittel späterer Jahre, selbst ein funktionierendes Telefonnetz, gab es nicht. Informationen kursierten von Ohr zu Ohr. Wo gab es Unterkünfte? Wo fehlten Kochtöpfe und Matratzen? Ein Mann wurde von Wasserschlangen gebissen, jemand mit einem klapprigen Auto, das im Schlamm angeschoben werden musste, übernahm den lebensrettenden Transport in eine Klinik. Für eine vom Schlachthof gelieferte kräftige Suppe gab es kein Geschirr. Die Menschen schlürften die Suppe aus der Hand, ehe verbeulte Blechdosen zur Stelle waren. Claras Gedächtnis speicherte Bilder der Verzweiflung, aber auch Beispiele eines Mutes, der auf die Hilfe des Himmels baute.

Ein Bankett sollte Schuld sein. Warnungen der Meteorologen seien hängengeblieben und nicht zu den Katastrophendiensten gelangt, sagte man. Das Erzbistum stellte Fakten zusammen und belieferte Behörden und Medien, während Politiker das Ausmaß herunterspielten und sich mit der Hilfe brüsteten. Die Fernsehschirme setzten Lastwagen mit Lebensmitteln – zehn Kilo Reis, fünf Kilo Bohnen und ein halbes Kilo Fleisch für jede Familie – in Szene. Als erste Rationen in Verteilungsstellen landeten, waren sie nicht wiederzuerkennen. Im geschrumpften Plastikbeutel verloren sich ein halbes Pfund Reis und Bohnen mit fünfzig Gramm eines unappetitlichen Fleischs, das nach Abfall aussah und es auch war. Angeblich wusste niemand, wo die Hilfen geblieben waren. Manche erkannten das Fleisch wieder, als es teuer in Läden verkauft wurde.

Im Erzbistum war klar, dass, wie so oft, ein ausgeklügeltes Netz von Korruption dahintersteckte. Staatliche Programme zur Bekämpfung von Hunger, Dürre und Überschwemmungen hatten längst das Ausmaß einer Subventionsindustrie angenommen, an der vor allem die Eliten partizipierten. Wer auf dubiosen Wegen an Katastrophen verdiente, hatte kein Interesse daran, etwas zu ändern. Zensierte Großmedien berichteten über Hilfen, die es nicht gab. Die wachsende Not steigerte Wut und Verzweiflung.

Dom Helder gab den Ohnmächtigen eine Stimme und klagte an, wo immer es möglich war. Er suchte Audienz bei hohen Militärs und Beamten und erntete viele leere Versprechen. In einer Messe mit den Opfern im Zentrum von Recife machte er Mut und stärkte die Solidarität. Zu guter Letzt blieb nur ein Sternmarsch zum Gouverneurspalast. Alle verfügbaren Köpfe und Hände bereiteten die Passeata in Windeseile vor. Clara stand mit anderen an einer großen Kreuzung und erbettelte Spenden von Autofahrern, damit die Fahrkosten für die Teilnehmer an der Passeata finanziert werden konnten. Die Anwälte scharten eine Delegation um sich und verfassten mit Betroffenen einen detaillierten Bericht, der dem Gouverneur am Tag des Marsches übergeben werden sollte.

Aus allen Richtungen strömten Jung und Alt zum Palast am herrschaftlichen Platz der Republik im Zentrum, markant durch die Zufahrtsbrücke der Princesa Isabel über den Fluss Capibaribe, dem Brunnen inmitten von Königspalmen, flankiert vom neoklassizistischen Theater Santa Isabel. Allen waren Hunger und Erschöpfung anzusehen. Mehr als fünftausend Erwachsene wurden gezählt. Sie stemmten Spruchbänder in den Himmel und wiederholten ihre Anklagen im Gleichklang. Einige Frauen trugen Kreuze aus verbogenen Brettern, die von Baracken übriggeblieben waren. Wir wollen einen Platz auf der Erde, den im Himmel haben wir schon, war zu hören. Aufmerksame Teilnehmer stimmten Lieder an, wenn das Warten in eine gefährliche Wut zu kippen drohte. Die Militärpolizei observierte den Platz; sie konnte jederzeit losschlagen und verhaften.

Man ließ die Delegation vor den verriegelten Portalen des Palastes in der Sonne braten, ehe jemand die Hand durch einen Spalt herausstreckte, um die Papiere anzunehmen. Die Delegation weigerte sich und bestand auf einer Audienz beim Gouverneur. Der sei nicht zu sprechen, kam der Bescheid. Einer der Anwälte zwängte sich durch den Spalt und zog andere nach sich. Subalterne hörten sie an. Weiterleiten wolle man und prüfen. Mit dieser Abfuhr musste die Delegation vor die in kochender Hitze harrende Menge treten. Ein letzter Funken Hoffnung fiel aus toten Gesichtern.

Nach zehn Tagen kletterte die Sonne am Himmel hoch. Die Bilder, die Clara nach dem Rückgang des Wassers mitnahm, waren schlimmer als alles zuvor. Leichen, Tierkadaver, Müllhaufen, die einmal Hütten waren, verschlammte Abwasserrinnen, in denen Kinderpuppen erstickten. Städtische Arbeiter kapitulierten vor dem Gestank, und den Bewohnern blieb es überlassen, aufzuräumen und Holzbrücken über Fluss und Kanäle wieder herzurichten.

Das ENEMEC, so hieß der zweite kirchliche Gesundheitskongress in Recife, kam unter prekären Bedingungen zustande. Es gab keine öffentliche Hilfe, im Gegenteil, wo Hindernisse in den Weg gelegt werden konnten, tat man das. Bei Anfragen von Interessenten war Vorsicht geboten. Ein Medizinstudent machte sich seit Wochen an Clara heran und wollte am Kongress teilnehmen. Sie fanden heraus, dass er unter Kirchenleuten nicht bekannt war. Nachdem sie ihm abgesagt hatte, tauchte er mal beim Einkaufen, mal im Bus auf.

José Carlos lachte, als Clara von dem klebrigen Typen und den seltsamen Zufällen sprach. »Zufall? Dein Schatten, meine Liebe. Dein Aufpasser. Stehst also auch auf der Liste derer, die unsere alles beherrschende nationale Sicherheit angreifen.«

Sie wusste nicht, ob sie lachen sollte. Gerade hatten Medien berichtet, dass eine deutsche Studentin aus nichtigem Anlass ausgewiesen worden war; es war bei müden Protesten der deutschen Botschaft geblieben. Außer wachsam sein, blieb nichts zu tun. Und der Kongress brauchte alle Energie.

Claras Team aus jungen Frauen des Erzbistums schrieb auf Schreibmaschinen in dünnhäutige Matrizen und drehte die Kurbel des Vervielfältigungsgeräts. Eine Druckerei fertigte grüne Plakate mit dem Motto Saúde uma Conquista popular, um hervorzuheben, dass das Volk den Kampf für eine bessere Gesundheitsversorgung selbst in die Hand nahm. Die Plakate hingen, wo sie dem Zorn der Militärs entgingen, und taten kund, dass die Bewohner der Favelas aus eigener Kraft agierten und von ihren Kämpfen und Erfolgen berichten wollten. Unterlagen gingen auf findigen Wegen ins Land; bei der Post blieben sie in den Maschen der Pressezensur hängen. Unterkünfte durften nichts kosten. Der Kongress fand im Priesterseminar von Olinda statt zu einer Zeit, als die Kandidaten in die Praktika ausgeschwärmt waren. Deren Zellen waren für die Weitgereisten reserviert.

Ein Regionaltreffen der Gesundheitsgruppen des Nordostens hatte als Generalprobe für Thematik, Logistik und Erfahrungen beim Ablauf gedient. Große Treffen lebten von Chaos und Improvisation bis zur letzten Sekunde. Die deutsche Mentalität litt, während die brasilianische unendliche Ruhe bewahrte. Clara regte sich über umgestoßene Pläne und halbfertige Dinge auf, bis sie merkte, dass sie der brasilianischen Zauberkunst vertrauen konnte.

Dom Helder musste seine Teilnahme wegen einer Romreise absagen. Clara nahm seine Rede mit ihrem Kassettenrekorder auf, Reporterin, Fotografin und Aufnahmeleiterin in einer Person. Der Dom sah sehr müde aus. Sie hätte gern mehr über seine Gespräche im Vatikan gehört. Aber darüber sprach er nicht.

Der Kongress vibrierte. Gruppen hockten in Innenhöfen auf der Erde und trugen vor Plakatständern zusammen, was die Lage war. Ideen und Ergebnisse füllten die Wände. Stegreiftheater und Musiker personifizierten, wie die Delegierten fühlten und kämpften. Drei Tage lang von früh bis früh schöpften sie Kraft für die Arbeit in den Favelas. Niemand dachte an Schlaf. Nur ein Aufschrei vieler, so die Hoffnung, würde eine Wende bringen. Das Militär konnte ein Volk nicht für alle Zeit unterdrücken.

Clara hatte ihren Aufpasser vergessen, bis er ihr wieder über den Weg lief. Mittlerweile hatte der Pförtner eine Idee, wie sie unter Verdacht geraten war: »Die Sicherheitsorgane halten Sie für eine der Presseleute, die sich angeblich als Missionare tarnen.«

An der Pforte hatte sich jemand als Mitglied einer Kirchengemeinde ausgegeben und beiläufig gefragt, von welcher ausländischen Zeitung Clara komme. Der Pförtner hatte sich dumm gestellt. Das also war's, ihre auffälligen Notizen in den bedrohten Favelas. »Sehr gut«, meinte der Anwalt. »Jede Diktatur fürchtet die ausländische Presse wie der Teufel das Weihwasser.«

So vergingen die Monate in rastloser Bewegung. Clara fühlte ihre Ohnmacht von Tag zu Tag wachsen. Die Arbeit zeigte kaum Ergebnisse, schon gar keine messbaren. Immer wenn das Tagebuch von himmelstürmenden Flehrufen zu

Gott überquoll, war sie am Ende ihrer Kräfte. Sie kannte die Symptome: Angst vor schlaflosen Nächten, wüste Träume und ein stummer Gott. Wo war der Garten der Freude, von dem Carmen aus dem Team gesprochen hatte, als sie an der Mauer des Priesterseminars in Olinda standen und auf die üppige Natur und das himmelblaue Meer schauten. Eine Bemerkung über die Aussichtslosigkeit rutschte Clara heraus und Carmen sprach vom Blumengarten, den jeder im Herzen anlegen könne: Schließ' die Augen, und du siehst, wie schön die Welt ist.

Jetzt schmeckten die Worte wie Bitterkraut. Clara litt, ohne zu wissen, woran. Die Favelas wuchsen und mit ihnen das Elend der Familien mit Kindern, denen nur Betteln, Stehlen und Drogen blieben. Stinkende Müllhalden, wo Menschen, Hunde und Schweine miteinander um Abfälle kämpften. Wo Clara aus zerbeulten Bechern getrunken hatte, drehte sich nun der Magen um. In der Kirche des Aufbruchs sah sie nur noch das Hässliche, die endlosen Debatten, immerwährendes Aufbauen und Niederreißen. Erfolge? Wo denn? Die Rose auf der Müllhalde? Waren militante Gruppen auf der richtigeren Spur als die Kirche mit ihren stumpfen Waffen?

Und da war die Hausbesitzerin, die sich das Zubrot an ihr verdiente. Die mit dem frommen Getue, die verächtlich von sich gab: Na, bist wohl der Arbeit nicht gewachsen! Clara war verzweifelt und wählte die Flucht. Wieder mal.

Sie setzte sich in einen Bus nach Norden und stieg irgendwo aus, wo eine Pension stand, allein mit dem Tagebuch und einem undatierten Eintrag von 1980:

Gott, ich kann nicht mehr. Wo bist du? Ich habe mir zuviel aufgeladen. Steh mir bei, verlass mich nicht. Ich wollte die andere Kirche erleben, nun habe ich sie, bin mitten drin und verzweifelt. Die Kraft reicht nicht einmal mehr für einen einzigen Tag. Alle sind gegen uns, und die Welt schaut einfach weg. Dein Wille geschehe? Welcher denn? Tu, was du willst, aber verlass mich nicht.

Nach drei Tagen wusste sie, dass etwas geschehen musste. Gab es Fügungen des Schicksals, die auf eine Not antworteten? Machado, ein Mediziner, der das Wissen der Alten über die Heilpflanzen der Tropen vor dem Untergang bewahrte, suchte für eine Wohnung jemanden zur Miete. Als der Pförtner davon erzählte, griff Clara zu. Das möbellose Appartement in Pina wurde ihr Ankerplatz. Schon nach der ersten Nacht auf einer Matte fühlte Clara ihren erneuerten Atem. Sie hatte sich übernommen, als sie glaubte, auf wenigen Quadratmetern am Rand einer Favela wohnen zu können.

»Ich brauche die Tür, die sich vor dem Elend verschließen lässt.«

Sie lebte auf, sah sich auf bunten Märkten um, lauschte Musikanten und Poeten, die unter dem lichtblauen Himmel den Alltag und das Weltgeschehen besangen, sah das Lachen im Leiden und das Weinen im Lachen und genoss die flüchtigen Kontakte beim Kaffee in einer Bar, die aus dem Gefühl der Verlassenheit erlösten.

»Não chore ainda não que eu tenho um violão.« So sangen wehe Klänge. »Weine nicht, ich habe doch noch meine Gitarre, und wir wollen singen und glücklich sein.«

»Ach, die Welt ist schwer zu verstehen«, sagte Clara vor sich hin.

Der Gitarrist hatte die Worte gehört und nahm sie in die Melodie auf: »Aber das ist ja das Verstehen. Wir schweben zwischen Verstehen und Nichtverstehen und folgen dem Geheimnis des Suchens.« Sie sah lange in die Richtung, die er genommen hatte.

Zur Feier des Einzugs lud Doktor Machado in ein nahes Restaurant ein. Sie begleiteten den Atlantik in die Nacht, über der ein blasser Sternenhimmel stand. Machado begann, von seinem Heimweh während der Emigration in Kanada zu erzählen, über seine Angst vor einer Depression, die alles überwucherte.

»Ich habe nichts ausgelassen, Alkohol, Drogen, nichts taugte. Mir fehlte die Geborgenheit, das Heimweh fraß mich auf.«

»Du bist Arzt, kennst die Seelen der Menschen, haben wir selbstzerstörerische Kräfte in uns?«

Er blickte sie lange an: »Ich habe damals viel nachgedacht, vielleicht zuviel. Ja, manchen bleibt nicht erspart, durch die Untiefen eines dunklen Gemüts zu gehen. Alle kennen so eine Stimmung. Aber manche fallen tiefer und müssen aufpassen; sonst stürzen sie in Bitterkeit und Selbstquälerei. Warum fragst du?«

»Weil ich das kenne und Angst davor habe.« Und nach einer Pause: »Haben wir Gegenkräfte in uns?«

»Ja, Clara, die haben wir. Mich hat Gott großzügig mit Mutenergien bedient. Aber lassen wir Gott. In der Not sind Menschen stark. Wir fühlen uns ohnmächtig. Solange wir nicht klein beigeben, sind wir es nicht. Wir können den Weg bis zu Ende gehen.«

»Ach, Machado, für mich ist die Welt zu kompliziert. Die Menschen könnten Vieles verändern, aber wir sind zu wenige. Ich mache jeden Tag tausend Sachen und weiß nicht, wie die Dinge zusammenhängen.«

»Das ist es, du siehst die tausend Sachen, aber die Richtung nicht. Es geht langsam, das ist wahr, aber es geht nach vorn. Was quält dich, Clara? Fang klein an, beim nächsten Schritt. Bei mir hat's geholfen.«

»Das tue ich ja. Tag für Tag sammle ich neue Stücke. Wie Puzzleteile, die zu einem Gesamtbild gehören, das ich nicht kenne. Verstehst du? Ich brauche jemanden, der mich hinter die Kulissen blicken lässt.« Sie stockte. »Hinter die der Diktatur zum Beispiel.«

»Olá, geht's nicht kleiner? Die Diktatur lässt sich nicht in die Karten gucken.«

»Wenigstens ein paar Zusammenhänge«, meinte Clara kleinlaut.

»Wo Leben ist, da ist Durcheinander. Und Brasilien hat von beidem reichlich. Du wirst entdecken, was es hier zu lernen gibt. Das Ganze willst du sehen? Paciência, Geduld.«

»Wenigstens die losen Fäden zusammenbinden«, ließ Clara nicht locker. »Gibt es im Erzbistum Leute, die mehr wissen?«

»Versuchs doch einfach.«

Das Restaurant hatte sich geleert. Machado bemerkte den an der Tür gelehnten müden Kellner. Sie standen auf und gingen durch die Nacht. Er hörte zu, wie sie ihre Fragen aufzählte. Und wie sie plötzlich entschied: »Ich werde mit dem Anwalt anfangen.«

Diktatur

Die Runde um den blanken Tisch hörte einem Mann mit schmalem Gesicht, Gelehrtenbrille und blauem Hemd zu. Er saß Dom Helder gegenüber und musste der Intellektuelle sein, von dem der Anwalt gesagt hatte, er sei ein Freund des Dom aus Rio. Der Vortragende sprach wie einer, der den anderen nichts zu erklären brauchte. Niemand hatte oder machte Notizen. Es ging um den Rückhalt der Regierung im Volk, und Clara spürte, dass sich im Vordergründigen viel Ungesagtes versteckte. Der Anwalt hatte sie nach Absprache mit dem Dom ein zweites Mal in die vertrauliche Runde mitgenommen. Sie lauschte mit gespitzten Ohren wie seinerzeit das Kind, wenn der Großvater Feindsender hörte, und versuchte, die Stichworte, die über die Tischplatte liefen, miteinander zu verknüpfen.

Der Name des Kardinals von São Paulo, Dom Paulo Evaristo Arns, fiel mehrmals. Er unterstützte die Streiks der Metallarbeiter in der dortigen Industrieregion und schien trotz Repressalien der Militärregierung über ein weites Netz von Kontakten zu verfügen. Die Mehrheit der Bischöfe war sich einig im Kampf gegen die Verbrechen. Es ging vor allem um ein koordiniertes Vorgehen. Clara begriff, wie tief die Kluft zwischen den mächtigsten Institutionen des Landes, dem Militärregime und der katholischen Kirche sein musste, aber auch, wie eng die beiden miteinander verflochten waren. Allem Anschein nach fürchtete das Regime die Bischöfe, die über neunzig Prozent der Bevölkerung vertraten.

Clara verband mit Militärdiktatur Vorstellungen von Nationaler Sicherheit, Unterdrückung, Antikommunismus, Folter, Leichen im Straßengraben und über dem Meer abgeworfenen Verschollenen. An diesem Tisch des Ungesagten drängte sich der Eindruck auf, sie habe alles schon gehört, aber die Bedeutung verkannt. In welcher Tragödie spielte sie ihre Nebenrolle? Sie fasste sich ein Herz und sprach ihren Nachbarn, einen Journalisten, an. Ob er jemanden kenne, der die Hintergründe erklären könne. Der Mann reagierte mit einer Geste, die ein Vielleicht sein mochte.

Wenige Wochen später gelangte Clara auf verschlungenen Wegen zu Paulita, die vor einigen Jahren aus São Paulo in ihre Heimatstadt Recife zurückgekehrt war. Paulita lebte in einem schlichten Haus am Rande der Stadt. An der schmalen, hell gekleideten Frau fielen die dunklen Augen auf, die einen Schatten auf die Gestalt warfen. Sie wies auf eine Terrasse hinter dem Haus. Aus dem Gelände, das als künftiger Industriegürtel bedrohlich nahe kam, starrten Gruben und Erdverschiebungen.

»Hier soll das neue Recife entstehen«, sagte Paulita. »Die Firmen arbeiten wie Archäologen, die versickertes Geld suchen. So sieht unser aufgeblasenes Wirtschaftswunder aus. Die Diktatur feiert sich im Machtrausch. Sie wissen nie, wann Schluss ist. Wir erben Schuldenberge, und die Wunden werden lange nicht heilen.«

Sie holte Wasser und Gläser, und die Frauen setzten sich, leicht zueinander geneigt und mit halbem Auge die Löcher im Blick. Woher sie komme, warum sie hier sei, was sie tue. Clara antwortete brav der Reihe nach. Die Gastgeberin, sechzig mochte sie sein, erzählte von der Kindheit in Recife, als die Häuser noch nicht standen und die weiten Latifundien wenigen Großgrundbesitzern gehörten.

»Unser Elend ist, dass die Reichtümer den wenigen gehören, die Generäle, Politiker und Spekulanten in einem sind.« Und nach einer Pause: »Niemand weiß, wie das alles endet.«

Clara meinte, eine leidgeprüfte Herzenswärme wahrzunehmen, aber das konnte auch Einbildung sein. Jedenfalls sprach da eine nachdenkliche Frau aus eigenem Erleben. Ihr Mann habe sich aus einfachen Verhältnissen in einer Bank in São Paulo hochgearbeitet und sei viel zu früh gestorben, erzählte sie. Den jüngsten von vier Söhnen habe die Polizei bei einer Kundgebung an der katholischen Universität von São Paulo verhaftet. »Wenig später hat man die Leiche übergeben und erklärt, er sei beim Ausbruch aus der Haft in einen Verkehrsunfall geraten. Aber die Verletzungen …« Die Gastgeberin sprach jetzt so leise, dass Clara nicht mehr folgen konnte.

»Also gut«, sagte Paulita, das eingetretene Schweigen beendend. »Sie wollen etwas über die Diktatur wissen. Ich kann nur sagen, wie ich sie erlebte. Die Geschichtsbücher sind noch nicht geschrieben, und sie werden die ganze furchtbare Wahrheit auch nie ans Licht bringen. Einige ahnen wohl, dass das Regime nicht zu halten sein wird, und vernichten belastende Akten. Angeblich wollen sie die Demokratie. Aber davon ist wenig zu spüren.«

Clara kannte die dürren Daten. Der Putsch von 1964 war auf keinen nennenswerten Widerstand getroffen, weil die Militärs versprochen hatten, das Land zu erneuern und Reformen umzusetzen. Damit hatten sie einflussreiche Kräfte geködert und die Fassade der Demokratie aufrechterhalten. Das Regime erklärte sich zur Verteidigerin der christlichen Zivilisation gegen den Kommunismus, der hinter dem Eisernen Vorhang angeblich die Weltrevolution plante. Das marxistische Kuba Fidel Castros hatte den Mythos befördert.

Die Jahre unter General Medici waren die schlimmsten – mit Folter und Mord, mit der Jagd auf alle, die als marxistisch infiltriert angesehen wurden, und mit der Aufrüstung gegen das eigene Volk. Das Wirtschaftswunder blähte sich auf, platzte jedoch 1973 mit der Ölkrise, nachdem die arabischen Golfstaaten sich gegen die westliche Welt solidarisiert hatten. Die Zeit unter General Geisel begann mit einer zaghaften Öffnung, der Abertura, die auf wenig Vertrauen stieß, weil die Repression mal gelockert, mal umso fester angezogen wurde. Clara hatte, wie viele andere, den ungezügelten Kapitalismus täglich vor Augen im Reichtum, den die Eliten horteten, im Ausverkauf der Weiten des Amazonas an das Ausland, in der Ausbeutung der Arbeiter und im Elend großer Volksteile. Der Schuldenberg wuchs, und das Volk blutete dafür. Im Kaffeeland tranken die Menschen Brühe aus minderwertigen Kaffeebohnen mit Maismehl; im Fleischland gab es kein Fleisch; im Kakaoland keine genießbare Schokolade. Alles ging in den Export, mit dem Brasilien die Schulden beim Internationalen Währungsfond und bei ausländischen Banken bediente, um neue Kredite zu bekommen.

Paulita riss Clara aus ihrem Geschichtsausflug, eine andere Fährte im Sinn: »Wussten Sie, dass die ersten Siege der Nazis von unserer Armee gefeiert wurden? Nicht lange, dann zog sie für die Alliierten nach Italien und pflegt seitdem enge Kontakte zu den USA. Nun sind wir deren Hinterhof und haben uns zu beugen.«

Und dann erzählte sie aus der Erinnerung: »In den Jahren vor dem Putsch gab es Bewegungen, die an eine Erneuerung mit Gerechtigkeit für alle glaubten. Mein Sohn als Student mitten drin. Auf der Suche nach einem dritten Weg zwischen Kapitalismus und Kommunismus. Russland und Kuba lehnten sie genauso ab wie den Kapitalismus der USA. Den glühenden Köpfen schwebte eine gewaltlose Lösung vor. Wir Eltern sahen etwas Neues heraufziehen.«

Clara wagte nicht zu unterbrechen.

»Den bitterarmen Nordosten regierten die Großgrundbesitzer mit ihren Latifundien. Landarbeiter kämpften zusammen mit der Kirche für die überfällige Landreform, für ein Dach über dem Kopf, ein Stück Feld und gerechten Lohn. Die Herrschenden sahen ihr uraltes koloniales Erbe bedroht, witterten Umstürze. Unser Militär ist schon oft brutal gegen das eigene Volk vorgegangen ist. Darin sind sie geübt.«

Clara nickte. Der Kommunismus als Feind, die vorgebliche Schutzmacht USA und das wirtschaftliche Interesse an den Rohstoffen Lateinamerikas, alles passte ins Bild. Unruhen an der Basis dagegen nicht.

»Viele hatten gehofft, das Regime werde die Reformen umsetzen. Stattdessen ging es von einem Tag auf den anderen mit äußerster Brutalität vor. Nur eine Handvoll Bischöfe erhoben ihre Stimme.« Paulita stand auf und blickte gedankenverloren in das Gelände.

Clara blieb mit ihren Gedanken sitzen. War Paulitas jüngster Sohn eines der vielen Opfer gewesen?

Als Paulita sich setzte und ein Glas Wasser trank, fragte Clara: »Vertrauen Sie der Abertura der Regierung? Kann die Kirche mit ihren neunzig Prozent der Bevölkerung etwas ausrichten?«

»Zwei schwierige Fragen auf einmal«, lachte Paulita. »An die Öffnung glaube ich erst, wenn wir freie Wahlen und eine vertrauenswürdige zivile Regierung haben. Und die zweite Frage, die verschieben wir aufs nächste Mal.«

Als sie sich umarmten, seufzte Paulita: »Die größten Tragödien in der Welt bleiben verborgen.« Und nach einem Zögern: »Vielleicht besteht Hoffnung. Das Regime ist isoliert, mit der Wirtschaft geht es bergab. Im Ausland will man die Generäle auf dem roten Teppich nicht mehr sehen.«

Das zweite Treffen, ließ der Anwalt wissen, sollte in Boa Viagem stattfinden. Am Flughafen tauchte Clara in der Menge ankommender Reisender unter, ging im Zickzack zur Adresse einer Freundin Paulitas und passte den Moment ab, in dem der Pförtner abgelenkt war.

»Wollen wir uns der Frage nach dem Einfluss der Kirche zuwenden?«, fragte Paulita und überraschte Clara, weil sie sofort zur Sache kam. Das war unüblich. Brasilianer waren geschickt darin, ein Klima des Vertrauens zu schaffen, bevor es ans Eingemachte ging. Erwies sich, dass ein solches Klima nicht zustande kam, ließ man den ernsten Teil fallen und bewahrte das freundliche Gesicht.

Paulita fand also, dass sie Clara vertrauen konnte. »Die Kirche und das Regime, das ist eine komplizierte Geschichte. Wie immer, werden uns spätere Generationen belehren, was wir hätten besser machen sollen«, lachte sie. »Aber einige wissen immer etwas mehr als andere und suchen Lösungen. Sie kennen die Geschichte von Nikodemus? Die von dem einflussreichen Ratsherrn der Jerusalemer Juden, der nachts zu Jesus geht und wissen will, was es mit den Lehren des sonderbaren Galiläers auf sich hat?«

Als Clara bejahte, fuhr Paulita fort: »Die Generäle stammen aus katholischen Familien, besuchten katholische Eliteschulen, sind praktizierende Katholiken. Sie haben ihr Kirchenbild im Kopf und verstehen die Bischöfe nicht. Über das Konzil wissen sie wenig mehr, als dass es stattgefunden hat. Sie setzen die Religion mit folgenlosen Formeln gleich und konservieren das Weltbild von prächtigen Kirchenfürsten. Unter den Eliten gibt es aber auch Leute wie Nikodemus, die über geheime Kontakte zu Bischöfen wissen wollen, was los ist, und wieso die früher so verständige Kirche nicht begreifen will, dass die Militärs nur das Beste wollen.«

Paulita musste sich intensiv mit den Zusammenhängen beschäftigt haben. Die brasilianische Bischofskonferenz, mit zweihundertfünfzig Bischöfen damals eine der größten der katholischen Welt, hatte das Militärregime 1964 begrüßt. Die Mehrheit sah Versäumnisse der zivilen Regierungen und glaubte, die Generäle könnten das Land vor dem Kommunismus bewahren, Ordnung herstellen und die Demokratie vorbereiten. Kirche und Staat verstanden ihre Kooperation als Markenzeichen für ein modernes Brasilien. Ihre Spitzenleute entstammten den gleichen Eliten und kannten sich in den Korridoren von Macht und Geheimdiplomatie bestens aus.

Wenige Bischöfe misstrauen den Militärs von Anfang an, darunter Helder Camara, langjähriger Sekretär der Bischofskonferenz. Aber Dom Helder war zeitgleich in den fernen Nordosten versetzt worden, und man hatte gemunkelt, dort könne er keinen Schaden anrichten. Dass die Bischofskonferenz sich schrittweise vom Regime distanzierte und in die Richtung des aufmüpfigen Erzbischofs von Recife ging, schien den Militärs ganz und gar unbegreiflich.

»Aber so unbegreiflich war das nicht. Ich vermute sogar, dass die Entfremdung beide Seiten überraschte«, fügte Paulita an. »Nach einer Periode intimer Verbindung zwischen Staat und Kirche erwachten beide in einem eskalierenden Konflikt.«

Zwei Stränge waren aufeinander getroffen. Die Generäle sahen die kirchliche Tradition, die Sakramente spendete und das Seelenheil besorgte, deren Klerus Nationalfeiertage mit Messen schmückte und auf Tribünen neben Regierenden saß. Diese Kirche nahm Dienste der Regierung ungeniert in Anspruch. Während des Konzils waren die Bischöfe kostenlos in staatseigenen Maschinen nach Rom geflogen, nur zuletzt mit flauem Gefühl. Und nun erlebten die Militärs Bischöfe, die umgekrempelt zurückkehrten und ihren Klerus verrückt machten. Und das mit einer Leidenschaft, die partout nicht abkühlen wollte. Sie legten goldene Ringe ab, wechselten goldene Ketten gegen Holzkreuze, Paläste gegen Häuser aus, schafften Eminenzen und Privilegien ab, getreu dem Beispiel von Papst Paul, der statt der Papstkrone eine Bischofmütze aufgesetzt hatte.

»Und dann kamen Bischöfe, Padres und Schwestern in Zivil daher, mischten sich unters Volk, redeten dummes Zeug, trieben sich in Favelas herum. In den Augen der Generäle erniedrigte sich die höhere Geistlichkeit, als sie die Insignien der Macht ablegte. Ein Kardinal wie Dom Paulo Evaristo im Straßenanzug! Undenkbar!«

»Die hohe Geistlichkeit mit Gefolge hat ja was«, lachte Clara und schloss sich Paulitas Tonfall an.

»Natürlich. Sind sie nicht zu bedauern, die Armen, die es mit einem querköpfigen Klerus zu tun bekamen, der aus heiterem Himmel erklärte, er wolle nach zweitausend Jahren plötzlich das Evangelium leben? Aber im Ernst, jede Diktatur will die Religion in Schach halten. Die Generäle merkten, dass ihnen die vormals gefügige Kirche entglitt. Verschwörungstheorien liefen um. Die Kirche tarne sich und plane einen Angriff auf das Regime. Ich erkläre mir damit den von den Geheimdiensten geschürten Verdacht der kommunistischen Unterwanderung, der noch immer herumgeistert. Und noch etwas, Clara, wussten Sie, dass der Vatikan über die konsequente Umsetzung des Konzils in Brasilien ebenso erstaunt war? Und manche in der Kurie sogar verärgert?«

»Nein, wusste ich nicht.«

Der Atlantik, vom neunten Stock des Hochhauses gut zu überblicken, begann mit dem allabendlichen Schauspiel von Licht und Farben. Vom Zauber gebannt, traten die Frauen ans Fenster.

»Der äußere Wandel von Klerus und Orden, hinter dem fanatische Geheimdienstler Brandbeschleuniger vermuteten, ist nur die vordergründige Seite. Die wenigsten begriffen, dass der Wandel für eine innere Umkehr stand. Klerus und Laien trieb es aus Sakristei und Palästen zu den Armen hinaus.«

»Ich sehe Ausbeutung, menschenunwürdiges Elend. Daran ist nichts erfunden. Wieso konnte es so lange übersehen werden?«

»Es braucht mehr als Worte«, sagte Paulita. »Erst ein wacher Sinn für Ungerechtigkeit drängt Menschen dazu, für Gerechtigkeit zu kämpfen. Die Kirche ging in einen Prozess mit offenem Ausgang. Sie wollten die Reichen dafür gewinnen, von der Willkür abzulassen und etwas zu tun gegen die Massenarmut.«

Draußen versank das Meer hinter schäumenden Wellen. Ein nachtblauer Himmel zündete einen Stern nach dem anderen an.

»In Medellín und Puebla bekannten sich die Bischöfe zur vorrangigen Option mit den Armen«, sagte Paulita, als sie vom Fenster wegtraten. »Soziale Gerechtigkeit hat es in Brasilien nie gegeben. Das war ein Fremdwort und musste durchdekliniert werden, auch in der Kirche. Padres, Schwestern, Laien experimentierten. Was die Mehrheit des Volkes von den Militärs erhofft hatte, kam nun von der Kirche und führte zugleich zum Bruch zwischen den wichtigsten Institutionen des Landes. Das ist die Tragik.«

»Ihr Lieben, es ist Abend. Draußen wartet jemand auf dich, Paulita.« Die Freundin war unbemerkt ins Zimmer getreten.

Clara schnellte hoch: »Es ist wirklich Zeit zu gehen.«

Sie nahm den Weg am Meer entlang. Verliebte kamen vom flitternden Sandstrand herauf. Wie nah beieinander lagen die Gefängnisse der Tortur und die Schönheit der Tropen. Clara wäre gern über der Erde voller Leid hinweg geflogen wie die Vögel. Doch sie war nur ein Frosch, der zu fliegen meinte, wenn er einen Hüpfer tat.

»Verzeihen Sie, dass ich Sie neulich so schnell verabschieden musste«, sagte Paulita, als sie wieder auf der Terrasse vor den verlassenen Erdumwälzungen saßen. Sie nahm ein abgegriffenes Papier aus einer Mappe. »Hier«, sagte sie und reichte das Blatt hinüber.

Clara stolperte über den verblichenen Text und übersetzte ihn leise für sich ins Deutsche: »Es ist bewiesen, dass sie im Lichte des Marxismus missionieren oder den Sozialismus im Lichte des Evangeliums predigen, statt die Liebe zum Vaterland, die Achtung für Gesetze und Obrigkeit zu lehren, wie es Pflicht der Kirche ist als dankbare, fleckenlose und ewige Institution.«

»Das erklärt einiges«, sagte Paulita.

Clara sah sie begriffsstutzig an.

»Die Militärs hatten großen Respekt vor der altehrwürdigen katholischen Religion und begriffen nicht, warum diese Kirche so viele Minen im Volk lostrat. Aber auch die Bischöfe brauchten lange, bis sie den Konflikt mit dem Regime einordnen konnten.«

»Ich würde den Text gern abschreiben«, sagte Clara, die noch immer nicht verstand.

»Unmöglich, nein«, war die Antwort, als Paulita das Papier rasch in die Mappe zurücksteckte. Ein langes Schweigen folgte.

Erst einige Jahre später, als Clara das Buch über die Tortur von Dom Paulo Evaristo Arns, *Brasil: nunca mais*, aus dem Jahre 1985 las, erschloss sich die schroffe Antwort. Der Text stammte aus Originalakten der Militärjustiz, ein Beispiel für viele Anklagen gegen kirchliche Mitarbeiter. Anwälte des Erzbistums São Paulo kopierten Dokumente gegen ausdrückliches Verbot und auf gefährlichen Wegen. So konnten Beweise vor der Vernichtung gerettet und die Verbrechen der Diktatur zum ersten Mal unwiderlegbar nachgewiesen werden. Paulita musste die geheime Sammlung kennen.

»Soviel nur«, fuhr Paulita nach einer Stille fort, als habe es das Papier nicht gegeben. »Wie ticken die Militärs? Viele von ihnen bis in die unteren Ränge sind unfähig, zwischen sozialem religiösem Engagement und bewaffnetem Kampf zu unterscheiden. Das ist schwer auszumerzen. Deshalb sind kirchlich Engagierte überall im Land gefährdet. Und deshalb misstraue ich der propagierten Öffnung. Selbst wenn Brasília die Repression wider alle Anzeichen einstellen sollte, käme das in einem Land mit kontinentalen Ausmaßen noch lange nicht unten an.«

Paulita schien Claras Anwesenheit vergessen zu haben. »Die Lage in Recife ist hochbedrohlich. Hier haben sie sich auf den Erzbischof eingeschossen. Alle sind sich der Risiken bewusst. Wer in die Favelas geht oder es mit Landarbeitern hält, gefährdet sich selbst und alle, die mit ihnen in Verbindung gebracht werden. Im Gedächtnis der Kirche von Recife leben die Jahre der brutalsten Verfolgung fort. Allzu schwer lastet der Verlust von Padres, Schwestern und Laien, die gefoltert und ermordet wurden. Wie soll da Vertrauen wachsen?«

»Zaghafte Hoffnung?«, fragte Clara in den Monolog hinein.

»Unser Land ist voller Hoffnung, es hat ja nichts anderes! Aber es sieht, was los ist und weiß, dass Hoffnung ohne Verstand trügerisch ist. Lassen wir das. Ich hole Kaffee und Gebäck.«

Es traf zu, dass die von den Militärs limitierte und überwachte Opposition stärker wurde als dem Regime lieb sein konnte. Mutige Politiker ließen sich den Mund nicht mehr verbieten, sahen sie doch den Tag ihrer Macht heraufdämmern. Von endzeitlichem Pathos getragen, klang einer von ihnen: Er sah Menschen mit dem Recht, Mensch zu sein, und andere ohne das Recht, Mensch zu sein. Und er sah die Verfolgung derer, die für gleiche Rechte nicht nur im Himmel, sondern auch auf Erden kämpften.

Nach der seit 1978 gelockerten Pressezensur kam mehr Unterdrücktes ans Licht. Nichtsdestotrotz musste, wer das Regime anging, die Rache im Namen der Nationalen Sicherheit fürchten. Der allmächtige Apparat der Geheimdienste, der Folterinstrumente und der Militärjustiz verschwand nicht von einem Tag auf den anderen. Todesschwadronen, paramilitärische, von Militärs infiltrierte und geduldete Kommandos machten ungehemmt Jagd auf politische Gegner.

Paulita kehrte zurück, ein Tablett mit Kaffee und Keksen in den Händen: »Ein Versuch. Selbst gebacken«, lachte sie.

»Vor langer Zeit habe ich Halbmonde mit Nasen und Tannenbäume ausgestanzt.« Clara nahm ein Stück. Es schmeckte nach Zimt und Kandis. »Sie haben mächtig untertrieben.«

Paulita ließ das Lob stehen. Ihr lag etwas auf der Seele. »Dieser Besuch neulich brachte Nachrichten über meinen Sohn, der …«, sie schluckte, »… der angeblich bei einem Unfall ums Leben gekommen ist.«

Clara hielt den Atem an.

»Es gibt einen Zeugen. Sie haben ihn gefoltert, er hätte nicht sterben müssen«, sagte eine angestrengte, hohle

Stimme in die Pause hinein. »Ich wusste es immer.« Die Worte blieben in der bleischweren Luft hängen.

»Die Geschichte der Diktatur ist auch eine Geschichte des Widerstands«, versuchte Paulita vom nie heilenden Schmerz abzulenken. »Als sie meinen Jüngsten verhafteten, hat die Kirche von São Paulo mir geholfen, und ich beschloss, bei Dom Paulo mitzuarbeiten. Das viele Leid lenkt vom eigenen ab. Wir haben unser Netz für die Bischöfe nutzbar gemacht. Mit der gelockerten Pressezensur ist es einfacher geworden, aber Wichtiges läuft weiter papierlos über Boten. Man lernt soviel, das man lieber nicht lernen möchte.«

Wie befreit erzählte sie von ihren Erfahrungen, als habe sie einen Bericht vorzulesen. »Viele Kleriker haben ausländische Wurzeln und beste Kontakte nach Europa und Nordamerika. Sie reisen in die Länder und kennen mehrere Sprachen. In den Jahren des Konzils wurde das Netz noch engmaschiger. Unser Klerus ist wie kein anderer international vernetzt. Als die Bischöfe die Verbrechen und den ausufernden Kapitalismus öffentlich verurteilten, bekam das Regime es mit einem Störfaktor zu tun, der nicht mit gleichen Waffen zurückschlug, sondern mit kluger Strategie in verteilten Rollen kämpfte. Die Bischöfe sind öffentliche Persönlichkeiten, die meisten mutig und pragmatisch. Die einen setzen auf offenen Protest, andere auf vertrauliche Kontakte. So der Kardinal von Rio, Dom Eugênio Sales, ein kluger, diskreter Diplomat. Die Formel *progressiv und konservativ* trifft den Kern nicht. Wer will darüber richten, welcher Weg der bessere ist?«

Dom Helder gehörte zu denen, die gegen die Verletzung der Menschenrechte zu Felde zogen. Während der gegen ihn verhängten Pressezensur nutzte er Interviews mit ausländischen Zeitungen und Vorträge im Ausland. Dom Paulo klagte Folterungen an und versuchte, das Regime zur Einstellung zu bewegen. Paulita kannte andere, die bedrohten Menschen zum Exil verhalfen.

»Die Bischöfe haben sich nicht von einem Moment zum anderen für den Widerstand entschieden. Zweifel an den Absichten der Militärs kamen den meisten erst, als die Kirche selbst unter Beschuss geriet. Erst dann fanden sie zur Geschlossenheit und führten den Kampf ohne Ansehen der Religion für alle Verfolgten.«

»Eure Kirche kämpft und schaut nicht weg.« Clara staunte über die Klarsicht, mit der Paulita analysierte.

»Übertreib' nicht. Wir Brasilianer sind es gewohnt, uns selbst zu helfen. Warum sollte der Klerus das nicht können? Der Hintersinn im sakralen Vordergründigen ist nicht immer zu erkennen. Davor haben die Militärs Angst. Sie sind schon auf manchen Bibeltext hereingefallen, den sie als Aufruf gegen das Regime verstanden. Unser Vielvölkerland will doch nur friedlich leben!«

»Das Volk hat Besseres verdient.«

Paulita schaute Clara an. »Warum musste mein Sohn sterben? Er setzte sich für bessere Lebensbedingungen ein, als die Militärpolizei auf eine friedliche Demonstration Jagd machte und festnahm, wen sie zu fassen kriegte.«

»Schaut Gott einfach zu, wenn das geschieht?«, fragte Clara.

»Lässt Gott uns hängen, wenn wir Hilfe brauchen? Manchmal sieht es so aus. Ich weiß es nicht, Clara. Ich weiß nicht, warum Gott keine bessere Welt erschaffen hat. Vielleicht hilft er ja. Zu seiner Zeit ...« Paulitas Tonfall ließ die Fragen ins Schweigen fallen.

Als Clara ins Büro der Kommission für Gerechtigkeit und Frieden trat, las der Anwalt das verschärfte Ausländergesetz von 1980.

»Hier lauern die Fallen. Sie wollen die sympathisierenden Ausländer loswerden«, sagte er. »Brasília versichert zwar, das Gesetz richte sich nicht gegen die Kirche, aber davon steht hier nichts.«

Die Ausweisung der ersten Ausländer ließ nicht auf sich warten. Unter ihnen war Padre Vito Miracapillo, ein

Italiener, Pfarrer im Zuckerrohrgebiet von Pernambuco. Er wurde angeklagt wegen Verstoßes gegen die Nationale Sicherheit, weil er sich geweigert hatte, zum Tag der Unabhängigkeit und höchsten Nationalfeiertag eine Messe zu zelebrieren. In einer Zeit der Unterdrückung des Volkes habe eine Messe zur Feier der Freiheit keinen Platz, hatte er dem Bürgermeister gesagt. Antipatriotisches Verhalten und Störung der öffentlichen Ordnung lautete der Vorwurf.

Ausländische Priester waren auf die Realität, die sie in Brasilien vorfanden, kaum vorbereitet, weil sie Vergleichbares aus ihren Heimatländern nicht kannten. Viele litten unter dem Elend der Gläubigen und nutzten Messfeiern, um die Zustände anzuprangern. Die Behörden hatten kein Recht, kirchliche Feiern zu verbieten und Revolutionsfeiern zu erzwingen. Ihre rechtliche Handhabe war das Verbot, sich politisch zu äußern, und jede unerwünschte Äußerung konnte eine politische sein.

Die verweigerte Messe für die regierende Elite vor Ort war der Höhepunkt eines Konflikts zwischen Zuckerrohrbossen und Landarbeiterfamilien. Padre Vito hatte sich an die Seite der Landarbeiter gestellt. Ribeirão lag im Herzen der Zuckerrohrzone mit einer lukrativen Industrie, die Ethanol für Millionen Autos auf Brasiliens Straßen produzierte. Die in den Feldern schuftenden Männer, Frauen und Kinder wurden mit Hungerlöhnen abgespeist, oft erst nach langen Protesten ausgezahlt. Ihr Verbrechen war, dass sie die Kinder in die Schule schicken wollten und menschenwürdige Arbeitsbedingungen forderten, statt sich in Wolken von Pestiziden und in der Kohlschwärze der Felder Krankheit und Tod zu holen. Man verfolgte sie als Agitatoren und schreckte, unter den Augen von Militär und Justiz, vor Auftragsmorden nicht zurück.

Die Nachricht von der Ausweisung verbreitete sich in Windeseile. Man hatte geplant, Padre Vito in einer Nacht- und Nebelaktion loszuwerden. Doch der Ortsbischof setzte eine Messe der Solidarität für den Verbleib des Pfarrers an. Fast zweitausend Personen reisten an, neben Landarbeiterfamilien auch zahlreiche Bischöfe und Ordensleute. Anhänger der Hintermänner ließen die Masken fallen, überfielen die Kirche und stürmten den Gottesdienst. Die Tumulte riefen die Medien auf den Plan, und der Fall wurde zur Sensation.

Dom Helder setzte die Anwälte des Erzbistums darauf an, unterstützt vom Erzbistum São Paulo und dessen Anwälten. Die widersetzten sich mit legalen Mitteln gegen Anklage und Ausweisung, darunter dem Rechtsinstitut des Habeas Corpus. Das Statut, in früheren Jahrhunderten ein Vorrecht der Monarchen, Menschen in Haft zu nehmen, besagte in neuerer Zeit das Gegenteil: Dass nämlich Menschen nicht ohne legalen Grund der Freiheit beraubt werden durften. Um die Öffnung zur Demokratie glaubwürdiger erscheinen zu lassen, hatte das Regime den Habeas Corpus Akt wieder in Kraft gesetzt. Der Fall lief durch die Instanzen zum Obersten Gerichtshof und landete im Palast des Generals Figueiredo.

Die Aktivitäten brachten zwar nur Aufschub, aber die Öffentlichkeit war alarmiert. Die sprichwörtliche Langsamkeit der Justiz legte Marathonläufe ein und schaffte es in weniger als sechzig Tagen, Padre Vito anzuklagen, zu verhaften, wieder frei zu lassen, vor mehrere Gerichte zu bringen, wieder zu verurteilen und die Unterschrift des Präsidentengenerals unter die Ausweisung zu setzen. Das Verfahren riss der Diktatur die Maske vom Gesicht.

Dom Helder organisierte während einer Haftverschonung Padre Vitos einen Gottesdienst, zu dem viele Menschen zusammenkamen. Er beschwor die Verantwortung der Kirche für die Rechte der Arbeiter und verurteilte die Verfolgung des eigenen Volkes. Unter rührendem Beifall umarmte er Padre Vito, eingebettet im Klima der Solidarität, begleitet von Telegrammen aus ganz Brasilien, die eines nach dem anderen verlesen wurden. Clara fühlte sich ihren Geschwistern im Glauben nie näher als in dieser Stunde.

Recife, im Oktober 1980
Wir waren Hunderte, als wir den Flughafen von Recife stürmten. Es war der Abend des behördlich angeordneten Fluges von Recife nach Brasília auf der Basis der vorläufigen Ausweisung. Als die Ausländerpolizei Padre Vito im Giriquití abholte, entbrannte ein Streit. Vereinbart war, dass der Ortsbischof, der Weihbischof von Recife und der Anwalt den Padre im Polizeiauto begleiten konnten. Die Polizei brach die Zusage, packte den Padre und fuhr ihn zu einem abgeschotteten Raum des Flughafens. Dort ließen sie Anwalt und Bischöfe hinein. Die Polizei hatte den Zeitpunkt geheim gehalten und stand nun unerwartet vor einem Problem. Wir waren viele, und einige hatten sich bis zum Saal vorgekämpft; wir wollten sicher sein, dass sie Padre Vito in die Maschine nach Brasília setzten und nicht einfach verschwinden ließen.

Eine Weile geschah nichts, dann rückte die Militärpolizei in großer Stärke an. Wir fühlten keine Angst, nur Ohnmacht. Sie drängten uns aufs Flugfeld, wo wir hinter einem Aufgebot der Polizei eingekesselt wurden. Unsere Wut kochte, als Padre Vito herausgezerrt wurde. Wir krallten die Hände ineinander. Keine Gewalt, keine Gewalt! Das Motto brannte in den Köpfen. Jemand stimmte Kirchenlieder an. Wir sangen die Anklage gegen Willkür und Ausbeutung. Und wir sangen Mut und Kraft zum Durchhalten herbei.

Clara hatte eine Reaktion aus dem Vatikan erwartet. Im Erzbistum lief die Vermutung um, Rom habe Vorbehalte gegen die brasilianische Kirche. Was stimmte an den Gerüchten? Ein Student lief von Büro zu Büro und sammelte Fakten über die Kirche von Recife für seine Doktorarbeit. Er sah die brasilianische Kirche als Vorreiterin für die ganze Welt und wollte unter den ersten sein, die das erkannten. Marcos Castro, so hieß er, breitete sein Wissen vor jedem aus, der ihm zuhörte. Die meisten ließen ihn gewähren.

Eines Tages hörte Clara ihn sagen, es gäbe in Rom gewisse Elemente, denen das gute Verhältnis Dom Helders zu den Päpsten nicht passe. »Die Ewiggestrigen mögen ihn nicht. Und gegen die Theologie der Befreiung haben sie auch etwas.«

»Bitte, Clara, beruhige dich«, sagte Paulita. »Marcos übertreibt gern. Ja, im Vatikan rumort es. Aber ich weiß nicht, was los ist. Dom Helder schweigt, wenn es um Kirche und Papst geht.«

Basisgemeinden

Tagelang sprach er von nichts anderem. »Die Feira von Caruarú, Zentrum für Kunst. Forró auf Straßen und Plätzen. Den Nordosten feiern, wo Samba weit weg ist. Claudio und Jacó fahren mit.«

Clara war in den herumhampelnden Marcos vernarrt und liebte die Farbtupfer aus der Welt der Jungen.

»Bist ja nicht wiederzuerkennen. Beflügelt von Caruarú oder von Marcos?«, amüsierte sich Paulita.

Claudio und Jacó steuerten ein klappriges Auto bei, das wiederum ein dritter geliehen hatte. Ein paar kurvenreiche Autostunden von Recife entfernt, unwesentlich verlängert wegen einer Reifenpanne, lag Caruarú in der Hügelzone, dem Agreste zwischen grünem Küstenstreifen und ausgedörrtem Sertão. Zwei verrückte Tage, Flausen und Unfug im Kopf, die funkelnde Gegenwart kosten, das Elend wegpusten und sich in ein Land hineinträumen, in dem jeder jeden in die Arme nahm.

Dem vierblättrigen Kleeblatt entging nichts. Sie aßen Vatapá, Canjica, Sarapatel. Freunde kreuzten den Weg, tauchten unter und fanden sich wieder. Musiker fabulierten über Liebe und Leid zur Sanfona mit acht Bässen, sangen von schmutzigen Arbeiten als Bauarbeiter, Tellerwäscher und Dienstboten, zu denen die Landsleute in den Metropolen verdammt waren. Selbstvergessen schlug ein Junge seine Takte auf einem Blecheimer. Ein alter Mann mit dem Hut eines Viehhirten und zotteligen Augenbrauen parodierte die tanzende Clara und lobte den Meister der Rahmentrommeln als den besten weit und breit. Sie dankte ihm, kaufte eine Zabumba und ließ die Bänder als Schmetterlingsschwarm hinter sich herflattern.

Clara begann das zweite Jahr in Recife. Die Tage pendelten zwischen der Kommission für Gerechtigkeit und Frieden, der Sozialaktion und den Favelas. Das Erzbistum half den Basisgruppen, Statuten zu erarbeiten, die den Gruppen eigene Rechte bei Behörden gaben. Nach einer eisernen Regel gingen Leitungsfunktionen nur an Bewohner, die in der Wahl ihrer Aktionen frei waren.

Fehlte hier eine Kinderkrippe, war es dort ein Mütterclub, ein Projekt zur Urbanisierung der Favela oder eine Aktion gegen die Vertreibung. Woher nahmen die Menschen ihre Kraft? Wie ertrugen sie, was ihnen widerfuhr, ohne in der Gosse zu krepieren?

In den Bibeltreffen wurde Clara fündig. Der Kitt des Zusammenhalts und der Mut zum Durchhalten trafen auf einen lebendigen Herzensglauben. Die Leute lasen in der Bibel wie in einem unbekannten Buch und fanden darin ihr Alltagsleben wieder. Das wenige Wissen über die Religion war in den Dörfern zurückgeblieben, aus denen sie gekommen waren. Bibelausgaben in der Sprache des Volkes wurden seit dem Konzil in großen Auflagen gedruckt. Mit den traditionellen Ausgaben, die einem hochtrabendem Latein näherkamen als der Volkssprache, konnten nur Universitäten etwas anfangen.

Die Berichte der Bibel, häufig auf vervielfältigten Blättern, erzählten von Alltagsnöten in einer unfertigen Welt. Die Leute sprachen darüber im Encontro de Irmãos, dem Treffen der Geschwister. Dom Helder hatte mit dem Namen auch das Motto geliefert: den Alltag im Lichte der Bibel verstehen. Die Gruppen waren für alle offen. Religion, Hautfarbe, Alter und Geschlecht spielten keine Rolle. Volkskunst und Erinnerungen an die verlorene Heimat verbündeten sich mit der Bibel und brachten Talente zum Klingen, schöpften Lieder und Gebete aus den Psalmen. Poetische Sprache milderte die Härte des Schmerzes. Eine Messe erinnerte an einen Viehhirten, der unter mysteriösen Umständen ermordet worden war. *Der Sertão betet mit uns zur Sonne, die der Erde dient. Das verdorrte Land spricht mit Jesus Christus. Ich werde regnen lassen, ja, mein Sertão, Freund der Hoffnung und Mühe.*

Die Basisgemeinden spülten eine geistige Kraft in die Kirche Lateinamerikas. Als Bewegung unter den Armen mit den Armen nach den Beschlüssen von Medellín 1968 angestoßen, trafen sich Menschen, deren Welt in traditionellen Kirchengemeinden nicht vorkam. Die auf Medellín folgende Versammlung der Bischöfe im mexikanischen Puebla von 1979 prägte für die sprießende Vielfalt den Begriff Comunidades Eclesiais de Base, kurz CEBs, kirchliche Basisgemeinden. Das Erzbistum gab mit spiritueller und organisatorischer Unterstützung Rückendeckung für diese Arbeit. Mit dem Mut wuchsen Tatendrang und Erfahrung. Manchmal kam Dom Helder dazu, setzte sich, wo Platz war, und hörte zu. Clara sah seine lauschenden, geschlossenen Augen und den Respekt in seinem Gesicht. Er liebte sie alle, und sie fühlten es.

Viele Padres standen zur neuen Bewegung, auch weil sie wussten, dass ausgedehnte Pfarrbezirke mit steinernen Kirchen nur ein begrenztes Umfeld erreichten. Von Recife aus wanderte die Bewegung in den Nordosten. Stumme lernten sprechen und sahen, dass Armut nicht gottgewollt, sondern von Menschen gemacht war. Initiativen blühten unter Landarbeitern, Fischern, Indios, entwurzelten Familien, wo immer die Suche nach Auswegen aus der Not Menschen zusammenführte. Das war neu für die katholische Kirche, die nur die Richtung von oben nach unten kannte und eine Lehre kundtat, die nicht zu debattieren, sondern zu befolgen war. Dem stand nun eine gegenüber, die den Glauben aus dem Volk nährte. Clara erlebte sich als eine Suchende unter Suchenden.

Das in Puebla von den Bischöfen Lateinamerikas beschlossene und von Rom abgesegnete Dokument sah die Kirche als Volk Gottes auf dem Weg, als eine Gemeinschaft mit verschiedenen Talenten und Aufgaben: *Die kirchlichen Basisgemeinden haben sich zur Reife entwickelt, ihre Zahl hat sich vervielfacht. Sie geben Anlass zu Freude und Hoffnung. In der Gemeinschaft mit dem Bischof sind sie ... Motoren der Befreiung und Entwicklung geworden. Ihre Lebenskraft beginnt, Früchte zu tragen. Sie sind eine Quelle für kirchliche Ämter, die den Laien anvertraut sind. Das Gefühl der Laien … für die aktivere Beteiligung an Gottesdiensten hat sich überall verstärkt. Ihr Engagement im weltlichen Bereich, notwendig für eine Veränderung der Strukturen, erfährt eine höhere Bewertung. Die Frauen … sind zunehmend an den pastoralen Aufgaben beteiligt.*

Die traditionelle Kirche hatte die biblische Armut im Geiste spiritualisiert und die realen Armen aus dem Blick verloren. Lateinamerika holte das Elend der Entwurzelten auf dem Land und in den Städten aus dem Abseits. Jetzt war es der Klerus, der zuhörte und lernte. Was die Vergessenen in der Bibel lasen, war ihnen nahe. Die Befreiung des Volkes Israel aus der Unterdrückung in Ägypten erzählte von Gefahren in der Wüste. Gott gab ein Versprechen und hielt Wort trotz des Ärgers, den er mit dem Volk hatte. Die Bewohner der Favelas, die Landarbeiter ohne Land und Brot verstanden sofort. Gott ließ sein Volk nicht verdursten und sorgte für Manna.

»Mein Opa erzählte so eine Geschichte«, meinte eine Frau, die selten sprach. »So eine wie die mit dem Manna.« Sie stockte.

»Lass' hören.«

»Gut, also. Es war so: Jahrelang kein Regen, nichts zu essen, die Saat vertilgt, die letzten Ziegen nur noch Knochen, alle Kakteen geschlagen, kein Tropfen Wasser mehr, die Erde so rissig, dass Kinder in Spalten rutschten. Alle weinten, flehten zum Himmel. So sprach Opa mit Tränen in den Augen. Dann hielt er die Worte an und nahm einen tiefen Atemzug. Wir wussten, was kam, und seine Tränen leuchteten wie Perlen. Eines Morgens stand er an der Tür und fühlte Feuchtes in der Nase. So wie Tau. Und dann sah er das Grün unter dem Baum. Wüste weit und breit und das Grün unter einem toten Baum. So ungefähr.«

Die Frau schaute um sich, als habe sie zu lange geredet. Aber die Blicke erwarteten mehr.

»Da wächst was, rief er, riefen alle, die angelaufen kamen. Das ist Manna, sagte mein Opa. Er sagte Manna, wenn er davon sprach, und wir dachten, das wäre ein anderer Name für Umbú.«

Einige verzogen das Gesicht.

»Ja, ja, wenn man es dauernd essen muss, ist es fad. Dieses Wüstenvolk aus der Bibel mochte das Zeug auch nicht mehr. Oder?«

Ein verlegenes Lachen kam aus der Runde.

»Also, Opa erzählte, dass sie das Manna so lange aßen, bis der Regen fiel. Oma zerrieb Mehl, machte Brot und Brei und Kaffee daraus, so was eben.« Sie lachte wie befreit. »Immer, wenn die Dürre kam, erinnerte Opa an das Mannawunder. So nannten wir es. Und dieses Wüstenvolk wird es auch nicht anders gemacht haben.«

Ein Kenner der Botanik wollte das Wunder genauer erklären.

»Lass, Arnaldo. Die Wunder der Schöpfung sind herrlich«, unterbrach ein Mann, der älter aussah, als er an Jahren zählen mochte.

Und die Erzählerin fügte leise hinzu: »Wer an Gott glaubt, erlebt viele Wunder. Ja, nur wer glaubt, sieht sie. So ist es doch.«

Etwas ist hier anders, dachte Clara. Wenn sie selbst die Nase in die Bibel steckte, kamen ihr die Texte blutleer vor. Hier war die Bibel eine Freundin, mit der die Leute auf Du und Du standen. Die Geschichte der Befreiung Israels aus der Hand des ägyptischen Pharao kam als kräftigende Speise an: Ich habe das Elend meines Volkes gesehen; ja, ich kenne seine Leiden. Die Botschaft klagte die Diktatur an, wo es gefährlich war, Klartext zu reden.

Und noch etwas drängte sich auf: Die Bibel selbst musste aus weitererzählten Geschichten entstanden sein. Berichte über die Wüstenwanderung, über David und Goliath, über den Wanderprediger Jesus gaben keine Nachrichten weiter wie Radio und Fernsehen, sie sammelten auch keine Märchen. Sie hielten Erfahrungen der

Menschheit fest, Lichtblicke der Geschichte, durch die Jahrtausende getragen. So kam der Erfahrungsschatz in den brasilianischen Nordosten, wohnte in Hütten, hockte auf Plätzen, spazierte durch den Busch und auf städtischen Straßen. Die biblische Freundin streute Samen und erfand sich neu in einer sinnenfreudigen Welt.

Clara staunte, dass sich die Basisgemeinden unter den Militärs in so großer Zahl ausbreiten konnten. Entging ihnen die geistige Kraft der Bewegung?

»Das täuscht, Clara«, meinte Paulita. »Es gab zahlreiche Übergriffe. Die Basisgemeinden gerieten unter Verdacht. Sie verloren führende Mitglieder, die der Nähe zum Kommunismus verdächtigt wurden. Aber sie bewiesen große Widerstandkraft. O povo unido, jamais será vencido. Der oft wiederholte Satz gab Hoffnung. Ein Volk, das zusammenhält, wird niemals besiegt. Darauf setzen sie.«

Eine Spende aus Deutschland hatte Clara zum Oratório da Divina Providência geführt. Die Franziskanerinnen brauchten Geld für eine Dachreparatur. Sie hatten das Stadtzentrum verlassen und ein Haus am Flussufer bezogen, wo Familien in Bretterhütten wohnten. Getreu der Kirche der Armen arbeiteten sie mit Kindern, die zwischen Drogen-, Menschen- und Waffenhandel nichts Brauchbares lernten.

Im Oratório traf Clara eine gescheite Ordensschwester mit kreativem Herzen, unstillbarer Neugier und nie versiegender Menschenliebe. Fatima, sechsunddreißig, bibelkundig und mit der Gabe des Überzeugens gesegnet, folgte Dom Helders Spuren. Bei ihr hoffte Clara eine Frage loszuwerden, die in ihr brannte. Es fand sich eine Gelegenheit, wenn auch keine perfekte, weil beide einen langen Tag hinter sich hatten. Sie tastete sich vor, als der Abend ausklang.

»Fatima, ihr geht unters Volk, versteht die Sorgen der Leute. Was ist das Neue an dem, was ihr tut? Du sprichst von Libertação. Ist das eine neue Theologie?«

Müde Augen sahen sie an. »Zu später Stunde diese Frage?« Da Fatima jedoch nie eine Bitte abschlug, fuhr sie fort. »Vergiss erst mal die Theologie der Studierstuben.«

»Also keine Theologie?«

»Ja und nein. Die Theologie der Befreiung, wie man sie nennt, ist nichts Fertiges. Unsere Theologen wollen verstehen, was für eine Saat in den Gruppen aufgeht. Sie beschreiben, was sie sehen und hören, und durchdenken es mit ihren Methoden. Die Basisgemeinden erfinden die Kirche neu, sagte Leonardo Boff, Franziskaner und Theologe, der in der Nähe von Rio lehrt.« Fatima dachte einen Moment nach, als suche sie weitere Namen.

Doch dann fuhr sie fort: »In Lateinamerika haben wir neben den Dokumenten des Konzils die Beschlüsse von Medellín und Puebla; sie rücken die Arbeit mit den Armen und Ausgebeuteten in den Mittelpunkt. Die weltweite Armut kam beim Konzil zu kurz, nicht nur zum Leidwesen Dom Helders. Jetzt äußert sie sich und will von der Kirche gesehen werden. Das Wort Libertação oder Libertación ist ein durch und durch biblisches Wort. Der Peruaner Gustavo Gutiérrez hat es für die Kirche geprägt, ein Theologe, der an europäischen Universitäten studierte. Sogar profane Bewegungen übernehmen das Wort. Es wird um die Welt gehen.«

»Ich höre die Sätze und wundere mich«, sagte Clara. »Kirche als Volk Gottes auf dem Weg. Die Armen in die Mitte stellen. Worte, die auch Jesus sagte. Müssen sie wieder ausgegraben werden?«

»Kann gut sein, Medellín und Puebla knüpfen an kirchliche Traditionen auf unserem Subkontinent an. Unsere Leute leben eine tiefe Religiosität und einen facettenreichen Volksglauben. Das lange für dumm verkaufte Volk trinkt aus der Bibel, die mehr als sieben Siegel unter Verschluss hielten. Es erinnert die Kirche an das Evangelium, fordert die Mächtigen heraus, prangert ungerechte Strukturen an und arbeitet sich daran ab. Dass viel zu viele im Dreck dahinvegetieren, ist Menschenwerk. Massenelend ist keine gottgewollte Armut, die direkt in den Himmel führt! Endlich sagen wir das laut und jagen die Vertröstung auf den Himmel zum Teufel.«

Clara sog den schweren Duft ein, der herüber wehte. Waren es die Blütenkelche, die nachts ihr Aroma verströmten? Fatima zeigte auf die Ecke des Hofes, aus der es duftete.

»Pflanzen unterscheiden nicht nach Reich und Arm. Du glaubst nicht, wie viele bildschöne Gewächse ich zwischen den Baracken entdecke. So wie die Liebe, die im Elend blüht.«

»Und sich durch dicke Bretter bohrt«, ergänzte Clara.

Über Fatimas Gesicht ging ein angespanntes Schmunzeln, als dächte sie an die zu bohrenden Bretter. »Unsere Theologie führt die Kirche aus der bürgerlichen Enge in die Weite. Die Reichen meinen, die Option mit den Armen sei gegen sie gerichtet. Das ist Unsinn, wir brauchen die Wohlhabenden. Es geht um die Absage an jegliche Kumpanei mit der herrschenden Macht, die ihre Verantwortung für die Mehrheit nicht wahrnimmt. Das ist etwas ganz anderes.« Fatima hielt an: »Worauf wollte ich hinaus?«

»Du sprachst von der Weite.«

»Ach ja, einfallsreiche Theologen reflektieren, wie das Volk den Glauben versteht. Das ist das Neue. Padres, Theologen und Ordensleute sitzen im Volk, hören zu, lesen die alten Texte mit den Augen und Worten der Armen. Mit den Füßen im Schlamm und Dreck. Sie schweben nicht über den Köpfen und belehren über eine Wirklichkeit, so wie sie sie gern hätten. Das sind keine Revoluzzer. Zugegeben, sie erweitern die Lehre, vielleicht sogar mit radikalen Folgen.«

»Also keine Mode? Irgendein Zeitgeist?«, fragte Clara.

»Nein, bestimmt nicht! Eher ein neuer Blick auf die Kirche, auf den Geist der Bibel. Eine Achtung vor jedem Menschen, unabhängig von Herkunft, Status und Ausbildung, Respekt vor dem persönlichen Glauben, denk dir, was du willst. Für unsere Leute mit dem großen Glauben ist die Bibel das Buch, das mit dem Leben zu tun hat und Auswege zeigt. Und jeder denkt und glaubt anders.«

»Ich verstehe«, sagte Clara. »Die Kirche auf der Schulbank?«

»Ja, kein schlechtes Bild. Die Armen schreien ihre Not heraus und klagen an; sie wollen Rechte, keine Almosen. Die Kirche leiht ihnen eine Stimme. Ist das nicht herrlich? Sie lernt die Armensprache wie eine Fremdsprache.« Fatima geriet zusehends ins Schwärmen. »Am Anfang ist die Schöpfung, am Ende das Jenseits. Um das Dazwischen geht es im Hier und Jetzt. Wir müssen herausfinden, wie es zu den Ungerechtigkeiten und dem skandalösen Reichtum auf der Erde kommt. Neulich fragte Matéus: Warum gibt es Reiche und Arme? Ich wusste nicht, was ich dem Siebenjährigen sagen sollte.«

Clara kannte Fatimas kleinen Freund, ein intelligentes Kerlchen mit viel Schabernack im Kopf. Die Schwestern hatten ihn aufgelesen, als er in einem Müllhaufen nach Essen suchte. »Der kleine Kerl hat dir die große Frage nach der Gerechtigkeit gestellt«, sagte sie.

»Die Theologen haben in ihren Seminaren nicht gelernt, kritisch zu fragen. Das holen sie nach«, sagte Fatima. »Sie analysieren die Ursachen. Wohin sie blicken, entdecken sie, dass der Kapitalismus einen hohen Anteil hat an dem, was in der Welt schief läuft.«

Clara gähnte verstohlen. Aber Fatima war hellwach.

»Schau dir an, was auf der Welt los ist. Sie schafft es nicht, alle satt zu kriegen, als ob das beim Überfluss der Erde so schwer wäre. Das Evangelium zeigt uns, wie es geht. Die Wunder der Brotvermehrung sind nichts anderes als die gerechte Brotverteilung.«

»Eure Befreiungsidee kommt zu vielen in die Quere, fürchte ich.«

»Ja, natürlich! In Europa mag die Entwicklung anders gelaufen sein, aber das Evangelium ist für alle gleich. Es stellt der westlichen Welt im Norden unangenehme Fragen. Ihr glaubt, im besseren System zu leben und das Abendland gegen den Kommunismus oder was auch immer verteidigen zu müssen. Das tut ihr mit fragwürdigen Mitteln. Ich will den Kommunismus nicht, so wenig wie ihn die Befreiungstheologen wollen. Wir wollen, dass Würde und Rechte aller Menschen nicht mit Füßen getreten werden.«

»Der Preis für euren Einsatz ist verdammt hoch.«

»Ist er, aber der Elendeste hat Macht, wenn er mit anderen losmarschiert. Wenn Gewalt, Folter, Unterdrückung so grausam zuschlagen, wie wir es in Lateinamerika erleben, dann brauchen wir alle Kräfte. Auch das Ausland. Stell' dir diesen Widerstand vor.«

»Ihr seid ja längst auf dem Weg. Die Befreiungstheologie wird im Ausland bewundert, ihr müsst weitermachen!«

»Ach, manches ist noch nicht zu Ende gedacht. Die Theologen sind ja selbst überrascht von dieser Kirche der Armen … Und fasziniert. Die Ideen sind ein Angebot an die ganze Kirche.«

Fatima spann weiter und erklärte, wie die Theologen Karl Marx und dessen Analyse des Kapitalismus entdeckten. Wie sie genau das, was Marx beschrieb, in ihren Ländern vor Augen hatten, als habe der alte Philosoph die Auswüchse vorhergesehen. An ihre eigene Realität legten sie die Messlatte der Bibel mit den Botschaften der Befreiung aus Sklaverei und Knechtschaft an.

»Das meinen wir, wenn wir von Befreiung sprechen«, schloss Fatima ihre Lektion.

»Für katholische Ohren klingt das sehr politisch«, sagte Clara.

»Manche meinen, wir beschäftigten uns zu viel mit dem Weltlichen. Als hätten wir uns das Regime ausgesucht, um als Märtyrer zu sterben. Das ist Quatsch, Brasilianer leben viel zu gern. Wer sich aus der Politik heraushält, täuscht sich. Denn eine Kirche, die den Mund nicht aufmacht und die Regierungen schalten und walten lässt, macht sich der viel größeren Sünde des Nichtstuns schuldig.«

Schwang da Bitterkeit in der Stimme, als sei sie es leid, sich ständig mit Kritik auseinanderzusetzen, die neben der Sache lag?

»Sie werfen uns vor, Marxisten zu sein und mit Kommunisten zu paktieren. Absurder geht's nicht! Karl Marx liefert eine Analyse, eine bessere kenne ich nicht, schrieb ein kluger Soziologe. Marx zu lesen ist kein Verbrechen. Ich halte es mit Dom Helder. Als er von einer Journalistin gefragt wurde, was er von einer Zusammenarbeit mit Marxisten halte, sagte er: Gar nichts halte ich von jemandem, der einer Partei oder Ideologie blind folgt. Das einzig Vernünftige ist, zu studieren, was Karl Marx über seine Zeit sagte, und dann aus unserer Realität abzuleiten, was zu tun ist.«

Fatima sprach Clara aus dem Herzen, auch sie verstand die Aufregung nicht. Dom Helder beschimpften sie als Kommunisten, beschmierten seine Mauern. Er musste im Ausland unermüdlich erklären, wie fern ihm der Kommunismus lag, ehe er den Kapitalismus anklagen konnte. Der Kommunismus wurde zur Obsession für ein ganzes Jahrhundert. Und daneben konnte der Kapitalismus ungestört seine Siege feiern. Nicht nur in Brasilien zeigte er seine hässlichste Fratze, und niemand gebot ihm Einhalt, denn diejenigen, die ihn förderten, waren die Eliten, die zu Lasten des Volkes davon profitierten.

Fatima sah traurig aus. »Unsere Gegner, die sich zu tarnen wissen, schwärzen uns auch in Rom an. Ich hoffe, dass der Vatikan klug damit umgeht. Eine Kirche, die im Hier und Jetzt Lösungen finden muss, ist anstrengender als eine, die hinter römischen Mauern lebt. Und eine Kirche, die das ewige Heil predigte und freundlich zum Staat war, wäre den Militärs sicher lieber.«

Warum war Fatima mit einem Mal so traurig? Clara wollte sie trösten, wusste aber keine Antwort auf die Weltfragen und sagte stattdessen: »Du hast eine große

Gabe, Menschen zu führen, Fatima. Du erklärst die Bibel in Bildern, die jeder versteht. Kennst dich in der Theologie aus und urteilst mit scharfem Verstand. Ich beneide dich, wie du die Sprache des Volkes sprichst.«

»Das ist meine Sprache, ich stamme aus armen Verhältnissen. Warum soll ich meine Herkunft verleugnen?«

»Ach«, sagte Clara. »Es ist anstrengend und schön, in eurer Kirche mitzumachen. Weder Marx noch sonst wem wird es gelingen, euch Brasilianern den Glauben zu stehlen.«

Es war Mitternacht geworden. Vom Nachbarhaus wehte Roberto Carlos' Lied vom Krieg der Kinder herüber. Clara hörte in dem Lied die vielen Armen, die an eine neue Erde und an einen neuen Himmel glaubten.

»Weißt du, Clara, dass du ein Glückspilz bist? Was du hier erlebst, ist Geschichte und Gegenwart in einem. Und dass du das mit Dom Helder erleben kannst! Ist das nicht einmalig?«

»Ja«, sagte Clara und stand auf. Ihre Augen ruhten auf der Königin der Nacht, die andächtig ihre Blüte entfaltete.

Papstbesuch

Kein Massenauflauf, kein Papst. Das war für Clara ausgemachte Sache. Johannes Paul II. war auf seiner ersten Brasilienreise für Anfang Juli 1980 in Recife eingeplant. Was sollte ein Papst aus Polen schon bringen? Er hatte zwar in den ersten zwei Jahren nach seiner Wahl mit spektakulären Reisen auf sich aufmerksam gemacht und trat für die Menschenrechte ein; dass er sich zwei Wochen für Brasilien nahm, sprach sogar für echte Neugier. Aber vage blieb, wie er zur Kirche der Armen stand.

Johannes Paul sei ein scharfer Kritiker des Kommunismus und des neoliberalen Kapitalismus, hieß es. Er unterstütze die Botschaft von Puebla, das habe er den Bischöfen Lateinamerikas versichert. Die Realität Brasiliens werde ihn überzeugen, meinten die Hoffnungsfrohen. Clara schlug sich auf die Seite der Skeptiker. Was sollte aus Rom Gutes kommen? Munkelte man nicht, dass Dom Helder von der römischen Kurie ausgebremst würde?

In den Wochen vor dem Besuch stand das Erzbistum Kopf. Die Kommission für Gerechtigkeit und Frieden koordinierte die Straßen, durch die der Papst fahren, die Orte, an denen der Gast empfangen werden sollte. Der erzbischöfliche Palast, seit Jahren als Bürogebäude und nicht mehr als Wohnung benutzt, musste für die Übernachtung hergerichtet werden. Installateure und Maler rückten an.

Die Öffentlichkeit bekam Details geliefert bis hin zum Bett für den Gast. Zugedacht war ihm ein Museumsstück, ein messingverziertes Eisengestell, in dem schon erzbischöfliche Vorvorgänger ihre Glieder ausgestreckt hatten. Aus Büroräumen wurden Schlafzimmer für Protokollchef und Schweizer Gardisten. Nichts Neues anschaffen, improvisieren, war Dom Helders Devise. Episoden liefen um, aus Dichtung und Wahrheit Blüten treibend. Läden, lukrative Geschäfte witternd, übertrafen sich an Kitsch und Kuriositäten in den Farben des Vatikans.

Anfangs war das Verwirrspiel der Nachrichten aus den Steuerungszentralen des Vatikans, der Regierung, der Bischofskonferenz, der Stadt und der verzweigten Polizei- und Sicherheitsorgane ergötzlich. Doch hinter den ständigen Bedenken, die irgendwer gegen irgendwas vortrug, lauerten Interessen, die jede Seite bei dem höchstwichtigen Besuch durchzuboxen versuchte. Clara, nur auf Zuruf gefragt, beobachtete die kleinteiligen Vorbereitungen mit halbem Abstand und erlebte sie als ausgeklügelte Diplomatie.

Welche Route sollte der Papst nehmen? Die Regierung legte Wert darauf, die Schokoladenseite der Stadt mit der katholischen Vergangenheit der Paläste und Kirchen zu zeigen, und ließ vergammelte Fassaden streichen. Das Stadtbild legte seine Feiertagsrobe an. Straßen mit lange schon defekter Beleuchtung bekamen endlich Glühbirnen.

Dom Helder, unterstützt von Bischofskollegen ringsum, plante eine Route, die an den Favelas vorbeiführte. Die wiederum verwarfen die Sicherheitsorgane als viel zu gefährlich. Näherte man sich einer Einigung, hakte der Vatikan nach, und da er das letzte Wort hatte, startete ein neuer Wettlauf im Hase-und-Igel-Spiel. Vorauseilend zerstörte die Militärpolizei am Straßenrand klebende Wellblechhütten und richtete vor den Favelas großflächige Werbeschilder auf. Der Dom ersann demgegenüber die sicherste Alternative. Er ließ die Favelas der Stadt in einer tischgroßen Stadtkarte verschiedenfarbig anmalen, damit er, Route hin oder her, dem Papst das Ausmaß des Elends zeigen konnte. Einer verlässlichen Quelle zufolge, sollen sich der Papst und Dom Helder tatsächlich in einer stillen Stunde über das Bild gebeugt haben.

Bei jedem Formelkompromiss ging es um große Erwartungen. Die Generalität mit ihrer obskuren Verästelung von Militärs und Paramilitärs setzte darauf, dass der päpstliche Antikommunist aus Polen ihr im Kampf gegen subversive Elemente nützlich sein könnte, zumal sie die antikommunistische Haltung des Vatikans an ihrer Seite glaubte. Das Regime hatte jahrelang viel Aufwand betrieben, um den Verdacht der marxistisch-kommunistischen Irrwege von Teilen des Klerus und des Laienvolkes in die Köpfe zu pflanzen. Die regimetreue Presse spekulierte, der Papst werde der brasilianischen Kirche die Leviten lesen. Eine Mahnung für den aufmüpfigen Bischof von Recife, es mit dem Aufwiegeln der Massen nicht zu übertreiben, würde die politische Strategie besiegeln.

Den erhofften Prestigegewinn für den angekratzten Ruf der Diktatur Brasiliens ließen sich die Generäle eine Menge kosten. Sie zahlten die Reisekosten und gedachten dem Vertreter des Heiligen Stuhls aufs Generöseste alle Ehre zu erweisen. Der Vatikan wiederum deklarierte die Reise zum pastoralen Besuch des obersten Hirten der Christenherde. Der Papst komme nicht als Oberhaupt des Vatikanstaats, und er habe keine politischen Botschaften im Gepäck.

So machte sich jede Seite ihren eigenen Reim, während das Land vibrierte. Dass Gott Brasilianer war, wusste man seit langem, wie sonst war zu erklären, dass der Weltenschöpfer das Land so überbordend beschenkt hatte. Das Kirchenvolk in seiner sprudelnden Frömmigkeit sah dem Vertreter Gottes auf Erden aufgeregt entgegen. Es sparte, lieh Geld, nahm Beschwernisse in Kauf, um dem leibhaftigen Papst vom anderen Ende der Welt entgegenzureisen. In den Gemeinden mieteten sie Busse, malten Spruchbänder, nähten Fähnchen, kauften gelbweiße Handtücher als Fahnen und Sonnenschutz. Alle, die an der Seite der Armen kämpften, hofften auf Rückendeckung für eine Kirche der befreienden Botschaft.

Die genialste Idee, wer immer sie hatte, förderte den Platz der Messe im Freien zutage. Stadtregierung, Gouverneur, Sicherheits- und Polizeibehörden kamen mit immer neuen Vorschlägen. Jedes Mal tauchten Hindernisse auf, zu klein, zu weit weg, zu zentral. So flog der Ball hin und her, bis das Erzbistum den Viadukt Joana Bezerra aus dem Hut zauberte, eine Hochstraße, die über dicht besiedeltes Gebiet hinweg führte. An einer Stelle lief sie jedoch über Brachflächen. Der Ort lag zentral, reichte aus für Busparkplätze, war mit öffentlichen Bussen zu versorgen und bekam die Höchstwerte. Alle schienen ermüdet, und der Ort bekam den Zuschlag.

Wie durch ein Wunder tauchte das Besondere des Ortes auf der famosen Checkliste nicht auf. Neben dem Viadukt, geradewegs in die Augen springend, breitete sich eine der hässlichsten Favelas aus, die in amtlichen Stadtplänen nicht existierten. Clara malte sich zusammen mit anderen in diebischer Freude aus, wie Dom Helder dem Papst die Landschaft aus Bretter- und Wellblechbuden von oben mit ausholender Geste zu Füßen legen würde.

Bei aller Freude über Geniestreiche überwog das angespannte Klima. Schlief der Dom noch? Das fragten sich manche, wenn sie ihn sahen, den Nimmermüden, der alle mit seiner Gefasstheit ansteckte. Während die meisten verdrießlich auf die permanenten Änderungen reagierten, munterte der Dom auf und ließ sich stets neu inspirieren. Er werde mit dem Leben bezahlen, wenn er sich im Papamobil mit dem Papst sehen ließe, so oder so ähnlich lauteten die Drohungen und Beschimpfungen. Der Dom reagierte so ruhig, wie die Angst der anderen zunahm. Hatte er Kräfte, die das normale Maß überstiegen?

Clara sah ihn umhergehen und verglich, was er tat, mit dem, was er sagte und schrieb: *Das Äußerste geben. Immer mit der Seele arbeiten und mit ganzer Seele, egal, ob es darum geht, einen Weltraumflug zu den Sternen zu steuern oder einen simplen Punkt mit einem Bleistift auf ein Papier zu setzen.* War das sein Geheimnis? Mitschöpfer nannte er die Menschen, Mitmacher an der Seite des Schöpfers. Hatte der Dom einen besonderen Zugang zu Gott, schob dieser dann und wann seinen rätselhaften Schleier leise zur Seite?

Hasstiraden auf Helder Camara waren nicht neu. Sie waren während der über ihn verhängten Pressesperre zwar verstummt, hatten aber seit der Lockerung der Zensur freie Bahn. Dieser rote Bischof, verrückter Prälat oder ähnlich abfällig Betitelte folge nicht dem Beispiel Jesu. Er ruiniere den Ruf des Landes, reise als Brieftaube der internationalen Linken durch die Welt und unterwandere die ausländische Presse. Hinter dem harmlosen Mondgesicht mit der sanften Stimme verstecke sich ein Agitator des Klassenkampfes, ein Erzengel des Hasses.

»Wer mein Feind sein will, verliert Zeit, weil Gott mir hilft, Bruder aller Menschen zu sein«, pflegte Dom Helder zu sagen.

Auch über Paulo Evaristo Arns ergossen sich Kübel von Jauche, stand der Kardinal doch wie ein Fels zu den großen Streiks in den Industriestädten um São Paulo. Man beschuldigte ihn, den Streik der Metallarbeiter angestiftet zu haben. Selbst Misereor, das Hilfswerk der deutschen Katholiken, bekam sein Fett weg; es habe in Brasilien Geld für marxistisch-ideologische Ziele investiert.

In jüngerer Zeit hatte die Presse den Grundton vorsichtig verschoben. Dass die Kirche Staatsfeind Nummer eins war, blieb nicht verborgen. Die Opfer und Folterungen des Regimes ließen sich nicht mehr leugnen. Eine mutige Reporterin wagte 1979 den Test auf die Lockerung der Pressezensur und brachte in der überregionalen Zeitung Jornal do Brasil eine ausführliche Reportage zu Dom Helders siebzigsten Geburtstag. Buchbesprechungen und ins Positive gewendete Notizen folgten. Der zwangsverstummte Bischof wurde wieder bekannter.

Andere Gazetten droschen jedoch bis zum Papstbesuch unvermindert auf die Kirche ein. Schmiereien an Dom Helders Wohnung und an Kirchengebäuden, die den marxistischen Klerus, die Banditen in der Soutane treffen sollten, und der Telefonterror, rissen nicht ab. Einen bizarren Anblick bot der Erzbischöfliche Palast, der den Papst beherbergen sollte. Die mehrmals getünchten Mauern wachten jedes Mal mit hasserfüllten Parolen auf, so dass die Militärpolizei, die vielleicht sogar dahinter steckte, abkommandiert wurde und das Gebäude Tag und Nacht bewachen musste.

Wer wollte sicher sein, dass die Wut nicht in einen Anschlag umschlug? Welcher teuflische Plan mochte in den Übereifrigen des Regimes gären? Und das bei einem Erzbischof, der persönliche Sicherheitsvorkehrungen ablehnte, wie immer allein unters Volk ging und mitten in der Nacht die Tür öffnete! Ob er nicht wenigstens jetzt vorsichtiger war? Clara wusste es nicht und zitterte mit den anderen. Die Mitstreiter, die um sein Leben bangten, trösteten sich damit, dass selbst die ärgsten Fanatiker einen Märtyrer in letzter Minute nicht gebrauchen konnten. Vor dem so sehr herbeigesehnten Papstbesuch war der Dom gewiss nicht lebensmüde. Aber zuviel Gottvertrauen konnte nach hinten losgehen, und nicht wenige schüttelten den Kopf über soviel Leichtsinn. Kurz vor dem Papstbesuch wechselte er das Quartier und zog für die Tage des Besuchs in den erzbischöflichen Palast. Irgendjemand musste ihn überzeugt haben. Wollte er dem Umfeld kein Ärgernis bereiten?

»Sein Gesicht sieht arg zerfurcht und mitgenommen aus«, sagte Clara zum Pförtner, als der Dom an ihnen vorbeiging.

»Aber auch leuchtender als sonst«, sagte der alte Pförtner.

Die Auslandsreise des Papstes sollte die bisher längste werden. Genüsslich zitierte die nationale Presse Rekorddaten: In 13 Tagen über 13.000 Kilometer durch 13 Städte mit 50 Reden im größten katholischen Land der Erde mit seinen 103 Millionen getauften Katholiken, was 95 Prozent der Bevölkerung entsprach. Nicht erwähnt wurden die 64.000 kirchlichen Basisgemeinden und die aufmüpfige Bischofskonferenz; sie hätten die plakatierte Harmonie der Jubeltage gestört. Die internationale Presse kündigte den Besuch eines Superstars an, ein Etikett, das dem Papst mit der medialen Ausstrahlung anklebte. Der Präsidentengeneral Figueiredo hob die Pressezensur für den Papstbesuch überraschend auf. Da Radio und Fernsehen in die tiefsten Winkel des Subkontinents drangen, lag die Vermutung nahe, dass das Regime dem Volk allerorten kirchentreue Generäle, Gouverneure und Bürgermeister vorführen wollte, die in ergebener Pose die tiefe Kluft zwischen Regime und Kirche überspielten. Die Eliten beherrschten die Rituale der Kirche souverän. Und sie wussten dem Volk Sand in die Augen zu streuen.

Was würde der Papst sagen? Die Bischöfe hatten Vorschläge nach Rom gemeldet und Entwürfe des Papstes zur Durchsicht bekommen. Dom Helder war glücklich über das Thema der Landarbeiter, das dem Nordosten der Latifundien, der multinationalen Konzerne und Monokulturen auf den Nägeln brannte. Wie üblich beriet er den Text mit Vertretern der Betroffenen. Er dachte einer stattlichen Anzahl von ihnen den Ehrenplatz neben dem Altar zu, die unvermeidlichen Autoritäten auf der einen und die verarmten Landarbeiter auf der anderen Seite. Sein untrüglicher Sinn für Symbolik und ausdrucksstarke Dramatik, die das Volk besser verstand als tausend schöne Worte, traf immer den zündenden Punkt.

30. Juni 1980: Brasília, erste Station. Am Flughafen der Präsident, General Figueiredo, Kardinäle, Bischöfe, Laien. Die deutliche Ansage des Papstes, seine Reise sei pastoral, nicht politisch. Palmwedel und gelbweiße Farben grüßten den Papst und säumten die Straßen bis zur Kathedrale wie beim Einzug Jesu in Jerusalem. Der Messfeier mit den Bischöfen des ganzen Landes folgte das Treffen mit dem Staatspräsidenten. Der Papst erinnerte die Regierung an ihre Pflicht, für das Gemeinwohl und die Rechte der Benachteiligten zu arbeiten. Der Besuch in einem Gefängnis in Brasília setzte einen starken Akzent in einem Land, wo Unschuldige gefoltert wurden. Dagegen war ein Tref-

fen des Papstes mit einer Formation der Armee vom Vatikan kurzfristig abgesagt worden, da ein Rechtsanwalt des Erzbistums São Paulo entführt worden war.

»Es läuft in unserem Sinne«, rief Marcos Castro durch die Gänge. »Ist er nicht wunderbar?! Er sagt laut, was er denkt, zitiert Puebla, die Kirche der Armen, lobt die Basisgemeinden als urchristlichen Beitrag der Kirche Lateinamerikas, steht voll an unserer Seite.«

Botschaften und Bilder fesselten die Sinne, rauschten aus allen Kanälen und füllten ganze Seiten mit Fotos und mehrseitigen Reportagen. Medien überboten sich in der Bewunderung für den vitalen, jungen Papst mit der grandiosen Ausstrahlung und der herzlichen Nähe und Bescheidenheit. Die Presse schien es nicht zu fassen: Der polnische Papst sprach Portugiesisch! Einige wussten zu vermelden, dass Seine Heiligkeit die Sprache eigens für die Reise gebüffelt, sie bei einem Treffen mit Brasilianern getestet und sich in Rom mit dem Kardinal von Rio auf Portugiesisch unterhalten hätte. Und, so bemerkten Kenner päpstlicher Gepflogenheiten, er spreche nicht von oben herab in der herkömmlichen Wir-Form, sondern erzähle wie ein normaler Mensch aus seinem Leben.

Da kam, wahrhaftig und greifbar, ein liebenswürdiger, sympathischer Mann mit natürlicher Autorität, einer mit den großen Gesten, die der Sprechweise der Brasilianer so vertraut waren, als gestikuliere da einer der ihren. In einer Favela in Rio de Janeiro überreichte er spontan und voller Mitgefühl seinen Papstring an die Bewohner. *Er will diese Kirche der Armen, der Wahrheit und Gerechtigkeit*, titelte das in Rio erscheinende Jornal do Brasil.

Brasilien schenkte dem Papst eine eigens ihm zugedachte Hymne, abgeleitet von einem Brauch, mit dem Kinder, auch als Erwachsene, bei der Begrüßung den Segen ihrer Eltern erbitten: A bênção, segne mich. Die Eltern antworten mit einer Segensgeste: Gott segne dich. Nach dieser Vorlage schallte es aus allen Kanälen ins Land. Brasilien sang sich ins Herz des Papstes und, wie es schien, in das Herz der Welt hinein: A bênção, João de Deus. Segne uns.

Die Gesichter der Verantwortlichen in Recife entspannten sich. Der Papst stand zur Kirche der Armen und teilte keine Schelte aus. Zu staatlichen Obrigkeiten hielt er freundlich-diplomatische Distanz. Das Volk liebte João de Deus mit der ihm eigenen Herzlichkeit. Und die Presse war überzeugt, dass João Paulo, von der Liebe der Menschen eingefangen, eine ebenso tiefe Liebe zu Brasilien empfand. War die der Kirche so lange feindlich gesinnte Presse dem Superstar verfallen? Der alles wissende Marcos Castro verriet, die Presse sei angewiesen, während des Papstbesuches keine Hasstiraden loszulassen. Erklärte das den versöhnlichen Ton, oder waren Journalisten sogar erleichtert, dass sie mitfeiern und die Keulen in den Ecken lassen konnten? Die Medien, so versicherte der Alleswisser, würden von der vatikanischen Delegation professionell mit Texten beliefert. Der ist auch angesteckt, dachte Clara.

Es kam der siebte Juli 1980, in Recife ein schul- und arbeitsfreier Montag. Die Zeitungen brachten Großanzeigen mit dem Papst, finanziert von der Regierung, von Banken und Hotels. Auf den Straßen begrüßten Bänkelsänger den Weitgereisten und ernannten ihn zum Brasilianer. Clara, zwischen Neugier und Abstand pendelnd, glaubte noch immer, der Begeisterung aus dem Wege gehen zu können. Aber sie hatte nicht mit den zwei Frauen aus dem Hospital in Itajara gerechnet, die eine Nacht und einen Tag lang mit dem Bus gefahren waren, am Vorabend vor dem Haus standen und den Papst sehen wollten. Elva, eine Nachbarin, schalt Clara eine Närrin, schleppte sie mitsamt Besucherinnen zum Supermarkt, wo Freundinnen mit Vorräten für den kommenden Tag warteten.

Sieben waren sie. Elva, die Dynamische, schob alle ab in die Küche, wo sie vorbereiteten, was mitgehen sollte. Brötchen, belegt mit einem undefinierbaren Brei aus Hackfleisch, einer Kreuzung aus Hamburger und Hotdogs, das halte am besten, Wasser in Plastikbehältern und Orangen. Clara ließ sich von der Freude mitziehen.

Und so stand Elva am nächsten Morgen weit vor sechs und vor den anderen mit dem Proviantkorb an der Haltestelle. Trauben von Menschen warteten auf Busse. Sie kommentierten, wie wichtig der Papst sei, ein Heiliger von weither werde sie alle segnen. Kerzen, Figuren, Rosenkränze und Kreuze kamen zum Vorschein, auf die ein kleiner Segen des großen Santo Padre fallen sollte. Seltsam, ging es Clara durch den Sinn. Als Kind hatte sie Wallfahrten gemocht; immer passierte etwas Aufregendes. Nur für die Mitbringsel hatte sie sich nie erwärmt. Jetzt begriff sie. Etwas Heiliges um sich zu haben, gab den Menschen Zuversicht.

Von Salvador da Bahia kommend, würde der Papst zur Messe auf dem Viadukt Joana Bezerra fahren. Er hatte in Salvador noch Programm zu absolvieren, ehe er den Flug nach Recife antreten konnte. Die Papstmesse war für den frühen Nachmittag angesetzt. Als die Frauen nach Busfahrt und Fußmarsch durch eine verstopfte Stadt den Platz am Viadukt erreichten, strömten so viele Menschen von allen Seiten, dass gute Plätze längst vergeben waren. Viele hatten auf dem Boden übernachtet. Die auf eine Million anschwellende Menge stand dicht gedrängt, so dass niemand durchkam.

Unter sengender Sonne würden sie stundenlang eingekesselt sein. Ambulante Händler irgendwo am Rand waren aus der Menschenfülle heraus unerreichbar. Von der Höhe des Viadukts hielt ein Moderator die Leute über Lautsprecher mit Liedern bei Laune, was funktionierte, da Brasilianer gerne sangen. Auf dem Viadukt, wo Altar und Bänke warteten, sammelten sich festlich gekleidete Personen, unverkennbar die Landarbeiter aus dem Umland. Vorerst brüteten sie in der Sonne genauso wie das Volk am Boden. Irgendwann erstarb die Sangeslust und der Moderator gab auf. Aus dem Lautsprecher kam die Information, der Papst werde sich verspäten.

Die Leute blickten auf das Fleckchen Erde, auf dem nur Füße stehen konnten. Und dann geschah das Unglaubliche. Immer mehr Sitzplätze wuchsen aus dem Boden. Schirme trotzten der Sonne Schatten ab. Die Zeit wanderte dahin, der Mittag rückte an. Einige schnürten Essbeutel auf und packten Mitgebrachtes aus, Selbstgekochtes, Reis, Bohnen, geröstetes Brot. Manche aßen hinter vorgehaltener Hand, als schämten sie sich des Proviants. Anfangs teilten diejenigen untereinander, die zusammen gehörten. Dann wandten sie sich den Nachbarn zu. Töpfe mit Reis und Bohnen, aus denen jeder sich bedienen konnte, machten die Runde. Elva ließ Brote und Orangen wandern. Wasser ging von Hand zu Hand. Clara nahm das Geschehen wie im Traum wahr, sah die Menge vereint um eine Schüssel sitzen, von einem einzigen Brot essen und aus einem einzigen Gefäß trinken, ohne Worte, in Eintracht und Liebe.

In der vormals drangvollen Enge gab es wie durch Zauberhand Bewegung, als habe sich der Raum ausgedehnt. Angestammte Plätze, zu Beginn drängelnd verteidigt, gab es nicht mehr. Die einen halfen den anderen und teilten den Raum, der nichts von der Enge verlor und dennoch zu einem weiten wurde. Sogar die Händler verkauften bis tief in die Menge hinein, weil viele Hände halfen, Ware und Geld zu befördern. Eine schwangere Frau brach zusammen und lag auf der Erde, als es hieß, jemand aus der Favela habe am Rand Betten aufgestellt. Noch ehe die Worte verklungen waren, schulterten Männer die Frau und trugen sie auf erhobenen Armen über die Köpfe hinweg. Bilder aus der Bibel erwachten, wo die Leute ihre Kranken durch Menschenaufläufe hindurch zu Jesus brachten.

Während der unbarmherzig heiße Tag sich nicht von der Stelle rührte, hieß es von oben, die Maschine des Papstes sei verspätet, aber mittlerweile in Salvador abgeflogen. Die Nachricht wirkte wie eine Betäubung auf die schläfrige Menge. Noch immer wurden Wasser und Essen herumgereicht, obgleich doch alles verteilt war. Woher kamen Brot und Reis? Und Elvas Hasenbrote, die doch längst herumgewandert waren? Hatte sich das Wenige beim Teilen vermehrt? Ein Hirngespinst, einfach zu erklären? Oder doch ein Wunder, das den Platz verwandelte, weil sie miteinander teilten?

Ein Gedanke setzte sich in Clara fest: Was sie sah, war die Erklärung für das biblische Wunder der Brotvermehrung am See von Genezareth, als Tausende von fünf Broten und zwei Fischen satt wurden. Und wenn die Wahrheit so einfach war, dann brauchte es für eine Welt ohne Hunger kein Gotteswunder, sondern, wie hier im Kleinen, das Menschheitswunder der gerechten Brotverteilung.

Das Raunen der Menge holte Clara aus der Welt der Wunder auf den Platz zurück. Ihr war, als sei, was sie von diesem Besuch erwarten konnte, schon eingetreten.

»Der Papst, o papa!«, schwoll das Rauschen aus allen Kehlen.

Was gelbweiß aussah, flatterte in der Luft. Die Bewegung auf dem Viadukt zeigte die Richtung an, aus der Johannes Paul kam.

»Dom Helder!«, riefen einige, in dieselbe Richtung weisend.

Und da schritten sie, der Papst in Weiß und neben ihm der Dom, nicht in vatikanischem Schwarz, sondern in der gewohnten beigefarbigen Soutane mit dem Holzkreuz. Die Menge jubelte und rief beiden zu, was in den Sinn kam. Sprechchöre formten Gleichklänge, die João de Deus galten, wechselten ab mit Liebesgrüßen, die dem Bischof zuflogen. So wie die Gesichter unten strahlten, mussten die beiden oben auf die Menge zurückstrahlen.

Diese wollte den himmlischen Moment nicht aus der Hand geben, und niemand wagte es, den Jubel zu unterbrechen. Die beiden dort oben gehörten dem Volk, das Hitze und Müdigkeit vergaß. Freude strömte, leuchtete über der Stadt, stieg zur Sonne empor und flog zur Erde zurück. Der leidgeprüfte, leidensfähige und tränenreiche Nordosten gab, was er geben konnte: die Fülle überströmenden Herzen. Der Jubel kannte kein Halten mehr, als ein Landarbeiter sein Geschenk überreichte, und der Papst den für Landarbeiter typischen Strohhut auf den Kopf mit dem gelichteten Haar setzte.

»Parabéns, João Paulo, herzlichen Glückwunsch. O papa é nosso, du bist Nordestino«, so und ähnlich klang es aus der Menge. Sie vereinnahmten den Papst als einen der ihren.

Daneben strahlte der Dom die pure, greifbare Freude aus. Der Papst lachte und tuschelte mit ihm, als teste er da oben sein Portugiesisch. So sah es ein Journalist aus der Nähe. So hielten es die vatikanischen Fotografen fest. Die herzliche Umarmung der beiden, die dann folgte, wanderte hinaus in die Welt.

Die Messe begann mit doppelter Verspätung. Doch wer glaubte, der Jubel wäre zu Ende, täuschte sich. Er brach sich mehrmals Bahn, war nicht zu bremsen, schon gar nicht, als der Papst Dom Helder seinen Bruder nannte: »Mein liebster Bruder Dom Helder Camara, Bruder der Armen und mein Bruder.«

Diese Anrede wurde sonst niemandem zuteil, und alle wussten, hier wurde ihr Dom, der mutige Erzbischof, besonders ausgezeichnet. Wer gehofft hatte, Johannes Paul II. werde den aufmüpfigen Bischof zurechtweisen, dem verschlug es spätestens jetzt die Sprache. Die Menge wollte nicht nur den Papst, sie wollte auch ihren Bischof hören und rief so laut, so energisch, dass die Bitte auf dem Viadukt ankam. Da das vatikanische Protokoll keine Ansprache des Ortsbischofs vorsah, mussten die beiden sich rasch verständigt haben.

Dom Helder sagte die Sätze, die hinterher in den Zeitungen standen: »Lieber Heiliger Vater. Ihre Heiligkeit begegnete auf den vielen Kilometern einem Volk, das Sie liebt. Hier ist nicht nur Recife versammelt. Auch Olinda, das ganze Hinterland mit seinen Bistümern. Aus Alagoas sind sie hier, aus Maceió, João Pessôa und Guarabira, Rio Grande do Norte, aus Natal. Heiliger Vater, wer das Herz

Ihrer Heiligkeit kennt, weiß, dass kein bisschen Müdigkeit Sie abhielt, sich von Stadt zu Stadt aufzumachen. Von der einen in die andere Stadt. Die Kinder berührten das Herz eines wahren Stellvertreters Christi. Die Jugend, für die Ihre Heiligkeit eine ganz besondere Zuneigung empfindet; die Väter und Mütter der Familien, ja, Sie haben uns von Mal zu Mal neu angeregt, uns als Familie zu verstehen. Und hier nun, Heiliger Vater, stehen vor Ihnen die Delegierten der Bauern, der Landarbeiter. Es ist Ihnen, Heiliger Vater, unmöglich, jeden einzelnen zu umarmen. Gestatten Sie deshalb, dass ich Ihnen im Namen aller, die hier anwesend sind, aller, die auf dem langen Weg sind, allen, die Sie im Fernsehen und am Radio begleiten, dass ich im Namen aller Ihre Hand umarme und küsse.«

Mit der melodischen Stimme des Portugiesischen klangen diese Sätze so innig und schön, dass die Menschen wiederholt mit Freudenrufen applaudierten, als wollten sie den Dom mit dem Papst auf eine Stufe stellen, ihren Vater, ihren Bischof, der demütig zum Papst aufsah, da Johannes Paul ihn um einen Kopf überragte.

Der Papst sprach über die Rechte der Armen auf ein Stück Land. Über die Verantwortung der Großgrundbesitzer, die er ermahnte, eine Agrarreform mit einer gerechten Verteilung des Landes zu unterstützen. Er fragte die Mächtigen, wie so viel Armut in einem so reichen Land möglich sei. João de Deus traf mit seinem Portugiesisch und mit seiner Ausstrahlung mitten in die Seele des Nordostens. In Brasília sei sein Portugiesisch noch holperig gewesen, wusste eine Zeitung zu berichten. In Recife habe er es mit dem schönsten Akzent in die liebenswürdige Aura der Heiligkeit eingehüllt. Das war das höchste Lob, das einem Menschen im Vielvölkerstaat mit mancherlei absonderlichen Akzenten zuteil werden konnte.

Und dann formte sich, was das Volk dachte, als der Papst den Dom als seinen Bruder ansprach: »Dom Helder Cardeal.« Den Vatikan hatten Briefe erreicht mit der Bitte, die Arbeit des Erzbischofs auf dem ältesten Bischofssitz des Landes endlich mit der Ernennung zum Kardinal zu würdigen und den Willen Gottes nicht der Rücksicht auf die brasilianische Regierung zu opfern. »Dom Helder Cardeal, Dom Helder Cardeal!« Ein Sprechchor brauste zum Viadukt hinauf und füllte den offenen Himmel.

Als die Feier zu Ende ging, lag der Abglanz der Sonne auf den Gesichtern. Glückliche Herzen kehrten nach Hause zurück. Viele Brasilianer sahen den totgeschwiegenen Erzbischof im Fernsehen zum ersten Mal. Und viele fragten: Dieser bescheidene Mann soll der gefährlichste Feind der Militärs sein?

»Der Papstbesuch wird das Klima verändern«, sagte Clara in eine Runde hinein, die im Erzbistum ein Fazit zog. Ihre Vorbehalte gegen den Papstbesuch waren zerplatzt, und sie dankte noch immer für den Tag, an dem sie ihren Glauben und die Papstkirche einig erlebt hatte wie lange nicht mehr.

»Ja, in gewisser Weise«, meinte der Anwalt, der hinter einem Stapel Zeitungen saß. »Die nationale Presse, höre ich hinter vorgehaltener Hand, durfte mit den Leuten auf der Straße nicht reden. Aber das Volk meldete sich in den Bildern überschäumender Freude umso lauter. Hier steht in steifen Worten …«, er hielt einen Zeitungsausschnitt hoch, »… die Gesellschaft sei nach vielen Jahren des Schweigens zum Subjekt der Ereignisse geworden; tagelang sei das Volk – frei von Regierenden – Akteur in den Straßen gewesen. Die ausländischen Zeitungen loben den dynamischen Papst, der, begeistert von Brasilien, nach Rom zurückgekehrt sei. Sie berichten, wie couragiert Johannes Paul den Diktaturen in Ost und West gegenübertritt, sie sprechen von großen Hoffnungen und preisen die anhaltende Wirkung auf das politische Klima in Brasilien.«

Claras Freude deckte sich mit der Hoffnung vieler: »Dieser Papst könnte der im Mittelalter verharrenden Kurie gewachsen sein und Schwung in die Kirche bringen. Er besetzt das Feld der Menschenrechte, der Freiheit der Völker. Da spricht ein Papst, der Unterdrückung kennt und ich hoffe, dass seine Botschaft noch lange in die Welt der Armen und Reichen zurückleuchtet.«

Der Anwalt schloss seine gesammelte Medienschau ab und wurde ernst: »Lassen wir die Euphorie. Machen wir uns nichts vor. Der Papst mag eine Kirche mit gestärkter Tatkraft hinterlassen haben. Und gegen die Kirche sein, heißt in Brasilien, gegen das Volk handeln. Die Machthaber wissen das, und was sie herausposaunen, klingt schön. Allein mir fehlt der Glaube.«

Die Medien verbreiteten die schönsten Kommentare der Regierung: Die Papstreise markiere eine Öffnung, die auf das Volk höre und die Rechte aller respektiere. Das sei der Wille des Volkes, und der Papst habe alle inspiriert, die nötigen Transformationen zu ergreifen für Gerechtigkeit als Weg des Friedens.

»Leere Sprüche«, fuhr der Anwalt fort. »Worte, die wir seit sechzehn Jahren hören. Die Regierung springt schamlos und zynisch auf jeden Zug auf. Sie setzen auf Vergessen. Die Fotos von Johannes Paul und Dom Helder in Häusern und Hütten werden Staub einfangen und verblassen.«

Die Runde verfiel in betroffenes Schweigen. Bei aller Freude formulierte der Anwalt, was niemand ausschließen konnte.

»Kein Grund zum Verzagen«, sagte er in die Stille hinein. »Hier. In holländischen und belgischen Zeitungen ist zu lesen, der Papst habe die Ehre des roten Bischofs Helder Camara wieder hergestellt. Wir haben viele Freunde.«

Dom Helder Camara

»Lassen Sie ihm seinen Glauben.« Dom Helder sagte es so, als wolle er ihrem Eifer eine Prise Milde beimischen.

Clara zuckte zusammen. Sie hatte ein Taxi genommen, sich auf die hintere Bank gesetzt und gewartet. Als sie den Fahrer entlohnte, um dem Bischof zuvorzukommen, kam sie sich wie die Güte selbst vor. Zugluft trug nachtschweren Tropenduft durch die Fenster. Der Taxifahrer erzählte, er gable den Dom manchmal auf, so wie alle Kollegen. Niemand nehme Anstoß, die Fahrgäste seien froh, den Bischof zu treffen. Ein Wort gab das andere, und Clara erfuhr, der Fahrer sei katholisch getauft, jetzt aber bei den Adventisten.

»Im Grunde ist es ja gleich, in welche Kirche man geht. Alle lesen die Bibel und glauben an Jesus.«

Clara war dabei, ihm begreiflich zu machen, dass es Unterschiede gebe. Im Kopf eine säuberliche Trennlinie zwischen Kirchen und Sekten, verhedderte sie sich und bemerkte nicht, dass Dom Helder Bruchstücke ihrer Lektion mitbekommen hatte.

Sein Lächeln, das ihr von vorne zuflog, beschämte sie. Der Dom fragte den Fahrer nach dem zwei Monate alten Säugling und bat nach hundert Metern, vor einem Supermarkt zu halten. Die Arme beladen mit Luftballons, Keksen, Reis und Bohnen, reichte er dem Fahrer eine Hälfte weiter und behielt die zweite auf dem Schoß. Ziel war eine Favela, wo Ordensschwestern ein bescheidenes Haus und eine Kapelle hergerichtet hatten. Der Dom wollte das Licht vor dem Allerheiligsten entzünden und die erste Messe feiern. Er liebte die Ordensleute, die ihre bürgerlichen Bezirke gegen Favelas eintauschten, um den Armen nahe zu sein.

Das Taxi schaffte es nicht bis zum Haus. Dom Helder sah es, stieg aus und watete durch den Schlamm, aus dem ihm eine Kinderschar entgegenblickte. »O papa 'tá chegando, der Papst«, rief ein Mädchen, rannte mit der Meldung davon, kehrte zurück, nahm den Dom an die Hand und zog ihn mit sich fort.

Während andere die Schlaglöcher zu umspringen versuchten, achtete er nicht darauf, wohin er trat, so wie die Kinder, für die Schlamm und Löcher etwas Naturgegebenes waren. Ein seltsamer Zug wanderte an Wellblechhütten vorbei, manche erkannten den Padrezinho, den Dom Helda, den Bispinho, andere, neugierig, wussten nun, wie er aussah. Eine Mutter bat um seinen Segen und rannte davon, sie könne das Baby nicht allein lassen.

Während der Messe, in Enge und Gedränge, sprach Dom Helder über die Hochzeit zu Kana. Er schloss die Sorgen, die er unterwegs aufgesogen hatte, in die Feier ein. Die Predigt entlockte herzhaftes Lachen. Alle umarmten sich, während gesungen wurde: Gott hat Wein nicht in Wasser, er hat Wasser in Wein verwandelt.

Die Schwestern servierten Cola und eine tischgroße Torte, die sie in Stücke teilten und den in der Schlange Wartenden auf handgroßen Servietten überreichten. Manche nahmen das Stück verstohlen mit. Wie viele mochten zu Hause warten? Der Dom spielte mit den Kindern, die im Kunterbunt der Luftballons aus dem Supermarkt herumsprangen. Seinen Kuchen gab er lachend in die Schar hinein.

Nach zwei Jahren Arbeit in Recife glaubte Clara, Dom Helder besser zu verstehen. Keine Begegnung glich der anderen. Jedes Mal entdeckte sie andere Seiten an ihm. Was zeichnete den dreiundsiebzig Jahre alten Mann mit der Wärme und Kraft der Sonne aus, den Weltmenschen mit der Seele voller mystischer Bilder? Der, der im Kosmos zu lesen verstand, hörte mit Inbrunst den Kindern zu, nahm Rat an von berühmten Namen und namenlosen Fischern. Die Unsichtbaren hob er auf den Leuchter und zeigte sie der Welt. Mit unerschütterlichem Glauben kämpfte er für Gerechtigkeit und Liebe.

Für viele war der Dom schon zu Lebzeiten ein Heiliger des Volkes, einer wie Padre Cicero, wie Franz von Assisi, wie Jesus, die sich Armen und Reichen, Freunden und Feinden zuwandten und die Menschen annahmen, wie sie waren, ohne Angst, sich an Schmutz und Krankheit, an Fremden und Andersgläubigen anzustecken. Clara wusste, wenn sie ihn sah, dass es Menschen gab, die das Gotteslicht auf dem Gesicht trugen.

Der Dom war radikal, ein Vorbild. Er lebte, was er sagte, und sagte, was er lebte. Als Redner faszinierte er Massen und blieb dennoch der Bescheidene. Sein weites Denken hatte etwas Prophetisches. Jeder Mensch sei einzigartig, auch Obdachlose, Drogenabhängige oder Verbrecher; das Oben und Unten sei eine menschliche Erfindung. Er war der Bischof aller, egal ob sie zu seiner Kirche zählten oder zu Kulten und Sekten, die sich Kirchen nannten.

Bei Claras Ankunft in Recife war Helder Camara seit sechzehn Jahren Erzbischof von Olinda und Recife, wie das Erzbistum offiziell hieß, weil Olinda nicht nur mit älteren Rechten, sondern auch mit der Kathedrale auf dem Touristenhügel über dem Atlantik aufwarten konnte. Sie wusste wenig über seinen Werdegang. Für sie war er mit dem Nordosten verwurzelt und kaum vorstellbar als der einflussreiche frühere Weihbischof in der damaligen Hauptstadt Rio de Janeiro. Er war keiner von denen, die ihre Bedeutsamkeit vor sich hertrugen. Ein Mitspieler, liebte er wie seine Landsleute das Volkstheater als Dramaturgie einer herben Wirklichkeit. Die Darstellungen hatten im Nordosten eine lange Tradition. Wenn ein Kind sich auf einen Stuhl setzt und sagt, es fliege über den Ozean, dann sitzt es im Flugzeug. An diesem Beispiel hatte sie Dom Helders Blick auf die Welt verstanden.

Die erste Begegnung war eine im Vorübergehen gewesen. Clara sah ihn in der Eingangshalle der bischöflichen Verwaltung mit Anwesenden sprechen, eine schlichte Gestalt in einer hellen Soutane. Jemand hatte erwähnt, dass er mit dem langen Gewand von seinen kranken Beinen ablenke, die von einer Filariose herrührten. Doch das Äußere war nicht der Grund der Anziehungskraft, die sie innehalten ließ. Der Mann mit den schwingenden Gesten eines Schauspielers schien ein Bündel aus Dynamit zu sein und gleichzeitig einen Himmel voller Sanftmut in sich zu bergen.

Sie kannte Gesichter wie seines, bäuerliche aus dem Nordosten mit dem offenen Lächeln. Sie verrieten eine Portion Lebenstüchtigkeit, eine Intelligenz, mit der die Härte des Alltags klug und praktisch angegangen werden konnte. Dahinter steckten Menschen, die der Lebensfreude zugetan waren, arglos, unbekümmert, mit dem Urvertrauen der Kinder, das auch dann nicht verlorenging, wenn die Sorgen der Erwachsenen dazukamen. Solche Gesichter grenzten nicht ab und nicht aus. Ironie prallte daran ab.

Hélder Câmara, ein Meister der einfachen Worte, der sogar seinen amtlich gemeldeten Namen ohne Akzente schrieb, kam 1909 in Fortaleza, der Hauptstadt des Bundesstaates Ceará, zur Welt. Die Stadt unterhielt enge Beziehungen zu Frankreich und lebte mit einer frankophonen Kultur. Der Junge, das elfte von dreizehn Kindern einer Lehrerin und eines in seiner französischen Firma geschätzten Buchhalters, lernte im bildungshungrigen Milieu einer Familie, die sich über Wasser hielt, aber auch Zeiten bitterer Armut kannte. Die Mutter, katholisch, und der Vater, Freimaurer, legten Wert auf gute Erziehung. Dom Helder erwähnte seine Mutter auf eine Weise, die vermuten ließ, er müsse sie sehr geliebt haben. Von ihr erfuhr er, dass alles am menschlichen Körper vom Kopf bis zu den Füßen von Gott geschaffen und deshalb gut war; nie solle er sich etwas anderes einreden lassen. Sie machte ihn immun gegen die Prüderie, mit der die katholische Lehre an die Sexualität heranging.

Dom Helder begegnete der Schöpfung mit Respekt und wurde nicht müde, diese Wertschätzung weiterzugeben. Das Böse gründe in der menschlichen Schwäche. Gleichwohl sei der Mensch fähig und berufen, diese Welt der staunenswerten Erfindungen, der Künste, des natürlichen Reichtums an der Seite Gottes weiterzuentwickeln und dem Guten zum Durchbruch zu verhelfen.

Der Erzbischof passte in keine Schublade, so sehr sich rasterwütige Ideologen auch mühten, ihn einzusortieren. Er verhielt sich anders als viele Katholiken sich Bischöfe vorstellten. Als Mensch fiel er aus dem Rahmen. Für einen Spinner war er zu lebenspraktisch. Der Priester war stets für Überraschungen gut. Das alles war er und auch wieder nicht. Ideologien studierte er auf der Suche nach dem Kern, der in jeder stecke; die menschliche Intelligenz sei unfähig, dem totalen Irrtum zu erliegen. Er machte es den Gegnern leicht, über ihn herzufallen. Doch genau dieses Besondere, der Verspottete und Querdenker, weckte Claras Neugier. Sie wollte dem Rätsel, wie ein solcher Mensch mit den Widersprüchen des Daseins zurechtkam, auf der Spur bleiben.

Wen sah sie? Einen klein gewachsenen Bischof mit wachem Blick in der immer gleich aussehenden Soutane, zu begeistern wie ein Lausbub, bewegend, wie er mit anderen über deren Kummer sprach. Er nahm sich Zeit für das kleine Mädchen, das in ihm den Papst sah, ebenso wie für den weitgereisten Journalisten einer französischen Zeitung. Sie sah einen Priester der römischen Kirche, der auf das Herz der Menschen schaute und hartherzige Gebote milderte; der als Bischof im kompromisslosen Gehorsam zum Papst lebte; einen Menschen, der in den Arenen der Welt auftrat. Die Ewigkeit begann für ihn im Hier und Jetzt, und er konnte den Bogen spannen von der Zeit in die Unendlichkeit.

Claras Bild formte sich aus der zweiten Reihe. Sie gehörte nicht zum vertrauten Kreis. In kleinen Runden saß sie bei Arbeitsgesprächen. Bei großen Ereignissen war sie eine unter Hunderten. Auf rätselhafte Weise wirkte er, so wie er war, mit seiner Gegenwart. Der jugendliche Bewunderer Marcos Castro sah ihn zur Legende werden und neben den Heiligen als Statue in den Kirchen stehen. Glücklicherweise schob der Dom der Legendenbildung einen Riegel vor. Er schrieb viel und ließ sich, zögerlich, auf Biografen ein.

Im Jahre 1965 hatte er den Erzbischöflichen Palast verlassen und war in die Sakristei hinter der Kirche das Fronteiras gezogen. Er folgte damit dem in Rom unterzeichneten Katakombenpakt, den er, zusammen mit einer Gruppe »Jesus, die Armen und die Kirche« um den Bischof Hakim von Nazaret, vorangetrieben hatte.

Wenige Wochen vor dem Abschluss des Konzils hatten sich vierzig Konzilsbischöfe aus verschiedenen Himmelsrichtungen in den Domitilla-Katakomben vor den Toren Roms verpflichtet, persönlich arm und bescheiden zu leben, ihre Paläste aufzugeben, Insignien und Titel abzulegen und den Bedrängten mit Zeit und materiellen Mitteln beizustehen. Diese Bischöfe waren zutiefst überzeugt davon, dass die Kirche eine arme und dienende sein musste, um ihre Sendung glaubwürdig leben zu können. Dem Pakt schlossen sich nach und nach weitere fünfhundert Bischöfe an. Der Text atmete den Geist einer informellen Gruppe, die sich aus Initiativen Westeuropas und des Nahen Ostens speiste. Dom Helder hatte in den Korridoren des Konzils unermüdlich für eine arme Kirche der Armen geworben. Zu seinem Kummer war es nicht gelungen, im Konzil ein eigenes Dokument über die Armut in der Welt durchzusetzen. Aber er hatte auf die Wirkung großer Gesten und Symbole gesetzt.

In seinen schlichten Räumen empfing der Dom jeden ohne Ansehen der Person. Er arbeitete am platzarmen Sekretär, im Rücken ein Bücherregal, zur Seite eine Anrichte mit Fotos und kleinen Geschenken. Für Besucher gab es ein paar Stühle. Die Haken in der Wand dienten, wie in jedem brasilianischen Haus, den Hängematten. Sein Bett stand Wand an Wand zum Allerheiligsten der Kirche. Er lebte in der Gegenwart. Was vergangen war, studierte er, wenn es half, Ereignisse tiefer zu verstehen und für die Zukunft zu lernen. Dem Unsichtbaren gab er ein Gesicht. Seine Freunde, den Bettelbruder Franz von Assisi des 13. Jahrhunderts oder Johannes, den 1963 verstorbenen Konzilspapst, stellte er so lebensnah in Raum und Zeit, als seien sie soeben zu Besuch gekommen.

Da war die Familienmutter, Haut und Knochen, die Clara mit ihm zusammen fotografierte. Sie hielt den Stoffbeutel, den der Dom ihr geschenkt hatte, ins Bild. Eine der Frauen, die den Schmuck für die Kirche besorgten, erzählte, die Frau tische jedes Mal eine andere Geschichte auf. Mal sei das Mädchen krank, mal habe der Mann sie sitzen lassen, dann wieder vier Jungen, lauter Lügen.

»Und stellen Sie sich vor: Der Dom hört sie immer freundlich an und schickt sie nie ohne irgendwas weg. Ich habe ihn darauf angesprochen. Und wissen Sie, was er sagte? Lass' sie, sagte er, sie hat doch nur die Geschichten. Wie soll sie denn sonst überleben?«

Der Dom vermittelte einen grenzenlosen Respekt für die Mitarbeit der Laien in der Kirche, Frauen wie Männer. Er breitete eine Kirche des Volkes aus, in der alle ihre Fähigkeiten einsetzten. In einer Kirche, die unter einem himmelschreienden Mangel an Priestern litt, seien Laien unverzichtbar. Der katholisch getaufte Subkontinent müsse den religiösen Analphabetismus, der aus Kolonialzeiten herrühre und noch immer weit verbreitet sei, überwinden.

Aber auch in der Welt sah er die Menschen wirken. »Sie sind Mitschöpfer Gottes. Die Idee des Mitschöpfers ist sogar für Atheisten attraktiv«, sagte er. Und mit Vergnügen gab er weiter, was ihm einer lachend versichert hatte: »Gott sei Dank, ich bin Atheist.« Den militanten Atheismus fürchtete er nicht; der habe sich in den Diktaturen der Nazis und des Stalinismus entlarvt. »Der schwelende Atheismus der Gegenwart, der ist das Problem.«

Die dichte Zeit des Papstbesuchs lag ein Jahr zurück. Diejenigen, die für mehr Demokratie kämpften, ließen nicht mehr locker. Doch die Militärs setzten umso fanatischer alles daran, den Verfall ihrer Macht aufzuhalten. Im Namen der Ideologie der Nationalen Sicherheit wüteten paramilitärische Banden gegen Oppositionelle und diejenigen, die sie dafür hielten. Wenige Monate nach dem Papstbesuch war Padre Vito Miracapillo nach Italien abgeschoben worden. Padre Reginaldo Veloso war verhaftet worden. Die Ereignisse hatten die Hoffnung auf eine Wende zunichte gemacht.

Lebte deshalb die Erinnerung an die Ermordung des jungen Padre Henrique Pereira wieder auf? Ging Dom Helder noch einmal durch die Leiden jener Zeit? Er behielt allen Kummer für sich, und nur die tiefen Furchen in seinem Gesicht ließen ahnen, durch wie viel Leid er gegangen sein musste. Padre Henriques Name stand für das Unaussprechbare, von dem alle zu wissen schienen, und auch für das, was die Gewalt, die Recife am stärksten getroffen hatte, für immer eingebrannt hatte. Clara lernte mühsam, wie die Sprache in einer allgegenwärtigen Diktatur funktionierte: das Sprechen verschwieg und sagte trotzdem, was die eigenen Leute verstehen sollten. Wenn sie nicht begriff, lag es nicht an ihrem Portugiesisch.

Was war mit Padre Henrique geschehen? Von Marcos Castro, dem Anhänglichen, erfuhr Clara mehr. Sie brauchte viel Geduld, da Marcos einen Bogen zog, um die Dramatik hervorzuheben. Er malte aus, wie Dom Helder während der Zeit in Rio als Sekretär der Bischofskonferenz Militärs und Kirchenobere vor den Kopf gestoßen hatte, als klar wurde, dass die Diktatur die Menschenrechte verletzte und Versuche, in einen Dialog zu treten, ins Leere gingen.

»Man wollte den lästigen Mahner mit der Versetzung ins ferne Recife unschädlich machen«, sagte er und ließ offen, wer sich hinter der Vermutung verbarg. »Mehr noch, sie wollten den ganzen Nordosten zum Schweigen bringen. Hier entschied sich die soziale Frage, die denen im Süden so egal war. Aber die kannten unseren Dom nicht. Die Geschichte des Besuchs im Gefängnis, kennst du die?«

Clara kannte sie, wusste aber, dass Marcos' Mitteilungsdrang nicht zu stoppen war, und schwieg.

»Als der Dom kurz nach der Ankunft in Recife von einem verhafteten Kommunistenchef hörte, ging er ins Gefängnis und sagte den Wärtern, er sei dessen Bruder. Die verblüfften Bewacher ließen ihn durch, merkten aber beim Abschied an, er gleiche seinem Bruder so ganz und gar nicht. Worauf der Dom erklärte, er sei nicht der leibliche Bruder, sondern ihrer aller Bruder in Christus.«

Clara gelang das Kunststück, Marcos zum roten Faden zurückzuführen. Er reagierte wie verwandelt und erzählte den Ablauf so, als sei er dabei gewesen.

Der achtundzwanzigjährige Padre Henrique war 1969 ermordet aufgefunden worden. Er stammte aus Recife, hatte Soziologie und Theologie studiert, unter anderem in den USA. Dann lehrte er in Recife und war Studentenpfarrer. Ein lebenslustiger, dynamischer Priester, der Zivilkleidung trug wie andere Padres auch. Beseelt vom Konzil und einer armen Kirche, setzte Padre Henrique sich auf der Linie Dom Helders für die Ausgebeuteten ein.

Die Studenten waren 1968 überall im Land aufgestanden und in Verdacht kommunistischer Umtriebe geraten. Das paramilitärische Kommando CCC, eine ultrarechte Gruppierung aus Studenten, Polizisten und Intellektuellen, die Jagd auf Kommunisten machten, besetzte Fakultäten. Der berüchtigte Verfassungsartikel AI-5 vereinte alle Macht auf den Staatspräsidenten und obersten General und verschärfte die Willkür. Morddrohungen häuften sich.

Marcos fuhr zunehmend erregt fort: »Freunde und Familie glaubten Padre Henrique in höchster Gefahr. Doch der sagte nur: Glaubt ihr, die Polizei würde sich erdreisten, Hand an einen Priester zu legen? Wenn sie das täte, entstünde eine Revolte, die die Welt erschüttert. So verrückt sind sie nicht. Das dachte er. Aber er war das erste Opfer aus den Reihen der Kirche. Und die Welt stand nicht auf. Eines Nachmittags suchten zwei Studenten den Padre wegen einer angeblichen Liebesgeschichte auf und zögerten den Abschied bis nach der Messe hinaus. Was er noch vorhabe, wollten sie wissen. So erfuhren sie von einem Vortrag, den der Padre für den Abend zugesagt hatte.«

Clara hörte schweigend zu.

»Am nächsten Tag, dem 27. Mai 1969, wurde sein Körper im freien Gelände aufgefunden. Mit einem tödlichen Schuss im Kopf. Regelrecht hingerichtet und mit vielen Folterspuren. Die Obduktion war eindeutig. Dom Helder war dabei; wer weiß, was sie sonst erzählt hätten. Ein furchtbarer Anblick«, seufzte Marcos. »Und Dom Helder ist mit der Schreckensnachricht zur Familie gegangen. Padre Henrique war mehr als nur sein Assistent …«

Marcos kämpfte mit den Tränen. »Der Dom verlor nicht nur den Priester, den er als ersten in Recife geweiht hatte, sondern einen Sohn. Sein Herz blutet bis heute, so wie nur eine Mutter um ihren Sohn weinen kann.«

Als er so sprach, spürte Clara, dass Marcos, im gleichen Alter wie Henrique damals, bei Dom Helder gern den Platz des Sohnes eingenommen hätte. Sie ließ ihm Zeit, sich zu fangen.

»Der Dom wusste, dass niemand die Nachricht drucken würde. Deshalb haben sie kopiert, telefoniert, Boten ausgeschickt. Du ahnst nicht, wie viel Fantasie ein

Kirchenvolk aufbringt, um tot Geschwiegenes unter die Leute zu bringen«, sagte Marcos.

»Alle wollten eine Prozession mit dem Toten von der Kirche in Espinheiro bis zum Friedhof der Várzea. Stell' dir vor, Clara, zehn Kilometer quer durch Recife. Mehr als zehntausend gingen mit. Und dazu die Militärpolizei mit der Kavallerie, die das Ganze zu ihrem Leidwesen nicht stoppen konnte.«

An diesem Punkt setzte Claras Wissen ein, weil die Leute noch immer davon erzählten. Zuerst hatte die Polizei alles getan, um das Verbrechen zu vertuschen und jede Manifestation zu unterbinden. Überrascht von der großen Menschenmenge, versuchten Bewaffnete, die Leute in die Flucht zu schlagen. Als das nicht gelang, boten sie ganze Kompanien auf. Am Friedhof gab es Festnahmen. Es war ein Wunder, dass niemand sich provozieren ließ. Sie sangen und schwenkten weiße Taschentücher. Der Dom gab die Losung aus, alle Transparente einzurollen, und sie folgten, weil sie wussten, wie leicht die Polizei Bibelsprüche als politisch einstufe. Die Nationalhymne musste herhalten, um die Bewaffneten vom Schlimmsten abzuhalten. Marcos hätte noch lange berichtet. Aber er drehte sich im Kreis und wusste nichts Erhellendes mehr zu sagen, vor allem nicht darüber, wer hinter dem Mord steckte. »Niemand von uns weiß das.«

Clara fühlte, dass Padre Henriques Gedächtnis das Herz Dom Helders brechen musste. Die Kirche von Recife lebte seitdem mit dem bis dahin Unvorstellbaren. Padres und Ordensleute waren vor den Militärs nicht sicher. Verbrechen an vertrauten Mitarbeitern sollten den Dom treffen. Was dessen Versetzung nach Recife nicht bewirkt hatte, versuchten Helfershelfer des Regimes auf grausamere Weise. Ihn persönlich wollten sie mundtot machen, und niemand konnte ihm die Last des Wissens und Leidens abnehmen.

In den Jahren nach dem erschütternden Einschnitt waren Übergriffe gefolgt, die alle in die gleiche Richtung wiesen: Dom Helders Umfeld zu treffen und damit ihn selbst zu vernichten. Wie musste er in den Nächten mit sich und seinem Gott gerungen haben? Konnte es denn sein, dass Gott sie alle schutzlos preisgab? Ließ er sie allein mit seinem Schweigen? Oder legten die Zeichen ihm, dem störrischen Bischof, nahe, aufzugeben und sich zurückzuziehen?

Dom Helders Fragen an Gott entsprangen Claras Fantasie. Sie wäre jedenfalls in ein tiefes Loch gefallen. Doch der Dom mit seinem Gespür für die Zeichen aus dem Unsichtbaren gab nicht auf. Er schrieb seinem Umfeld äußerste Vorsicht in Herz und Verstand. Die Predigten gewannen an Tiefe, beschworen, keine Rache zu üben und jeder Gewalt abzusagen. Er rang mit denen, die den bewaffneten Aufstand suchten, weil sie keine andere Lösung sahen. Um die eigene Sicherheit machte er sich keine Gedanken, auch nicht, als die Morddrohungen offen zutage traten.

Die Militärpolizei bot dem Dom eine Wache an, obgleich nur sie hinter den Anschlägen stecken konnte. Der Dom, so berichtete man, ließ die Boten wissen, er habe bereits drei Schutzleute. Die Abgesandten glaubten, einer Fehlinformation aufgesessen zu sein, und ließen sich von den Auftraggebern aufklären. Da die nichts wussten, kehrten sie zurück, um Genaues zu erfragen. Der Dom darauf: Meine Drei sind der Vater, der Sohn und der Heilige Geist.

Ob die vielen Episoden, die umliefen, sich so oder anders verhielten, wusste niemand. Dass sie einen wahren Kern hatten, glaubten alle. Der Dom kommentierte sie nicht. Er dachte nicht darüber nach, wer hinter den Drohungen stecken könnte. Nur manchmal kam sein Humor heraus, wenn er die beschmierten Mauern sah: Am Ende sagen sie noch, ich selbst hätte das Gotteshaus verziert.

Das Regime wagte nicht, ihn persönlich anzugreifen. Der Bekanntheitsgrad im Ausland schützte ihn. Seine Liquidation würde das Ausland gegen die Diktatur aufbringen, die sich größte Mühe gab, den demokratischen Anstrich zu wahren. Aber dann hatten die Generäle doch einen Anlass gefunden, ihn zumindest im Inland mundtot zu machen. Es war seine Rede am Abend des 26. Mai 1970 im Pariser Palais des Sports, wo er den vorbereiteten Text auf die Seite legte und über die Folter in Brasilien sprach. Er könne den Norden wegen der Ausbeutung des Südens nicht anklagen und gleichzeitig verschweigen, was im eigenen Land los sei. So ähnlich mussten die Veranstalter gedrängt haben. Über Folterungen in Brasilien hatte bis dahin niemand öffentlich zu sprechen gewagt.

Dom Helders Vertraute wussten, wie sehr er in einer Nacht der Zweifel und Verzweiflung vor dem Pariser Ereignis mit sich und seinem Gott gerungen hatte. Und dann wagte er die gefährlichen Worte, sprach von Folteropfern, die er selbst kannte und mit Fakten belegen konnte. Die Militärs brandmarkten ihn als Vaterlandsverräter. Die Kirche als Feind Nummer eins bekam einen Namen, über den jeder herfallen konnte. Unter einer totalen Pressesperre sollte der Verräter lebendig begraben werden. *Wer als Pilger der Ungerechtigkeit und des Friedens loszieht*, schrieb der Stumme in einsamen Momenten, *der bereite sich vor, durch Wüsten zu wander*n.

Der seit dem Konzil unermüdlich Reisende füllte die Stadien im Ausland und sagte Dinge, die kein Mächtiger ausprach. Clara hatte ihn vor langer Zeit in Bonn gehört und etwas vom Geheimnis seiner Wirkung gespürt. Erst in Recife verstand sie. Helder Camara verdankte dem Konzil, in dessen Korridoren er eine der Öffentlichkeit und der Kurie weitgehend entgangene Diplomatie entfaltet hatte, viele Kontakte. *Fühle dich nirgendwo fremd, sei Mensch unter Menschen. Dein Platz sei die Erde, besser noch das Universum.* Das schrieb er und danach handelte er, lernte Europa kennen und begann, über seine Welt und die Kirche in Lateinamerika zu reden.

Radio Luxemburg gab ihm eine Stimme, als er noch unbekannt war. Der Sprache wegen trat er bevorzugt in Ländern auf, wo Englisch, Französisch und romanische Sprachen vorherrschen. Im direkten Kontakt kam sein Charisma zur vollen Blüte. Er scheute die Übersetzung und bediente sich ihrer nur, wo es, wie im deutschsprachigen Raum, nicht anders ging. Wenn er Clara sah, seufzte er: »Deutsch müsste ich lernen. Die Kirche dort ist so wichtig.«

Er hielt sich an eine Auflage des Vatikans, die Zahl seiner Auslandsreisen zu begrenzen, dachte aber nie daran, sie aufzugeben. Papst Paul VI. begleitete die Auslandsmission mit Wohlwollen. Johannes Paul II. ließ ihn gewähren. Clara war neugierig darauf, was er in Europa, Kanada, den USA und Australien sagte. Die ausländische Presse schätzte ihn als Gesprächspartner. Besucher brachten Zeitungen mit, und das Erzbistum unterstützte ihn nach Kräften, wussten sie doch, dass etwas von der Vorsicht der Militärs seiner Person gegenüber auch ihnen einen gewissen Schutz gab.

Die damalige Weltpolitik, fixiert auf den Ost-West-Konflikt, wollte nicht wahrhaben, dass ein Riss klaffte zwischen dem Norden und dem Süden der Weltkugel. Zwei Drittel der Menschheit vegetierten im Elend dahin, und die Welt nahm bis auf ein Häuflein Idealisten keinen Anstoß daran. Helder Camara nannte die Ausbeutung beim Namen und lotete deren Ursachen aus. Er beriet sich mit Experten und ließ, was er sagte, nie ungeprüft. Strukturelle Sünde war ein Wort, das sich einbürgerte und verstanden wurde.

Nicht immer war er Demokrat gewesen. Aber der Umgang von kommunistischen, faschistischen, christlichen Diktaturen mit den Menschenrechten ließ ihn zum Befürworter der Demokratie werden. Den westlich geprägten Kapitalismus des Wohlstands beschuldigte er der Ausbeutung der Entwicklungsländer und rief die Länder auf, gegen den Hunger in der Welt aufzustehen. Auch die Entwicklungsländer schonte er nicht. Der interne Kolonialismus führe dazu, dass eine Handvoll mächtiger Eliten Reichtum auf Kosten der Armen anhäufte. Seine Philosophie war die Botschaft der Gerechtigkeit und des Friedens. Die Stimme der unterdrückten Länder sei die Stimme Gottes, eine Vision, die alle Religionen umfasste.

Und er sah etwas, das in den Anfängen steckte. Westeuropa war stolz auf seinen Wohlstand, merkte aber nicht, wie die Armut in den eigenen Ländern schleichend wuchs. Die sich in den USA abzeichnende Kluft zwischen Arm und Reich schien weit weg zu sein. Dass Europa auch dahin kommen könnte, ging nicht in die Ohren und Köpfe. Nur für wache Beobachter des Weltgeschehens, wie Dom Helder einer war, lagen diese Einsichten in der Luft. Diejenigen, die in Recife mit ihm arbeiteten, kannten die Grundmelodie seines Refrains, ob in Paris, Sydney oder Toronto.

Wo soziale Gerechtigkeit herrscht, wird Frieden sein. So brachte es der Meister der Vereinfachung auf den Punkt. Genau das rief seine Gegner auf den Plan und brachte ihm den Vorwurf der Ideologie ein. Die Mächtigen warfen ihm vor, sich in politische Fragen einzumischen, aus denen er sich als Kirchenmann herauszuhalten hätte. Er selbst wog gegen ihn ins Feld geführte Argumente sorgsam ab, ließ sich korrigieren, hielt prekäre Aussagen schriftlich fest. Nie kamen Hass und Gewalt über seine Lippen. Er setzte auf Dialog.

Die Kirche war nach seiner Überzeugung nicht nur für das Seelenheil gestiftet, sondern hatte eine Botschaft hinauszutragen. Solange sie auf der Seite der Regierenden stehe, werfe niemand ihr vor, politisch zu sein. Weil er an der Seite der Armen stehe, beschimpfe man ihn als Agitator. Es sei einfach, Gandhi und Martin Luther King zu ermorden und die Gewaltlosigkeit lächerlich zu machen, doch damit töte man die Idee nicht. Seine Worte waren drastisch, wenn er in Industrieländern sprach, die sich als Verteidiger der freien Welt und der Menschenrechte aufspielten, aber den Profit an die erste Stelle setzten und dafür Kriege anzettelten.

Der Meister starker Bilder, der sich als die Eselin bezeichnete, die Jesus in die Arena trage, liebte sein Land und wollte ihm nicht schaden. Deshalb traf ihn der Vorwurf, Lügner und Verräter zu sein, schwer. Man suchte nach dunklen Punkten in seiner Biografie und scheute auch vor Rufmord nicht zurück. Anfang der 1970er Jahre galt Helder Camara mehrmals als aussichtsreicher Kandidat für den Friedensnobelpreis. Jahre später belegten in Archiven gefundene Korrespondenzen, was man in Brasilien längst geahnt hatte, dass die Militärs über die Botschaft in Oslo Einfluss ausgeübt und eine Vergabe des Preises an Helder Camara verhindert hatten. Auf seine Vergangenheit angesprochen, meinte er einmal: Sie sagten mir, die Welt sei zwischen Kapitalismus und Kommunismus aufgeteilt, und ich hätte das kleinere Übel zu wählen. In Rio begriff ich, dass das größere Übel die Teilung in Nord und Süd, in Reich und Arm war. In Recife sah ich die Misere und verknüpfte beides. Die Auslandsreisen wurden unausweichlich.

Dem Prophetischen, das mitschwang, konnte Clara sich nicht entziehen. Dom Helder stieß eine Tür auf, sah die Zeichen der Zeit und verstand sie schärfer als andere zu deuten. Propheten waren schon in der Bibel ihrer Zeit voraus. Man verjagte sie, weil sie den Finger in die Wunden legten. So einer war er. Er provozierte und trug das Elend des Volkes vor Gott. Der Dom kannte Todesangst und Verzweiflung, wenn er aussprach, was andere übersahen und überhörten. Er stand für eine kämpferische Kirche, die das Risiko einging, es sich mit den Mächtigen zu verderben. Den Theologen hörte er zu und ließ ihnen die Freiheit des Denkens und Forschens. Der Zuwendung zu den Menschen galt sein heißes Herz.

Das Glück der Eucharistiefeier mit Dom Helder brannte sich ein. Clara staunte, dass die erste Begegnung nicht einmalig blieb. Jede Messe mit dem Dom steigerte die Freude und wurde zur Kraftquelle. Sie spürte das Geheimnis, in das nur er ganz eintauchte.

Was das Ereignis zu einem besonderen machte, hätte sie nicht sagen können. Die Gesten allein waren es nicht, auch wenn sie jedes Mal fasziniert war, wie viel Zartheit jede einzelne barg. Eine Freundin legte zum Todestag ihrer Mutter einen Bund Veilchen an den Rand des Altartisches. Beim Eingangsgebet lächelte er den Blüten zu, als wolle er mit ihnen alle Geschöpfe grüßen. Bei der Opferung von Brot und Wein nahm er die Veilchen in die Hand und legte sie, um kein Blättchen zu knicken, am Holzkreuz des Altars ab.

Die weiße Hostie war von Claras Kindheit an mit einer Rührung verbunden, die ans Magische grenzte. Doch das Geheimnis lebte nie so spürbar wie in der festlichen Stunde mit dem Dom. Wo immer er die Eucharistie feierte, unter tausenden im Freien oder in einer Hütte, erlebte sie jene Nähe zum Unsichtbaren, die er der Gemeinde schenkte. Er selbst wich zurück, als leihe er dem Göttlichen das Leuchten des Gesichts, das die Tiefe durchließ, die Bewegung der Hände, den Kuss der Lippen, den Glauben des Herzens.

Dom Helders Gottesdienst war für alle eine heilende Kraftquelle, ein Strom des Lebens, so wie bei einer Protestveranstaltung während der großen Wasserflut. Nach dem Eingangsgebet trug die Gemeinde zusammen, was schief gelaufen war, wo die gegenseitige Hilfe versagt hatte. Vor dem Gloria sammelten sie Vorschläge: Was war gut gelaufen oder konnte besser gemacht werden. Dom Helder hörte zu und schloss, was er gehört, in Gebet und Predigt ein. Er führte die kirchenfremden Anwesenden dem Ereignis der Gegenwart Gottes zu, fügte Zersprungenes und Versprengtes zusammen. Das römische Lehramt gab der Messe eine Form, darauf bedacht, trotz Muttersprache einen erkennbaren Ablauf sicherzustellen. Für den Dom war die Vorgabe eine Hülse. Mit ihrer Hilfe machte er das Mysterium sichtbar und verband es mit dem Alltag der Menschen.

Was ihn selbst trug, das mussten die Nachtwachen sein, die er seit Jahren einhielt. Fatima beschrieb diese Vigília, die um zwei Uhr nachts begann, auf ihre Weise: »Arme, Beine, Kopf und Herz, am Tage in alle Winde zerrissen, finden nachts zusammen. Du weißt ja, Clara, dass er Wand an Wand mit dem Göttlichen lebt.«

Die Wand kannte die Zeiten der Gottesnähe und der Gottverlassenheit. Dom Helders Verse und Meditationen verbargen und enthüllten. Lag in den Nachtstunden das Rätsel seiner Energie, die er tagsüber so grenzenlos verströmte? Er aß und schlief wenig, schien zu überleben mit Luft, Licht und Geist allein. Soziale Aktion und mystische Gottesnähe waren bei ihm eins.

Mochten sie ihn nennen, wie sie wollten, einen Heiligen oder roten Bischof. Er liebte Gott und die Menschen auf unnachahmliche Weise. Kam er mit fiebriger Grippe direkt aus dem Bett gestiegen, sah er müde, alt und krank aus. Er schwor auf eine sonderbare Therapie, ging los, machte die Runde der Armen und nannte sich fast geheilt. Von den Armen lernen bedeutete, das eigene Leben umzukrempeln. Es war nichts Schönes und Erhebendes, an Gott und die Botschaft der Bibel zu glauben. Wer sich auf der hässlichen Seite der Welt die Hände schmutzig machte, lebte mit radikalen Folgen.

In einem Punkt konnte Clara nicht folgen: Es war seine Treue zur römischen Zentrale. Konnte er auf seine guten Kontakte zu den Päpsten vertrauen? Oder war das gar nicht der springende Punkt? Er, der vorausschaute und zugleich sehr realistisch war, hatte eine große Liebe zur Kirche, aus deren Wesenskern und geistiger Weite er lebte, ohne sich von der römischen Hierarchie beirren zu lassen. War es das, was die Kardinäle in Rom erzürnte? Weil er mit dem Traum von der dienenden Kirche der Armen eine Institution anpeilte, die von Herrschaft geprägt war? Der Dom glaubte an eine einladende Weltkirche der Vielfalt ohne Scheuklappen und Vorurteile.

Mit dem Jahr 1982 ging Claras Zeit in Brasilien zu Ende. Vor fünf Jahren hatte sie anderen helfen wollen. Die Realität knetete sie in eine Lernende um. Sie erlebte eine Sternstunde der Kirche. Aus einer Gesetzesreligion wollte eine Kirche der Liebe werden, und Rom konnte sich nicht für alle Zeiten widersetzen. Clara nahm die Worte mit, die Dom Helder ihr beim Abschied gesagt hatte: »Arbeiten Sie in Ihrem Land für das, was Sie hier gesehen haben.«

IV. Teil

1983 bis 2006

Foncebadón 2005

Die Beine baumeln von der Mauer. Blecherne Töne verebben in Ruinen. Die Höhe überspannt ein leuchtender Himmel, und auf das Tal drücken schmutziggraue Wolken. Wohin gingen die Alten und Kinder? Wer hat die Toten begraben und die Lampen gelöscht? Welche Hände retteten den Glockenturm mit der Kirche?

Zwischen den Mauerresten, die vor langer Zeit Häusern gedient haben, soll es Leben geben. Jemand hat eine zu Stein gewordene Frau an zwei Stöcken gehen sehen. Ein Spanier habe eine Bar eröffnet; er muss aus Träumen geboren sein, wenn er der Vergänglichkeit trotzen will. Foncebadón ist einer der Rastplätze auf dem Jakobsweg durch Spaniens Norden. Die Kirche bietet ein Dach, und der Herbergsbetreuer versprach eine heiße Suppe.

Was um alles in der Welt suche ich hier? Vor vier Wochen bin ich aufgebrochen, einem von den Träumen auf der Spur, die man verwirklichen will, wenn man mehr Zeit hat. Seit den Tagen mit Helder Camara sind zweiundzwanzig Jahre vergangen. Der Dom starb vor sechs Jahren, Mutter im vorvergangenen Jahr. Hier sitze ich allein mit dem Himmel über mir und mit ungelösten Fragen im Kopf. Wie stehe ich zur Kirche? Hölle, Sünden und Beichte bedrücken nicht mehr. Was ist aus den kinderfrühen Ängsten geworden? Hinterließen sie den unablässigen Stachel gegenüber einer Religion der Regeln? Gibt es neue Fesseln? Ich steige von der Mauer und umkreise das in einen Steinbruch verwandelte Haus als verberge der Verfall die Antwort, die ich suche.

Hartnäckiger Regen begleitete das Teilstück der heutigen Wanderung von Rabanal auf die Anhöhe. Schleier senkrechter Wasserfäden nahmen die Sicht, während die Beine sich durch Wasserrinnen schleppten. Am Morgen, im Blick auf die Montes de León hatte ich die Landschaft beschwingt erlebt. Der danach einsetzende Dauerregen trübte die Laune und die Freude an der Natur. Vor mir gingen zwei Engländerinnen. Ob ich katholisch sei, fragte eine, als ich überholen wollte. Sie seien nicht katholisch. Aus Manchester, sagte die andere, als erkläre das alles. Sie wollten wissen, warum spanische Kirchen nur öffnen, wenn das rituelle Theater läuft. »So schöne kleine Kirchen gibt es sonst nirgends. Wir möchten sie sehen, wenn sie leer sind, in Ruhe herumgehen, still sitzen.«

Vielleicht hat man Angst vor Dieben, versuchte ich eine wenig befriedigende Antwort. Ob die Leute den Camino wegen der Kirchen gingen, fragten sie. Das seltsame Gespräch zog sich hin. Der dichte Regen verschluckte die Worte, ehe sie das Ohr erreichten. Ich spürte den Ärger, den jedes Gespräch über die Kirche in mir hoch schäumte. An der Vergangenheit Spaniens, dem Land der Heiligen und Mystiker, der Inquisition, Gewalt und Vertreibung Andersgläubiger will sich mein Zorn abwetzen. Doch wie sollte ich das wildfremden Frauen aus Manchester erklären?

Als wir auf der Suche nach der Herberge die Ruinen in eintausendvierhundert Metern Höhe erreichten, traf uns der Schlag. Die an die Kirche geklebte Herberge war belegt. Wir strandeten im Kirchenraum, in dem die Nässe der anderen Pilger hing. Auf dem Steinboden neben dem Altar fand ich Platz für Matratze und Schlafsack.

»Quant à moi, c'est confort«, meinte der Matratzennachbar, ein Franzose. Er lachte vergnügt, streckte seine Glieder zwischen den Kirchenbänken aus und begann zu schnarchen.

Der reine Komfort mit Kirchenbank als Tisch, warum nicht? Die Müden lagen am Boden aufgereiht. Mir setzte die modrige Enge zu, und da der Regen eine Pause einlegte, ging ich ins Freie. Die Wanderer kennen die Launen der Natur. Jetzt ist Juni, die Zeit der singenden Winde, der sprechenden Wolkenbilder, der brillanten Regentropfen, des tiefroten Mohns und der Kornblumen. Junge Störche lernen Frösche verschlingen und fliegen. Auf den Wiesen voller Klee, Kamille und Sauerampfer schäumt das Leben.

Wohin treibt meines? Ich will loslassen und habe große Mühe damit. Die katholische Tradition, die hier jeden Schritt begleitet, lastet auf dem Gemüt. Sie fängt mein Leben nicht mehr ein. In Grañon kam alles wieder hoch. Die Matratze fand Platz auf dem steinernen Boden der Kirchenempore. Vorher, so schärfte der Betreuer ein, sollten wir uns mit Ortsansässigen zur Abendmesse einfinden, weil der Pfarrer für die Pilger predige. Ich zeigte guten Willen. Es war ein Fehler. Die Wut nimmt nur zu.

Auf dem Jakobsweg trifft sich, wer zum gleichen Ziel, aber mit allerlei unterschiedlichen Motiven unterwegs ist. Begegnungen, flüchtig wie der Wind. Ein Satz bleibt hängen, ein Anstoß. Worte, die im Innern schliefen, erwachen im zufälligen Gespräch und geben dem, der sie spricht, neuen Mut. Die Menschen, die zuhören, führen nichts Arges im Schilde. Irgendwo kam ich ins Gespräch mit einer Brasilianerin, die mir verriet, warum ihre Landsleute hierher kommen. Brasilien liebe Wallfahrten, sagte sie. Paulo Coelho habe den Camino mit dem Tagebuch des Weges nach Santiago bekannt gemacht. Seine Magie treffe die brasilianische Seele. »Sind wir nicht alle Sinnsucher? Eines Tages packt es uns«, meinte sie. »Und dann fangen wir von vorne an.«

Ich habe nicht gemerkt, wie der Himmel zugezogen ist. Eine der Engländerinnen stöbert mich auf, die Suppe stehe auf dem Tisch. Der Raum dampft, während der Regen in Sturzbächen niedergeht, und die Suppe tut gut. Unter dem Vordach warte ich das Ende des Wolkenbruchs ab. Herumstehende lachen über die Ungeduld, die mich treibt, zu besichtigen, was von dem Dorf übrig geblieben ist. Einer meint, ihm genüge das Nichts, das er vor sich sehe.

Und dann legt der Regen tatsächlich eine Pause ein. Meine Runde über drei holprige Wege, die einmal Straßen waren, endet bald. Ein paar Schafe, ein Hund, eine Katze. Und ein Schild, das mitteilt, hier wolle eine Gruppe etwas aufbauen. Der Plan sieht nach vergangenen Tagen aus. In der Bar ist wenig los. Ich bin neugierig auf den Spanier, der den Tempelrittern entsprungen sein soll. Das ist meine Version des mittelalterlichen Edlen. Der Besitzer sei nicht da, sagt eine Angestellte, die schläfrig an der Theke lehnt. In der Ecke vor einer Flasche Wein entdecke ich den glücklichen Matratzennachbarn. Ich gehe zögernd an seinen Tisch.

»Mein Begleiter«, meint er und klopft auf sein Notizbuch, »mein Richtungsweiser.«

Die Angestellte stellt ein Glas hin und gießt den Wein nach. Ich bestelle eine zweite Flasche, als sie die leere wegträgt. François, wie er sich vorstellt, erzählt, er habe sich die Philosophie beigebracht. Nach dem Unfall seiner Frau, erwähnt er so beiläufig, als wolle er nicht erinnert werden. Er breitet Thesen aus, merkt aber bald, dass ich dem französischen Exkurs nicht folgen kann.

»Weißt du, dass Foncebadón berühmt und mächtig war?«

Ich weiß es nicht und antworte mit einem gedehnten: »Oui?«

»Nicht so wichtig«, erklärt er, den dozierenden Ton zurücknehmend. »Im zehnten Jahrhundert hat hier ein Kirchenkonzil stattgefunden. Und einen Eremiten Gaucelmo fand ich, der im elften Jahrhundert hier wohnte. Der Name soll sich von einem Abt aus Cluny herleiten. Geheimnisumwehte Spuren.« Abrupt lässt er das Thema fallen und will wissen, was mich auf den Camino treibt.

Überrumpelt platze ich mit der Idee des Loslassens heraus und verfalle auf das Französische chercher le vide, ahnungslos, was ein Franzose darunter versteht.

Er reißt die Augen auf: »Das Leere? Was willst du denn mit der Leere, wo alle anderen in sich selbst suchen?«

Habe ich das gesagt? Oder beflügelt der Wein die Fantasie? Ich bleibe auf seiner Spur: »Warum nicht? Ich will entdecken, was passiert, wenn nur noch Leere ist.«

Das Dorf, das es nicht mehr gibt, verschwindet hinter einem Regenvorhang, der an den Fensterscheiben abgleitet. Wir einander Fremde beschreiben die wechselnden Zustände auf dem Camino. Nichts denken, nichts fühlen, einfach nur gehen, wenn der Weg die Führung übernimmt im Vertrauen darauf, ein Dach für die Nacht zu finden. Sich im Vorgefundenen arrangieren.

»Die innere Unruhe«, sage ich. »Die bleibt. Das Innere soll in die Balance kommen und sich auspendeln. Wieso tut es das nicht?«

François denkt nach, während er in den Regenvorhang schaut, als lese er dort die Antwort.

»Ich vertreibe mit den Studien, was die innere Unruhe sein könnte«, meint er zögernd. »Es drängt mich weiter, wenn ich irgendwo raste.«

Ich lenke die Worte auf Störungen, die mir unterwegs zusetzten. Der knarrende Rucksack, der verknackste Fuß, plappernde Wanderer, vorbeischießende Radfahrer. »Ich sang mir die Störungen von der Seele und schrie Blödsinn in die Bäume. Doch die Unruhe lässt sich nicht fortschreien.«

»Nachts«, sagt François. »Nachts ist es am schlimmsten. Kennst du Eirexe?« Und dann erzählt er von einer Nacht unter dem Sternenhimmel. Das Schnarchorchester im Schlafsaal trieb ihn ins Freie. Er machte sich auf zu einer Lichtung, wo er nachmittags im Anblick einer Gebirgskette das Heimweh nach der Bretagne gefühlt hatte. In der blauschwarzen Nacht sah er durch ein wolkenloses Firmament hindurch in die Größe des Universums.

»Der große und der kleine Bär, die Waage. Ich wurde traurig, weil ich die Namen der Sterne nicht kannte. Aber dann sah ich die Milchstraße und wusste, es war unwichtig, ob ich sie mit lächerlichen Namen bedachte. Der Kosmos ist grandios, da wohnt das Sein, da versteckt sich der Sinn. Von der Schönheit unseres Planeten, der zerbrechlichen Christbaumkugel, schwärmen Weltraumfahrer. Nenne es, wie du willst. Ich nenne es die göttliche Fülle.«

»Vielleicht suche ich den Sinn in der Leere. In der schwärzesten Finsternis da oben. Die sahen die Astronauten nämlich auch.«

»Das Verborgene in der schwarzen Leere? Das Universum ist Fülle, Cherie, weltumspannende Fülle, verstehst du? Ich fühlte mich als Stern unter Sternen aufgehoben. Meine Zeit stand still. Nur der Himmel drehte sich schweigend weiter. Auch als meine Augen von selbst zufielen.« François lacht übers ganze Gesicht: »Und dann, dann lag ich im hellen Morgen.«

Wir müssen vom Weltraum in die Welt der Religionen geraten sein. Der Franzose, katholisch, gesteht, dass ihm Vieles missfällt. »Früher war ich betrübt, weil der Kirchengott mein Herz nicht erreichte. Nun tröstet mich die Stille in den Kirchen. Ich liebe die Orte, Bilder und Symbole. Sie lassen mich in allem Zerbrechlichen der Dinge das Universum ahnen.«

»Ist es die Geborgenheit, die uns anzieht?«

»Ja, vielleicht«, sagt François und lacht herzhaft. »Jedenfalls ist es mehr als deine Leere. Salut, meine Liebe.«

Durchsichtiges Licht perlt in den Junimorgen. Dem traumschweren Gepolter des Nachtregens ist Leichtigkeit gefolgt. Vor dem Aufstieg zum Cruz de Ferro halte ich an der Mauer, auf der ich saß. Das Haus von einst wird es nicht mehr geben. Nur ein paar Steine haben Festigkeit bewiesen. Auf den farbig gemaserten Eckstein ist Verlass. Mit dem lässt sich neu beginnen. Ach, die vielen Anfänge. Schon wieder einer, aus dem nichts wird? Unfertiges hängt mir an und schürt die Sehnsucht, vom Halbgaren erlöst zu werden.

Entfremdung

Ein Zwitterwesen kehrte aus Brasilien in die Bonner Wohnung zurück. Frostiger Nebel drückte auf die Felder, als Clara an einem Januartag 1983 das Ministerium betrat. Blaugefrorene Hände ragten aus einer abgewetzten Jacke, der die Worte ihrer Schwester anhingen: Besorg dir schnellstens einen Mantel.

»Das reinste Chaos«, sagte die Sekretärin. »Wenn Kohl die Wahlen gewinnt, müssen noch mehr Leute untergebracht werden.«

Der im Pfeifenrauch eingenebelte Personalchef spitzte den Spruch zu. Sie habe natürlich Anspruch auf ein Referat, aber es sei kein Posten frei. Er werde alles in seiner Macht Stehende tun. Was das hieß, kringelte Tabakrauch in die Luft. Sie fühlte sich wie eine Besucherin, die zur Unzeit erschienen war. Ein Büro im Gebäude ihrer alten Abteilung machte den Anfang. Als sie die Zimmernummern studierte, kreuzte ein Kollege auf. »Hallo! Aus der Sonne zurück, war's schön?« rufend, schritt er wichtigtuerisch davon. Die Neuigkeit verbreitete sich; andere steckten die Köpfe durch die Tür.

Die Kollegen sahen aus wie früher, uniformiert in knittrigen Anzügen, einige behäbiger. Sie hatten einen düster klingenden Refrain auf den Lippen: Seit Jahren keine Beförderungen, kompletter Stillstand seit dem Misstrauensvotum gegen Helmut Schmidt. Bis zu den Wahlen im März abwarten, ob Kohl und Genscher die Mehrheit bekommen. Zuletzt gab der Raum das Stakkato der Wehklagen zurück, als sei Clara an der Misere schuld. Auf dem Heimweg durch leblose Felder schnitt der Januar bitterkalt ins Gesicht.

Zu Hause teilte sie den Trübsinn mit dem Tagebuch. *Ich kenne mein Land nicht mehr. Aus der Wärme in die Kälte, aus der Hoffnung ins Jammern. Was fühlt das Wasser, wenn es zu Eis gefriert?*

Die Haut wehrte sich gegen Winterkleidung, juckte und zwackte und sehnte sich nach der verlorenen Leichtigkeit. Als der Frühling kam, ging sie in der geputzten Stadt umher und saß vor den mit Lineal und Zirkel vermessenen Blütenrabatten. Die Sonne legte ein Lächeln auf die Gesichter, aber Clara lächelte nicht mit. Im Sommer haderte sie noch immer, sah verdrießliche Mienen und die ausgesperrte Mittagssonne vor geschlossenen Fensterläden. Sie saß in Zügen, an denen kleinkarierte Landschaften vorbeihuschten, und fragte sich, wo ihr Zuhause war. Warum sah sie das Land so anders als das Paar im Zugabteil, das über die schmucken Häuschen und Gärten hinter akkurat gestutzten Hecken in Entzücken geriet?

Nur dem Tagebuch vertraute Clara an, was sie fühlte. Die verbreitete Nörgelei ging ihr auf die Nerven, und die Leute verstanden nicht, was sie meinte. Verunsicherung sei normal, sagten die Experten der Entwicklungsdienste. Wer in Übersee gearbeitet habe, kehre verändert zurück. Schreibt auf, was ihr seht und empfindet. Später erinnert ihr euch nicht mehr und geht achtlos an den Dingen vorbei. So hatten sie vor der Ausreise gesagt, und so sagten sie es wieder. Sie notierte das Sterile, das aus den Vorgärten starrte, die geleckten Bürgersteige. Gift und Wasserschlauch rückten allem zuleibe, was bürgerlicher Ordnung zuwider fröhlich sprießen wollte. Wieso schnitten Rasenmäher sogar den Gänseblümchen, die sich in die letzte Ecke verkrochen, die Köpfe ab?

»Vergesst nicht, dass die Menschen hier die alten sind«, trösteten die Experten. »Die Unsicherheit aushalten, sich und dem Umfeld Zeit geben.« Es klang so, wie man einem Kind auf die Wunde pustet, damit es zu weinen aufhört. »Das gibt sich mit der Zeit.«

Wollte Clara, dass sich das gibt? Sie zog eine Zeichnung aus Recife hervor. Ein Mensch hockte mit aufgerissenen Augen vor der zweigeteilten Welt, links Hütten mit spielenden Kindern unter Palmen, rechts scharfkantige Häuser, Autos und Garagen. Der Mensch saß da mit Erinnerungen, die keiner hören wollte, und wusste, dass er das Leben, zwischen die Welten geraten, nicht zurückspulen konnte. Im Supermarkt stand Clara vor Konserven und wunderte sich, wie anders die aussahen, bis jemand sagte, das sei Hundefutter. Dann weinte sie über den Hunger in der Welt.

Wie sollte sie in einem selbstzufriedenen Klima von den Fragen sprechen, die in der Seele brannten? Von den mit Füßen getretenen Menschenrechten, der Ausbeutung durch Konzerne, die nur Gewinne im Kopf hatten? Und davon, dass der Wohlstand auf Kosten der Armen ergaunert war? Wie von überbordenden Schulden der Länder der sogenannten dritten Welt, von brutalen Auflagen der reichen Länder, die den Armen Lasten aufbürdeten für Schulden, von denen die Reichen der Welt profitierten? Wurden Menschen erst wach, wenn Katastrophen vor ihrer Tür anlandeten?

Als sie Versuche machte, über weltweite Zusammenhänge zu sprechen, erntete sie Zurechtweisung: Alles nur linke Propaganda; wir haben genug eigene Probleme. Arbeitslose sind selbst schuld. Ausländer nehmen Arbeitsplätze weg. Sozialschwache sollen still sein. Wo gibt es denn sonst einen so üppigen Sozialstaat? Die Gesprächspartner ließen nichts an sich heran, und Clara blieb in einem giftigen Klima zurück. Wieso wussten sie alles besser als die, die das Unrecht vor Ort erlebt hatten? Der Westen teilte die Welt in Gut und Böse und nahm ungeniert die gute Seite für sich in Anspruch.

Fünf Jahre gewandert und nun überall am falschen Platz, klagte das Selbstmitleid, als Clara aus ihrer alten, neuen Wohnung auf den Kreuzberg schaute, wo der Dunst die barocke Kapelle vermummte. Sie fühlte sich als Glied des reichen Teils der Welt schuldig, ein Gefühl, das sie mit anderen Rückkehrern teilte. Waren die mitgebrachten Ideale naiv? Wäre es gescheiter, mitzuspielen und den eigenen Anteil zu sichern? Doch damit würde sie ihre Versprechen in Brasilien verraten. Verfluchtes Selbstmitleid! Sie musste etwas tun.

Die Bundestagswahl im März 1983 bestätigte Helmut Kohl und dessen Regierung aus Christlicher Union und Freien Demokraten. Endlich wieder die richtige Regierung, tönte es im katholischen Rheinland mit der Hauptstadt Bonn. Erstmals saß eine grüne Partei im Parlament. Nichts von Dauer, posaunten die Etablierten und hielten sich von den Spinnern fern. Aus Protesten der siebziger Jahre stammend, hielten die sich an keine Kleiderordnung, kamen ohne Krawatten und mit weiblichen Abgeordneten, redeten für die Umwelt und gegen die Atomkraft und saßen auf Umzugskartons, weil in den Bundestagsbauten für die Büros noch kein Platz war.

Arbeits- und Sozialminister war Norbert Blüm, ein in der Wolle gefärbter Sozialpolitiker. Blüm passte zu Claras Zielen, auch wenn ihre Aufgabe nicht umrissen war. Andere Rückkehrer, auf der Suche nach Arbeit, nannten sie einen Glückspilz. Sie saß in einem Referat, dem ein dauerkranker Mediziner vorstand. Tatsächlich war es ein eingeschlafener Parkplatz. Wegen der beim Regierungswechsel üblichen personellen Verschiebungen brauche alles seine Zeit, vertröstete der Staatssekretär. Das misslaunige Glückskind nahm es hin und verlegte sich darauf, fleißig auszusehen.

In ihrer Abteilung hatte sich wenig verändert. Die Kollegen waren dieselben, die Frauen hatten sich leicht vermehrt. Der Minister knüpfte an die Politik der Sozialdemokraten an. Herz-Jesu-Marxist nannte man ihn, auf seine katholische und gewerkschaftliche Herkunft verweisend. Franz Josef Strauß aus der bayerischen CSU sollte die Bezeichnung erfunden und abschätzig gemeint haben. Aber der Minister hatte nicht das geringste Problem damit, im Gegenteil. Die Erfindung wäre ihm durchaus selbst zuzutrauen gewesen. Norbert Blüm war gut für unkomplizierten Umgang. Clara verdankte ihm eine neue

Jacke. Als sie ihn zu einem Gespräch über sein Lieblingsprojekt, die Pflege, begleiten sollte, ließ er wissen, sie solle das Jäckchen, das wohl mal grün gewesen sei, bitte nicht tragen. Kollegen lachten, als die Botschaft übermittelt wurde und sie mit hochrotem Kopf an dem noch so guten, na ja, ein bisschen verwaschenen Jäckchen hinuntersah.

Manche taten sich schwer mit der Rückkehrerin, nahm diese doch einen Posten in Anspruch, auf den andere größere Rechte zu haben meinten. Sie habe Jahre am Strand verbracht, und nun wolle sie denen, die in Bonn geschuftet hätten, gleichgesetzt werden. Es kratzte am Selbstvertrauen, als eine zu gelten, die im Wege war, wollte sie doch zeigen, was sie konnte. Die Wochen zogen sich hin. Bäume wechselten ihre Blätter. Clara studierte, was während der Abwesenheit in der Sozialpolitik gelaufen war. Der Sozialstaat hatte den Zenit überschritten und die Kürzung von Leistungen stand an. Über Claras leerem Schreibtisch schwebte das hehre Ziel einer Arbeit für Gerechtigkeit und Frieden, und sie sah ihre Zeit kommen.

Während Clara wartete und sich fragte, was sie außer Lesen und Hoffen machen könnte, trudelten Einladungen zu Vorträgen über ihre Zeit in Brasilien ein. Das Schicksal dachte ihr endlich eine Aufgabe zu, und sie nutzte die Zeit, um ihre Auftritte vorzubereiten. Es waren junge Leute in Dritte-Welt-Gruppen mit ehemaligen Entwicklungshelfern, die über Gott, Religionen und Weltprobleme debattierten. Sie sprachen jetzt von Eine-Welt-Gruppen und von Einer Welt, korrigierten das Bild von entwickelten und unterentwickelten Kontinenten, rangen um Thesen und prägten Worte, mit denen sie die Wohlanständigkeit der westlichen Welt erschüttern wollten.

Diese Jungen hießen Claudia, Stefan, Markus, studierten Soziologie, Philosophie, Psychologie, Informatik, waren Kinder des Konzils und hatten nur von Eltern und Großeltern gehört, wie die Kirche früher gewesen war. Gemischt konfessionelle Gruppen, aus denen Einladungen kamen, dachten in Kategorien der historischen Bibelforschung und der Theologie der Befreiung, die als Gattungsbegriff für eine vieldeutige Ansammlung von Ideen im Schwange war. Kirchliche Lehrsätze waren relevant, wenn sie in die Welt und zur eigenen Überzeugung passten. Katholische Religionslehrer hatten das schlechte Gewissen, das Ältere umtrieb, nicht eingeimpft. Angst und bange wurde Clara, wenn sie daran dachte, dass die verschlafene Obrigkeit, die den Stillstand nach dem Konzil offen betrieb, eine zum Neuanfang bereite Generation sang- und klanglos verlieren würde. Warum wurde Rom nicht lernfähiger?

»Wir reisten aus, um Menschen zu belehren, und wurden selbst zu Lernenden. Jetzt müssen wir lernen, westliche Arroganz und tief sitzende Vorurteile abzubauen.« Das war Claras Standardbotschaft.

Sie hielt viel von der inneren Kraft der Religionen und von dem noch unsicheren Dialog, der sich zwischen den Religionen anbahnte. Nach und nach spezialisierte sie sich auf die brasilianische Kirche und vertiefte ihr Wissen, um Helder Camaras Wirken verlässlicher einordnen zu können. Der Kampf gegen Ausbeutung, Hunger und Elend war ein weltweiter und ganz gewiss einer der Christen.

Die soziale Arbeit der Kirche hatte wie die staatliche Entwicklungshilfe einer gerechteren Welt zu dienen. Wie schillernd das der griechischen Mythologie entlehnte Wort ›Gerechtigkeit‹ im Raum stand, zeigte sich, wenn die jungen Erwachsenen Lösungen ausarbeiteten. Die im Koordinatensystem der Welt auf der Sonnenseite des Wohlstands Geborenen ahnten, dass mit der Verteilung der Ressourcen etwas nicht stimmte. Sie legten den Hebel an die realen Missstände. Was gerecht war, ließ sich nicht in Formeln bringen, sondern musste der Situation angepasst werden. Helder Camara war vielen ein Begriff. Manche hatten ihn gehört, andere kannten Zitate. Clara wollte sein Sprachrohr sein. Wie hatte sie ihn erlebt, wie arbeitete er? Sie wusste, wie unzulänglich ihre Worte waren.

Im Gottesdienst bei einem Jugendtreffen in Neviges übernahm sie die Laienpredigt. So hieß der Zwischenruf. Sie wählte den Papstbesuch in Recife mit dem ganz und gar nicht überirdischen Wunder der Brotverteilung und hatte Mühe, den Glauben, den sie beim brasilianischen Volk gefunden hatte, auf Deutsch zu berichten. Gab es Worte für inneres Erleben, die von Menschen mit verblassender Religion verstanden wurden? Es rächte sich, dass selbst in religiösen Zirkeln in der Formelsprache der kirchlichen Tradition gesprochen wurde und nicht über den persönlichen Glauben.

Für die Vorträge feilte Clara, Dom Helder nacheifernd, an einer einfachen Botschaft: Die Wurzeln des Übels der Armut in der Welt liegen bei uns. Befreiung dort setzt Umkehr hier voraus. Die Kirche der Armen gibt ein Beispiel vor. Clara setzte auf die Unruhe der Jugend, die auch satte und träge Völker bewegen würde. Europa ging viel zu langsam und merkte nicht, dass es eines Tages überrollt werden könnte. Der Vatikan zählte zu diesem alten Europa, das belehrte statt hinzuhören. Sie berichtete vom Widerstand der brasilianischen Kirche, die das Militärregime zu Fall brachte. Über die freien Wahlen von 1985 und eine zivile Regierung in der Hand der gleichen Eliten, die das Volk enttäuschte. Von der Kluft zwischen Reich und Arm, horrender Arbeitslosigkeit und Hyperinflation.

So vergingen zwei Jahre. Clara schaffte es bis zu einem Forum in der Würzburger Universität und träumte von einer Zukunft als Expertin für Entwicklungshilfe. Sie und ihre Zuhörer freuten sich, an der gespaltenen Welt zu rütteln. Ein dritter Weg zwischen Kommunismus und Kapitalismus schien nicht undenkbar. Dass sie wenige waren, entmutigte die Diskussionen nicht. Die jungen Leute rieben sich an vielen Fragen. Sie wollten wissen, was sie gegen die Ausbeutung durch Konzerne, die Abholzung des Regenwaldes, die gigantischen Staudämme, gegen Korruption und Geldverschwendung tun konnten. Clara widerstrebte es von Mal zu Mal mehr, angelesene Meinungen weiterzugeben, ohne die komplizierten Zusammenhänge zu kennen. Die Debatten wurden aggressiver und entfernten sich von den Zielen des Anfangs.

In diese Phase platzte ein Brief von Marcos Castro, der inzwischen als Journalist in Recife arbeitete. Der Vatikan wolle die Arbeit Dom Helders vernichten. Clara schwankte, ob sie die Nachricht für eine Übertreibung halten oder ihr nachgehen sollte. Sie brauchte Zeit, bis sie begriff, was geschehen war.

Auslöser war eine Instruktion von 1984 über einige Aspekte der Theologie der Befreiung, die aus der römischen Glaubenskongregation von Kardinal Ratzinger gekommen war. Clara hatte sie nicht mit Recife in Verbindung gebracht. Erst Marcos' Brief veranlasste sie, das Dokument genauer zu studieren. Die klerikale Sprache belegte, dass die römische Zentrale nicht viel hielt von der Entwicklung in Lateinamerika. Die Instruktion, so stand da, wolle die Aufmerksamkeit der Hirten, Theologen und aller Gläubigen auf die Abweichungen und die Gefahren der Abweichung lenken, die den Glauben und das christliche Leben zerstörten, wie sie gewisse Formen der Theologie der Befreiung enthielten, die in ungenügend kritischer Weise ihre Zuflucht zu Konzepten nähmen, die von verschiedenen Strömungen des marxistischen Denkens gespeist seien.

Puh! Roma locuta, causa finita! Punkt! Basta! Und weiter verlautete Rom: Die Warnung dürfe in keiner Weise als Verurteilung all derer ausgelegt werden, die hochherzig und im authentischen Geiste des Evangeliums auf die vorrangige Option für die Armen antworten wollten. Mehr denn je wolle die Kirche die Missbräuche, Ungerechtigkeiten und Verstöße gegen die Freiheit verurteilen, wo immer sie begegneten und wer immer sie anstoße. Und sie wolle mit den ihr eigenen Mitteln kämpfen, um die Menschenrechte, insbesondere in der Person der Armen, zu verteidigen und zu fördern.

Was hieß das stelzfüßige Vatikanisch? Erinnerungen an die Gerüchte über dunkle Wolken aus der römischen Kurie kamen hoch. Aber waren die Menschen in Recife nicht genau die Hochherzigen, die richtig lagen? Die Mutigen um Helder Camara hatten zwar keine Angst, dem Marxismus oder Sozialismus nahe zu kommen, wussten sie sich doch einig mit allen, die sich für die Armen einsetzten. Aber eine Welt ohne Gott hatten sie stets verworfen, fest an der Seite der christlichen Botschaft und des Papstes. Und jetzt? Waren die Lateinamerikaner für überängstliche Kardinäle in Rom wie Kinder, die mit dem Feuer spielten?

Befreiungstheologen waren ins Visier der römischen Zensoren geraten. Der Zorn traf das Buch über die *Kirche: Charisma und Macht* des brasilianischen Theologen Leonardo Boff. Im Jahre 1985 legte der Vatikan dem Franziskaner ein einjähriges Bußschweigen auf und drängte ihn, seine Funktionen aufzugeben. In Brasilien hatte man auf ein Gespräch mit Joseph Ratzinger gehofft, das aber nichts brachte. Der Gemaßregelte brach Tabus und erinnerte die Kirche daran, dass sie die Menschenrechte, die sie anderen predige, vor allem im eigenen Raum einhalten müsse. Es ging ihm um ein demokratisches Lehrverfahren gegen Theologen, um gleiche Rechte für Frauen und Männer, um menschenwürdige Behandlung von Priestern, die ihr Amt aufgaben. War das, was viele als befreiende Selbstkritik erlebten, für den Vatikan etwas Ungeheuerliches?

»Die Denkfreiheit geht nur so weit, wie sie dem Vatikan passt. Und das ist nicht weit«, hatte jemand bei einer Tagung gerufen.

»Kontrolle wollen sie. Unterwerfung. Menschrechte? Waren ihnen nie geheuer«, hatte eine Frau ergänzt. »Was erwartet ihr denn?«

»Rom hat Angst vor der Vielfalt in der Weltkirche. Einheit ist leichter zu steuern«, hatte Clara erbittert hinzugefügt.

Auch in Recife hatten sie sich, nachdem die Instruktion von 1984 auf den Tisch geflattert war, als die belobigten Hochherzigen gesehen, die angeblich nicht gemeint waren. Aber das musste, wie die Ereignisse zeigten, ein Irrtum sein. Der Vatikan setzte, geräuschlos und hinter verschlossenen Türen, ihm ergebene Kleriker auf vakante Bischofsstühle. In Recife hatten alle José Lamartine, den langjährigen Weihbischof und treuen Begleiter Dom Helders als Nachfolger gesehen. Der sei strafversetzt, hieß es im folgenden Brief von Marcos Castro, und Dom Helder habe Redeverbot. Clara, die aus allen Himmeln fiel, buchte kurzerhand einen Flug nach Recife.

Fatima erwartete sie am Flughafen, und Claras erste Frage galt Dom Helder.

»Er empfängt Besucher aus allen Himmelsrichtungen in seiner Sakristeiwohnung, ist aber öffentlich verstummt, seit José Cardoso der Nachfolger ist. Der Vatikan soll hinter dem Schweigen stecken. Ob das wahr oder falsch ist, weiß ich nicht. Ich gebe nur weiter, was ich höre«, sagte Fatima. »Nun sind es nicht mehr die Militärs, sondern die eigenen im Vatikan.« Sie konnte einen bitteren Ton nicht unterdrücken. »Wie ich den Dom kenne, wird er das römische Vorgehen nicht kommentieren. Leider sprechen alle Anzeichen dafür, dass der Nachfolger die vorgestrige Kirche wiederherstellen will. Es geistert herum, der Vatikan sorge sich wegen der evangelikalen Kirchen und gebe der Theologie der Befreiung die Schuld. Das ist Unsinn. Aber im Grunde wissen wir alle nichts.«

»Und nun?«, fragte Clara ratlos.

»Lassen wir das. Ich bin wütend, und du bist müde vom Flug.«

Sie fuhren ins Oratório zu den Schwestern. Fatima berichtete, wie es den Bekannten aus dem Erzbistum erging. Für ein Urteil über den neuen Bischof sei es zu früh. Er igele sich mit ein paar Getreuen im Palast ein, als habe er Angst vor dem armen Volk, das seine Wut vor die Mauern des Palastes spülen könnte. Beim Klerus und bei den Laien herrsche Panikstimmung.

»Hat Dom Helder seine Freunde im Vatikan verloren, Fatima? Was ist mit Papst Johannes Paul, der bei der Umarmung des Bruders der Armen soviel Zuneigung zeigte? Wo ist der?«

»Ich weiß nicht, Clara. Vielleicht lässt Johannes Paul die Kurie wegen der vielen Reisen schleifen, oder sie schotten ihn ab, weil er krank sein soll. Vielleicht steht er auch hinter dem, was Kardinal Ratzinger tut. Verdammt, Rom ist die alte, verschlossene Auster.«

Noch während Claras Aufenthalt traten die Absichten deutlicher zutage. Padres und Laien suchten Kontakte zu anderen Bistümern, um weiter aktiv bleiben zu können. Andere gingen auf Arbeitssuche. Gelder wurden gestrichen. Mit Herzblut aufgebaute Strukturen waren in Gefahr. Unbeirrbare Laien und Theologen dachten an eine vom Bischof unabhängige Aktion, wo sie den Zielen treu bleiben wollten, die sie unter Dom Helder gelebt hatten. Waren die Sternstunden des Konzils und der Kirche der Armen bereits vorbei?

Vor ihrer Rückreise erlebte Clara den Dom in der Messe, die er noch immer in der Kirche seiner Sakristeiwohnung feierte. Sie legte eine Rose auf den Altar. Er strahlte wie früher das Licht aus, das nur er so unvergleichlich auf alle übertrug. In ihm lebte das Göttliche mit der Liebe zu allen Menschen. In einem kurzen Gespräch übertrug sich wieder seine innere Kraft.

Diese Begegnung nahm sie mit nach Bonn, zusammen mit den dunklen Bildern, die über Recife hingen. Ihre brasilianische Brücke zur Kirche bekam Risse. Lohnte es sich, für eine herzlose Institution, pedantisch im Kleinen und ängstlich im Großen, zu arbeiten?

Clara übernahm noch einen zugesagten Vortrag, alle weiteren lehnte sie ab. Wie hatte der Dom gesagt? Es gab eine Zeit zu reden und eine zu schweigen. Die Regierungsarbeit war ein besserer Ort als die Kirche. Sie hatte einen Sonderauftrag für die geplante Pflegeversicherung erhalten. Kurz darauf stand sie einem Referat mit fünf Mitarbeitern vor.

Frauenbild

Verwaschene Buchstaben ließen wissen, hier sei Ribbeck. Clara hielt das Auto an. War der Flecken im Novemberdunst tatsächlich der Ort aus Theodor Fontanes Ballade? Und der flüsternde Birnbaum? War er der mit dem einen Arm, der ums Überleben kämpfte? In der Klosterschule hatten sie Fontanes Verse auswendig gelernt, ohne zu wissen, wo das Havelland lag. Die Güte des alten Herrn war als ortlose Moral fürs Leben gedacht.

Die Zeiten der DDR, die kurz nach dem Mauerfall schon die ehemalige hieß, waren vorbei. Noch immer bekamen die Westberliner nicht genug von ihrem neuen Umland. Hinter einem Plastikschutz entzifferte Clara Anordnungen von gestrengen Ämtern, die es nicht mehr gab. Eine bröckelnde Fassade ließ das vorzeiten berühmte Barockschloss der von Ribbecks erahnen, jetzt ein Schatten seiner selbst. Ein Altenpflegeheim, fragte sie sich, als an einem vergitterten Fenster ein Bleichgesicht auftauchte und verängstigte Augen auf den Fremdling heftete?

Die Fantasie verwandelte das abgetakelte Gebäude in den Herrensitz, der vor zwei Jahrhunderten mit sonnengelber Fassade im saftgrünen Havelland geglänzt hatte. Bis ein Seitenblick auf die angekränkelte Dorfkirche das Traumbild zerstäubte. Dach und Fensterluken der Kirche waren Regen und Sturm schutzlos preisgegeben, Bretter versperrten den Zugang. Nein, die gute, alte Zeit hatte es nicht gegeben. Und die Ribbecks waren, bedachte man die historischen Zeugnisse, auch nicht nur die Guten gewesen.

Zurück auf der Fernstraße von Berlin nach Hamburg, betrachtete Clara noch einmal den Baum, den nichts als den Nachfahren jenes Baumes auszeichnete, der mit seiner Birnenpracht Jungen und Mädchen angezogen hatte. Jetzt lockte eine Leuchtreklame für Berliner Kindl Bier vor einer Gaststätte zum Birnbaum. Auf Claras Frage nach dem Birnbaum sagte die Wirtin etwas Unverständliches, als habe sie lange nicht mehr darüber nachgedacht. Die Frage nach der Speisekarte munterte sie hingegen auf. Sie habe zwar keine, könne das Angebot aber nennen. Es bestand aus einer dampfenden Erbsensuppe in einer Schüssel aus Beständen der DDR.

»Jeden Tag wartet eine andere Suppe auf die Besucher, die leider zu oft vorbeirasen.« Die Wirtin hoffte auf den neu erblühenden Segen des alten Herrn von Ribbeck. In ihren Augen lag der Stolz einer Frau, die einen langen Weg gegangen war und sich vor den Erben der Ribbecks oder vor Westlern nicht beugen würde.

Während Clara die segensreiche Hausmannskost vor sich hin löffelte, kehrte die Erinnerung an das Jahr 1988 zurück, das sie auf die Insel Westberlin versetzt hatte. Bonner Kollegen hatten mit dem Kopf geschüttelt, so wie damals, als sie nach Brasilien gegangen war. Auf diese gottverlassene Insel willst du?

Taumelnd war sie in der Mauerstadt umhergeflattert wie ein Schmetterling, noch benommen von der Metamorphose. Berlin ließ sich durch Regeln nicht einschüchtern. Rasen waren zum Betreten da. Pflanzen, Gräser und Brennnesseln an Straßenrändern lebten, wie sie wollten, und hatten kein Gift zu fürchten.

»Berlin ist die einzige deutsche Stadt, die ein bisschen Anarchie und freien Geist hat«, sagte eine Chilenin, die sich im Café Kranzler zu Clara an den Tisch setzte.

»Ja, man nimmt die Dinge hier, wie sie sind.«

Eine verwandelte Clara verkostete ihren ersten und letzten Sommer auf der Insel Westberlin. »Hier verirrt sich keiner«, lachte die Nachbarin, der sie von ihren Ausflügen berichtete. »Geht es nicht weiter, stehst du vor der Mauer und drehst um.«

Als Clara zum ersten Mal vor der unvermutet aufgetauchten Mauer bremste, fühlte sie sich zum eigenen Erstaunen geborgen.

Dann versetzte der Mauerfall das Land in einen Taumel des Aufbruchs. Von der ersten Minute an gehörte Clara zu denen, die in Windeseile für neues Recht sorgen sollten. Die Gesetzessprache machte aus der DDR das Beitrittsgebiet, so dass westdeutsche Regeln eins zu eins übertragen werden konnten. Beitritt, das klang freiwillig, war aber im Ergebnis eine Unterwerfung ohne Blutvergießen. Die Kollegen aus der DDR saßen auf der Schulbank und hatten keine Chance, mit ihren Ideen im Gesetzeswerk zu landen. Auch Clara arbeitete fern jeder Selbstkritik auf der Siegerseite, die sich das Recht nahm, zu bestimmen, was gelten sollte. Nacharbeiten konnte man später, irgendwann. Tatsächlich verging eine geraume Zeit, ehe sie nicht nur bemerkte, sondern sich auch dafür schämte, mit welcher Selbstherrlichkeit der Westen vorgegangen war.

Berlin und die 1990er Jahre, das war wie ein Wunder. Wahnsinn, Wahnsinn warf das Echo der Straßen zurück, während sich Familien, Freunde, Fremde von hüben und drüben in den Armen lagen. Nach den Jahren der Teilung lag der breite Nord-Süd-Streifen der Mauerstadt da wie ein Biotop, das die Gier der Immobilienhaie anstachelte. Das Berlin der grellen Reklame erbte seine alte neue Mitte, den Müggelsee, die weitläufigen Stadtviertel der Plattenbauten. Es besaß Theater und Museen im Doppelpack. Eine Zeitlang vergaßen die Berliner sogar das Meckern. Clara fuhr nicht mehr auf der Insel herum, sondern ins Umland, so wie nach Ribbeck, das sie am Nachmittag auf der Fernstraße nach Berlin hinter sich ließ.

Sie dachte an den Bonner Kollegen, der mit ihr telefoniert hatte: »Du wieder mitten drin. Diese Frau geht an den Rand der Welt, und schon ist dort was los!«

»Ja«, antwortete Clara. »Ich bin in der neuen Hauptstadt.«

Der Kollege daraufhin böse: »Gott behüte! Wir bleiben in Bonn.«

Sie hatte es dabei bewenden lassen.

Mit der Öffnung des Eisernen Vorhangs fielen die kommunistischen Feindbilder in sich zusammen. Welche neuen in den Startlöchern lauerten, lag jenseits der Vorstellung. Illusionen über einen Weltfrieden blendeten. Die Ostdeutschen lernten den skrupellosen Kapitalismus erleiden und wollten trotzdem Amerika werden. Der Westen profitierte von der Konkursmasse des Ostens. Dachte noch jemand an den Mahatma Gandhi zugeschriebenen Satz: Die Welt hat genug für jedermann, aber nicht für jedermanns Gier?

Clara war sich ihrer Sache nicht sicher gewesen, aber der Drang, dem immer Gleichen zu entfliehen, hätte sie überall hingehen lassen. Das behagliche Bonner Leben hatte sein Gutes, aber die schöpferischen Kräfte erlahmten. Wenn sie, bald fünfzig, nicht aufbrach, bliebe sie lange hängen. In Berlin wartete eine Leitungsaufgabe.

»Wie geht es Ihnen denn im Heidenland?«, fragte einer der gut Katholischen.

Sie ließ ihn ins Leere laufen. Nichts vermisste sie, gar nichts. Als erste Frau in der Chefetage mit zwei Männern fühlte sie die kribbelnde Lust, Spuren zu legen, für die es keine Vorbilder gab. Sie war geübt darin, sich in eine Hierarchie einzuordnen, wusste aber nicht, wie sie mit Macht umgehen sollte. Der rot-grüne Berliner Senat von Walter Momper zeigte mit einer stattlichen Anzahl von Senatorinnen, wie verschieden Frauen agierten.

Nicht als hätte Clara die Spiele mit der Macht durchschaut. Erst der hingeworfene Satz eines Bonner Vorgesetzten hatte sie hellhörig gemacht: Sie arbeiten zuviel, um befördert zu werden. Seitdem beobachtete sie ihr Umfeld genauer. Frauen setzten Wissen und Zähigkeit in Männerdomänen ein, strampelten sich ab und stiegen trotzdem nicht auf. Sie machten sich unentbehrlich und glaubten, ihre Leistung würde durch Aufstieg belohnt. Das war ein Fehler. Allmählich erkannte Clara die subtilen Formen von Diskriminierung. Sie wollte verstehen, wie Macht und Erfolg mit redlichem Handeln verknüpft werden konnten. Ein hartnäckiges Vorurteil tat anständiges Verhalten als weiblich und weich ab. Sie ließ sich nicht beirren und tat, was sie für richtig hielt. Das Mauerblümchen mit kariertem Faltenrock trug Kostüm und fand zum aufrechten Gang.

Mittlerweile schrieb man das Jahr 1995. Clara war in der Chefetage anerkannt, Spötter verstummten, Erfolge wurden messbar. Ein halbes Jahrhundert hatte sie gebraucht, um eigenständig agieren zu können, hatte ihrem Urteil misstraut, bis es von Autoritäten bestätigt worden war. Jetzt gab es keine Instanz mehr, bei der sie sich rückversichern konnte. Sie musste die Risiken ihrer Entscheidungen selbst einschätzen und für Niederlagen geradestehen.

Bald beherrschte sie die Breite der Führungsstile von partnerschaftlich bis autoritär, wie es die Situation erforderte. Die Chefin führte anders und provozierte damit den Unwillen der Männer. Das übliche Bild der Zeit galt auch in ihrer Institution: Männer leiteten und Frauen bevölkerten die niederen Ränge. Unsicherheit war im Spiel, wenn eine Frau Dominanz beanspruchte. Männer scheuten davor zurück, sich dem Konflikt offen zu stellen.

Die Gleichstellung der Geschlechter wurde zum politischen Thema, der Gender-Begriff war dabei, sich auch im Feminismus einzubürgern, und verdrängte dort das solide Wort von der Frauenförderung. Gender Mainstreaming war 1985 auf der dritten Weltfrauenkonferenz in Nairobi diskutiert und nun auf der Pekinger Konferenz von 1995 weiterentwickelt worden. Frauenquoten zeigten Wirkung. Clara legte ein Programm für Frauen in ihrer Institution auf, bestärkte aufstiegsbereite Frauen, sich nicht in weibliche Ecken drängen zu lassen und die Häme von Männern auszuhalten. Regierungen legten Modellprojekte auf, suchten in Universitäten und Unternehmen nach Führungskräften, die mitmachten, so dass auch Clara Netzwerke kennenlernte und sich mitreißen ließ. Sie begann, die Theorien der Emanzipation zu studieren und kam mit Frauen aus verschiedenen Bereichen zusammen, auch mit denen, die sich in den Kirchen für die Chancengleichheit von Frauen engagierten.

Ihrem Tagebuch vertraute sie an, wie sie sich fühlte: *Ich bin glücklich wie eine Pflanze, die durch die Teerdecke durchgestoßen ist. Es hat viel Kraft gekostet, ans Licht zu kommen, und nun will ich nie mehr zurück unter den Teer. Der eine Stoß, der die Pflanze hätte zerbrechen können, er gelang. Vielleicht bin ich härter geworden. Aber das gehört dazu.*

Je fester Clara im Sattel saß, desto weniger vermisste sie die Religion. Im Berliner Umfeld, in dem sich allerlei Weltanschauungen tummelten, ging die katholische Kirche unter. Es war belanglos, ob und was man glaubte. Andere Baustellen waren wichtiger. Clara lebte mit dem Gefühl, die katholische Denkweise abschütteln und den gewonnenen Freiraum nach eigener Überzeugung abstecken zu können. Gottesdienste gehörten gelegentlich dazu, entweder offiziell, oder wenn sie verabredet war oder auch nur sehen wollte, wie ein Kirchengebäude von innen aussah.

Und dann stolperte sie doch über die Baustelle Kirche.

»Mit Katholiken kann man ja nicht reden«, sagte eine männliche Stimme im Vorübergehen.

Blöder Kerl, dachte Clara, weder angesprochen noch den Zusammenhang erfassend. Angestachelt konterte sie: »Woher willst du das denn wissen?«

Der Gemeinte, ein junger Mann in schlabberigen Jeans und knalligem Hemd, mit Piercing und Tattoo, einen Norwegerpullover lässig über die Schulter geworfen, trollte sich mit abfälliger Handbewegung davon: »Was will die denn?«

Der Vorfall wäre nicht weiter haften geblieben, hätte Clara nicht einen Stich in der Herzgegend gespürt, Halt an einer Hauswand gesucht und den Kerl verflucht. Die Episode ging ihr nicht aus dem Kopf, nur dass sie sich jetzt, ernüchtert, verfluchte, weil sie so abartig reagiert hatte. War das Katholische in ihr so unverdrängbar, dass es beim geringsten Anlass durch die Haut fuhr? Dass der Mann so dachte, lag auf der Hand. Da wo sie herkam, verstand man das katholische Vokabular. Hier klang es für viele wie ein Idiom vom anderen Stern. Westberliner Katholiken waren eine kleine Herde. Eine alte Freundin, in Berlin geboren und ins Ruhrgebiet verschlagen, hatte den kleinen katholischen Haufen als Berliner Ghetto bezeichnet, der sich in der Tradition einigele. Ob das stimmte, wusste Clara nicht, aber manche Katholiken wirkten tatsächlich eingeschüchtert unter so vielen Protestanten und Atheisten.

Der Pfarrer der Kirchengemeinde, der Clara als Neuzugezogene willkommen geheißen hatte, begrüßte seine Schar nach der Messe mit Handschlag. Clara machte sich nach dem ersten Messbesuch mit List und Tücke aus dem Staub. Aber nach einem weiteren Besuch hefteten sich zwei Frauen an die Fersen. Das Gemeindefest stünde an. Ob sie Kuchen backen oder Erbsensuppe kochen wolle. Clara hatte des Pfarrers ergebene Truppe vor sich, und die konnte alles, was ihr selbst abging. Was sie konnte, organisieren und planen, das, so sagten die Frauen, besorgten die Männer.

Frauenwelten waren bunter, als gängige Theorien vermuten ließen. Sie waren das seit Jahrhunderten. Teresa von Avila, spanische Ordensreformerin, hatte ihre eigene Meinung schon im sechzehnten Jahrhundert verteidigt. Gott sei kein Richter wie diese Männer, die meinten, jede gute Fähigkeit bei einer Frau verdächtigen zu müssen, nur weil sie eine Frau sei. Sie provozierte den Zorn der damaligen Kirche. Ein unruhiges Frauenzimmer sei sie, eine Streunerin, ungehorsam und verstockt, denke sich unter dem Schein der Frömmigkeit falsche Lehren aus. Die so Gescholtene seufzte vor ihrem geliebten Jesus: Als du noch in dieser Welt wandeltest, hast du den Frauen besondere Zuneigung bewiesen. Fandest du doch in ihnen nicht weniger Liebe und Glauben als bei den Männern.

Das war lange her, aber Clara hätte gewettet, dass es noch immer Männer gab, die von klugen Frauen nichts hielten. Sie fühlte den bitteren Geschmack auf der Zunge, wenn sie an die Männer in Rom dachte, die sich als Experten für Frauen aufführten, weil sie als Kinder mal Mütter gehabt hatten. Sie wiesen der Frau den ihr angeblich von Natur aus zustehenden Platz zu und nannten das erdachte Wesen urweiblich. Was sie als weibliche Natur in die Texte hinein interpretierten, das kam, o Wunder, am Ende wieder heraus. Na gut, mit ein paar Zugeständnissen. Frauen durften eine Lesung in der Messe vortragen, die sei weniger wichtig als das Evangelium, hatte der Bischof in kleinem Kreis kommentiert.

Dabei hatte Johannes XXIII. die Frauenfrage zum Zeichen der Zeit erklärt. Aber es war ihm zu Lebzeiten nicht vergönnt gewesen, die Frauen ins Herz der Kirche zu holen. Die Zeichen der Zeit, Frauen, Arme, Indios, Schwarze, waren nach dem Konzil wieder unter den Tisch gefallen. Die Namenlosen wurden in der Liturgie mit den Brüdern und Schwestern in Christus bedacht.

Es gab zu allen Zeiten Frauen, die Grenzen überwanden, Schriftstellerinnen, Politikerinnen, Wissenschaftlerinnen. Wie sollten sich diejenigen, die Einfluss in der Gesellschaft erstritten, mit einer Kirche zufrieden geben, die keinen Spielraum gab, einem Männerbund mit frauenfeindlicher Grundhaltung, der sich Frauen mit großem Geschick dienstbar machte? Clara hätte den Zorn, der noch bissigeren Spott hoch kochte, am liebsten in die Kirchen hineingebrüllt. Aber ihr war klar, dass die Herrschenden kein Brüllen erreichte.

Es musste Widerborstigkeit sein, die Clara bewegte, vor katholischen Zuhörern zu sprechen. Oder war es der Brief einer Freundin, der zeitgleich mit der Anfrage eintrudelte und mahnte, nicht zu früh aufzugeben?

Die Tagung in einer katholischen Akademie behandelte das Frauen- und Familienbild der Kirche und wollte sich aktuellen Fragen stellen, wie die Einladung verhieß. Ein Professor breitete die Bedeutung der Mütter für die Kindererziehung aus, und ein Theologe zeichnete das offizielle Frauenbild der Kirche. Clara berichtete aus der Praxis über die Vereinbarkeit von Beruf und Familie. Die Zuhörerschaft entsprach dem gängigen Bild von beredten Männern und schweigenden Ehefrauen. Der Nachmittag verlief harmonisch mit allseits bekannten Thesen. Behäbige Zufriedenheit unter gleich Gestimmten lag in der Raumluft. Im Schlussakt zogen die Referenten ein Resümee. Clara saß neben dem Kirchenmann, der sich sorgte, weil der Zeitgeist das Frauenbild der Kirche verwässere.

»Das große theologische Bild, das die Kirche von der Frau zeichnet, ist heute wichtiger denn je«, beschwor er die Zuhörer. »Es ist das Christentum, das die Emanzipation der Frau beförderte.«

Clara konnte nicht an sich halten und warf ein: »Und das glauben Sie?« Der Kleriker ging über die Bemerkung hinweg, was sie erst recht fuchste. Da sprach einer über die Frauen, als sei er selbst eine. »Woher kennen Sie sich so gut bei Frauen aus?«, beharrte sie. Der Satz war noch nicht zu Ende gesprochen, als sie die feindselige Stimmung im Raum bemerkte.

»Bleiben wir sachlich«, mahnte der Moderator.

Verflixt, eine Frau von quicklebendiger Streitlust wie die spanische Teresa hätte einen besseren Ton gefunden, dachte Clara. Die hätte die Selbstzufriedenheit aufgemischt. Da behauptete ein Mann, die Frau könne Christus nicht darstellen und müsse die ihr von der Kirche zugewiesene Rolle als gottgewollt akzeptieren. Dabei war die Frau genau wie der Mann als Gottes Ebenbild geschaffen. Daran müsste sie erinnern. Stattdessen schwieg sie wie ein gemaßregeltes Schulmädchen. Der Moderator schnitt sie und sie war nicht mehr fähig, klar zu denken. Gedemütigt und verletzt, vermischten sich die Abfuhr, ihr Unvermögen zu kontern und das kirchliche Frauenbild zu einem Einheitsbrei.

Am Abend weinte sie sich aus bei der Freundin Verena, die den Brief geschrieben hatte. Gedanken purzelten ungesiebt in den Telefonhörer hinein. Sie redete von religiöser Diskriminierung, als habe sie eine neue Theorie entwickelt. »Die Abwertung der Frauen in der Religion überträgt sich auf alles, was Frauen über sich selbst denken. Die Religionen beißen sich in den Kulturen fest; sie sind wie Kleister, der sich nicht entfernen lässt. Es ist Unrecht, was sie den Frauen antun. Überall die alten Muster. Wohin wir blicken, sind wir weniger wert. Wir sind total machtlos.« Als ihr bewusst wurde, dass sie mit jemandem sprach, schaute sie die Hörmuschel in ihrer Hand an.

Die Freundin nutzte die Lücke: »Du bist ja verdammt wütend. Ich auch. Aber ...«

»Und du bist anscheinend vom Schöpfer mit einer unausrottbaren Geduld ausgestattet. Wir schlucken zu viel, Verena.«

»Was bleibt uns denn, wenn wir nicht aufgeben wollen? Es hat den wunderbaren Johannes XXIII. gegeben, der hat Türen und Fenster geöffnet. An der Frauenfrage wird sich zeigen, ob unsere Kirche wandlungsfähig ist. Warum sollte der Blitz nicht wieder einschlagen?«, sagte Verena.

»Den Vatikan haut kein Blitz um. Nicht reformfähig! Die Geduld von Jahrhunderten muss ein Ende haben. Überall der faulige Gestank von Intoleranz und Missachtung des Weiblichen.«

»Es ist spät«, sagte Verena, »ich muss früh raus, brauche den Schlaf.«

»Dann gute Nacht«, war die barsche Antwort.

An Schlaf war nicht zu denken. Clara hockte zum dritten Mal über dem Brief der Freundin, ohne zu wissen, was sie noch suchte. Verena arbeitete bei einem kirchlichen Verband und konnte die Kirche nicht einfach verlassen. Sie musste die Zeit bis zur Rente überbrücken, auch wenn sie sich nur schwer fügte.

»Für mich bedeutet es«, stand in dem Brief, »dass ich in der Gemeinschaft, in die ich hineingetauft wurde, bleiben will, solange ich für eine geschlechtergerechte Kirche, wo Menschenrechte auch Frauenrechte sind, kämpfen kann. Irgendwann, wenn die Institution sich nicht wesentlich ändert, meine Kräfte nachlassen und ich alt geworden bin, werde ich die Institution verlassen müssen. Mein Gewissen kann es nicht verantworten, tatenlos einer Institution anzugehören, die bei der Weltfrauenkonferenz in Peking 1995 mit den Golfstaaten die einzige war, die das Schlussdokument *Menschenrechte sind Frauenrechte* nicht unterschrieben hat.«

Clara las weiter; die Sätze sprachen ihr aus der Seele.

»Das Konzil versprach eine neue Kirche, eine Gemeinschaft der Gleichen. So verstehe ich auch Jesus und sein Handeln, seinen Umgang mit Frauen. Und bei Paulus im Galaterbrief 3,28 lese ich: ›Es gibt nicht mehr Mann und Frau‹. In den letzten fünfzig Jahren ist viel passiert, leider nicht in unserer Kirche. Sie steckt fest im Mittelalter. Macht, nicht Gerechtigkeit, steht auf ihren Fahnen. Macht von Männern, die sich anmaßen, Frauen zu sagen, was sie dürfen und vor allem, was sie nicht dürfen. Am Anfang haben Frauen Gemeinden geleitet, Jüngerinnen hatten die gleichen Aufgaben wie Jünger. Schade, dass mir nur die Wahl gelassen wird, mich freiwillig diskriminieren zu lassen oder zu gehen.«

»Das ist es«, schrie Clara in die Nacht hinaus. »Wir mucken nicht auf. Deshalb meinen sie, wir bekämen die Selbstgefälligkeit nicht mit. Und noch viel schlimmer! Sie verweigern nicht nur die Frauenrechte, sondern denken, Gott selbst habe ihnen befohlen, uns so zu behandeln. Das ist der Skandal!«

Am nächsten Morgen kehrte Besonnenheit ein. Sie war in einer Sackgasse gelandet. Davonschleichen? Nein. Weiter erdulden? Nein. Die Romkirche verabscheuen und die Kirche Brasiliens lieben? Ging auch nicht zusammen.

Dom Helder hatte den Frauen gleich viel zugetraut wie den Männern, und er hatte der Kirche geholfen, eine bessere Richtung zu finden. In seinem Sinne arbeiteten sich nach wie vor Unzählige an den Widersprüchen ab, so wie Verena hier, wie Fatima drüben. Sie hofften gegen die Hoffnung.

Doch Clara wollte sich nicht in die Hoffnung flüchten. Der Gegensatz zwischen der beruflichen Verantwortung und der kirchlich zugestandenen Rolle war zu krass. Die Kirchenspitze versagte den Frauen den gebotenen Platz, und sie war nicht einmal fähig, einen ernst zu nehmenden Dialog über die Stellung der Frauen zu führen.

Als sei eine Barriere gefallen, misstraute Clara auch anderen Lehrsätzen. War der Drei-Gestalten-Gott ebenso wie das Frauenbild ein Konstrukt, in Jahrhunderten als unantastbar eingebrannt? Sie hatte die Lehren eifrig studiert, den Geist hinter dem Wortlaut gesucht und sich stets gehütet, den Kernbestand ihrer Religion anzutasten. Nun gestand sie sich ein, dass sie den Geist dahinter, die von anderen ausgedachte Wahrheit, immer nur hingenommen, aber nie selbst erfahren hatte.

Clara erschrak über ihren wachsenden Argwohn, der ihre bisherige Grundlage wegzog. Die Gedanken liefen geradewegs auf die Weiche zu, die aus der Kirche hinausführte. Ein Satz, den Heinrich Böll zu Christa Wolf gesagt hatte, kam ihr in den Sinn: Wenn man mal Katholik war oder Kommunist – das bleibt man immer.

»Da ist was dran«, gab sie zu. »Ja, da ist was dran. Wenn das Katholische in mir drin ist, wie viel davon ist im Herzen lebendig?«

Versöhnung

Sie saß mit der Mutter beim Adventkaffee. Kerzenschein in den Augen der Alten verscheuchte das Novembergrau. Mutter ging von Zeit zu Zeit an diesen und jenen Tisch, wo Bewohnerinnen mit Gästen saßen. »Schmeckt der Kuchen?«, richtete sie die immergleiche Frage an die Runde, nahm das Nicken entgegen und kehrte zurück.

Clara kämpfte gegen den Groll. Biederte sich an, als hätte sie den Kuchen gebacken. »Komm, wir gehen.« Sie lotste die Widerspenstige aus dem Raum. »Ich muss fahren, die Dunkelheit …«

Als die Mutter irritiert im Lehnstuhl ihres Zimmers saß, wiederholte Clara: »Ich muss los, es wird dunkel.«

»Ja, ich weiß. Wie lange brauchst du?«

»Wie immer«, beschied die Tochter. Flüchtig winkend, ließ sie die Tür hinter sich zufallen.

»Fahr …«, rief Mutter; das »vorsichtig« blieb im Schloss stecken.

Seit dem zweiten Oberschenkelhalsbruch war die Mutter in der Wohnung nicht mehr sicher gewesen. Gutes Zureden konnte sie zum Umzug in ein katholisches Heim bewegen. Im zweiten Jahr war sie dort, im vierundneunzigsten Lebensjahr, hatte Freundschaften gewonnen und strahlte bündelweise Liebenswürdigkeit aus.

Nach und nach fielen die Ereignisse aus dem zeitlichen Zusammenhang. Erzählungen unterschieden nicht mehr zwischen Vergangenheit und Gegenwart. Mutter wartete auf den Besuch ihrer Eltern und wollte nichts von Friedhof hören: Sie haben doch die Schafe zu versorgen. Als jemand sie in Pantoffeln auf der Straße antraf, wo sie jahrelang gegangen war, schüttelte sie auf die Frage, wo sie wohne, den Kopf. Ihr früheres Haus steckte in den Beinen; aber die Erinnerung kannte es nicht mehr.

Während der Autofahrt nach Berlin meldete sich die Reue. Verdammt, Grobheiten sind auch Ohrfeigen. Was hat sie dir getan? Sie wollte doch nur nett sein. Mutter und Tochter, das waren Leben, die nicht zusammenpassten; aber das war kein Grund, die alte Frau ruppig zu behandeln. Der Kopf spulte Zwischenfälle der Vergangenheit ab. Das Doppelspiel der frommen Tochter fühlte sich von Mal zu Mal abstoßender an. In der Spannung zwischen ihnen lag der missbilligende Ton stets auf ihrer Zunge. Der Spruch, ich meine es doch nur gut, ließ Clara aus der Haut fahren. Ihr Argwohn verurteilte mütterliche Sätze, die nicht gesagt und vermutlich nicht einmal gedacht wurden. Beide hatten sich wenig zu sagen.

Wo es angefangen hatte, waren Gründe. Doch die Ordnungsrufe zu Sonntagsmessen und Kirchengeboten gab es nicht mehr. »Ich reagiere auf etwas, das aus Mutters Gedächtnis verschwunden ist«, hörte sie ihre eigenen Worte. Und als spreche jemand neben ihr: »Kann es sein, dass das gereizte Verhalten zur Gewohnheit wurde, so wie nach Streitereien, deren Anlass verdampft ist?« Wir hängen unseren Müttern manches an, was wir selbst nicht bewältigen. Der Satz hatte sie nachdenken lassen. Seit langem gab es verhärtete Konflikte.

Hinter der Porta Westfalica fiel starker Regen ins Halbdunkel und ließ einen Vorhang vor den Augen herab. Clara gab sich einen Ruck und konzentrierte sich auf die Fahrbahn.

Am darauffolgenden Sonntag telefonierte sie wie üblich mit ihrer Mutter. Und wie jedes Mal schien alles in schönster Ordnung. Mutter freute sich und erzählte, im Lehnstuhl aus früheren Zeiten sitzend, was sich an der Auffahrt zum Heim gerade tat. Das Alter hatte ihr Gesicht mit schwanenweißem Haar gerahmt und sanfte Züge geschenkt. Die Falten deuteten ein spitzbübisches Lächeln an. Hatten die Alten ihre Geheimnisse, oder lag darin etwas Weises, das die Dinge nicht mehr so wichtig nahm?

»Wann kommst du?«, fragte die Mutter. Der Satz sollte nur die Fortsetzung einleiten. »Das Schlimmste am Alter ist, allein zu sein.«

Zum ersten Mal unterließ Clara die besserwisserische Antwort, die an den Besuchsverkehr in ihrem Zimmer erinnerte. Mutter meinte etwas anderes, wenn sie vom Alleinsein sprach. Täglich meldete die Zeitung die Lücken, die der Tod in die Reihen der ortsbekannten Namen riss.

Nach dem Telefonat seufzte Clara, als säße sie noch neben der Mutter: »Ich habe nie ernsthaft versucht, dich zu verstehen. Im Gegenteil, ich wollte dich erziehen und eine aus dir machen, die ich vorzeigen konnte. Dein Plattdeutsch war mir peinlich. Ich meinte auch, die Neuerungen des Konzils seien dir über den Kopf gewachsen. Dabei warst du glücklich über die deutsche Messe und entdecktest die Bibel. Aus Brasilien kannte ich viele Glaubensweisen, kam aber nicht auf die Idee, dir die deine zu lassen.«

Clara stand auf und trat auf den Balkon, wo die Sonne hinter den Bäumen hervorblinzelte und Kuchenduft wehte. Dabei erinnerte sie sich an einen Besuch bei der Mutter an einem sonnenhellen Nachmittag.

Sie hatten vor dem Fenster gesessen, wo zwischen ihnen auf dem Tisch eine Ikone stand, die zu Mutter gehörte, solange Clara denken konnte. Die byzantinische Ikone aus dem vierzehnten Jahrhundert schmückte als Gnadenbild von der immerwährenden Hilfe viele Seitenaltäre in den Kirchen und die Wohnungen katholischer Familien: Hier vor dem Fenster ruhte Mutters Glauben darin aus.

Als beide still dasaßen, trafen Sonnenstrahlen den Goldgrund des Bildes. Clara sah Mutters Blicke vom Stern auf dem Kopfschleier zum roten Kleid mit dem dunkelblauen Obergewand der Gottesmutter wandern und zu leuchten beginnen. Ein heiterer Glauben schien das in grüngold gekleidete Jesuskind zu umarmen, verweilte am Kreuz, das Gabriel, der Engel der Verkündigung, trug, und bei den Engeln, die mit den Leidenswerkzeugen Christi in ihren verhüllten Händen die heiligen Köpfe umflogen. Clara hatte zum ersten Mal die feinen Linien der Darstellung angeschaut. Dann war sie zu Mutters Augen zurückgekehrt. Den Blick in die Falten des mütterlichen Herzens hatte sie nicht ertragen.

Im Rückblick suchte sie nach dem, was sie an jenem Nachmittag von sich gewiesen hatte. Da war Zuneigung, ein Gefühl von Liebe gewesen. Und ein Schuldgefühl, dunkle Albträume in Zeiten, als sie der Mutter den Tod gewünscht hatte.

Langsam bahnte sich die Einsicht an, dass sie das Wesen der Frau, die ihre Mutter war, nicht gesehen hatte, vielleicht nicht hatte sehen wollen. Vor dem verändertem Blick liefen die sprichwörtliche Sparsamkeit und der Einfallsreichtum vorbei, die drei Töchter heil durch Krieg und Nachkriegszeit gebracht hatten. Den eigenen Verzicht belegte das Kriegsfoto mit Mutters abgemagertem Gesicht, in dem die ebenmäßigen Züge für immer erloschen zu sein schienen. Mutter stand die Jahre der kriselnden Ehe durch. Dann folgten die vielen mit der Pflege von Onkel Luk, Oma Regina und zuletzt des Vaters. Die Sorgen um das Wohl der Familie waren ihre Art zu lieben.

Der Glauben hielt Mutters Tage und Nächte zusammen. Er gab ihrem Leben ein Gesicht. Das Gebet unterschied sich vom Tun, der Werktag vom Sonntag, das Profane vom Heiligen. Die Tage gingen nicht unter im Ständigen-etwas-Anderes-Tun.

»Sie hat etwas, das dabei ist, verloren zu gehen«, hatte die Schwester Rosa gesagt.

Ja, ihr Glaubensleben hatte seinen Wert und seine Berechtigung. Und vielleicht war es letztendlich in Ordnung, dass Clara das mütterliche Sorgenpaket nicht mit dem eigenen verwickelten Glaubensleben beladen hatte.

Das Damals eines durchlebten Fast-Jahrhunderts zog vorbei. Die Mutter gehörte der gebeutelten Generation an, die zwei Weltkriege durchlitten hatte. Sie war im Ersten Weltkrieg das Kind gewesen, das Clara im Zweiten war. Aus der Zeit zwischen den Kriegen gab es die

Geschichte über die Schuhe. Die Sohlen sollten sich auf beiden Seiten ablaufen, ehe sie zum Schuster kamen. Humpelnd, auf links und rechts vertauschten Schuhen, hatte die junge Frau drei Kühe über ein paar Kilometer Landstraße in den Stall geholt. Und da war die Angst vor Inflation, die sich in der Weltwirtschaftskrise der 1920er Jahre dem nationalen Gedächtnis einschrieb. Die Heirat sah vielversprechend aus, stand aber unter keinem guten Stern. Tante Olga aus Römerbach bediente sich im Keller an fremden Vorräten. Nichts sagen, drängte der Vater, sonst gab's Krach. Nach der Demütigung fragte niemand. Clara fühlte mit der Frau von einst. Sie wurden beide in unselige Zeiten hineingeboren.

Die Mutter lebte ihre letzten Stunden an einem Sommertag im Juli 2003. Sie lag still auf dem Rücken, atmete stoßweise, sprach nicht mehr, als sei alles gesagt. Das rechte Auge, halboffen, winkte dem Leben ein letztes Adieu zu, das geschlossene war dem Tod zugewandt. Nichts deutete Erschrecken an. Die Töchter saßen vor ihrem Bett und wussten nicht, wie der Augenblick des Scheidens aussah. Sofia begann leise mit einem Lied, das die Mutter zeitlebens liebte: Segne du, Maria, segne mich dein Kind, dass ich hier den Frieden, dort den Himmel find'. Segne all mein Denken, segne all mein Tun, lass in deinem Segen, Tag und Nacht mich ruhn.

Allein am Fenster, hatte die Mutter oft alle Strophen des volkstümlichen Marienliedes gesungen, selbst dann noch, als die Töne absackten und die Kehle nur noch krächzte. Auf dem Sterbebett, mitten in der ersten Strophe, bewegten sich die Lippen und folgten den Worten mit brechender Stimme. Unter den Lidern leuchtete ein Schauen auf, das die Ferne suchte, als käme eine winkende Hand entgegen. Heimgang, dachte Clara. Das war ein aus der Mode geratenes Wort für ein sanftes Abschiednehmen und ein heiteres Ankommen nach der Lebensreise, Heimgehen und Heimkommen.

Der Verfall war schnell gegangen, nachdem ihre Zimmerfreundin Theodolinde sie für immer verlassen hatte. Sie waren ein perfektes Paar. Mutter Lisbeth hörte schlecht, Theodolindes Beine schafften es allein nicht mehr. Untergehakt lieferte Lisbeth die Beine und Theodolinde die Ohren. Danach hatte Mutter genug vom Menschsein und Heimweh nach ihrem Gott. Sie ging stillheiter von dannen.

Als der Sarg in die Grube herabsank, tat es Clara unendlich leid, dass sie die Frau im Eichensarg, die in ihrem kornblumenblauen Kleid halboffenen Auges ins Jenseits wanderte, so spät schätzen gelernt hatte. Der reale Tod und ihr abscheulicher Todeswunsch schoben sich ineinander. Sie formte Worte des Verzeihens, als sich das Versäumte unter einer Schaufel voll Erde verlor. Die Blumen welkten schon, als es ihr endlich gelang, den eigenen Anteil an der Beziehung zum Grab zu tragen und versöhnt Abschied zu nehmen.

Rückzug

An einem milchigen Januarmorgen steuerte Clara die Abtei der Benediktinerinnen am Niederrhein an. Sie übersah die hinter einem Waldflecken auftauchende Abzweigung; Weiden mit verkrüppelten Köpfen und wirrem Geäst hatten sie abgelenkt. Beim Klang der Glocke bemerkte sie das Versehen und wendete. Kurz darauf hielt das Auto vor einem Backsteinbau. Aus nachtfeuchtem Gras starrten schwarzweiß gefleckte Rinder wiederkäuend in die Luft und warfen gleichgültige Blicke über den Zaun.

Ein Frühstücksgedeck wartete. Clara trank eine Tasse Kaffee und ließ die von der Pfortenschwester aufgereihten Tageszeiten vorbeiziehen. Die Todesanzeige einer befreundeten Benediktinerin hatte sie an den Ort erinnert. Kollegen amüsierten sich über das Urlaubsziel. Die kannten den Niederrhein nicht, wo der Himmel größer war und bis in den letzten Winkel reichte. Sie kannten Hanns Dieter Hüsch nicht, der die Weite in Reime verwandelte, und wussten nicht, dass der Niederrhein das Geheimnis ihrer Klosterzeit barg.

Vom Fenster des Eckzimmers aus wirkten die Rinder übellaunig. Hinter ihnen zog die Niers, von Pappeln gesäumt, lautlos vorbei und verlor sich bei einem Bauernhof. Drei Tage lang streifte Clara unter züngelnden Fetzen zäher Morgennebel, der wie feiner Perlenstaub auf dem Gras lag, zwischen Feldern und ungezähmten Bächen, durch heimtückische Sumpfwiesen und zerzauste Wäldchen. Sie kreuzte winterschlafende Dörfer mit geschlossenen Gasthäusern und mit Straßen, die nach Brot und Bratkartoffeln rochen.

Wer in der Klosterstille nicht reden wollte, der ließ es bleiben. Bis auf ein paar Grußworte ließ Clara nichts vernehmen. Sie hoffte auf Heilung von diffusen Magenbeschwerden und von zäher Müdigkeit. Der Arzt hatte nichts gefunden, vegetative Dystonie nannte er die Diagnose, die noch nicht Burnout hieß. Die Notbremse ziehen, sagte er, während sie überlegte, wann der letzte Urlaub gewesen war. Freizeit stand für Spenden sammeln und Reisen nach Brasilien. Vielleicht übernahm sie sich und fraß zuviel in sich hinein.

Abschalten sagte sich leicht, aber für den Gehirnkreisel gab es keinen Knopf. Die Umherstreunende reichte ihre Unrast an die zotteligen Hochlandrinder weiter. Aus den schottischen Bergen stammend, setzten sie braune Sprenkel ins Flachland und trotzten den Wettern. Sie ließen den Wortwirbel am stoischen Grasen abprallen und verärgerten die Jammernde mit gleichmütigen Mienen, so dass der Mann, der des Weges kam, sich an zeternden Reden ergötzte.

In der Gegend gab es kein besseres Echo. Von Äckern und Bäumen war keine Antwort zu erwarten. Und auf die zerrissenen Wolkenbilder, die sich senkten und wieder zum Himmel stiegen, war kein Verlass. Clara traute den Braunen ein erdverbundenes Urteil zu und hoffte, dem Rotieren um sich selbst im Zwiegespräch zu entkommen. Sie übte sich in Geduld, bis die Kurzbeiner das Grasen unterbrachen, den Kopf wendeten und gemächlich zum Zaun trabten, wo sie mit tiefgründiger Miene ausdauernd zuhörten.

Das Gespräch mit den Tieren ergab Stoff für das Tagebuch, das am Abend des vierten Tages ein kurzes Fazit festhielt: *Krise? Nein, das Wort wird zu leichtfertig für Verstimmungen verwendet. Es gab nichts Umwerfendes, was mich hätte aus der Bahn werfen können, höchstens zuviel aufgeschichtete Erschöpfung.*

Gelassen verharrten die Skelette der Bäume, die mehrere Menschenalter hinter sich hatten, und warteten auf die Lebenssäfte, die der Frühling aus der Erde locken würde. Sie wussten um den Kreislauf. Wie sie vertraute Clara auf neue Kräfte. In windgeschützten Winkeln wagten sich Vorboten ans Licht. Äste und Zweige rührten an die Himmelsbläue, leise atmend und singend mit dem Wind.

Sie betrachtete ihr Spiegelbild im regenklaren Fluss, während die Beine von Brettern baumelten. Die Niers, die alle Zeit der Welt hatte, zog über Kiesel hinweg und trug Winterblätter als Boote mit sich fort. Das Wasser tanzte mit den Kringeln der zugeworfenen Steine. Die Natur steckte voller Lebenskraft. Welcher Mensch könnte die Rätsel je ergründen? Wer die Zeichen im vielsprachigen Buch der Natur zu lesen wusste, kam der Schöpfung näher.

Nach und nach schälte sich ein Befund heraus. Claras anhaltender Missmut war mit beruflichen Ursachen nicht zu erklären. Sie war unabhängig, verdiente gut und konnte sich viele Wünsche erfüllen. Auf die Freunde in Deutschland und Brasilien war Verlass. Was sich verflüchtigt hatte, war der Sinn im Gerenne durch den Terminkalender. Das äußere Rad lief wie geschmiert, das Innere sammelte Unrast an, und beide hatten keine Richtung.

»Ich bin sinnblind geworden.« Sie lauschte auf das Raunen des Wassers, das die Worte mitnahm.

Die deutsche Kirche war Clara entglitten. Liturgische Abläufe waren abgenutzt, Lesungen klangen aufgesagt, Priester kamen ihr gebremst vor, als hätten sie Angst anzuecken, wenn sie die Ordnung verließen. Hatte sie die falschen Orte erwischt? Doch wo sonst sollte sie nach einer Kirche suchen, die mehr als den Stillstand verwaltete? Was sie in der Messe wirklich vermisste, blieb ein vages Gefühl. Entspannung vom Alltag jedenfalls nicht, auch keine theologischen Exkursionen oder Meditationsübungen. Am ehesten etwas, das im Herzen ankam, etwas, das den Ton finden ließ für das Göttliche, für das Schwingen des Unsichtbaren. So ging die Zeit dahin. Zwischen der Treue zur Kirche, die sie in Recife kennengelernt hatte, und der Gleichgültigkeit gegenüber der deutschen pendelte ein Ja und Nein, das ihr nicht behagte.

Noch immer auf den Brettern über der Niers hockend, folgten Claras Blicke den Blätterschiffchen, bis Grasnarben den Lauf aufhielten, und die Augen zum Ausgangspunkt zurückkehrten.

»Sieht verfahren aus«, sagte sie zum Spiegelbild. »Wie Unerledigtes, das rumort und keine Ruhe gibt.«

Hinter ihr rief die Glocke zum Stundengebet. Sie drehte sich um und betrachtete die Klosterkirche. Vor dem inneren Auge zogen die schwarz gewandeten Nonnen in den Chorraum ein.

»Die wissen, was sie tun, wenn die Glocke ruft. Wieso meine ich, mit einem Ja-Nein-Vielleicht zurechtzukommen? Dahinter verstecken sich zu viele Fragen, viel zu viele.«

Clara saß lange im Dunkel des Eckzimmers vor der Nacht mit den aufleuchtenden Sternen, in Gedanken bei den fernen Sorgen. Keiner von denen, die sie kannte, arbeitete noch im Erzbistum Recife. José Cardoso duldete niemanden aus Dom Helders Umfeld neben sich. Das Erzbistum Recife kam ihr vor wie eine römische Filiale, das Seminar entließ Priester, die im Binnenraum arbeiteten und sich von weltlichen Dingen fernhielten. Frühere Priester hatten ihre Gemeinden verloren, manche sogar das Recht, die Messe zu feiern. Mit allerlei Broterwerb hielten sie sich über Wasser.

Wie der Dom mit den feinen Sensoren das von Rom verordnete Schweigen ausgehalten hatte, konnte er selbst nicht mehr sagen. Er war 1999 gestorben. Das Leid der Heimatlosen, die mit ihm aufgebaut und gekämpft hatten, musste ihm das Herz gebrochen haben. Mitstreiter trugen seine Botschaft weiter, auch wenn die Zeiten denkbar ungünstig waren. Clara sah die Tragik einer römischen Kirche, die den vielstimmigen Chor der Ortskirchen nicht nutzte, um aus überholten Traditionen herauszufinden. Sie verstand die Absichten, die hinter der Instruktion von 1984 über die Theologie der Befreiung gestanden hatten, noch immer nicht. Offenbar war nicht maßgeblich, was in Verlautbarungen stand, sondern, wie Rom sie umsetzte, wenn die Machtfrage entschied. Dazu brauchte es romhörige Bischöfe, so wie sie in Brasilien nach und nach auf die Pioniere der Option mit den Armen folgten. Die Hoffnung der Getreuen an der Seite der Armen ruhte auf Mutigen im Klerus, auf Ordensleuten und Laien, die schon zuviel auf den Weg gebracht hatten. Sie säten die Samen, die einen Eiswinter vor sich hatten und träumten von einem Papst aus Lateinamerika.

An einem jener unauffälligen niederrheinischen Wintertage stand Clara vor einer wuchtigen Esskastanie und suchte deren Alter zu ergründen. Durch die rissige Borke ertasteten die Hände den Lebenssaft, der im Gefüge von Wurzeln, Stamm und Zweigen umlief und bald in die Blätter treiben würde. Die Sinne erahnten den Lebenskern, der dem Baum die innere Ausrichtung gab. Der Mensch, ein ebenso einmaliges Wesen, war sich seiner Richtung dagegen nie sicher. Trotz seines Herzenskerns verlor er die Orientierung in einem Knäuel von Fragen. Nicht alle Menschen, sagte Clara, als habe der Baum widersprochen, aber ich brauche etwas, das die Fragen zusammenbindet und der Suche Richtung gibt.

Die Äbtissin hatte ihr die Bibliothek mit ihrer Fundgrube von Schriften gescheiter Kirchenlehrer ans Herz gelegt. Clara mied sie, weil sie sich den Kopf nicht an der Halsstarrigkeit des Lehramtes blutig schlagen wollte. Aber sie könnte sich an Bücher halten, die sie mit Zweifeln und Suchen verband. Mehr zufällig als gezielt ging sie am nächsten Tag die Reihen der Regale ab und nahm ein paar Ausgaben in die Hand. Es waren theologische Abhandlungen mit gelehrten Gedankengängen. Sie schienen allesamt die katholische Lehre vorauszusetzen und sie entweder zu erklären oder gegen Irrlehren zu verteidigen. Über persönliche Glaubenszweifel schrieben sie nicht. Ob das am Fundus der Bibliothek oder an ihrer Auswahl lag, wusste Clara nicht. Sie schlussfolgerte jedenfalls, dass Theologie nichts für Zweifelnde war, und wandte sich ab.

Freunde hatten begonnen, ihr Heil in der Esoterik, im Buddhismus, in der Spiritualität zu suchen. Eine Freundin sprach von Meditation und suchte sich selbst, die eigene Mitte. Eine andere fand Lösungen für Konflikte bei einem Heiler. In Claras Ohren klangen manche dieser Sinndeutungen wie die Suche nach Wohlgefühl. Sie glühten vor Begeisterung, aber der Funke sprang nicht über.

Wieder blieb Clara in der schlafenden Natur die Getriebene. Die katholische Kirche der Zeit war ihr eingeschrieben. Was da seit Kinderfrühe ins Leben gefallen war und die Weichen für die Suche geprägt hatte, ließ sich nicht benennen. Sie ahnte nur, dass sich die Webmuster der Vergangenheit nicht herausreißen ließen, ohne das Gesamtbild ihrer Identität zu zerstören. Was hielt sie noch in der Kirche? Auf so viele Fragen gab es keine Antwort. Und jede Antwort zerrte neue Fragen ans Licht. Das war die einzige Einsicht, die etwas taugte.

Sie gab die wachsende Verwirrung weiter an die struppigen Hochlandrinder, die dreinschauten, als begriffen sie nicht, wieso jemand ausgerechnet unter dem vernebelten Januarhimmel Klarheit suchte. Kämpfte da ein wirrer Kopf mit dem Weltschmerz eines sich selbst zerfleischenden Gemüts? Wollte da eine leiden um zu leiden? Eine, die schwitzte, fror, sich die Kräfte aus dem Leib lief, nach Luft schnappte, weiterhastete, die im Wirbel der Fragen nicht losließ, als sei ihr der Zweifel zur zweiten Natur geworden?

Jetzt erst fiel ihr auf, dass sie noch immer durch denselben Waldflecken lief, obgleich es ein Kunststück war, sich darin zu verlaufen. Das Talent, von der Richtung abzukommen, hatte ihr schon oft Streiche gespielt. Jetzt blockierten Gestrüpp und eine vom Sturm gespaltene Buche den Ausweg. Im Gewirr der Äste stieß die Stirn gegen einen Splitter, und die Hand griff in eine blutende

Wunde. Als das Dickicht hinter ihr lag, flogen die Blicke über eine Lichtung. Im Weitergehen kramte sie ein Taschentuch hervor. Das dünner rieselnde Blut vermischte sich mit Tränen.

Plötzlich stockte ihr der Atem. Durch den Tränenschleier hindurch sah sie schreiende Kinder hinter schnatternden Gänsen herlaufen. Ein kreischendes Federvieh lief ihr geradewegs in die Arme. Der Graben fing sie ungnädig auf. Vor den Blicken aus reglosen Kindergesichtern kroch ein bemooster Geist auf allen Vieren aus dem Sumpf, kam vorsichtig zum Stehen und setzte ein Bein vor das andere. Ein schmächtiges Mädchen kicherte, um sofort wieder zu verstummen. Gefolgt von acht Kinderaugen taumelte Clara davon.

Wo war sie stehen geblieben? Ach ja, bei konfuser Unentschiedenheit und zerrissener Gleichgültigkeit. Verschmutzt lief sie sich in der blassen Wintersonne warm. Der unverschleierte Sonnenball winkte hinter knorrigen Kopfweiden. Geister waberten in den Feldern. Weiße Buchstaben stachen aus dem Grünen und erinnerten mit dem Wort ZEIT an die Realität. Die Tage rannen durch die Finger. Sie musste den Teufelskreis der Zwiesprachen mit Feld, Wald und Kreatur aufbrechen. Und wo sie jetzt lief, musste sie eine Brücke über den Bach finden. Geborstene Holzstege tauchten auf, aber keiner, der hinüberführte. Irgendwo wies ein Ortskundiger den Übergang zur Abtei. Sie musste mit einem Menschen sprechen.

Die Äbtissin stand für ein Gespräch zur Verfügung, wie sie zu Beginn hatte wissen lassen. Sie sei eine kluge Frau, die eine Menge von der Welt verstehe und keinen Konflikt mit der klerikalen Hierarchie scheue, hatte die verstorbene Freundin gesagt. Für Clara unerwartet, steuerte die hochgewachsene Frau die Bibellektüre an und erzählte von der eigenen Erfahrung. Die Bibel bewahre vor allzu verbohrten Fragen und Zweifeln. Bibeltexte mit Verstand und Herz lesen und sich von der amtlichen Lesart nicht beirren lassen, das zu hören, gefiel Clara. Hatte sie doch in Recife erlebt, wie die Menschen aus den Texten Kraft für den Alltag schöpften. Die Äbtissin sprach von einer Aufgabe fürs Leben und steckte, als wolle sie einem allzu lockeren Spiel mit der Bibel vorbeugen, einen Rahmen ab.

»Die Überlieferungen sind harte Kost. Viele picken Sätze heraus und erklären damit die Welt. Die Schriften verlangen jedoch Disziplin und Ausdauer. Sie reden darüber, wie recht und schlecht die Welt ist, nicht von unverrückbaren Wahrheiten. Ihr Gott ist ein unbegreiflicher und widersprüchlicher. Einer, der die Ereignisse in neue Richtungen treibt.«

Clara verzog das Gesicht, dem anzusehen war, was sie dachte.

»Ja, schrecklich. Schön und schrecklich«, sagte die Äbtissin.

Ein heiterer Ausblick war das nicht. Schon der Anfang der fünf Bücher Mose erwies sich als schwer verdaulich, voller Widersprüche, naturwissenschaftlich überholter Einsichten und tödlicher Gewalt. Jede Religion hat dunkle Seiten, hörte Clara Pater Stephans Stimme in sich sagen. Geriet sie mit der Bibel in ein Labyrinth? Die Dinge verwickelten sich, statt sich zu entwirren.

In Claras Vergangenheit lauerten Versuche, Anfänge, lose Enden, Erbstücke aus dem Kloster, aus der dunklen spanischen Mystik der Teresa von Avila. Clara hatte das innere Beten und die Heiligkeit von den großen Mystikern lernen wollen, aber der Geist der Mystik ließ sich nicht erzwingen und schien nur wenigen geschenkt zu sein. Mit Eremiten der Wüste war sie in den geistigen Kampf gegen die Sünden der ganzen Welt gezogen, fasziniert von der Idee, sich der Welt zu entziehen, um sie von innen heraus zu erneuern. Sie hatte dem Sterben Jesu nachgespürt und dem Kreuz, das Jesus auf sich genommen hatte. Es schien normal, dass die Betrachtungen sie tiefer in die Freudlosigkeit rissen. Die Überwindung des Todes kostete Tränen und führte zur Auferstehung und zum Osterjubel der Kirche, den eine Feier in einer orthodoxen Kirche in Rom prägte.

In dem Fundus waren Phasen der Verzweiflung gespeichert. Sie hatte sich mit Alkohol ablenken wollen, aber der sperrte die Tür zur Schwermut nur weiter auf. Wieviel Arbeitswut ging auf das Konto der Ablenkung? Alles war heillos miteinander vermischt. Sie hatte das Alphabet vergessen, mit dem der Sinn entziffert werden konnte.

Wieder stammelte sie Worte, die Rettungsanker gewesen waren, Flehen zu Gott: Ohne dich bin ich nichts. Du verwandelst Schwächen in Stärken. Mit dir bin ich alles. Neigte das Hirn zu Gespinsten, so wie die Augen Nebelgeister in den Feldern sahen? Wieder las sie im mönchischen Stundenbuch von Rainer Maria Rilke und fühlte sich verstanden:

Ich lebe mein Leben in wachsenden Ringen, die sich über die Dinge ziehn … Ich kreise um Gott, um den uralten Turm, und ich kreise jahrtausendelang; und ich weiß noch nicht: bin ich ein Falke, ein Sturm oder ein großer Gesang.

Sie ließ sich vom Fluss der Wechselgesänge der Chorschwestern tragen. Fremdvertraute Worte kreisten im Strom der Choräle. In der Harmonie des Fließens kamen die Gedanken zur Ruhe. Der Atem ging gleichmäßiger, die tröstenden Klänge nährten das Herz. Vor dem Sakramentshäuschen der Klosterkirche mit der nie erlöschenden Öllampe und der Hostie, dem heiligen Brot, sah sie sich als Flamme vor Gott. Auf Gottes Schutz in der Not, auf seine Liebe zu den Menschen war Verlass. Eine Ahnung des Unsichtbaren rückte einen Windhauch lang in greifbare Nähe. Wenn ein Mensch im Schweigen sprach, wenn einer weinte und keine Träne floss, dann lebte er in dieser zeitlosen Stille.

Doch im Freien drängten sich die Zweifel erneut auf. Wer war der hilflose Mensch, der nach dem Vollkommenen, dem Sinn im Weltgeschehen ausgreifen wollte? Wieder rannte Clara querfeldein, ohne auf die Richtung zu achten. Kein Gott erbarmte sich.

Für die Frage nach dem Sinn des Lebens hatte es einmal Antworten gegeben. Der höchste Sinn sei die Erfüllung des göttlichen Willens. Dein Wille geschehe, hieß es im Vaterunser. Menschliche Schwächen waren ihr als Schuld erschienen. Versagen und feiges Ausweichen füllten das Sündenregister, das der Erinnerung wieder voll präsent war. Sie machte alle Versäumnisse bei sich selbst fest, so dass sie nicht mehr wusste, was Gut und Böse war. War doch etwas dran an Strafen und Teufel? Das Tagebuch schützte die schwarze Einsamkeit vor dem Zugriff anderer.

So kam der Regentag, an dem die Gäste schon beim Gedanken, vor die Tür zu gehen, schauderten. Clara trabte unter den offenen Himmelsschleusen zu den Rindern, die sich, unter einer Baumgruppe zusammengerückt, beim Wiederkäuen nicht stören ließen. Die Ergebenheit der Geschöpfe brachte Clara in eine Rage, die sie selbst nicht kannte. Sie kreischte, brüllte, übertrumpfte den Lärm der Lüfte, während die Tiere glotzten, als seien sie nicht gemeint.

Das irrwitzige Schreien provozierte einen Hustenanfall. Der Moment genügte, um Franziskus von Assisi auf den Plan zu rufen. Dem Gründer des Bettelordens aus dem 13. Jahrhundert hatten die Vögel zugehört, wie die Legende erzählte. Ob das für misslaunige Rinder galt, war nicht verbrieft. Vielleicht hatte der Heilige sanft gepredigt, im Dahinfließen seines poetischen Sonnengesangs. Clara nahm den kreischenden Ton aus der Stimme und erzählte vom Lobpreis der Schöpfung, auch wenn die dröhnenden Lüfte nicht passen wollten. Und siehe da, die Tiere hoben die Köpfe, vergaßen das Wiederkäuen und trotteten an den Zaun. Die patschnassen, zutraulichen Gesichter rührten Claras Herz. Wie aus Urtiefen nahmen die eigenen Tränen ihren Lauf und vermischten sich mit dem Regen.

Geduldig warteten die Rinder, bis sie die Sprache wiederfand: »Seltsame Freunde, kennt ihr das Land der Tränen? Ich habe den Verstand verloren. Sagt mir, wo ich ihn wiederfinde.« War diese Stimme, zerhackt durch den heulenden Sturm, ihre eigene?

Die Tiere mochten sich wundern über das plötzlich hervorbrechende Lachen. Komische Menschen, so stand es in ihren Mienen, und die wollen die Krone der Schöpfung sein?

»Sagt doch was! Wo ist mein Verstand? Bin ich verrückt? Alle sitzen im Warmen, und wir? Ihr im Schlamm und ich allein mit …«

– Plotsch, trott, rott, ott, tt … Nun war auch der Älteste der Tierfamilie durch den Matsch hindurch bis zum Zaun gelangt.

»Gott? Habe ich das gesagt? Kein Ersatz für Selbstmitleid? Habt ihr ›Heulsuse‹ gesagt? Nein? Dann war's wohl das Poltern der Lüfte. Ich kann nicht mehr vernünftig denken.«

Die Tiere schienen früher bemerkt zu haben, dass die Wolken ihr Dunkel verloren und von Böen verjagt wurden. Sie wandten sich vom Zaun ab und dem Grünen zu. Der Himmel schloss die Schleusen, und der Regen legte eine Pause ein. Clara schaute lange zu den Tieren hin und wurde sich der absurden Situation bewusst.

»Es ist doch eine Krise! Aber was will sie von mir?«

Sie begriff, dass sie sich zerfleischte und auf dem Grund der Dunkelheit aufgeschlagen war. Das kraftlose, armselige Nichts und der tröstende Retter-Gott wucherten schon viel zu lange in ihr. Das war nicht die Clara, die sich durch den Beruf und das Leben boxte.

Der Klosterbau tauchte hinter einer Biegung auf, vergoldet von der Sonne, die ihren Schimmer durch aufgerissene Wolken in den Abend warf. Den winterweißen Ball umgab ein zartes Orange über einem glutroten Streifen am Rand des Horizonts.

Aus der Zerrissenheit stieg der Entschluss, einen Neubeginn zu setzen. Und dann war auch die Idee da: Eine Lebensbeichte. Am Mittagstisch hatte jemand gefragt, wo man in der Gegend beichten könne. Und ein anderer wusste zu berichten, dass eine Kirche in Mönchengladbach als Beichtkirche von Ordenspriestern bekannt war. Das klang wie ein gutes Angebot. Sie wollte ihr Seelenleben einem der Mönche mit der großen Seelenerfahrung anvertrauen.

Die Fassade der Backsteinkirche sah wenig einladend aus. Clara ließ sich vom ersten Eindruck nicht abschrecken und trat, erfüllt von der Idee, ihrer Zukunft die entscheidende Wende zu geben, durch das Hauptportal. Lebensbeichten oder Generalbeichten waren noch nicht aus der Mode. Wie sie die kirchliche Deutung verstand, war diese Form der Beichte eine Art Hausputz der Seele, eine Rückschau auf die Abweichungen von einem christlichen Leben und ein Neubeginn mit göttlichem und kirchlichem Segen.

Eine Ewigkeit später starrten Passanten kopfschüttelnd einer Frau hinterher, die aus der Kirche auf die Fahrbahn rannte, als sei der Tod hinter ihr her.

Clara war in den tuchverhängten Beichtstuhl eingetreten und vor dem Sprechgitter niedergekniet. Irgendwie musste sie sich und den Beichtvater aus dem Konzept gebracht haben. Er sagte – oder verstand sie ihn nur so? –, es sei besser, einen geistlichen Berater oder Seelentherapeuten zu suchen. Hielt er sie für krank, dachte sich seinen Teil und schlug ein Rezept vor? An dieser Stelle versagte ihr Verstand, so betroffen war sie über den Verlauf. Ihre und seine Worte klinkten sich aus.

Im Kirchenraum, zurück aus dem dunklen Beichtstuhl, wurde sie von einem Sonnenstrahl geblendet, so dass sie nicht wusste, wohin sie sich wenden sollte. Als sie mit hochrotem Kopf in einer dunklen Kirchenbank saß, tauchten Bilder auf: Sie lag tot im Sarg, bleich und zu kaltem Stein erstarrt. Verloren in der Leere, im Nichts, in der Gottverlassenheit. Keine Erleichterung, kein tiefer Frieden wärmten wie früher nach der Beichte. Das, was sie in den Beichtstuhl hatte tragen wollen, drückte doppelt und trieb sie in jenen Sarg, in dem unzweifelhaft ihre Leiche lag. Das Bild war so grauenhaft, dass sie erstarrte und dem Drang davonzulaufen, nicht nachkommen konnte: Ich bin tot, alles ist tot, nichts rührt sich! Irgendwie musste die Flucht ins Freie gelungen sein.

In letzter Sekunde hielt sie mit kreischenden Bremsen vor dem Café eines Straßendorfes an. Irgendwo spielte jemand Melodien voller Wehmut und Sehnsucht, die sie an Chopin erinnerten. Die Inhaberin brühte eine Tasse Kaffee auf und ließ sie mit vier kleinen Tischen allein, im Blick eine Kuchenvitrine, die irre Lust auf ein Stück Käsetorte mit heißen Kirschen und Schlagsahne weckte. Doch die Stille im Raum hinderte sie an der Bestellung. Im Hinausgehen kaufte sie ein Rosinenbrötchen und stieg ins Auto.

Das Rosinenbrötchen in der Hand, verfiel Clara in einen Lachkrampf, der in Tränen überging. Erst als der Verstand mahnte, in diesem Zustand nicht zu fahren, ging sie ein paar Schritte. Ein Bus spuckte Kinder aus, die lärmend und fröhlich auseinanderliefen.

Sie war kein Kind mehr, sondern ein Mensch mit eigener Verantwortung und mit dem ganzen aufbewahrten und vergessenen Fundus der Vergangenheit, den eine Lebensbeichte nicht aus der Welt schaffen konnte. Wovon hatte der Beichtvater gesprochen? Persönliche Zweifel seien normal, die Zweifel aufopfern, sie in Glauben verwandeln? Ihr Gedächtnis hörte wieder nur die alten Sprüche, die im Herzen keinen Platz mehr fanden. Was für ein Gedanke, sich in einem verhangenen Beichtstuhl freikaufen zu wollen.

Zwei Tage lang wich ihr der Sarg mit der Leiche nicht aus dem Kopf. Zwei Nächte lang lag da ein toter Körper in einer schwarzen Leere. Da gab es keinen Himmel und keine Erde, nur das Nichts. Clara kannte das dunkle Abgleiten und die verzweifelten Aufstiegsmühen nur zu gut. Sie wusste, wie gefährlich nahe ihr Gemütszustand an Schwermut grenzte. Aber erst jetzt verstand sie, dass die Finsternis weder Grund noch Halt hatte. In ihrer Not hatte sie wieder darauf gesetzt, in der Kirche der Gebote, Strafen und Gnadenmittel Heilung zu finden. Ihre Seele hatte es nicht vermocht, sich zu befreien. Der letzte einer langen Reihe von Versuchen war gescheitert. Halt ein, such anderswo, pochte eine Stimme. Die Kirche verstellt dir den Blick auf Gott. Such nach dem Gott, den du in ihr nicht findest.

Gleichmäßig fallender Regen spülte den Schmutz von den Sträuchern. Die Bauern beschnitten die Kopfweiden. Sie wussten, dass die Bäume Radikalkuren brauchten, um neues Leben sprießen zu lassen. Clara begriff, dass sie nicht alles hinter sich lassen konnte. Von vorn beginnen, das gab es nicht.

Sie begann, alte Denkmuster in neue Zusammenhänge zu stellen, so wie zerbröselte Mosaikteile, neu sortiert, überraschende Bilder ergeben konnten. Für Wahrheiten mochte es Gründe geben, aber keine Religion hatte die eine Wahrheit gepachtet, keine konnte blinde Unterwerfung verlangen. Im Gegenteil, Religionen waren dem Misstrauen der Menschen ausgesetzt und mussten belegen, dass ihre Lehre mit den überlieferten Schriften konform ging und den Menschen der Zeit etwas zu sagen hatten. Es war an der Zeit, auch die angstfreie Botschaft der Liebe vorbehaltlos zu verkünden. Gott konnte doch keine Geschöpfe wollen, die am Erdboden krochen!

Am Tag der Abreise kam ein Gespräch mit der Äbtissin zustande. Sie sprachen über die Lage der Kirche in einer Welt zunehmender Gleichgültigkeit und über Lösungsansätze. Clara erlebte eine weltoffene Frau, die mit starkem Glauben auf beiden Beinen in der Gegenwart stand. Der ganz und gar normale Austausch tat gut.

»Es gibt viel zu tun. Die Welt ist noch nicht fertig.« Die Äbtissin sagte es, als sie schon vor dem Auto standen.

Barrieren

Das Berufsleben und ein paar Ehrenämter lagen hinter ihr. Clara konnte in ihre Zwillingsheimat Brasilien reisen, solange sie wollte. Die Freundschaft mit Fatima war für beide eine Quelle der Freude. Anders die Lage in Recife, die keine Freude wachsen ließ: Kirchlich-soziale Projekte hatten den finanziellen und vor allem den geistigen Rückhalt des Erzbistums verloren. Es häufte sich massive Kritik an der Amtsführung von Dom José Cardoso. Der Riss ging quer durch Klerus und Gläubige. Briefe an den Vatikan, die den unheilvollen Zustand seit Jahren anklagten, fruchteten nicht.

Fatima glühte vor Zorn, wenn von Dom José die Rede war. »Er wird zwar in zwei Jahren 75, aber es sieht so aus, als säße der Vatikan die Zeit aus. Und die kann sich lange hinziehen. Da wundern sie sich, dass die Leute davonlaufen. Es gab öffentliche Skandale. Es wird weitere geben. Wie viele braucht es denn noch?«

»Wie haltet ihr diese schreckliche Zeit aus?«, wollte Clara wissen.

»Lass' uns zu Reginaldo gehen, dann weißt du es.«

Ende der 1980er Jahre war Reginaldo Veloso, Pfarrer und begnadeter Komponist, ohne Anhörung und Begründung aus seinen Ämtern gejagt worden, so wie Dom José mit allen verfuhr, die der Seelsorge und Theologie der Befreiung nahestanden. Es wurde ein langes Gespräch. Clara wusste nicht, ob sie Reginaldos störrische Liebe zur katholischen Religion bewundern sollte oder nicht.

»Was hält dich in der Kirche?«

»Ich kann nicht anders«, sagte er nur. »Transgredir.« Das klang nach einem Rezept. Die Vokabel hieß soviel wie durch Zäune kriechen, in Lücken gehen, ohne den Segen der Obrigkeit handeln. »Wir unterwühlen die römischen Regeln mit der Botschaft des Evangeliums. Gesetze sind für die Menschen da, nicht umgekehrt. Mit der Liebe geht mehr, als wir denken.«

Brasilianer hatten sich gegen das Militärregime gewehrt, ohne formal ins Unrecht zu rutschen. Bewährte sich die Kunst jetzt in der Kirche? Die Gemeinde feierte Gottesdienste, Feste und Prozessionen, nutzte den Volksglauben, mied den Erzbischof und scherte sich nicht um anonyme Anzeigen, denen dieser angeblich nachging.

»Was ist der Kern, an dem du so hängst?«, fragte Clara.

»Ich finde ihn im Glauben der Menschen. Glauben meint mehr als ein Regelsystem. Die Bibel hilft mir, Probleme klarer zu sehen und anzugehen. Wenn sie erzählt, dass wir von einem Elternpaar abstammen, dann ist das als Glaubensbotschaft zu verstehen. Alle Geschöpfe sind Geschwister mit gleicher Würde überall auf der Welt. Das ist der Gedanke, den die Menschenrechte meinen. Zusammen mit der Liebe zu Fremden und Feinden ist er revolutionär!«

»Aber wo ist das Ideal geblieben?«

»Das Christentum hat sich in seiner Geschichte nicht mit Ruhm bekleckert. Zu viele Zugeständnisse an Geld und Macht. Zu wenig Mut, Fehler zuzugeben und zur Wahrheit zu stehen, ohne zu vertuschen. Ich begreife Vieles nicht. Vielleicht muss ich nicht alles verstehen. Unsere kleine Gemeinde redet sich die Kirche und die Welt nicht schön. Missgunst und Feindschaft trennen noch immer.«

Reginaldo spürte die Zweifel, die Clara bedrängten. »Schau, ich hätte allen Grund, die Kirche und den Ortsbischof zu hassen. Sie haben mir das Kostbarste genommen. Ich war mit Leib und Seele Priester, du weißt es. Ich hätte anderswo hingehen können, versuche aber, hier Zeichen der Liebe zu setzen. Und ich unterlaufe Anordnungen, die gegen Mitgefühl und Würde verstoßen. Das Leben gibt dem Glauben Inhalt, nicht umgekehrt. Glauben ist wie das Leben nie Stillstand.«

»Reginaldo, das Beste haben sie dir nicht nehmen können. Du bist im Herzen Priester geblieben«, sagte Clara.

Nach der Rückkehr aus Brasilien dachte Clara darüber nach, was im Alter noch möglich war. Für aufgehobene Träume konnte es schnell zu spät sein, und sie träumte vom Ende der Erde.

Im Juni 2006, mit achtundsechzig Jahren, landete sie in Lissabon. Die Wanderung führte ins spanische Galicien, wo die alte Welt ihr Ende hingedacht hatte. Bei der Planung war Azinhaga ins Auge gefallen, der Geburtsort José Saramagos, des Nobelpreisträgers für Literatur. Als Kind einfacher Landarbeiter, mit autodidaktisch erworbenem Wissen, hatte er Portugals Diktatur erlitten und war nach Lanzarote ins Exil gegangen.

An einem Sonnentag mit seidenweichem Wind stand Clara vor einem Haus in Azinhaga, das sie dem Schriftsteller zuordnete. Eine Portugiesin, die Lourdes hieß, fing sie ab und schleuste sie zu einer Bank unweit des Hauses. Sie musste Clara beobachtet haben und war kurz darauf erschienen mit allem Wissen, das sich auf Lektüre, Gerüchten und Nachbarschaft stützte.

»Sie sind zu früh, das Haus wird erst 2008 eröffnet. Vielleicht wird José sogar in Bronze gegossen. Die Gemeinde hat große Pläne.«

Clara suchte nach Stichworten und erwähnte Saramagos Roman, *Das Evangelium nach Jesus Christus*, der seit den neunziger Jahren in ihrem Bücherregal stand. Sowohl das Original als auch die deutsche Übersetzung hatten ihre Ausdauer überfordert. Doch Wissenslücken beflügelten Lourdes' erzählerische Lust. Das Buch sei vom Vatikan als ketzerisch verurteilt worden, und Rom habe auch gegen den Nobelpreis gewettert.

»José hatte für den Vatikan mit Anhang nichts übrig. Er war kein Kleriker, und sie konnten ihm nichts anhaben.« Der Schriftsteller habe gelacht und die Ächtung für eine gute Werbung gehalten.

Unvermittelt wurde sie ernst und wendete einen zärtlichen Blick zu der noch nicht vorhandenen Statue: »Portugals Diktatur, die hat ihm schwer zugesetzt; er liebte sein geschundenes Land; für die einen ist er Ketzer, für die anderen ein großer Erzähler. José hat Jesus in die Zeit gestellt, mit Herz und Seele; er dachte nach, was für ein Mensch er war und gab ihm eine jüdische Familie. Dass er die Lücken des Evangeliums deutete, hat denen in Rom nicht gefallen. Jesus war ein Mann, ging bei Maria von Magdala ein und aus, er liebte diese Frau; das verstieß gegen kein Gesetz; und sie musste es ausbaden, man machte sie zur Hure, weil nicht sein kann, was nicht sein darf!« Lourdes war nicht zu bremsen, nachdem sie sah, dass Clara angespannt zuhörte. Sie redete, wie Saramago schrieb, ohne Punkt und Pause.

»Klar, der Mann war ein Wanderprediger, frommer Jude, kannte die Regeln der Torah, aber er legte sie anders aus als landläufig gewohnt, umgab sich mit Fremden und Verachteten, darunter Steuereintreiber, Aussätzige, Bettler, … Massen hinter ihm her, … Tempelpriester … gefährliche … durfte nicht … Mensch …«

Clara bekam nur noch Fetzen mit und machte Lourdes Zeichen, langsamer zu sprechen. Die nickte nur und redete weiter.

»Wie hat Josef gezaudert! Maria, schwanger, für eine Jungfrau im Tempel unmöglich. Die soll er heiraten? Unmöglich für einen angesehenen Witwer mit Söhnen. Man redet ihm zu, du brauchst eine Frau, eine für den Haushalt; nimm' sie in dein Haus, mit dem Kind, woher sollen die Leute wissen, dass es nicht deins ist. Wo sechs Mäuler satt werden, kommt es auf ein siebtes nicht an.«

Lourdes musste Luft holen und fasste Claras Arm, als wolle sie diesen an der Flucht hindern.

»Dann starb Josef, er war ja viel älter als Maria. Die Römer schnappten ihn, kreuzigten ihn mit Aufständischen, aus Versehen, so was passierte. Kreuzigung war üblich, die Kreuze wurden zur Schau gestellt, sie sollten abschrecken wegen der vielen jüdischen Aufstände gegen die römischen Besatzer. Die älteren Söhne kümmerten sich um Maria mit dem großen Haushalt, die jüngeren führten die Zimmerei, auch Jesus. In Galiläa wurde gebaut, das brachte Aufträge, sie lebten gut davon. Maria achtete auf ihren Jüngsten, es passte ihr nicht, was er tat. Mit zwölf Jahren, damals im Tempel, zeigte sich sein Eigensinn. Jetzt überließ er die Arbeit in der Werkstatt den anderen, lieferte lieber die Waren aus, darin war er geschickt. Aber er traf auch Leute, die ihm krause Ideen in die Ohren bliesen. Er kam selten heim, zog abgerissen umher, schlief mit Fischern, heilte Kranke, und was sie sonst noch erzählten.«

Lourdes überzeugte sich, ob Clara mitkam. Die nickte nur ergeben.

»Andere Frauen waren um ihn. Die zwei Schwestern Martha und Maria. Martha erschien mit hochrotem Kopf aus der Küche und beklagte sich, dass Maria nur herumsaß und zuhörte. Und Jesus wies ausgerechnet die fleißige Martha zurecht, und zwar laut vor allen, die dachten, dass Frauen in die Küche gehörten und geistig unterbelichtet waren. Er begegnete Frauen mit Respekt. Die Schreiber der Bibel wussten das, sonst hätten sie die Frauen bestimmt nicht erwähnt. Die zählten ja damals nichts.«

Eine Frau mit Rucksack setzte sich zu ihnen. Im Haus gegenüber öffnete sich ein Fenster.

Lourdes sprang auf: »Olá, ich muss rüber, desculpa.« So schnell, wie sie gekommen war, zog sie ab.

Die fremde Frau blieb sitzen und fragte: »Portugiesin?«

Als das Ratespiel geklärt war, setzten beide ihren Weg fort. Die Spanierin, die Laura hieß, wollte wissen, was Lourdes erzählt hatte. Clara zögerte, weil sie nicht sicher war, ob die Geschichten richtig wiedergegeben waren, oder ob Lourdes etwas hinzugedichtet hatte. Saramago hatte eine Art des Erzählens, die sich leicht mit Fantasie verbündete. Doch die Sorge war überflüssig. Laura kannte das Buch.

»Ich war anfangs genervt, ein einziger Satz auf einer ganzen Seite. Aber der verwunderliche Inhalt trieb mich durch die Seiten. Ich habe einen zwölfjährigen Sohn, so alt wie Jesus damals im Tempel.«

Clara konnte dem Spanischen folgen, solange sie auf der mäßig befahrenen Landstraße nebeneinander gingen.

»Der Besuch im Tempel von Jerusalem war aufregend. Die Torah schrieb es so vor, und die Buben büffelten dafür. Mein Zwölfjähriger will Pianist werden und büffelt für den Schulauftritt. Josef erzählte als stolzer Vater, wie der Bursche sogar die Gelehrten im Tempel in Erstaunen versetzt hatte. Das hat er von mir, sagte Josef. So auch mein Mann, wenn unser Marco glänzt. Maria wird sich ihren Teil gedacht haben. Klar, als Mutter war sie auch stolz, aber sie dämpfte: Übertreib nicht, Mann, der Junge hat den Lehrvortrag fehlerfrei bestanden. So redeten sie. Dabei waren sie gar nicht dabei gewesen, hatten ihn sogar ausgeschimpft!«

Der Verkehr auf der Landstraße ließ kein Gespräch mehr zu, bis sie in Golegã ein Gasthaus fanden, das Spanferkel und Zimmer anbot. Bei schwerem Rotwein und einem Gemisch aus Spanisch und Portugiesisch kamen sich die zwei Frauen näher.

»Als Lourdes erzählte, kam dieser Jesus mir vertraut vor«, sagte Clara. »Auf der langen Straße fing ich an zu verstehen. Das Jesuskind der Kindheit verwandelte sich zu schnell in den Christusgott. Der Mensch dazwischen fehlt mir. Ich muss ihn doch kennen, ehe ich ihm Göttliches zuschreiben kann. Verzeih, ich rede Unsinn. Aber der Wein ist gut.« Clara hielt inne. Den roten Faden suchend, brachte sie nur heraus: »Jesus war also gläubiger Jude, dachte nach, welche Auslegung der Torah ihn überzeugte …«

Als Laura merkte, dass Clara den Faden verlor, folgte sie dem eigenen. »Ist es so wichtig, ob Jesus Mensch oder Gott war? Darüber wird seit zweitausend Jahren gestritten. Wieso soll ich es besser wissen? Er war ein großer Menschenfreund, das zählt für mich.«

Clara wollte noch sagen, was ihr eingefallen war, aber die Augen fielen von selbst zu. In der Nacht wälzte sie sich auf der Matratze. Im Magen rang das Spanferkel mit dem Wein. Jemand rannte hinter ihr her, Bibelworte rufend, die ihr fremd vorkamen. Sie träumte von Kriegen, die nicht sein durften, weil Jesus Frieden wollte.

Als die Sonne hoch stand und sie ins Gasthaus ging, richtete der Wirt Grüße aus. Die Freundin sei früh gegangen. Beim Frühstück stellte sich der Gedanke des Vorabends wieder ein: Die katholische Kirche hat vielleicht mehr Ketzer als Rechtgläubige in ihren Reihen, so wie ich eine bin, und vielleicht ist Jesus auch einer.

Drei Wochen später saß Clara oberhalb der Kathedrale von Santiago de Compostela auf einer Parkbank. Ihr wurde bewusst, dass das Ende der Erde zwar ihr Ziel war, sich jedoch verflüchtigt hatte, was sie dort wollte. In der Zeit des Zorns hatte sie vorgehabt, die Kirche samt Obrigkeit in den Atlantik zu werfen, um ein für allemal frei zu sein. Reginaldo hatte anders entschieden. Er gebe die Kirche nicht auf, nur weil ihm der Papst nicht passe oder Kleriker dumm daherredeten. Man müsse nicht alles verstehen. Er betrachte den Glauben nicht als einen Besitz, den man behalte oder wegwerfe.

Clara ging mit den beiden Sichtweisen zurate. »Das Glasklare gibt es nicht«, sagte sie zu dem Jungen, der mit drei Luftballons um die Bank herum gehüpft war und abrupt vor den deutschen Worten stehenblieb. »Ja, Kleiner, die Welt ist nicht schwarz und weiß. Wir müssen uns ein Leben lang mit den Grautönen herumschlagen.«

Sie wanderte nach Fisterra, einem Flecken im äußersten Westen Spaniens, Sehnsuchtsort für Legenden, Kulte und Mysterien. Die Erde war nicht mehr die Scheibe, an deren Rand die Menschen ins Bodenlose purzelten und mit Booten ins Jenseits fuhren.

Auf einsamen Wegen durch stille Dörfer kam deutlicher in den Blick, was Clara im Wege stand. Es war ihre Gefügigkeit gegenüber dem obrigkeitlichen Diktat, das sich in ihr Verhältnis zur Kirche eingemischt hatte. Den

Formeln und Regeln vertraute sie nicht mehr. Es gab zu viele unterschiedliche Glaubensweisen der Menschen in Völkern und Kulturen über den Globus verteilt. Die Vielfalt war greifbar, und es gab darin eine Menge Platz.

Mit solchen Überlegungen kam sie zerschlagen in Fisterra an. Die wenigen Kilometer, die sie vom Kap Finisterre auf der Granithöhe trennten, schaffte sie nicht mehr. In der regentropfenden Stille der Nacht schlief sie wie eine Tote.

Die langen Wandertage und den trüben Morgen in den Beinen, begann Clara den Aufstieg auf serpentinenreicher Straße. Das Ende der Erde verlor sich in Gipfeln über schiefergrauen Wolken, und die Landschaft verschwamm im unergründlichen Ozean.

Auf halber Höhe riss die Wolkendecke auf, und die Nebelreste begannen zu glitzern. Die Sonne spannte ein gelbes Band auf das Meer. Ihr Schatten steckte ein Gewölbe mit einem offenen Tor zur Unendlichkeit ab. Clara stockte der Atem. Sie hielt an. Die Augen wollten die Szene nicht hergeben. Das Herz klopfte noch, als das Unendliche den Einblick ins Jenseitige entzog. Sachte schloss sich das Tor. Eine auf dem Wasser schlummernde Linie blieb zurück. Nebliger Regen ging nieder. Ein Leuchtturm ragte in den Himmel.

Für die Alten waren Erde und Welt identisch; dort oben endeten sie in undurchdringlichen Gischtwolken und tosenden Wassern. Die Heutigen lernten, dass die Erde ein blauer Zwerg im Universum ist. Seit Astronauten vom Weltraum erzählten, fühlten sich die Menschen nicht mehr so verloren im Kosmos und wurden in der Sternenwelt heimisch. Spötter meinten, da oben sei kein Gott, die Weltraumfahrer hätten ihn nicht gesehen. Auf eine kindische Weise stimmte das. Aber die Erdbewohner waren von oben auch nicht zu sehen, obwohl die auf der schönen Murmel nur so wimmelten.

Die Astronauten brachten die Ehrfurcht vor der Erde mit. Ihr demütiges Staunen musste die Menschheit noch erreichen. Eine zerbrechliche Christbaumkugel, so erschien sie ihnen auf dem Flug zum Mond, wie der schönste Stern in der Stille des Weltraums, von unvorstellbarer Leuchtkraft. Sie berichteten auch über die Schrecken der schwarzen Finsternis. Und einige erlebten in der Unendlichkeit von Raum und Zeit den Schimmer des Göttlichen.

Am Meilenstein *0,00 K.M.* warf Clara den Rucksack ab, wog einen Stein in der Hand und steckte ihn in einen Beutel: »Mit dir werde ich dem Meer die Zwänge der Obrigkeitsreligion übergeben«, begann sie in feierlichem Ton. »Der Akt wird den Beginn einer neuen Suche markieren.«

Sie war sich des verrückten Einfalls bewusst und mochte doch nicht auf die Gelegenheit verzichten, an diesem legendären Ort den Teufelskreis der Hörigkeit zu durchbrechen. Vorsichtig kletterte sie am Felsvorsprung hinunter. Der Wind fegte unerwartet stark, wurde zum Sturm. Die Wellen kochten mit unbändiger Kraft gegen die Klippen der Tiefe und verschluckten menschliche Worte. Urlaute flogen um die Ohren. Otschuiiii … souiu … uuuhh … uouhhh. Der Granitfelsen fiel steil ins Meer. Schaumkronen wüteten auf dem endlosen Graublau, in dem Meer und Himmel verschmolzen. Costa del Morte hieß der Saum des Todes. Clara schwindelte, warf sich gegen den Felsen und suchte Boden unter den Füßen.

»Jetzt!«, rief sie in das Toben hinein. »Jetzt! Und der Kirchengott gleich mit!«, schrie sie in plötzlicher Eingebung.

Sie packte den Stein und nahm erschrocken wahr, wie er sich mit allen Lebenszweifeln auflud und in den Händen zum Felsbrocken wurde. Weg damit, schrie ihr Entschluss. Ein Riss fuhr durch die Seele, als sie, alle Kraft zusammenraffend, den Brocken in die Tiefe schleuderte. Dann verlor sie das Gleichgewicht. Ein sperriger Ast fing sie auf. Die Finger krallten sich fest. Unter den geschlossenen Lidern sah sie den Stein in der Gischt verschwinden.

Im Sturm zerbrachen die Schleusen des Himmels. Sie fiel kreischend in die Dornen und glaubte sich verlassen mitten im zornigen Meer.

So jäh wie er gekommen war, ließ der Sturm nach. Sie atmete durch und lauschte in das Tosen der Tiefe. Auf allen Vieren kletterte sie den Steilhang hoch. Als sie die Höhe erreichte, blieb sie wie angewurzelt stehen. Zwei Radfahrer, die das Ende der Welt heil erreicht hatten, strahlten sie mit fröhlichen Mienen an. Und die Landschaft hatte etwas von der Weite eines Schöpfungsmorgens.

V. Teil

2007 bis 2013

Jerusalem 2007

Von einem Tag auf den anderen springe ich ein, als eine Gruppe eine Ersatzperson sucht. Es steht eine Pilgerreise an, die sich wie ein Kaleidoskop der Orte des Neuen Testaments liest. In Jerusalem wohnen wir im Österreichischen Hospiz an der Via Dolorosa, mitten in den orientalischen Düften um das Damaskustor.

Der Tag beginnt mit Gesang auf der Dachterrasse, bevor der Felsendom und die Steinwelt zu ihrem Glanz erblühen. Ein Mitreisender erklärt, der weiße Kalkstein heiße Melekeh und werde seit der Zeit des Tempelbaus des Königs Herodes in den Steinbrüchen Salomons gebrochen.

Der selbsternannte Experte bietet sein Wissen häufiger an. Er kennt Episoden über das abendliche Schauspiel der Schließung der Grabeskirche. Es seien muslimische Familien, die Nusseibehs und die Judehs, die seit alters her über die Schlüsselgewalt verfügten. Die Christen seien zerstritten, so dass niemand an das muslimische Privileg rühren wolle. Sein Wissen bezieht er aus der Jerusalem-Biografie des Engländers Simon Sebag Montefiore, einem verzweigten Nachfahren des Aristokraten Moshe Montefiore aus dem 19. Jahrhundert, der für die Rückkehr der Juden nach Zion viel Diplomatie und Geld eingesetzt habe. Mit Feuereifer zitiert er den Satz, den er in der Jacke mit sich führt. Nur diese eine Stadt existiere zweimal, nämlich im Himmel und auf Erden.

Während ich zuhöre, sehe ich vor mir die fünfjährige Ana Maria, die im Innern Brasiliens unter einem Himmel voller Sterne Lieder zur Gitarre des Vaters sang. Das Stichwort Jerusalem riss mich aus Träumen, und ich bat die Kleine, das Lied zu wiederholen. Und sie besang das Jerusalem der goldenen Straßen mit Häusern und Palästen aus Kristall. Als ich verriet, dass ich die Stadt kenne, sah sie mich von oben bis unten an, stemmte die Arme in die Hüften und stellte fest: Papa, sie war wirklich im Himmel.

Mein Zimmer ist eine Treppe von der Dachterrasse entfernt. Ich sehe die Sonne erwachen, sehe, wie sie die Steine in gelbe und rote Kristalle verwandelt. Wie sie Abschied nimmt und die Stadt nach jeder Nacht weißer aus dem Dunkel hervortreten lässt, geblendet vom Gold des Felsendoms. Von einem Minarett mit grünem Lichtkranz, der heiligen Farbe des Islam, ruft der Muezzin zum Gebet. Die Hauptsynagoge ist am schattengrauen Weiß der Steine zu erkennen. Christen scharen sich um die Grabeskirche inmitten der Patriarchengebäude, deren Flaggen sich überbieten, als ginge es darum, wer dem Himmel am nächsten kommt.

Die Reise wird den Spuren des Gründers der Christenheit folgen nach Bethlehem, zum Jordan, nach Nazareth, an den See Genezareth. Ich frage mich, ob wir über so vielen Jesusspuren vergessen, wo wir sind, als seien die, die hier wohnen, Fotomotive und dienstbare Geister. Juden eilen mit flüchtigen Blicken, schwarzweiß gekleidet, durch die Via Dolorosa zur Klagemauer. Arabische Muslime und Christen umwerben die Pilgerscharen mit Früchten, Rosenkränzen, Kreuzen und Andenken für jeden Anlass und Preis. Die Fast-Millionenstadt braust unsichtbar um uns herum. Wie die Menschen leben, bleibt uns verborgen, auch das, was mit der Spannung über der Stadt zu tun hat. Die Angst vor Raketen und Tod muss, gleich auf welcher Seite, ständiger Begleiter sein. Wie halten sie ein Leben aus, das jederzeit zu Ende sein kann?

Was mich an den Stätten Jerusalems berührt, geht über den Eindruck einer Besichtigung nicht hinaus. Hat die Altstadt etwas mit dem Jerusalem von heute zu tun? Oder ist sie ein Museum, in dem alles Vergangene auf engem Raum und in mehreren Etagen gestapelt wurde? Wo sich findet, was anderweitig zerstört wurde, Wappen, Tafeln, Sarkophage, Säulen. Jeder Meter ist umgegraben und ruht auf unterirdischen Höhlen. Aneinander gequetschte Häuser führen über winklige Treppen in geheimnisvolle Höhen.

Mythen und Erwartungen umspannen das Kidrontal, eine Stadt der Toten am Hang des Ölbergs, zugebaut mit Gräbern, Namen und Geschichten. Dort warten sie, wie wir hören, auf den Tag des Gerichts, den Messias, die

Auferweckung, je nach Lesart der Religion. Die Toten, die dort liegen, wollen beim apokalyptischen Finale die ersten sein.

Wie zum Trotz lebt bis heute die Überzeugung, dass Gott seine Adresse in Jerusalem hinterlassen hat. Die Luft, die wir atmen, verschmilzt mit dem Empfinden von Diesseits und Jenseits, von Vergänglichem und Ewigkeit. Die Menschheitszeiten werden zu einer einzigen.

Was hat es auf sich mit dem Gott der drei monotheistischen Religionen? Wie konnte der Ort des Felsendoms zu einem Zankapfel werden? Er war der Tempelberg der Juden, bis die Römer den Tempel des Herodes zerstörten und nur eine Stützmauer, die heutige Klagemauer, übrig blieb. Er ist der Haram al-Sharif, der heilige Ort der Muslime. Die Überlieferungen der Religionen verlegten ihre heiligsten Stätten auf den Felsen. Nach jüdischer Tradition hat Abraham dort seinen Sohn Isaak geopfert. Die islamische Überlieferung lässt Muhammad von dort die Seelenreise auf dem Reittier El Burak antreten. Christen sammeln sich um die Grabeskirche in der Altstadt und halten sich aus dem gegenwärtigen Streit heraus.

Unsere Gruppe arbeitet sich durch die Sicherheitsschleusen hindurch und lässt sich die Orte der Verehrung beschreiben. Der politische Streit um den Felsen gleicht einem schwelenden Feuer. Das jordanische Königshaus verwaltet ihn, zusammen mit Muslimen. Jüdische Besucher werden von israelischen Soldaten begleitet. Christliche Gruppen verstehen sich als Pilger.

Wer ist der Gott, zu dem alle rufen? Sind die Menschen, die ihn in Jerusalem seit fünf Jahrtausenden verehren, allesamt einer Täuschung erlegen? Ist die Heimat Gottes nur eine magische Hoffnung auf goldene Straßen und kristallene Häuser? Nichts als ein Rätsel in einer zu weißem Stein gewordenen Realität? Mit solchen Fragen im Kopf eile ich am Nachmittag durch das Gewühl der Gassen zum Jaffa-Tor und schlängele mich durch, wie es die zur Klagemauer eilenden Juden tun. Mein Ziel ist die Benediktinerabtei auf dem Zion, wo ich das Päckchen einer ehemaligen Studentin abliefern soll.

Ich wähle den Aufstieg an der äußeren Stadtmauer entlang, wo auf der anderen Höhe das King David Hotel liegt. Das Hinnomtal sei vom Wort Gehenna oder Hölle abgeleitet, wusste unser Experte. In vorjüdischen Zeiten soll es dort eine Kultstätte für den Gott Baal und Kinderopfer gegeben haben. Jetzt präsentiert das Tal eine dicht befahrene Straße und ein Paradies für Kinder und Spaziergänger. Durch ein Eisentor spähe ich auf den griechisch-orthodoxen Friedhof, auch einer mit Wartenden auf den jüngsten Tag.

Dann entdecke ich den Eingang zur Abtei. Die Frau, der ich das Päckchen übergebe, lädt mich zum Klosterkuchen ein. Es ist friedlich hier, bemerke ich. Man müsse sich hier entscheiden zwischen Hass und Liebe, sagt sie und belässt es dabei. Und ich bin um ein Rätsel reicher.

Am Abend steige ich zum letzten Mal auf die Dachterrasse. Der Blick in die eigenwillige Welt der Türme, Dächer und Schluchten gibt weitere Rätsel auf. Kinderlachen steigt von der Via Dolorosa herauf. In der eigenen Kinderfrühe suchte ich den Anfang und das Ende des Regenbogens, überzeugt, dass ich sie eines Tages finden würde. Jetzt stelle ich andere Fragen. Wie können die Menschen leben im Brodeln der Steine der Vergangenheit, mit den gespaltenen Religionen, unter den Pilgern mit Kreuzen auf den Rücken und den auf den Einzug ins Paradies wartenden Toten? Das soll deine Stadt sein, Gott, der du dich für alle Zeiten versprachst?

Alles scheint dem Bedürfnis entsprungen, Gott zu benennen und ihm Stätten der Verehrung zu bauen. Steine des einen Heiligtums stecken in dem der anderen. Jerusalems Schichten lassen sich nicht trennen. Es gab Zeiten, als Abrahams Religionen friedlich zusammenlebten. Zu anderen metzelten sie sich nieder, jede Seite im Namen Gottes. Jerusalem blieb eine offene Wunde.

Die Kuppel des Felsendoms ragt goldübergossen in der niedergehenden Sonne. Wer bist du, Gott, für dieses Volk, das in der Steinwelt durch schattendunkle Gassen zieht?

Ich bin und werde. Ein Einziger.
Ich bin Drei in Einem.
Ich bin neunundneunzig, und den hundertsten Namen kenne nur ich.

Gut und Böse

»Zum Einzug«, sagte Evelyn mit artiger Verbeugung und zeigte auf das Lesezeichen. »Da steht die Neuigkeit.«

Clara nahm ein paar Worte auf: Religiöse Nachricht … Gott aus der Kirche ausgetreten … so gegen 21.30 Uhr.

»Der auch, wird dir gefallen«, grinste Evelyn. »Hanns Dieter Hüsch, Kabarettist aus meiner Heimat, leider schon tot.«

Im Hintergrund hauchten ein paar Freunde dem neuen Heim Leben ein, und Clara hörte nur mit halbem Ohr, was Evelyn anfügte.

Es klingelte. Ja natürlich, Eva fehlte. Die leidigen Parkplätze, echote der Raum. Evelyn und Eva zählten zu Claras Freundeskreis. Evelyn Frischmut, das war die Antreibende, die seinerzeit im Bonner Frauenkreis die Kirche hatte umkrempeln wollen. Sie war inzwischen aus der Kirche ausgetreten, hatte, wie sie sagte, die Nase voll vom Vorwärts in die Vergangenheit und ihre Stelle als Dozentin beim kirchlichen Träger eingebüßt. Mit Eva wohnte sie in einem Bauernhaus bei Berlin, wo die beiden Zukunftspläne schmiedeten.

Mit 69 Jahren packst du das, hatte Clara sich gesagt und eine Wohnung gekauft, die aufwändig renoviert worden war. Trotz des maroden Zustands hatte sie sich auf den ersten Blick in einen Erker verliebt und den Kauf sofort besiegelt.

Nun saß sie im Ort der Sehnsucht und genoss ihr neues Selbstvertrauen. Gefühle, im Berufsleben verdorrt, lebten auf, die Hälften fanden zusammen. Evelyns Buch, der Hüsch, lag ungelesen auf dem Erkertisch. *Das Schwere leicht gesagt*, las sie den Titel und fand die Stelle, die sie am Tag der Einzugsfeier überflogen hatte. Sofort sah sie, dass da nicht stand, was sie gemutmaßt hatte.

Gott war nicht gegen 21.30 Uhr ausgetreten. Er tanzte vielmehr um diese Stunde vor seinem Himmel ein paar Walzer, nachdem er aus der Kirche ausgetreten war. Und er war auch nicht von sich aus gegangen. Die Kirche hatte ihn vor die Tür gesetzt, in aller Freundschaft, verstand sich. Sie hatte ihm nahegelegt, alles Störende gleich mitzunehmen, darunter seine unberechenbare Größe und die Anarchie des Herzens. Weit weg sollte er unter Hausarrest gestellt werden, damit er keinen Unsinn mehr machen konnte. Man rätselte im Kirchenvolk herum. Einige bedauerten, andere meinten: Kirche ohne Gott. Warum nicht? Ist doch nichts Neues. Doch den größten Teil der Menschen sah man durch die Kontinente ziehen, und sie sagten: Gott sei Dank. Endlich ist er frei. Kommt, wir suchen ihn!

Aus dem Fundus des Protestanten hatte Evelyn eine Widmung gewählt, die das göttliche Lachen hören ließ: Und hier geht selbst der liebe Gott von Zeit zu Zeit spazieren. Er hat am Niederrhein ein Haus und ruht sich dort vom Himmel aus. Amüsiert ging der himmelsferne Gott, von Claras Erker aus, im Dorf ihrer Kindheit spazieren, einem Flecken ähnlich dem niederrheinischen. Das Bild des Altväterlichen war vergilbt wie ein Foto, auf dem Gestalten geisterhafte Züge annahmen, bevor sie unkenntlich wurden. Da nun niemand mehr wusste, wie Gott aussah, ersannen die Menschen Bilder, schlichte die einen, hoch gestochene die anderen. Jeder mühte sich auf seine Weise, die Bilder der inneren Leinwand mit Eigenschaften und Wundermacht auszustatten.

Clara ergriff die Chance, frei von Zwängen, den nicht zu Ende gedachten Fragen nachzugehen. Was war mit Gott und seinem Himmel? War das Erdendasein alles, oder kam noch etwas?

Berlin, 10. Juni 2007
Wieder erlebe ich den Augenblick, als der Ballast, der mich bitter werden ließ, an Spaniens Küste im Atlantik aufschlug. Seitdem vertraue ich dem eigenen Empfinden

in Glaubensfragen. Das Herz quält sich nicht mehr mit konstruierten Lehren. Solange mir ein fertiges Bild vorgesetzt wurde, war ich blockiert. Daneben keimte Ureigenes auf, wirkte ohne mein Zutun. Endlich kann es den Weg weisen.

Die Bibel als Jahrtausende alte Überlieferung gibt Anstöße, die zu nichts zwingen. Die jüdische, heute noch lebendige Tradition erzählt vom Bund des Einen Gottes mit dem Volk Israel. Das Bild jedes Menschen als göttliches Ebenbild kann ein Leben verändern. Im Evangelium berichten Zeugen, die zeitnäher waren, wie sie Jesus erlebten. Für Fragen, die im gewöhnlichen Leben Tabu sind, finden die Schriften Worte, für Schmerz, Leid, Gewalt und Unheil. Sie sind voll von schwerverdaulichen Widersprüchen. Literatur, Musik und Kunst leben von ihnen bis in die Gegenwart.

Es lohnt sich, auch anderen Weltdeutungen nachzuspüren. Die Schätze der Menschheitsgeschichte helfen, über Glauben und Nichtglauben miteinander zu streiten. Wer ist der Realistischere, der glaubt oder der nicht glaubt? Der Gescheitere ist wahrscheinlich der Glaubende. Er hält das Unmögliche für möglich und sucht, ob es noch mehr gibt. Die letzte Antwort haben beide nicht.

Clara stand auf und kochte einen Kaffee. Auf dem Weg zurück stolperte sie über einen Bücherkarton, der ausgeräumt werden musste. Vergessene Titel tauchten auf. Sie staunte darüber, was einmal wichtig war, so wie über Lessings *Nathan der Weise*. In dem angekränkelten Bändchen, da wo die Ringparabel begann, steckte ein vergilbter Papierstreifen. Die akkurate Randnotiz aus Schulzeiten verlegte das Drama nach Jerusalem ins zwölfte Jahrhundert des dritten Kreuzzugs und erklärte die Toleranzidee der Parabel zu einem Schlüsseltext der Aufklärung.

Nathan, der Jude, erzählte dem muslimischen Sultan Saladin von dem Mann im Osten, der vor grauen Jahren einen wertvollen Ring mit einem hundert Farben spielenden Opal besaß. Der Ring sollte in der Generationenfolge an den geliebtesten Sohn vererbt werden. Da hatte ein Vater drei geliebte Söhne, liebte mal diesen, mal jenen mehr, und konnte sich nicht entscheiden, welcher ihm der liebste war. So versprach er den Ring mal diesem und mal jenem Sohn. Als der Tod nahte, ließ er insgeheim zwei weitere vollkommen gleiche Ringe anfertigen. Die Kopien gelangen so gut, dass selbst der Vater nicht mehr wusste, welcher der Musterring war. Im Sterben segnete er die Söhne und übergab jedem einen der Ringe.

Ich bin zu Ende, sagte Nathan. Was folgt, versteht sich von selbst. Kaum war der Vater tot, will jeder der Herrscher sein. Man zankt, man klagt. Umsonst. Der rechte Ring war nicht erweislich. So wie uns der rechte Glaube.

Clara sah, dass die Wolken abgezogen waren. Sie trat auf die Terrasse, wo ein paar Sterne blinzelten. »Verehrter Nathan«, begann sie ihre Rede, »seit langem kursieren weit mehr als drei Ringe unter den Völkern. Die Wahrheit hält es bei einer Deutung nicht aus. Schlaumeier unserer datengetriebenen Zeit meinen sogar, in ferner Zeit auf die Erklärung für alle Rätsel zu stoßen, so dass die Welt den Lückenbüßergott nicht mehr bräuchte. Wenn sie sich da mal nicht täuschen. Dir, weiser Nathan, muss ich nicht sagen, dass es von der Logik her keine zwei Wahrheiten nebeneinander geben kann. Und du weißt, dass es anmaßend wäre zu glauben, man hätte die eine Wahrheit gefunden und könnte sie anderen aufzwingen. Dafür schlagen sie sich die Köpfe ein. Selbst die Religionen der Juden, Christen und Muslime, die auf Abraham bauen, haben über dem Streit der Jahrhunderte das Gemeinsame vergessen.«

Die blanke Sommernacht setzte jetzt einen Stern nach dem anderen in den dunkelblauen Samt. Clara erfreute sich an der Sinnestäuschung des Auges, das über die der Erde nahen Planeten nicht hinausblicken konnte und doch glaubte, den Kosmos zu erkennen.

An Samstagen kam Eva vorbei, wenn sie Gemüse und Obst vom Bauernhof zum Wochenmarkt brachte. Clara sah sie gern am runden Erkertisch sitzen, einen Latte Macchiato trinken, ohne Schnickschnack aus heißer Milch und einem Schuss Espresso gebraut. Bei Eva waren die Dinge gut aufgehoben. Sie konnte hinhören und ließ jedem Menschen das, was er für sich selbst gut befand.

»Du sprichst ruhiger über das, was du denkst«, sagte Eva, »als fühltest du dich nicht mehr angegriffen.«

Clara lachte. »Ich flattere nicht mehr am Boden mit gestutzten Flügeln. Vielleicht bin ich ein Vogel, der das Fliegen lernt. Immer dem Unstillbaren hinterher.«

Eva nahm einen Schluck aus der Tasse und wartete.

»Wir Alten schöpfen aus der Zeit und fallen aus ihr heraus. Dass unsere Zeit sich früheren gegenüber erhaben dünkt, ist lächerlich. Unser Wissen bleibt ein Mutmaßen. Die Gottesfrage allemal! Ich falle von einem Extrem ins andere. Gott löst sich in Nichts auf, sobald ich ihn am Zipfel erwische. Ich krieg ihn nicht gefasst.«

»Kennst du Montaigne, den französischen Philosophen?« Als Eva aus Claras Reaktion ein ›Nein‹ las, fuhr sie fort: »Er nannte einen Gott, der nur für eine Religion da sei und die weit höhere Zahl der anderen Menschen auf der falschen Seite stehen lasse, ungerecht und unbarmherzig. Ich nenne das engstirnig, und das sollte ein Gott nicht sein. Wenn schon, dann wenigstens weitherzig.«

»Ja, wenn …«, sagte Clara. »Mit den Gottesbeweisen habe ich mich herumgequält. Die Denkakrobatik tue ich mir nicht mehr an. Egal, wie ich's drehe und wende, ich komme an die Stelle, an der es nichts mehr zu beweisen gibt. Weder dass Gott existiert noch dass er nicht existiert. Dort gabeln sich die Wege: Entweder man glaubt nicht, solange es keine Beweise für die Existenz Gottes gibt. Oder man glaubt, solange nicht bewiesen ist, dass es ihn nicht gibt. Wir müssen uns entscheiden!«

»Clara, du denkst vielleicht, es wäre leichter, Atheistin zu sein. Das sieht nur so aus. Ich habe mich früh gegen mein evangelisches Elternhaus aufgelehnt. Es ist ein Pfarrhaus, und auch damit hatte ich meine Probleme. Und nun bin ich Atheistin und habe nichts in der Hand. Ich brauche Gott nicht, um das Universum zu erklären oder um die Moral zu begründen. Es gibt Gute und Schlechte, Schurken und Heilige, mit und ohne Gott. Doch was ist mit den Opfern von Kriegen, Verbrechen und Katastrophen? Wozu hetze ich mich ab, wenn hinter dem Tod ein schwarzes Loch ist? Glaubende wie Nichtglaubende laufen auf die gleichen Fragen zu.«

»Ich sehe einen Unterschied, Eva. Der Glauben gibt ein Stück der freien Selbstbestimmung an Gott zurück. Der Atheist will sich an ein Höheres nicht binden. An den Folgen kaue ich noch herum. Für mich fühlt es sich einleuchtend an, dass es eine Größe gibt, wo die Sinnfragen zusammenlaufen. Die Menschheit wird sich nicht selbst aus dem Sumpf ziehen.«

Eva blickte auf die Uhr.

»Ich weiß. Du musst los.«

Clara blieb unruhig zurück. Da, wo das Denken an Grenzen stieß, war nichts gewiss. Zwischen Vernunft und Glauben mochte es Verbindendes geben, aber sie sah die Brücke nicht. Religion war eher eine Art Weisheitswissen aus uralten Quellen der Menschheit, die heute noch die Wurzeln der Menschen tränkten.

Wieso blieb sie an einer Größe dran, die sich nicht benennen ließ? Waren es Erfahrungen aus anderen Wirklichkeiten? Gedichte kannten die Sprache der inneren Berührung. Vom überrationalen Verstehen schrieben Astronauten. Beim Herzenshören ging es um die Schönheiten der Natur und dem Verlässlichen im Vergehen und Werden. Andere sprachen von menschlicher Sehnsucht nach Verzeihen und Vergeben, nach Liebe und Geliebtwerden. Auch ihr eigenes Gedächtnis hütete Augenblicke des Unsichtbaren.

Berlin, 27. August 2007
Ich suche Worte für die nicht messbaren Augenblicke, beglückende, erschreckende, fein dosiert am Saum des Jenseits im Diesseits. In einer Kirche glüht Heiliges, das sich einbrennt und sein Geheimnis nicht preisgibt. Irgendwo hält Stille den Atem an, wird Leere ohne Bilder, ohne Denken und Fühlen. Die Atemstille lässt Jahre verzweifelten Suchens vergessen, stellt Weichen ohne unser Zutun. Lichtes wird Wissen der Seele, die in eine zeitlose Zeit hineinlauscht, wo ihr Verrücktes widerfährt.

Während einer ermüdenden Wanderung mit schwer hängendem Rucksack hielt ich, auf zwei Stöcke gestützt, an einem brütenden Straßengraben in Spanien an. Nirgendwo ein Platz zum Ausruhen. Ich schaute in die ausdruckslose Landschaft, in der hinter Gartenzäunen ein paar Hortensien die Köpfe hängen ließen. Da war er da, der zeitlose Moment. Ein Nichts der Fülle, ein Licht ohne Schatten, ein Ort ohne Woher und Wohin. Umschlossen in einer Glocke aus Schweigen, ohne Gesicht, Geruch und Geräusch. Mit einem Wissen, das schützte und Halt gab. Es hatte keinen Namen.

Die Rätselhaftigkeit erschloss sich auch später nicht. Nur der Winkel des Herzens bewahrte eine Berührung ohne Berührung, ein der Zeit entwendetes Verweilen an der Tür. Keine Tür in die sichere Gewissheit. Vielleicht waren es die Momente, die Jahre des Suchens vergessen ließen und die Entscheidung für oder gegen Gott in eine Richtung lenkten. Ich empfand, was mir geschah, als göttlich.

»Jede Religion setzt hohe Maßstäbe«, sagte Clara, als Eva eine Woche später vor ihrem Latte Macchiato saß, den sie sich wie immer in der Küche zubereitet hatte.

»Was meinst du?«

»Dass sie für eine gerechte Welt, für menschenwürdige Lebensbedingungen überall auf der Welt eintreten wollen«, sagte Clara.

»Und was machen sie daraus?« Eva hörte sich bitter an.

»Du hast Recht, Eva. Religionen sind so gut und schlecht wie die Menschen, die sie leben. Glaubensdeutungen sind von Menschen niedergeschrieben und wandeln durch die Zeitläufe. Vielfalt treibt die Richtung an. Sie zerfleischen sich, bauen aber auch Brücken aus dem Gemeinsamen, statt sich mit dem Trennenden zu bekämpfen.«

»Ach, Clara, bist du naiv. Sieh' das Beharren auf einer Wahrheit. Blutspuren ziehen sie durch die Geschichte. Keine Religion ist unschuldig! Wie oft wiederholte sich die Verfolgung der Juden, nur weil sie Juden waren, die der Christen, der Muslime, nur weil sie Christen oder Muslime waren. Die herrschende Religion duldete die anderen oder verfolgte sie. Und das ist noch immer so!«

»Ich sehe die gefährliche Seite doch auch. Und mir fällt es genau so schwer zu glauben, dass das ein Ende nimmt. Aber es gibt doch Einsichtige, die nach dem Sinn im Unverstand fragen. Die wissen, wie man gewaltlos handelt. Auf die setze ich. Ach, ich weiß nicht.«

»Clara, bitte, ich bin aufgewühlt, lass es gut sein. Das Thema verfolgt mich beruflich«, unterbrach Eva, um in versöhnlichem Ton fortzufahren: »Und ich bin mal wieder in Eile.«

Als Clara die Freundin verabschiedet hatte, wanderten die Gedanken auf der von Eva gelegten Spur. Erst kürzlich hatte sie gelesen, dass die christlichen Kirchen im ersten Weltkrieg auf der Seite der Kriegspropaganda gestanden hatten. Katholische Priester segneten Fahnen, vielleicht auch Waffen. Ein Jesuit soll 1915 sinngemäß geschrieben haben: Wer bloß stirbt, weil er irdische Güter verteidigt, der ist kein Märtyrer. Wer aber stirbt, weil er die von Gott auferlegte Treuepflicht gegen das Vaterland und den Fahneneid nicht verletzen will, der hat die richtige Gesinnung und kann vor Gott des ganzen Ruhmes eines Märtyrers teilhaftig werden.

Sie holte das Tagebuch ihres Onkels aus der Schublade, um sich von den giftigen Sätzen abzulenken. Es war ihr nach dem Tod der Großmutter zugefallen. Zu ihrem Erschrecken klang nicht viel anders, was sie las. Ihr Onkel, Student der Theologie, war 1939 für Christus und Deutschland in den Krieg gezogen. Die beiden Pole seien ein flammendes Programm: Soldat und Christ im Fahrwasser von Pflicht und Befehl. Auch er irregeleitet mit Zutun der Religion?

Die Sprache der Kirche war suspekt. Clara erinnerte sich an die Judenfeindlichkeit, die sich seit Jahrhunderten mit dem Sterben Jesu Christi am Kreuz tief in die Liturgie hinein fraß. Als Kind hatte sie hingenommen, dass die Juden an der Kreuzigung Schuld sein sollten und die römische Besatzungsmacht als Vollstreckerin verblasste. Als Erbin Nazideutschlands war sie der Mitschuld der Kirchen an der Shoah ausgewichen. Das Konzil hatte sich 1965 zur Erklärung *Nostra Aetate* über die Religionsfreiheit durchgerungen. Die Texte, die im Laufe der jüdisch-christlichen Versöhnungsarbeit unter Experten entstanden, ließen zwar Fortschritte erkennen; aber beim Kirchenvolk kam wenig an.

Im Studium der Schriften der beiden anderen Religionen entdeckte Clara neue Fährten. Die jüdische Tradition erschien ihr leichter zugänglich. Der Inhalt des Korans blieb sperrig. Es waren schwingende Sprachbilder, Loblieder auf die Schöpfung, die sie in die Verse hineinzogen. Im Einfallsreichtum erfühlte sie, welche Kraft in der Poesie und der Mystik der arabischen Welt steckte.

Claras gewohntes Vokabular stand im Wege. Sie musste die christliche Lesart wegdenken, um ahnen zu können, wie Menschen jüdischen oder islamischen Glaubens Gott verstanden und beteten. Kirchliche Tradition hatte die Formeln zu lange vorerzählt. So waren sie zum Echo im Denken geworden. Und es gab noch weit Schlimmeres. Da waren die zu Missgeburten gewordenen Überlieferungen von Schmähreden und Lügen über die jeweils andere

Religion, die sich als Vorurteile im Gedächtnis der Kulturen eingenistet hatten. Wie sollte daraus je ein Miteinander werden?

Clara fragte sich, ob die Welt ohne Religionen besser dran wäre. Aber selbst Eva behauptete nicht, die Welt fahre mit einem gottfreien Atheismus besser. Und Eva konnte sich als Kind der kommunistischen DDR ein Urteil erlauben.

»Keine Religion kann die explosive Seite leugnen«, fiel sie ins Selbstgespräch zurück, das in eine Rede an die vier Wände überging. »In den Schriften finden Fanatiker leicht Stellen, mit denen sie Verbrechen legitimieren können. Doch was heißt das? Religionen lassen sich nicht abschaffen. Die Suche nach dem Sinn in allem Vergänglichen scheint einem Bedürfnis zu entsprechen. Die Religionen brauchen vielleicht mehr Persönlichkeiten, die klare Worte in die friedlose Welt hineinsprechen, die Verbrechen beim Namen nennen und ihre Mitglieder zurückpfeifen, wenn sie Hass säen. Menschen können einander respektieren, ohne sich die Köpfe abzuschlagen. Fragen über Fragen!«

Clara sah den Sommer und den Herbst in den Erker hineinschauen. Das Leben schenkte ihr die Zeit für die vielen Fragen, die sie den Vorrat im Dunkeln nannte. Doch im Großen und Ganzen war sie mit sich im Reinen …

… Bis Eva und Evelyn zu einem polnischen Essen einluden. Sie hatten viel zu feiern. Das Bauernhaus war zum Zuhause geworden. Ein befreundeter evangelischer Pfarrer hatte die Partnerschaft zwischen der ehemals katholischen Evelyn und der atheistischen Eva gesegnet. Die Pflegekinder Sven und Svenja tobten herum. Evas Lehrauftrag an der Universität in Frankfurt an der Oder und Evelyns Beratungsbüro sicherten den Unterhalt.

Eine binationale Runde fand sich an einem sommermilden Oktobersamstag ein. Evas Gemüseauflauf war aus eigenem Anbau und mit polnischen Zutaten zubereitet.

Dem allseitigen Lob folgte das Rezept, von dem bei Clara die Pilze, die Semmelbrösel und der Käse aus der Tatra haften blieben. Zu den mit Pflaumen gefüllten Klößen gab es polnischen Kaffee, der weihnachtlich schmeckte. Später ging man herum, zwischen Körben von rotwangigen Äpfeln und Winterbirnen, sprach mit diesem und jenem wie in einer Familie, die das gastliche Haus nicht zu verlassen gedachte.

Clara blieb im Labyrinth der Gartenwege hinter den anderen zurück. Als sie die Diele betrat, schnappte sie Stichworte auf, entschied sich gegen die biologische Landwirtschaft und wählte die Runde über die deutsch-polnische Zusammenarbeit.

Noch ehe sie saß, fiel der Satz: »Zu diesem bösen Gott wollen Sie beten?« Die Worte, die Eva sagte, hielten das Gespräch an.

Der Satz traf. Clara fiel in eine andere Zeit zurück. Das Bunkerkind hörte den alten Mann schreien: Gott ist böse! Es fragte die Mutter: Ist Gott böse? Und bekam keine Antwort, auch später nicht, als die Frage vergessen war. Nun erlebte sie, wie eine schon lange wuchernde Geschwulst einen jähen Schmerz verursachte.

Als die im Raum wehenden inhaltlosen Töne in Claras Ohren wieder Worte wurden, hörte sie Eva fast unhörbar sagen, dass auch ihr Glauben an der Shoah gescheitert sei. Nach Auschwitz könne sie an keinen guten Gott mehr glauben.

Jemand sagte: »Die Menschheit zahlt einen hohen Preis für die Freiheit, und sie lernt nichts dazu. Mit der Schöpfung ist etwas furchtbar schief gelaufen. Nietzsche hat Recht. Der Mensch hat Gott getötet und ist nun mit all seiner Bosheit auf sich allein gestellt.«

Zu vorgerückter Stunde ging Eva neben Clara bis zur Gartentür. Der Abendstern glitzerte, als wollte die vom Abend zum Morgen wandernde Venus an die Treue des Kosmos erinnern.

»Du sahst plötzlich leichenweiß aus. Bist du in Ordnung?«

Clara presste heraus: »Gott … Gott, der macht mich wahnsinnig.«

Eva sah das zerrissene Gesicht und sagte leise: »Verzeih, das habe ich nicht gewollt.«

Es gelang Clara nur schwer, sich auf die zwielichtige Straße zu konzentrieren. Geblendet von einem Auto, rutschte ihr der Fuß von der Bremse. Sie erwischte den Seitenstreifen und hielt an. Und dann kamen sie hoch, die unsäglichen Verbrechen, die über die Menschen herfielen. Und Gott musste davon gewusst haben. Wie konnte es anders sein bei einem, der alle Macht in Händen hielt, um den Freveln Einhalt zu gebieten? Die Meute der Bilder raste durchs Gehirn, das Herz schwindelte, der Kopf blieb auf dem Steuer liegen.

Dass sie allein nach Hause fand, grenzte an Schlafwandeln. Die Träume verhedderten sich in den Abgründen eines eiskalten Entsetzens. Schwarze Geister wuchsen ins Übergroße und Feindselige. Die Welt war verworfen. Der Schöpfer sah zu, wie seine Geschöpfe untergingen. Nein, schrie sie den Geistern zu. Zerstörerische Naturkatastrophen sind es. Und die Menschen. Aber doch nicht Gott. Wie Hohn klang es zurück: Nenn' es, wie du willst, es ist böse.

Der Raum lag in Sonne gebadet. Vögel schwirrten gegen die Fenster. Kinder kreischten in den Ohren. Halb betäubt, steuerte Clara die Reihe der Tagebücher an, von einer plötzlichen Eingebung getrieben. Polen, jetzt am Ende der Straße, die aus Berlin herausführte, war einmal Lichtjahre weit weg gewesen. Da, im Stapel der 1990er Jahre, war das erste berufliche Treffen mit polnischen Partnern.

Claras Freude, den Osten zu erkunden, hatte die Verbrechen der Nazis ausgeblendet. Nun sollte Pan Goróski neben ihr sitzen, und mit ihm die Shoah. Clara erfuhr kurz vor dem Treffen vom Dolmetscher, dass Goróskis Familie Opfer der deutschen Raserei geworden war. Sie, die dem Tätervolk angehörte, war nie einem Opfer begegnet und wusste nicht, wie sie sich verhalten sollte. Sie ahnte, dass die Begegnung mit einem lebendigen Menschen sämtliche Theorien über den Haufen warf und alles veränderte. Der Dolmetscher half ihr, ein paar polnische Sätze für ein Grußwort einzuüben. Da es manchen am Tisch schwerfallen musste, Deutsch anzuhören, bat sie ihn, nichts zu übersetzen, was verletzen könnte.

Was hinter dem Eisernen Vorhang vergraben schien, schwappte mit der Öffnung des Ostblocks hoch. Die Zeiten, als Clara über die verbrecherische deutsche Vergangenheit nachgedacht hatte, lagen gefühlte zweihundert Jahre weit zurück. Philosophen und Theologen hatten versucht, Licht ins Dunkel zu bringen. Sie nannten es die Theodizee, die das Leid und das Böse in der Welt ergründen wollte. Meistens kam Gott in den christlichen Theorien glimpflich davon, so dass Clara die Frage, was Verbrechen an der Menschheit mit Gott zu tun hatten, nicht mehr stellte.

Ihre Beziehung zum Judentum blieb gleichwohl eine belastete. Worte drängten auf die Lippen, Wendungen über polnische Wirtschaft, Weltverschwörung, Herrenrasse, Gesindel. Die Juden, das klang nie so, als seien sie Freunde. Das Kind konnte die Worte nicht erfunden haben. Sie flogen durch die Luft. Die infizierte Sprache der Erwachsenen verriet mehr als sie sagen wollten. In den Köpfen der Deutschen, auch der Christen, hatte sich Unrat angesammelt. Wo war der geblieben? Clara brauchte ein Leben, bevor sie sich eingestand, dass das Christentum viel zuviel mit der Verachtung der Juden und mit dem Antisemitismus zu tun hatte. Die Schreie in den Gaskammern waren von der Schuld nicht zu trennen.

Die ersten Nächte nach der Runde bei Eva, in denen sie nicht in den Schlaf gefunden hatte, verdrückten sich. Und mit ihnen der Gott, der gut und hilfreich war und dem sie so lange verbunden gewesen war. Die Gebete liefen Gefahr, Makulatur zu werden. Sie musste wissen, was zu dem Satz, der alles auflodern ließ, geführt hatte.

Als Eva mit den letzten Früchten des Herbstes zum Wochenmarkt kam, übergab sie den Text einer jüdischen Erzählung: »Lies erst, wenn ich dir gesagt habe, was hinter dem Satz steckte, den du aufgeschnappt hast.« Und dann begann sie, jedes Wort bedenkend.

»Wir waren eine kleine Gruppe in Auschwitz im Rahmen der polnisch-deutschen Versöhnungsgespräche, und wir steckten in der historischen Aufarbeitung. Für persönliche Bekenntnisse war es zu früh. Eine deutsche Teilnehmerin, eine Christin, die es gut meinte, schlug vor, ein Gebet zu sprechen. Die anderen schwiegen, manche erstarrten. Und dann schoss es aus meinem polnischen Kollegen heraus. Ich war ratlos und versuchte es mit versöhnlichen Worten. Der Kollege fiel in ein beängstigendes Schweigen. Am nächsten Abend fragte ich ihn, ob ich mich zu ihm setzen könne. Vielleicht war er sogar dankbar. Das Schicksal hatte ihn als Kind im Warschauer Ghetto in eine unbekannte Hand gegeben, die ihn rettete. Niemand aus seiner Familie entkam dem Tod. Was er sagte, hat sich mir eingegraben. Er habe Gott gefunden, wieder verloren und ein Leben lang darunter gelitten, bis zum heutigen Tag.«

Clara spürte ihre Ohnmacht.

»Ich versuche, dir weiterzugeben, was ich verstanden habe«, fuhr Eva fort. »Der Kollege ist in deinem Alter. Er zog ruhelos durch die Welt, studierte in Kanada, in Schweden, ging nach Israel, kehrte nach Polen zurück. Überall suche ich nach dem verlorenen Gott, sagte er, weil ich ihn fragen muss, wo meine Wurzeln geblieben sind, wo der Ort ist für mein Heimweh. Ich werde die Bilder nicht los, die meine Familie morden, schaue in die Hölle des Grauens mit Mördern ohne menschlichen Zug. Sie morden meine Seele noch immer. Was Gott dagegen tat, will ich wissen, aber er bleibt stumm. Und trotzdem ist auf dem Grund der Verzweiflung etwas wie Hoffnung. Das sagte er. Ich verstand und verstand nicht. Er wusste es. Und dann gab er mir die Geschichte, die Elie Wiesel der Nachwelt überliefert hat. Die chassidische Erzählung aus dem Mittelalter soll im Lager Buchenwald umgegangen sein. Er trägt sie mit sich herum.«

Eva war bedrückt, als sie sich verabschiedete. »Die Verbrechen dürfen uns nicht entgleiten. Menschen wiederholen ihre Untaten.«

Clara befiel eine tiefe Scham. Sie hatte dem Bösen in der Welt nie genau ins Auge geschaut. Und sie hatte für erledigt gehalten, was nicht erledigt werden durfte. Lange saß sie vor dem Text, las ihn wieder und wieder und dachte an den Polen in ihrem Alter, dessen allerletzter Funke Hoffnung darin lag.

Diese Geschichte, so berichtete der mittelalterliche Chronist, habe er aus dem Mund der Ältesten vernommen, die Spanien in der Zeit des Königs Ferdinand und der Königin Isabella der Katholischen verlassen mussten, weil sie sich geweigert hatten, den christlichen Glauben anzunehmen. Die gesamte Gemeinde ging ins Exil. Einige ihrer Mitglieder begaben sich an Bord eines Schiffes, auf dem die Pest ausbrach. Der Kapitän setzte seine menschliche Fracht an einem verlassenen Ufer aus.

Unter den Flüchtlingen befand sich ein Mann mit seiner Frau und ihren beiden Kindern. Von Hunger und Durst geplagt, machten sie sich auf den Weg, weil sie hofften, einen bewohnten, gastfreundlichen Ort zu finden. Aber der Sand rings um sie erstreckte sich ins Unendliche. Eines Abends brachen sie vor Erschöpfung zusammen. Sie waren vier, als sie einschliefen; nur drei erwachten. Der Vater grub ein Grab für seine Frau, und die Kinder sagten das Kaddisch auf. Und sie zogen weiter. Am nächsten Abend waren sie drei, als sie einschliefen; nur zwei erwachten. Der Vater grub ein Grab für seinen ältesten Sohn und sagte das Kaddisch auf. Dann setzte er mit seinem letzten Sohn den Marsch fort.

Eines Abends waren sie zwei, als sie einschliefen. Im Morgengrauen schlug nur der Vater die Augen auf. Er grub im Sand ein Grab und wandte sich mit folgenden Worten an Gott: »Herr der Welt, ich weiß, was du willst – ich verstehe, was du tust. Du willst mich in die Verzweiflung treiben. Du willst, dass ich aufhöre, an dich zu glauben, dass ich aufhöre, meine Gebete zu sprechen, dass ich aufhöre, deinen Namen anzurufen, ihn zu verehren und zu heiligen – und ich sage dir: nein, nein, und tausendmal nein. Das wird dir nicht gelingen. Mir und dir zum Trotz werde ich das Kaddisch schreien, das ein Bekenntnis der Treue zu dir und gegen dich ist – diesen Gesang wirst du nicht zum Schweigen bringen, Gott Israels.« Und Gott gestattete ihm, sich zu erheben, weiter zu ziehen und seine Einsamkeit unter dem leeren Himmel hinter sich her zu schleppen.

Clara wollte ihre vergessene Kindheitsfrage, ob Gott böse ist, endlich selbst beantworten; Theorien konnten das nicht erledigen. Nach dem großen Erdbeben 1755 in Lissabon hatten viele den Glauben an Gott verloren. Zu lange her, zu weit weg? Nein, Erdbeben, Überschwemmungen, Dürren mit vielen Toten gingen weiter, würden schlimmer, sagten Klimaforscher. Damals bestürmten die Menschen den Himmel. Dass die Menschen an den Freveln einen maßgeblichen Anteil hatten, begriff unsere Zeit leichter als frühere.

Auch den Völkermord 1994 an den Tutsi in Ruanda ordneten Menschen an. Die Zeit war darüber hinweggegangen, wie sie es immer tat. Friedliche Bewohner hatten Nachbarn und Freunde vergewaltigt, getötet, lebendig oder tot in Abwassergruben geworfen, weil befohlen war, ein ganzes Volk zu vernichten. Aus Berichten von Überlebenden kroch der Gestank der offenen Gruben.

Bei allen Verbrechen der Menschheit stellte sich aber auch die Frage nach der Mitschuld Gottes. Die Zahlen aus dem zweiten Weltkrieg standen im Raum: Sechs Millionen jüdische Opfer, zwanzig Millionen sowjetische, sechs Millionen polnische, verschleppt, vergast, erschossen, ermordet, verschwunden. Wo waren die Worte, die das Grauen der Gequälten hätten nahe bringen können? Das, was niemals hätte geschehen dürfen, wie Hannah Arendt es nannte, war nicht vom Himmel gefallen. Wo war Gott, als es geschah? Wie sah Gottes Verteidigung aus?

Leiden als Strafe, das war verstehbar: Wer Böses tat, sollte büßen. Daran ließen die Religionen keinen Zweifel. Schmerzen als Glaubensprüfung mit der Hoffnung auf Erlösung, die gingen auch noch durch. Clara hatte diese Hoffnung bei Onkel Luk gesehen. Nicht fromm im landläufigen Sinne, genoss der Onkel die Freuden des Alters, bis er Jahre im Krankenbett zu durchleiden hatte. Oma Regina betete mit ihm den Rosenkranz. Onkel Luk wäre nie auf den Gedanken gekommen, an Gott zu zweifeln, nicht ein einziges Mal in den Tagen und Nächten seiner Schmerzen. Mit dem Pfarrer scherzte er, wenn der ermahnen wollte. Petrus werde ihn schon reinlassen, der habe sich ja selbst danebenbenommen. Ein Lächeln lag auf dem vom Leiden gezeichneten Gesicht. Der Übergang ins Unsichtbare war ihm ein Morgen des Erwachens.

»Wäre im Leben alles nur gut, könnte uns die Frage nach Gott egal sein. Wichtig wird sie, wenn wir das Leiden nicht einordnen können, den Sinn nicht verstehen.« Das waren seine Worte, als Clara vor ihm saß und die Tränen in Ohnmacht erstickte.

Letztendlich blieb die alles wendende Frage: Warum ließ Gott das Absurde, das ganz und gar Sinnlose mit seiner Schöpfung geschehen? Ein Gott, der gerecht sein sollte und nichts unternahm, wenn Unschuldige vernichtet wurden, obgleich er es könnte? Der mit ansah oder wegsah, wie Millionen Qualen litten, die nicht im Entferntesten als Strafe für Schuld zu sehen waren? Das war es, was der alte Mann im Bunker und das Kind gefühlt hatten: Wo war Gott, der die Hoffnung ins Leere laufen ließ?

Religionen begnügten sich mit Vertröstungen: dem Beten für die Opfer, dem Vergeben und Verzeihen, den guten Taten; damit, dass Gott die Gerechtigkeit in der Endzeit zurechtbiegen würde. Viele Gedanken verwendeten Gelehrte aller Zeiten darauf, den Zorn Gottes in Gnade, Liebe und Heil zu verwandeln. Vielleicht war sogar etwas dran an den Tröstlichkeiten. Wieso sollte ausgerechnet sie, Clara, die Antwort finden? Halte die Gottesfrage auf Abstand, redete sie sich ein. Es half nichts. Wenn Gott allmächtig und allwissend war, dann blieb das Böse an ihm kleben. War er dagegen nicht allmächtig, dann lohnte es nicht, an einen Schwächling zu glauben.

Bei Hans Jonas, dem jüdischen Philosophen, der über den Gottesbegriff nach Auschwitz nachgedacht hatte, lag die Verantwortung für das Böse bei den Menschen. Clara schätzte seine Stimme, die den Opfern der Shoah eine Antwort auf den Schrei zum stummen Gott zu geben gewagt hatte. Der Philosoph ließ Gott aus freien Stücken auf die Allmacht verzichten und sich wehrlos in die Hände der Menschen begeben. Er ordnete die Aufgabe, die Welt zu einem guten Ende zu führen, den Menschen zu.

Dass ein Gott, der die Freiheit gab, selbst zurückstecken musste, und der Mensch für ihn ein großes Wagnis war, leuchtete Clara ein. Aber dass dieser Gott auch bei den alleräußersten Verbrechen untätig blieb, das akzeptierte sie nicht. Sie erinnerte sich an die brasilianische Kirche, die durch Folter und Mord gegangen war und Gott das Unrecht vor die Füße gelegt hatte. Der hatte es den Menschen zurückgegeben. Sie lernten dort, dass Terror und tödliche Gewalt von Menschen verhindert und beseitigt werden mussten. Das Unrecht zeigte auf die Herrschenden, die wie die Opfer Christen waren. Es war möglich geworden, Diktaturen gewaltlos zu stürzen.

»Nein. Ich will die extreme Freiheit unter Menschen nicht«, sagte Clara in den Raum hinein, noch mit Hans Jonas' Antwort beschäftigt. »Dass Gott freie Menschen geschaffen hat, ist großartig. Wenn ich Gott wäre, ließe ich mich gern überraschen, so dass ich nicht wüsste, wie die Schöpfung ausgeht. Aber ich würde mir den Zugang zur menschlichen Freiheit nicht selbst verstopfen. Viel zu gefährlich, sage ich als Mensch, der die Freiheit über alles liebt.«

Risiko

Dumpfer Nebel hing in den Kronen der Alleenbäume, als Clara die Richtung zum Potsdamer Platz einschlug. Sie kam aus dem Jüdischen Museum, und ihre Trauer galt der vernichteten jüdischen Welt Berlins. Hatte gar nichts überlebt? Wenn es für diese Frage eine Stadt gab, dann war es Jerusalem: Jeru-Schalajim und Al Quds, die mit dem Frieden und dem Heiligen im Namen. Nirgendwo sonst stießen die Gottesbilder so dicht aufeinander, im Guten und Bösen.

Prompt erhoben Freunde warnende Stimmen. Was in aller Welt willst du dort, in einer Stadt voller Widersprüche? Willst du die Wege Jesu oder fünftausend Jahre Aschtar, Baal, Jahwe, Allah besichtigen, die dort ihre Lager aufgeschlagen haben? Jerusalem ist Legende und Tod. Die Juden haben keinen Tempel mehr. Die Christen sind heillos zerstritten. Und der Koran kennt Jerusalem nicht. Clara ließ sie reden, nur beim letzten Punkt horchte sie auf. Nahid und ihr Vater, befreundete Iraner, konnten ihn klären: »Islamische Gelehrte haben die Lücke wagemutig geschlossen. In der 17. Sure ist die Nachtreise des Propheten Muhammad von der heiligen Moschee zur ganz fernen erwähnt. Im Rankenwerk der Mythen ist Mekka die heilige und die al-Aqsa in Jerusalem die ferne Moschee. Die al-Aqsa stammt aus späterer Zeit, aber das bedeutet nichts. In Jerusalem geht der Traum der Realität voraus.«

Oje, dachte Clara. Bestand auch nur die kleinste Chance, die Fragen um Gott und Religionen in einer Stadt der Mythen zu entwirren? Je verwegener das Vorhaben schien, desto trotziger blieb sie dabei, in Jerusalem zu testen, ob ihr Glauben dort überleben konnte.

An einem Donnerstag im November 2013 landete sie in Tel Aviv, eine Woche vor dem Beginn des Lichterfestes Chanukka. Sie wohnte in der Dormitio der Benediktiner auf dem Zionsberg in Jerusalem. Die stilleren Tage standen an, der Freitag der Muslime und der Schabbat, Israels arbeitsfreier Tag. Vom Sonntag der Christen kündeten Glocken, ansonsten ging er im ersten Wochentag unter. Die kleine Schar der Christen sei unter Palästinensern und Flüchtlingen aus Nachbarstaaten und Afrika zu finden, meinte der Gastbruder.

Die Gassen in der muslimisch, jüdisch, christlich, armenisch eingeteilten Altstadt trieben Clara vor sich her. Der Zufall bestimmte den Weg, Augen spähten hinter Türen und suchten nach dem Aufstieg zu Dächern oder dem Abstieg in die Unterwelt. Die Nase zog es zu Gerüchen, die Ohren zu Geräuschen im Getümmel der vorüberwehenden Sprachen, und die Füße wichen Kindern aus, die in einer Häuserwelt aus Jahrtausenden mit Pappe und Feuer spielten. Männer hockten am Torbogen, Wasserpfeife rauchend, unendliche Muße in den Mienen. Andere eilten behände, durchschlängelten Lücken, die es im Menschengewirr nicht zu geben schien, in der Furcht, den jüngsten Tag zu verpassen.

Aus der Tiefe der Gassen ragte die Grabeskirche, die Clara nicht fand, als sie danach suchte, vor der sie plötzlich stand, als sie nicht suchte. Auferstehungskirche hieß sie in der Sprache der Orthodoxen. Alles hier hatte mehrere Namen. Der in Jahrhunderten aufgetürmte steinerne Hügel um das Grab Jesu trat nicht als Ganzes ins Bild, und die Frage, ob er sich außen oder innen verwinkelter ausnahm, war schwer zu beantworten.

Was Clara, in den 1980er Jahren in einer Gruppe trottend, empfunden hatte, erschloss sich ihr nicht mehr. Der damalige Reiseleiter, ein evangelischer Pastor, hatte die historischen Interessen bedient. Seine lutherische Kirche stand nebenan, weil die Reformation für die Aufteilung der Grabeskirche zu spät gekommen war. Kaiser Wilhelm II. ließ die Erlöserkirche zum Trost oder als Machterweis bauen. Dass man von deren Turm den besten Blick auf die Grabeskirche hatte, war eine Ironie der Geschichte.

Trauben von Menschen zwängten sich an diesem Morgen durch das Portal. Einer trug eine Matratze auf dem Rücken, ein zweiter schleppte sich hinterher. Sie hatten sich zur Nacht in der Kirche einschließen lassen. Im Kontrast zur Helligkeit draußen betrat Clara eine Höhle, die nur zögerlich Konturen freigab. Gläubige knieten vor einem Stein an der Stelle, wo Jesu Leichnam nach der Überlieferung für die Bestattung gesalbt worden war. Andere schoben sich auf der Wendeltreppe nach oben, unter ihnen Clara, die von der oberen Rampe aus die wogende Menschenmenge und das Raunen vieler Stimmen beobachtete. ›Rummelplatz der bunten Christenheit‹, ging es ihr durch den Kopf.

Sie folgte den Kapellen der östlichen und westlichen Riten, drückte sich vorbei an der Reihe derer, die den Felsen von Golgatha berührten. Ein Mönch gab ihr bereitwillig Auskunft: Die Räume und Gottesdienstzeiten seien den Riten zugeteilt nach Bedeutung und Größe; zu den Festen kämpfe jeder Ritus um die besten Zeiten. Nischen und Pfeiler boten Verstecke für Kinder. Eine Mutter hatte ihre liebe Mühe, den Spielplatz auszureden und die beleidigten Gesichter auf einer Bank zu platzieren. An der Stelle, wo das Grab Christi verehrt wurde, kapitulierte Clara vor Aufsehern, die zu unfrommer Eile mahnten. Wer zum Grab wollte, musste sich sputen.

Bei einem türkischen Kaffee versuchte sie, ihre Gefühle zu klären. Welche Tragödie, kleingeistige Engstirnigkeit, peinliche Ordnung eines ungeschriebenen Status quo, der regelte, wer das Sagen hatte und ebenso in Handgreiflichkeiten ausarten konnte. Dann wieder die hingebungsvoll Knienden, die inbrünstig Betenden. Die Grabeskirche legte die ganze zerrissene Christenheit offen.

Sie selbst wollte ihren Platz in den Gassen finden, wo die Sonne sich an den Dächern verfing. Wo die Zeiten sich auflösten. Verrückte Einfälle waren in der Vielfalt der

Herkünfte, Kulturen und Sprachen zu Hause. Hätte jemand den leibhaftigen Nathan den Weisen vorgestellt, sie wäre nicht verwundert gewesen.

Clara brauchte sechs Tage, ehe sie sich einen Besuch der Gedenkstätte Yad Vashem zutraute. Die Anlage im Jerusalemer Forst bewahrte die Hypothek des deutschen Erbes. Hier erforschten sie mit internationaler Beteiligung das Unverstehbare, gaben den Opfern Namen und den Schicksalen Lebensläufe. Erst am Herzlberg, wo es ins Tal ging, beruhigte sich das zaghafte Herz. Es war der 27. November 2013.

Sie zwang sich, die brüllende Propaganda der Nazis anzuhören, die Bilder über die Untaten der Deutschen auszuhalten. Auf einem Großfoto mit Nazigrößen, die Arme gereckt zum Hitlergruß, sah sie Kirchenvertreter in Soutanen. In alle Lebensbereiche waren sie eingebrochen. Eine Armee von Befehlsempfängern, Verbrechern, Denunzianten und Beamten hatte ihnen gedient. Mitmacher, Sprachlose, Weggucker standen dabei oder tauchten hinter Straßenecken und Fassaden ab. Hermann Göring, Leiter der Judenvernichtung, hatte 1938 großmäulig verkündet: Ich möchte kein Jude in Deutschland sein! Wollten sie alle nichts gehört und bemerkt haben?

Die Registrierung von Goldzähnen, Haaren, Transportzügen, die Beschaffung von Gas und Spritzen, verlogene Todesursachen wiesen die Deutschen aus als Monster in der Abwicklung einer industriellen Vernichtung mit Recycling und akkurater Buchführung. Die grölenden Parolen trafen Clara brutaler als in Berlin. Schwankend fiel sie gegen eine Wand, rutschte ab, trank aus der Wasserflasche. Dann packte sie allen Mut zusammen und blickte in die Gesichter aus der Generation der Kinder und Enkel unter den Besuchern. Die meisten erstarrten, andere ertrugen die Bilder nicht.

Wäre doch alles nicht wahr. Doch es war geschehen. Es gab das Grauen in hunderten von Ghettos in Estland,

Litauen, Polen, Weißrussland, Russland, Rumänien, Griechenland; es gab Partisanen in den Verstecken, denen niemand half. Und auch die Welt, die alle verrecken ließ. Noch als die Nazis alle Spuren vernichten wollten, starb mit den aneinandergeketteten Schatten die letzte Hoffnung an Schüssen und Hunger in den Todesmärschen. Todgeweihte erloschen im Moment der langersehnten Befreiung. Skelette und Kranke erlebten sie als Wiedergeburt.

Im freien Gelände atmete Clara eine Luft, die gnädig umwebte. Ein Kaffee, ein Stück Brot in einer Cafeteria abseits des Besucherstroms halfen gegen das verwundete Herz, das nach Worten rang.

Am schlimmsten packte es mich in der Kindergedenkstätte. Ich trat durch das abschüssige, nackte Rund in ein gespiegeltes Universum mit Millionen und Abermillionen Sternen. Auf schwankendem Boden desorientiert, suchten Füße und Blicke nach Halt.

Zuerst aus fernster Unendlichkeit, dann deutlicher dringen die Namen der ermordeten Kinder ins Ohr. Eingefroren in der dunklen Sternenwelt, höre ich hin, lange, sehr lange, höre auf die monotone Stimme, verschmelze mit der endlosen Reihe der Namen.

»Clara, Germany, five years old.«

Clara? Der Boden sinkt in das Elend eines Massengrabs. Ich bin unter den toten Kindern, zwei, fünf, sechs Jahre alt. In diese Zeit meines Lebens tropft die Stimme. Und in siebzig geraubte Jahre.

Draußen finde ich den Boden wieder. Die ausgelöschten Tränen können fließen. Ich weine, weil ich traurig bin. Weil ich die Shoah aus dem Herzen verdrängte wie die Generation vor mir. Sie holt mich ein. Das Vergessen schleicht sich nicht aus dem Leben, wenn wir Orte und Gespräche meiden und anderen die Schuld zuschieben. Damals war ich ein Kind. Aber Hass und Gewalt flammen neu auf. Ich sehe halb hin und halb weg, wenn Menschen im Feuer sterben, Feindseligkeiten gegen Fremde und Andersdenkende wachsen. Dass ich nichts tue, das habe ich mir vorzuwerfen.

Ziellos folgte Clara den Wegen, die ins Tal des Friedens führten, las die Namen der Gerechten, von denen viele als Verräter gegolten hatten. Namen von überall her, der Nachwelt geschenkt. Lange saß sie auf einem Stein vornübergebeugt, in einer nie gefühlten Traurigkeit. Sie ließ dem Schmerz seinen Raum. Ein Wind strich durch die Baumkronen, als flüstere er Gedanken zu.

Wieso waren ihr auf den Großformaten, abgesehen von fragwürdigen Soutanen, keine Christen aufgefallen? Nazideutschland war voll davon. Hatte der Blick auf die Opfer ausgeblendet, dass unter den Tätern viele Getaufte waren? Gab es weltweit ein Mahnmal, das den Anteil der Christen an Massengräbern darstellte? Clara arbeitete sich langsam zum ehrlicheren Blick durch. Die Erblast der Kirchengeschichte ging sie ebenso an wie die der politischen Geschichte. Und auch mit jener musste sie leben.

Bleischwer fiel auf die Seele, dass ausgerechnet der deutsche Papst Traditionalisten gestattet hatte, ein Stück weit zur antijüdischen Karfreitagsbitte zurückzukehren. Vierzig Jahre nach dem Konzil, das jede Bekehrungsabsicht gegenüber dem Judentum abgewiesen hatte, erlaubte er wieder, für die Bekehrung der Juden zu beten und ließ auf diese Weise tief sitzende Vorurteile aufleben: auf dass Gott ihre Herzen erleuchte, damit sie Jesus Christus erkennen, den Retter aller Menschen. Es kam noch schlimmer, als der Papst einen Leugner der Shoah, Richard Williamson von der Pius-Bruderschaft, rehabilitierte. Der feinsinnige Theologe Joseph Ratzinger schien unfähig zu sein, die Mitschuld seiner Kirche an der antisemitischen Tradition einzugestehen. Für ihn gab es keinen Bruch in der Tradition. Doch der Papst irrte. Völkermord war ein Bruch, und danach musste es einen Neuanfang geben.

Und dann stolperte Clara über ihre eigenen Worte: »Schon wieder suchst du die Schuld bei anderen. Noch immer fühlst du dich als Opfer einer Kirche, die Fehler nicht zugeben will. Wo ist die Einsicht ins eigene Versagen? Gegen keine einzige Erklärung aus dem Vatikan bist du aufgestanden. Auch nach 1984 nicht, als die Theologie der Befreiung in Lateinamerika abgekanzelt wurde. Du kanntest Dom Helder, der überall gegen Unrecht kämpfte. Immer verstecktest du dich als meckerndes Schaf in der Herde. Deine Trauer um die Opfer ist Lüge, trauere um deine Feigheit und Untätigkeit!«

Eine übervolle Schienenbahn brachte sie zurück ins dämmernde Jerusalem. Im jüdischen Viertel der Altstadt feierten sie den Beginn des Chanukka-Festes. Es gedachte der Wiedereinweihung des Tempels durch Judas Makkabäus im zweiten vorchristlichen Jahrhundert. Bewohner schmückten Häuser und Treppen mit achtarmigen Leuchtern. Mit dem neunten Halter, dem Schamasch, wurden die Lichter angezündet, an diesem Tag ein Licht, jeden Tag kam ein weiteres dazu. Lieder beschwingten die Luft, Kinder bestaunten die Musiker. Clara hätte die Kinderherzen am liebsten in die Arme genommen und gerufen: Die Nazis haben nicht gesiegt, nein, sie ... Dann sank der Boden unter ihr weg.

Als sie die Augen aufschlug, lehnte sie an einer Mauer. Jemand hielt eine Flasche und sagte ›drink, drink‹. Sie nahm einen Schluck und blickte in aufgerissene Augenpaare. Vorsichtig stützte sie sich ab und erhob sich, etwas murmelnd, das heißen sollte: Alle Knochen heil. Die Umstehenden lächelten zufrieden.

Am nächsten Morgen zwang sie sich, die Sonne ins Gemüt zu lassen. Sie breitete Reiseführer und Stadtplan vor sich aus. Der mit den Sinnen spielende Zauber der ersten Woche verlor sich in Zahlen und Routen. Tore und Plätze bekamen Namen. Gegen das Chaos im Hirn kamen sie jedoch nicht an. Sie brauchte einen Menschen. Der Gastbruder der Dormitio vermittelte Deborah. Die Jüdin lehrte Religionswissenschaften, kannte sich in den drei Religionen aus und bot ein paar freie Tage an.

Torbögen aus den osmanischen Zeiten der Sultane erzählten jetzt Geschichten über al Quds, das arabische Jerusalem. Archäologen förderten zutage, was Juden, christliche Kreuzfahrer, Römer und Osmanen gebaut und zerstört hatten. Deborah schenkte Clara ein neues Sehen und Hören und nahm ihr jede Scheu vor unbekannten Orten und fremden Gewohnheiten. Um die Altstadt herum weitete sich Jerusalem zu einer wachsenden Millionenstadt der Vielfalt. Die Falafel schmeckte besser, seit sie wusste, wo sie gut zubereitet wurde. Sie ging zum Schabbat in die Synagoge, fing hebräische Worte auf, bändelte mit arabischen Verkäufern an, suchte Blicke und Lachen. Sie ließ sich umringen von Kindern und fragte sich, wie die Menschen die Spannung aushielten, die überall in der Luft lag.

»Was ist mit den Schüssen aus heiterem Himmel?«, fragte Clara.

»Sie können von Hochzeiten, Anschlägen oder Kämpfen kommen. Die ungewisse Zukunft mit der lauernden Gefahr lastet auf uns. Wir können nicht bequem vor uns hin leben.«

Dass Clara sich dennoch sicher fühlte, hätte verwundern können. Aber die Normalität schien eine Gelassenheit abzugeben, die so leicht nicht aus dem Tritt kam. Über eine Schießerei am Damaskustor regte sich niemand auf. Gehörte die Aufwallung von Gewalt ebenso zum Alltag wie Licht, Schönheit und Wachsamkeit? Ihr fiel auf, dass die Leute in einer Weise aneinander vorbeiliefen, wie sie es in keiner anderen Stadt erlebt hatte. Kamen das Jerusalem der Konfrontation und das der Begegnung auf dichtem Raum nur so miteinander aus? Oder war der Frieden trügerisch?

Es war Freitagabend. Der Feiertag der Muslime ging zu Ende, der jüdische Schabbat begann. Als die Sonne sich zum Abtauchen anschickte, ging Clara zu einer der sefardischen Synagogen in der Altstadt. Wenige Frauen saßen auf der Empore und entfernten sich, so dass Clara dachte, sie hätte die falsche Uhrzeit erwischt. Aber auch aus der nächsten strömte eine festliche Schar ins Freie, obgleich es kaum zu dämmern begann. Sie suchte den Himmel vergeblich nach den drei Sternen ab, die Anfang und Ende des Schabbat markierten. Ratlos folgte sie einer Gruppe eilender Menschen, die ein Ziel zu haben schienen. Ungläubig sah sie einen nach dem anderen in Häusern verschwinden. Den letzten hechelte sie hinterher, bis auch die sich in Luft auflösten.

»Hier dürfen Sie nicht hinein«, sagte jemand.

Sie wurde an die Sicherheitssperre zur Klagemauer verwiesen, wo eine Hand sie ohne jede Kontrolle durchwinkte. Verwundert blickte sie zurück. Doch alles schien in Ordnung zu sein. Etwas Feierliches lag zwischen Himmel und Erde. Auf der Höhe des Haram al-Sharif, zu dem an Freitagen nur Muslime Zugang hatten, ließ die Dämmerung gemessene Bewegung erkennen. Die Westmauer am Fuße des Tempelbergs, wie Juden und Christen den Hügel nannten, stand allen offen.

Clara hatte ein Versprechen einzulösen. Den gefalteten Zettel einer georgischen Freundin legte sie in einen Mauerspalt und verharrte eine Weile des Gedenkens neben den Frauen mit dem Blick zur Klagemauer. Niemand kehrte Gott den Rücken zu, und so tat sie es denen nach, die sich ehrfürchtig rückwärts wegbewegten. Statt wie diese heimzugehen, blieb sie auf dem Vorplatz stehen, als sei es ein Sakrileg, die Majestät des Ortes zu verlassen. In diesem Augenblick begann der Muezzin von der al-Aqsa Moschee sein Gebet.

Sein *Allaahu Akbar ilaha illa'llah* schwang in Claras Hören. Allah ist groß. Es gibt keinen Gott außer Gott. So empfing sie die Rufe der Lüfte, ohne die Laute zu verstehen. Die Rufe weiteten den Raum vor der Klagemauer und hüllten die Stadt in ein klingendes Gotteslob. Vereint mit dem Himmel brachten sie die Erde zum Schwingen. Clara hörte, schmeckte, fühlte nichts als das tanzende, schwingende Allaaaahilla 'llah des nicht enden wollenden Lobgesangs.

Ihre Aufmerksamkeit wendete sich den betenden, wippenden und singenden Juden zu, die auf der Männerseite der Mauer den Beginn des Schabbat zelebrierten, allein zur Mauer gewandt und in kleinen Gruppen um die Torah geschart. Sie feierten die Einzigkeit Gottes: Höre Israel, der Ewige ist unser Gott, der Ewige ist eins. Auf dem Vorplatz sangen und tanzten junge Männer in der Runde, als wollten sie es dem auf sie herabregnenden Muezzin gleichtun.

Wieder schwang das Gotteslob, vielstimmiger, ausklingender von oben, wogender von unten, als wisse die Welt um die Harmonie der Schöpfung, die zusammenfloss im Lob des Einen Höchsten. Ein einziger Lobpreis sang im Chor der Gebete und Melodien. Über der unversöhnten Verschiedenheit schwebte die versöhnte Vielfarbigkeit, in der aller Streit um die Wahrheit sinnlos wurde. Jerusalem war der unübertroffene Ort des Dialogs von Gott und Mensch.

Zwei weiße Tauben hockten über dem Spalt, wo der Zettel der georgischen Freundin steckte. Clara nahm ein Foto mit den Friedenstauben auf. Wenig später stellte sie fest, dass das Foto eine graue Taube zwischen groben Steinen zeigte. Hatte sie geträumt? Was real schien, war es surreal gewesen? Irritiert wanderte sie an der Stadtmauer zum Zion zurück. Auf dem halbdunklen Weg verwandelte sich ein inneres Erlebnis in eine große Verwirrung.

Am letzten gemeinsamen Tag, einem Montag, saßen Deborah und Clara am Batei-Mahseh Platz im jüdischen Viertel der Altstadt. Im gegenüberliegenden Rothschildhaus war eine Schule untergebracht. Sie beobachteten die Halbwüchsigen in ihren adretten Schuluniformen, die auf dem Platz spielten. Clara stand noch unter dem Eindruck ihres Erlebnisses am Tempelberg und fragte Deborah, nach Worten tastend, ob sie einer Magie verfallen war, als sie zwei Tauben sah und sich eins fühlte mit dem vielstimmigen Gotteslob.

Ihre Begleiterin schaute nachdenklich, ohne den Kopf zu wenden. »Die Mauer weckt so viele Empfindungen, wie es Menschen gibt, und jede hat ihr Recht.« Sie erzählte von Shmuel Rabinowitz, dem Rabbiner der Klagemauer: »Für ihn ist die Mauer des zweiten jüdischen Tempels die größte Synagoge der Welt. Keine weltliche Art könne die Verbindung zu diesen Steinen beschreiben. Sie sei eine geistige, aber nicht weniger reale. Du hast zwei weiße Tauben gesehen, egal was das Foto zeigt. Das helle Licht taucht die Steine in leuchtendes Weiß. Und das Weiß hat etwas Überirdisches. Man muss nicht gläubig sein, um es zu empfinden.«

Clara schwieg, und Dankbarkeit schwang in diesem Schweigen mit.

Eine Glocke rief, und die Schulbuben betraten in Reih und Glied das Gebäude. Deborah und Clara mischten sich einen Steinwurf weiter unter das bunte Treiben vor einer Ladenzeile und ließen sich an einem Stand mit frischem Granatapfelsaft nieder.

»Ich bin katholisch getauft, war aber nicht gläubig«, sagte Deborah. »Ich wusste, was ich wollte, und brauchte weder Glauben noch Überirdisches. Es war einfach, weil unsere letzten Fragen doch an einen leeren Himmel gehen. Aber ich blieb wissensdurstig. Die Philosophie brachte mich über eine kurze, leidenschaftliche Liebe zum Judentum. Der Hochmut im Christentum hat mich erschreckt. Ich wurde Jüdin. Seitdem lebe ich in Jerusalem, lehre und studiere. Die Wissenschaften über die Religionen erschöpfen sich nicht. Was mich am Judentum überzeugt, ist das Versprechen des Einen Gottes an sein Volk.

Und die Treue des so oft verfolgten Volkes, das in Israel eine Heimat gefunden hat. Leider eine bedrohte.«

»Hast du Angst?«, fragte Clara.

»Wie meinst du das?«

»Wegen der Gefahren, die von Religionen ausgehen, wenn sie fanatisch werden. Du bist ja umgeben davon.«

»Angst kommt von Enge. Sie ist eine schlechte Ratgeberin. Es ist nicht leicht, in einem Land zu leben, das von Staaten umgeben ist, die es vernichten wollen. Iran, das lautstärkste und vielleicht mächtigste, reicht über die Hisbollah und Syrien bis an unsere Grenzen. Unser Land ist Spielball internationaler Interessen und will doch nur einen sicheren Platz. Die palästinensische Bevölkerung leidet ebenso, sie will Freiheit und denkt, wir würden ihnen die Freiheit streitig machen. Ihnen und uns haben die Großmächte vor Jahrzehnten einen Raum zum Leben zugesagt, leider für das gleiche Fleckchen Landkarte. Es sind gebrochene Versprechen. Der politische Dauerkonflikt ist mit Religion aufgeladen. Nationalreligiöse Wahrheitsfanatiker stehen sich feindselig gegenüber.«

»Deborah, hast du Hoffnung?«

»Ohne Hoffnung könnte ich nicht leben und arbeiten«, sagte Deborah. »Vieles geschieht. Bei den Kindern und Jugendlichen können wir anfangen. Gutes wächst leise, unbeachtet. Mit Rückschlägen. Menschen verschiedenen Glaubens reden miteinander. Leider schreit der Hass sehr viel lauter in diesem Gemisch aus Geschichte, Politik und Religionen. Bei uns vermengt sich alles. Jedes Gebäude zeigt es, nebeneinander und ineinander geschachtelt auf engstem Raum.«

Clara sah das Gemisch aus Steinen, das sie umgab.

»Auch die Grabeskirche ist ein Beispiel. Alle meinen, dort seien die Christen mit ihrem Streit unter sich. Sind sie nicht! Auch Muslime verehren Jesus als großen Propheten und Maria als Heilige. Das Grab passt eher nicht«, lachte sie. »Oder denk' an den Tempelberg, den Haram al-Sharif mit den drei Schichten: den jüdischen Tempel unter der Erde, die islamische Oberfläche und den Himmel, den alle haben wollen. Wer kann das voneinander trennen?«

»Und trotzdem setzt du auf Hoffnung?«, zweifelte Clara. »Die Religionen sind doch Narrenhäuser, die sich mit Symbolen und Mythen geradezu anbieten, missbraucht zu werden. Wer andere vernichten will, findet immer eine Andersartigkeit, die ihm gegen den Strich geht. Und da ist kein Gott, der widerspricht.«

»Ja, trotzdem hoffe ich. Jerusalem kennt keine Lösungen für die Ewigkeit. Eine Religion, die andere akzeptiert, weiß doch auch, dass sie sich irren kann und andere vielleicht richtiger liegen. Ich glaube an ein Grundraster im Menschen, das vor dem Äußersten zurückschreckt und sich irgendwann besinnt. Alle drei haben ihre namensgleichen Propheten; die wären doch eine Brücke. Vielleicht entdeckt unser Jahrhundert das Gemeinsame. Oder sogar die Versöhnung. Hat der Lauf der Geschichte nicht schon oft überrascht?«

»Und Gott, zu dem alle rufen? Und das Böse?«, beharrte Clara.

»Gott? Für die jüdische Tradition ist er unberechenbar. Warum sollte Gott nicht böse mit uns sein dürfen, und wir mit Gott? Wir hätten gern einen, zu dem wir gehen können, wenn's uns dreckig geht. Aber Gott nimmt uns nicht ab, was wir selbst tun können. Wir suchen ihn mit Herz und Verstand, zu greifen ist er nicht. Die Hände müssen frei sein, die brauchen wir für die Erde. So sehe ich das.«

Clara wusste nicht, ob sie lachen oder weinen sollte.

»Okay, wie kann es anders sein, Glauben ist hart. Jeshajahu Leibowitz, ein 1994 verstorbener streitbarer Denker des Judentums, hat es auf den Punkt gebracht: Absichtslose Verehrung Gottes ohne Namen und Bild, Glauben als Schriftlesung und Lebenshaltung.«

Sie schwiegen und beobachteten das Treiben auf der Treppe vor den Läden und dem Restaurant.

»Im Grunde ist es einfach, Clara. Liebe den Nächsten, den Fremden, sagen die Christen und die Muslime. Die Weisung ist jüdischen Ursprungs und verlangt uns einiges ab. Aber ich finde, sie reicht aus für eine Welt, die das Gute dem Bösen vorzieht.«

»Du meinst, in den Religionen finden wir die vielen Geschichten über das Böse, damit wir wissen, wie wichtig es ist, sich auf die Seite des Guten zu schlagen?«

»Ja, Clara, darauf setze ich. Dreiunddreißig Mal erwähnt die Torah die Liebe zu Fremden, wusstest du das? Die Muslime beten täglich zu Gott, dem Erbarmer und Barmherzigen. Christen kennen die Nächstenliebe. Du fragst, wie Gott zum Bösen steht? Lies nach, du wirst sehen, es gefällt ihm nicht. Die egoistische Selbstlosigkeit im Dienst für eine bessere Welt könnte ihm gefallen.«

»Selbstlosigkeit und Egoismus in einem Atemzug?«

»Warum nicht? So erkläre ich den Studierenden Selbstliebe und Fremdenliebe. Dem Fremden, dem Anderen gebührt das, was unser Ego sich selbst wünscht. Er ist kein lästiger Almosenempfänger, sondern ein Willkommener. Die jungen Leute hören zu und verstehen.« Über Deborahs Gesicht ging eine feine Ironie. »Ich bleibe am Alltagsleben dran, jedenfalls näher als mit Formeln selbstloser Nächstenliebe, die über die Herzen hinweg rauschen. Die Menschheit braucht nicht nur Überflieger. Sie braucht die vielen Mittelmäßigen, die sich ein bisschen Mühe geben.«

Clara nickte ein stummes Ja.

»Es ist nicht egal, was wir mit dem Leben anfangen, findest du nicht, Clara? Und es ist für die Welt nicht egal, wie wir entscheiden. Ich versuche zu zeigen, wie wichtig es ist, mit sich im Reinen zu sein. Und mit den anderen. Wir sind füreinander die anderen. Ich sage Anderenliebe, dann wissen meine Studenten, dass sie selbst und die gemeint sind, denen sie auf dem Heimweg begegnen.«

»Was ist das Gute?«, fragte Clara.

»Was ist Wahrheit? Was ist das Gute? Und was das Böse? Ich weiß es nicht. Wir finden es für unsere Zeit nur gemeinsam heraus.«

Deborahs Miene heiterte sich ohne erkennbaren Grund auf: »Meine Wohnung ist klein, das Ballern der Schüsse findet trotzdem hinein. Bei uns bedeutet das Grollen in der Luft nicht, dass es regnet, sondern dass Raketen fallen. Aber es gibt auch die andere Seite. Gehe ich vor die Tür, dann blühen prächtige Rosen vor strahlend weißen Häusern. Das sind die Extreme. Ich liebe diese Stadt und ihre mutigen Menschen.« Beide Hände umfassten das randgefüllte Glas mit dem blutroten Saft. »Wir haben alles in Überfülle, ein verwirrendes Leben. Die Arbeit, die Gespräche helfen mir, besser durchzublicken. Kennst du das jüdische Eingedenken?«

»Nie davon gehört.«

»Es ist unser Erinnern an die Opfer, auch die auf palästinensischer Seite. Wir gedenken, um nicht zu vergessen, und damit wir Chancen, die sich bieten, nicht übersehen. Ich kenne niemand, der den Frieden nicht will, nur wollen sie alle einen anderen.«

In das Schweigen platzte ein kleines Mädchen, zog das Trinkröhrchen blitzschnell aus Claras Glas und rannte zur Treppe zurück, wo es mit der Beute zu tanzen begann. Das Glas fiel scheppernd zu Boden, und der Besitzer eilte mit einem Besen herbei. Deborahs Hebräisch klang nach »kann passieren«. Clara imitierte den Übermut des Mädchens mit »Scherben bringen Glück«.

Sie schlängelten sich durch das Treiben an den Synagogen vorbei und nahmen den Weg an der Südmauer zur Zionkirche.

Clara blieb stehen. »Zeigst du mir die Rosen?« Und, als Deborah zögerte: »Die in deinem Viertel, die nach Hoffnung schmecken.«

Deborah überlegte kurz und sagte: »Gut, gehen wir durch das Hinnomtal und am Hang hoch.« Sie zeigte auf die Windmühle, die Jerusalem dem Philanthropen Moses

Montefiore verdankte. Im Stadtteil Jemin Moshe hielten sie vor einem üppigen Busch roter Rosen an. »Sie blühen immer«, sagte Deborah. »Ich bin verliebt in den Duft und höre die Nachtigall singen. Im Dezember nehmen sie sich bescheiden zurück, aber sie sind da.«

Als Clara respektvolle Blicke auf das Haus richtete, lachte Deborah. »Nein, hier wohne ich nicht.«

Sie umarmten sich. »Jerusalem wartet auf dich«, sagte Deborah.

Clara winkte ihr nach, bis die Häuser sie den Blicken entzogen. Ihre Augen ruhten auf den Rosen in Rot, Weiß und Gelb. Nie hatte sie im Winter so viele blühen sehen. Sie brach eine aufgehende Knospe und wandte sich zum Gehen. Das Abendlicht, das den Zionsberg beschien, war nie so makellos leuchtend gewesen.

In das Land, das ich dir zeigen werde

Am nächsten Morgen hüllte eine Wolkendecke den Zion ein, Nieselregen kühlte die Haut. Die Mönche luden zum Gottesdienst ein. Juden, Christen, Muslime, Glaubende und Nichtglaubende waren willkommen. Clara ließ sich tragen von den Chorälen. Ein Mönch las aus dem hebräischen Testament, und es war zu spüren, wie bewusst er jedes Wort sprach, damit es in die Gegenwart treten konnte. Da war ein wütender Gott, der das Volk wegen seiner Untaten anklagte. Er ließ jedoch mit sich verhandeln und öffnete seine Ohren für die Not des Volkes, das sein Vertrauen auf ihn setzte.

Die Mönche lebten im Wissen um diesen Ort, der politisch im Niemandsland zwischen Israelis und Palästinensern lag. Zion war der Mythos des Berges, auf dem der Gott des alten Israel wohnte. Der Gottesdienst atmete im Grenzland von Gott und Mensch. Hier blieb das Böse, das Gottes Zorn hervorrief, nicht außen vor. Eine Ordenstradition von Jahrhunderten wusste um die schlimmen Anteile im menschlichen Herzen, aber auch um die Kraft des göttlichen Verzeihens. Selig die Barmherzigen, die Frieden stiften. Es war nicht allein die Stimmung des Ortes, in der ein starker Geist übersprang. Hier wurde eine Religion lebendig, die ansteckte, aber auch einforderte, etwas für die Welt zu tun.

»Das habe ich gesucht. Die Schönheit in den Religionen. Den Glauben, der die Erde zum Leuchten bringt.« Clara stand am Hang, wo sie die Sonnenstrahlen einfing, die durch die Wolken fielen und die Rosen jenseits des Hanges mit Küssen überhäuften.

Mehr als sieben Jahrzehnte lang gehörte sie zu einer Kirche, mit der sie gehadert, die sie gehasst und geliebt hatte. Siebzig Jahre waren lang genug, um zu wissen, dass nicht alles gut und nicht alles schlecht war. Alles Gelebte, Gedachte, Gefühlte hatte sich miteinander verwoben, war mit eigenen Anteilen verwachsen. Die Lehrsätze waren der Stoff, an dem sie sich gerieben hatte. Jetzt suchte sie das nicht verordnete Göttliche und stand im Freien, ohne zu ahnen, ob sich eines Tages eine Tür öffnen würde.

»So sieht das gebrochene Verhältnis einer Herumstreunenden zur Kirche aus«, sagte sie ins Ungefähre hinein. »Ins Herz eines Glaubens zu finden, ist harte Arbeit.«

Der Abend wurde lang. Claras Sinne weilten bei den Rosen, die nach Deborahs und nun auch nach ihrer Hoffnung dufteten. Dann schrieb sie nieder, was sie aus Jerusalem mitnehmen wollte.

Jerusalem, 10. Dezember 2013
Ausgerechnet in dieser streitbaren Stadt Jerusalem ist mir klar geworden, dass die Religionen nicht in die Kiste der Utopien gehören. Sie mühen sich, Gott auf der Spur zu bleiben, und die Welt braucht Gott. Klingt kurios, ist es aber nicht. In der verwirrenden Vielfalt tauchen die ungelösten Rätsel auf, die das menschliche Hirn übersteigen. Die Kirche hat mir reichlich Gelegenheit gegeben, mich an ihr abzuwetzen. Ich brauchte die Reibung als Anstoß, konnte annehmen oder verwerfen. Und ich brauchte sie, um Gott zu suchen oder von ihm gesucht zu werden, wer weiß das schon. Viele finden ihre Sinndeutungen anderswo. Was macht den Menschen aus? Was ist das Ziel dieses verrückten Lebens? Wo finden wir das Glück?

Die katholische Kirche ist ganz schön verwirrt, seitdem der deutsche Papst zurückgetreten ist. Das allein war eine Sensation in dieser so wenige Neuigkeiten bietenden Institution. Ich habe meine Freude an dem, was Papst Franziskus macht, der Argentinier Jorge Mario Bergoglio aus der Weltstadt Buenos Aires mit dem Gegensatz von Arm und Reich. Einer »fast vom Ende der Welt«, wie er nach einem schlichten »Buona sera« nach seiner Wahl im März zur Menge auf dem Petersplatz sagte, als nur ein Häuflein mit den Fahnen seines Landes wusste, wer er war. Er setzt Zeichen, die gestandene Kardinäle der römischen Kurie in Schrecken versetzen. Sie wollten den neuen Papst, wie sie es mit allen machten, in seinen Gemächern abschotten und ihm das Lateinamerikanische austreiben. Aber er lässt sich nicht einsperren und redet frei heraus.

Meine brasilianischen Freunde sind voller Hoffnung. Sie lieben das Lateinamerikanische an ihm. Der marschiert los, liebt die Armen, geht zu ihnen, lebt das Konzil, hat mit seiner ersten Reise zum Weltjugendtag an der Copacabana in Rio de Janeiro die Herzen gewonnen. Und Fatima webt an ihrem verwegenen Wunsch, dass ihr Kontinent die Westkirche in eine Weltkirche verwandelt. Ich will wissen, wie es weitergeht; das verbindet mich mit den Hoffenden.

Franziskus verhält sich wie Frau Schmitz und Herr Müller, fährt kleine Autos und Bus, trägt die alte Ledertasche, fühlt sich unter den einfachen Leuten wohl. So würde Jesus es heute tun. Und was geschieht? Die Eminenzen begreifen nichts, und die Welt staunt über den normalen Menschen im Vatikan. Das schafft Feinde. So was wie er tut ein Stellvertreter des Allerhöchsten nicht. Gott ist nicht katholisch, soll er gesagt haben. Gott sei Dank, sage ich, der Satz wirkt, auch wenn er ihn so nicht gesagt hat. Ich setze darauf, dass er sich nicht vom Kurs abbringen lässt.

Hat der Lauf der Geschichte nicht schon oft überrascht, fragte Deborah und meinte den politischen Nahostkonflikt. Mit Papst Franziskus hat die Kirchengeschichte überrascht. Er bringt die Kirche vom Rand in die Zentrale und wird sich hüten, uralte Dogmen auf den Kopf zu stellen. Aber er weiß mit den Freiheiten des Evangeliums klug umzugehen und wird der Welt gut tun. Wenn die Menschen ihn mittragen, kann sich Neues entwickeln. Denke ich dagegen an die Gegner, wird mir bange. Wie panisch reagieren mächtige alte Männer, wenn sie sich in die Enge getrieben sehen?

Der Morgen der Abreise brachte eine Überraschung. Das Jerusalem der weißen Steine war über Nacht noch weißer geworden. Unglaubliche Mengen an Schnee waren in wenigen Stunden gefallen. Clara freute sich mit den anderen und ließ sich die Freude auch dann nicht nehmen, als sie erfuhr, dass weder Shuttle Bus noch Taxis bereit waren, zum Flughafen nach Tel Aviv zu fahren. Der Gastbruder kannte sich mit den Tücken der Schneewinter in Jerusalem aus, blieb gelassen und buchte für sie um.

Mit anderen bestaunte sie die Wunder der eingeschneiten Tropenpalmen, bewunderte die Ruhe, mit der quer liegende Sommerautos an die Seite geschoben wurden, ließ sich verführen von fröhlichen Gesichtern und unaufgeregter Geduld. Auf die Dezemberrosen rieselte der Schnee. Als der Himmel aufklarte, streifte die Kuppel des Felsendoms ihre weiße Haube ab und begrüßte die Sonnenstrahlen, die ihr den goldenen Glanz zurückgaben.

Am Nachmittag entschied Clara sich für einen Abstecher zum Österreichischen Hospiz an der Via Dolorosa, einem christlichen Pilgerhaus aus dem 19. Jahrhundert mit einer bewegten Geschichte. Doch um die ging es nicht. Es lockte die Dachterrasse, die einen Ausblick bot bis nach Bethlehem und in die judäische Berglandschaft. Zu Füßen lagen die Altstadt der vielen Sehnsüchte und die Großstadt mit Ost und West. Die israelische Mauer am Horizont machte es schwer, darauf zu hoffen, dass alle glücklich zusammenkamen, wie es Davids Psalm besang. Obgleich die uralten Schichten zu sprechen schienen, wussten die Archäologen wenig über die Steine aus Jahrtausenden. Sie ergingen sich in Rätseln, Lehrmeinungen und Spekulationen, nicht anders als die Religionen, die daraus die Erzählungen über die Fußspuren Gottes webten. In den Gassen sah Clara die Glaubenswege, die den Seelen entsprangen und nicht den Lehren der strengen Wächter der Gebote und Verbote.

Musste sie nach Jerusalem kommen, um das vielfarbige Gotteslob vereint zu sehen und im Herzen sicher zu wissen, dass es nur den Einen geben konnte? Die vielen Jahrhunderte und Jahrtausende der Gottsuche, die über Jerusalem hingen, waren vielleicht das Klügste und Fortschrittlichste, das der Menschheit eingefallen war.

Die Wolkendecke stand höher, als Clara ein letztes Mal auf die Stadt blickte. Über dem Schabbat im Schnee lag ein Frieden, der das Feindselige verschnaufen ließ. Doch die Trauer über die Friedlosigkeit blieb. Clara konnte Gott nur zusammen mit dem Bösen in der Welt denken und wollte sich für diese schwer verdauliche Gottheit entscheiden.

Durch das Fenster fiel die Dämmerung von dem ins Nachtblaue übergehenden Himmel. Die Tischleuchte zeichnete einen Kreis auf ein weißes Blatt, das an eine unbekannte Adresse ging.

Höre, Unbekannter!
Ich will mit dir reden, du namenloses Geheimnis.
Wie soll das Menschenhirn mit dir zurechtkommen? Spottest du über die Erdgeschicke? Ist dir die Schöpfung gleichgültig?
Ganze Völker hast du zugrunde gehen, die Mörder wüten lassen. Hörst du nicht die Schwüre der Treuen? Hast du dich, alt und müde, davongestohlen?
Ich klage dich an. Und ich hänge dir die Abermillionen Opfer an. Die perverse Bestie Mensch wolltest du uns zeigen?
Du musst von Sinnen sein. Das hättest du gescheiter haben können. Hast du doch die Menschen mit dem ganzen Ärger geschaffen.
Und die Kinder? Warum treibst du dein Spiel mit ihnen? Wo deren Leid selbst harte Herzen zerreißt, da leidest du nicht? Irgendwo muss deine Geduld doch zu Ende sein.
Tote und Leidende warten auf Gerechtigkeit. Ist im Schöpfungsplan eine Abrechnung vorgesehen? Und wann soll das sein?

Ich bin eine Närrin, dass ich an dich glaube und dich, wieso auch immer, nicht lassen kann.

Amüsiert es dich, wenn du die Menschen auf dem Spielplatz der Schöpfung nach Lebensrätseln suchen siehst?

Die Schönheit des Himmels, die ist dir gelungen, auch die Natur, das Weltall, die Klangfülle der Stimmen. Sogar der Schlaf, der ins Lot bringt, was der Tag vermasselt hat.

Ich will ja nicht undankbar sein. Aber bedenke, du Namenloser, dass mein Zeitfenster klein ist und die Kräfte schwach werden.

Wäre es denn so schlimm, wenn du ein kleines Räuspern vernehmen ließest? Oder wenn es zwischen uns eine klitzekleine Brücke gäbe?

Verzieh' dich nicht in die einsame Schweigsamkeit. Die Welt ist dein Himmel. Hier brauchen wir dich, hier brauchst du uns.

Vielleicht sehe ich nicht, wo du eingreifst. Sind es die Zufälle, die sich fügen? Etwas deutlicher könntest du schon werden.

Dem Abraham hast du ein Land versprochen, hast ihn gesegnet und in die Fremde geschickt.

Bin ich nicht wie er losgelaufen? Will ich dich nicht weiter suchen? So versag auch mir den Segen nicht.

Ach, Unendlicher, hör' doch endlich.

Inhalt

I. Teil – 1938 bis 1967 5

Rom 1967 6
Kriegskind 13
Katholische Kirche 25
Unglück 38
Kloster 48
Riss 62

II. Teil – 1968 bis 1975 77

Lissabon 1975 78
Beruf 83
Blockade 91
Abkehr 98
Reise 108

III. Teil – 1977 bis 1982 121

Recife 1982 122
Enttäuschung 127
Anruf 144
Diktatur 162
Basisgemeinden 179
Papstbesuch 191
Dom Helder Camara 207

IV. Teil – 1983 bis 2006 227

Foncebadón 2005 228
Entfremdung 234
Frauenbild 246
Versöhnung 258
Rückzug 264
Barrieren 279

V. Teil – 2007 bis 2013 289

Jerusalem 2007 290
Gut und Böse 294
Risiko 313
In das Land, das ich dir zeigen werde 329